D0591543

Longtemps, j'ai rêvé d'elle

Thierry COHEN

Longtemps, j'ai rêvé d'elle

ROMAN

www.thierry-cohen.fr
www.facebook.com/thierrycohen5

© Éditions Flammarion, 2011

Préface
de M. Hillel Edimberg, libraire

Je m'appelle Hillel Edimberg, je suis libraire.

Ceux qui me connaissent bien, ils sont rares, diront que je suis également marieur.

Dans les shtetls, ces villages aux confins de l'Europe de l'Est et de ma mémoire, les marieurs, les chadkhan, étaient investis d'un énorme pouvoir : ils savaient trouver l'âme jumelle de chaque individu pour lequel ils étaient missionnés. Ils rencontraient une fille, un garçon, lisaient leur âme puis s'en allaient à travers les rues, les villages, les contrées chercher celui ou celle qui était né de la même étincelle.

Mais si je suis un marieur, c'est d'un tout autre genre.

Je ne vis pas au Shtetl mais en plein cœur de Paris.

J'officie dans une librairie.

Je suis le Chadkhan des livres.

Je marie les êtres et les livres.

Ma boutique est un lieu de rencontre, une agence matrimoniale, en quelque sorte.

Si la plupart des êtres cherchent leur âme jumelle, je suis persuadé qu'ils sont également en quête du roman qui leur est destiné, celui qui leur révélera une vérité sans laquelle ils ne pourront jamais comprendre le sens de leur marche à travers les années. L'œuvre de leur vie, leur *roman lumière*.

Oh, sans doute vous moquerez-vous de moi en lisant cela ou, tout au moins, laisserez-vous un petit sourire éclore sur votre bouche. Le même sourire dont on gratifie les originaux, les fous et les enfants, ceux qui pensent différemment mais gentiment, sans menacer la tranquillité qu'accordent les certitudes. D'ailleurs, autant vous le dire d'emblée, si vous faites partie de ces hommes et ces femmes aux pieds toujours fermement posés sur terre, aux réflexions étalonnées sur les seules vérités scientifiques, aux regards qui ne portent qu'aux limites des lueurs du soleil, alors fuyez ce roman. Il n'a pas été écrit pour vous. Vous me trouvez brutal ? Je ne fais que mon métier et veux vous éviter une rencontre malheureuse. En tant que libraire, je suis censé vous avertir afin de ne pas vous laisser vous égarer sur un chemin qui n'aurait rien à vous apprendre sur vous.

Donc, sachez que ce roman est celui d'un amour.

Tant d'histoires d'amour ont déjà été racontées, penserez-vous, sceptiques. David et Bethsabée, Tristan et Iseult, Paul et Virginie, Candide et Cunégonde, Solal et Ariane… Toutes se ressemblent et toutes sont différentes. Les similitudes sont à trouver dans la beauté des sentiments, leurs singularités dans le drame autour duquel chacune de ces histoires s'enroule. Le lecteur y décèle toujours l'écho de sa propre vie, de ses espoirs et de ses peurs.

C'est aussi un roman sur l'amour des livres, celui que peuvent éprouver les auteurs et les lecteurs à travers les mots et pensées qu'ils échangent.

Précision importante : je ne l'ai pas écrit. Ma participation se confine à ces quelques pages destinées à vous le présenter. Une énorme responsabilité qui m'a, en premier lieu, conduit à refuser cette mission. Puis je me suis laissé convaincre. Par nécessité. Par vanité sans doute aussi.

C'est Jonas et Lior qui en sont les auteurs. Laissez-moi vous les présenter.

Jonas tout d'abord.

Sans doute, influencé par les usages de la politesse, vous étonnerez-vous de me voir commencer par lui. Je vous répondrai que la littérature ne doit point s'embarrasser de contraintes superfétatoires. Son souci est ailleurs, dans la recherche de la structure, de la phrase, du style, du mot qui saura livrer aux lecteurs la beauté d'une histoire, l'élan d'une conviction, la richesse d'une langue. De plus, Jonas est l'instigateur de ce roman. Tout part de lui et l'essentiel lui revient. Vous comprendrez plus tard ce que j'entends par là.

Jonas est le fils que j'aurais voulu avoir. Je le considère comme tel d'ailleurs. Pourquoi m'en priverais-je ? Après tout, si son chemin a croisé le mien, si la vie m'a permis de partager tant de si jolis moments avec lui et si je me retrouve aujourd'hui à jouer le passeur dans cette intrigue sentimentale, c'est parce que nos âmes sont liées. Appelez cela le destin, le hasard ou confiez à la foi religieuse le soin d'expliquer pourquoi des êtres se rencontrent, s'apprécient et font ensemble un bout de chemin, peu importe. Les âmes ne tombent pas les unes près des autres sans que cela ait un sens. Un sens à deviner, à découvrir, à construire.

Mais me voilà parti dans mes élucubrations mystiques ! Oubliez ce que je vous ai dit ou rangez-le quelque part dans votre esprit et faite connaissance avec mon Jonas à travers le texte qu'il adressa à sa belle quand leur histoire prit fin. Une confession écrite par désespoir.

Lior, maintenant.

Lior… J'écris ce prénom et un soupir trahit mes sentiments pour elle. Ne vous méprenez pas ! Il ne s'agit pas de sentiments amoureux, le vieil homme que je suis ne s'embarrasse plus de telles prétentions. Il n'y a que la beauté des textes qui possède encore le pouvoir d'allumer mon regard de la flamme du désir. Concernant Lior, je parle de cette tendresse particulière qu'ont parfois les hommes de mon âge pour celles qui, par la grâce de leur jeunesse, leur regard, leur sourire ou je ne sais quelle autre expression de leur noblesse d'âme, leur ouvrent une porte sur le temps et savent les porter au-delà des années, à l'époque du premier bonheur. Lior est de celles-là. Et pour cause ! La première fois qu'elle m'est apparue, j'ai cru voir en elle la seule femme que j'aie jamais aimée. Elle lui ressemble tant ! Enfin, disons plutôt qu'elle ressemble à la femme qu'elle serait sans doute devenue si les barbares ne me l'avaient enlevée. Peut-être est-ce elle ? Je me plais parfois à le penser. Du moins, ce pourrait être son âme, revenue sur terre pour finir ce parcours brusquement interrompu. Il est écrit dans les textes sacrés qu'une âme, au moment de sa réincarnation, demande toujours à revenir près de ceux qu'elle a aimés.

Oui, je sais, je recommence à me perdre sur les chemins limoneux de la mystique. Je n'y peux rien. Pour moi, la vie ne peut avoir de sens que si elle prend sa source dans des logiques autres que celles qui ont amené l'homme à commettre tant d'atrocités dans ce monde.

Mais passons, le sujet n'est pas là. Il est au cœur de cette aventure à laquelle je me suis trouvé mêlé.

Lior et Jonas se présenteront tout d'abord. Ils vous diront d'où ils viennent, ce que furent leur enfance, leur adolescence, leurs blessures. C'est important les blessures pour comprendre un individu. Chacune d'entre elles entaille l'âme jusqu'à la modeler, lui donner une forme propre. Il suffit alors d'effleurer ces cicatrices pour tout comprendre d'elle.

Il sera question de mort ensuite.

Parce que la mort, surgissant dans la vie de Jonas et celle de Lior, a agi comme révélateur d'un dessein.

C'est parfois le cas : le drame opère sur les êtres tel l'ouragan sur une ville. Avant qu'il ne survienne, tout est bruit, fureur, mouvement et confusion. Rien ne permet plus de distinguer le beau du laid, le superficiel de l'essentiel, le vrai du faux. Quand il s'abat, sa force est sans appel. Nous sommes réduits à attendre, espérer, subir et prier. Quand il s'en va, nous restons stupéfaits, les yeux grands ouverts sur nous-mêmes et les autres, à la recherche de ce que le drame ou l'ouragan a brisé ou épargné, à l'écoute de ce que notre cœur nous murmure. La lucidité nous est rendue et nous comprenons alors qui nous sommes vraiment.

En cela, la mort d'un être proche est souvent l'occasion d'un nouveau départ.

Quand elle n'a pas tout dévasté.

Dans mon cas, emportant mes parents, mes proches et la fille que j'aimais, elle avait balayé toute mon humanité. Et il me fallut du temps et, plus tard, toute la beauté des livres pour la retrouver.

Mais je suis trop bavard, ce roman ne concerne pas mon histoire. Ou si peu. Et d'une manière étrange.

Vous ai-je donné envie de le lire ? Peut-être. Mais si ce n'est pas le cas, ne le regrettez point. Il y a bien trop de livres à lire et trop peu d'années à vivre pour regretter ses intuitions.

Et un *roman lumière* qui vous attend quelque part.

Puisse celui-ci être le vôtre.

Et s'il ne l'est pas, puisse-t-il au moins vous faire avancer vers la découverte de celui qui, un jour, vous comblera.

Hillel Edimberg,
Libraire et marieur
Paris, le 20 décembre de l'année 2010

Chapitre 1

L'amour est un rêve

Jonas

Premier rêve

J'étais au milieu d'une histoire étrange et inconséquente, comme savent en produire les sommeils de ceux qui, durant la journée, nient l'essentiel de leur réalité. Bercé par une langueur qui ne devait rien à la fatigue, je sombrais dans les profondeurs de ma nuit.

Et ce fut comme un éclat dans l'obscurité. Perçant les brumes vaporeuses de mon sommeil, son visage m'apparut.

Un peu comme une interférence vient vous imposer, durant quelques secondes, un autre programme que celui devant lequel vous somnoliez. Quelques images fugaces, floues, imprécises mais dont la force vous surprend et rompt votre torpeur.

Ses cheveux… châtain ou noir. Ses yeux… clairs, je crois. Et tristes. Elle ressemblait au modèle d'un tableau dont la beauté exprimerait les canons d'un autre âge. Une attitude fragile et un regard perdu, comme s'il courait après un souvenir qu'il savait ne jamais pouvoir rattraper.

En fait, je ne suis sûr de rien, ne sais pas vous la décrire. La nuit m'a volé son image.

Puis elle m'a vu, ou, tout au moins, s'est aperçue de ma présence et sa bouche a dessiné un sourire. Elle a articulé un mot que je n'ai pas entendu, que j'ai cru deviner : « L'amour ».

J'ai voulu m'approcher d'elle, tendre mon oreille mais son image s'est évanouie dans ma nuit.

*

Ce rêve a eu lieu cinq ans avant le début de l'histoire que je viens vous conter. J'aurais pu taire cet épisode et les suivants et commencer par ma première rencontre avec celle pour qui j'ai décidé d'écrire ce récit. Mon histoire aurait gagné en vraisemblance, si tant est qu'une telle histoire puisse pénétrer le monde clos de cette réalité qui sert de théâtre à nos fantasmes. Mais je suis de ceux qui pensent que la crédibilité est avant tout affaire de sincérité. Avoir recours au mensonge, ne fût-ce que par omission, pour donner aux faits la couleur de la vérité est une aberration à laquelle j'ai longtemps refusé de me résoudre. Et quand il m'arriva de trahir cette conviction, pour ce que je croyais être des raisons nobles et pures, les conséquences me le firent amèrement regretter.

C'est pourquoi il me faut tout vous dire.

Car si ce rêve ne fut qu'un éclair éphémère et flamboyant au milieu de ma nuit, il bouleversa ma vie. Je sus immédiatement que cette fille occuperait désormais l'essentiel de mes pensées, qu'elle et moi étions intimement liés.

Vous pouvez penser qu'il s'agit là d'un délire d'auteur en mal d'inspiration. Le mythe de la muse revisité par un cerveau aride et contrarié. Ou imaginer que je ne l'ai pas réellement vécu comme tel, mais me suis contenté de reconstituer l'histoire à la lumière d'une vision romantique pour mieux vous duper et vous entraîner dans les méandres de cette intrigue sentimentale. Je n'ai rien à opposer à ces raisonnements sinon ma loyauté et l'intégrité avec laquelle j'ai toujours veillé à exprimer mes sentiments. Mais vous ne me connaissez pas et pouvez donc ne pas me croire, ne pas me lire ou m'abandonner en chemin.

C'est exactement ce qu'elle a fait.

Et c'est pourquoi j'écris.

Lior

J'ai été une petite fille qui se rêvait princesse, une adolescente pressée de se voir vieillir, une jeune fille romantique s'imaginant femme, une séductrice éprise de son pouvoir.

J'ai été toutes ces femmes et n'en ai aimé aucune.

Seules les femmes peuvent comprendre ce que cela signifie.

Car, en chaque femme, il y a toutes les femmes : la princesse, la jeune fille, l'aventurière, la compagne, la mère ; celles que nous avons été ou que nous aurions pu être ; celles que nous pensons pouvoir devenir un jour ; celles que nous ne serons jamais.

Les identités se rencontrent, se mélangent, négocient leurs contours avec nos histoires, nos valeurs, et composent une personnalité faite d'ombres et de lumières, de vérités et d'artifices, de couleurs franches et de nuances.

Souvent, nous ne pensons être qu'une dualité : une petite fille cachée dans le corps d'une femme, une princesse éplorée de n'être qu'une épouse dominée, une femme cherchant son âme dans le corps *des hommes, une mère n'existant que pour ses enfants et pourtant tendue vers l'amour de son mari.*

Mais nous sommes bien plus complexes encore. Nous sommes toutes les femmes à la fois.

Il y a un langage féminin, universel, inscrit au creux de chacune de nos âmes. Il nous unit et nous permet de nous comprendre, nous deviner, de savoir notre espoir d'amour et notre solitude. L'amour et la solitude. Les deux mots importants de notre langage. Comme un choix. Comme deux portes ouvrant sur des mondes opposés. Pourtant, nous savons toutes que les deux sont liés, se contiennent. Parce que le choix ne nous appartient pas, ou si peu.

Ce soir, ma solitude me résume et dit mon échec. Je n'ai pas choisi de pleurer, je n'ai pas choisi d'être abandonnée. Je sais que je ne serai plus femme, plus mère, plus amante et je pleure sur mes illusions passées.

Je prends appui sur le peu de dignité qu'il me reste et fais un serment : celui de ne plus jamais me croire princesse, de ne plus jamais m'imaginer femme et mère. Je fais le serment que la solitude, désormais, sera un choix.

*

J'ai choisi de commencer mon récit par cet extrait de mon journal car il est une clé essentielle pour comprendre l'histoire qui va suivre.

Les femmes écrivent beaucoup. Sur le papier, sur leur écran, dans le silence de leur cœur. Des choses sincères, futiles, fortes, poétiques. Rares sont celles qui l'avoueront. Pour ma part, j'écris quand les mots débordent mon esprit, et que la lecture ne suffit plus à apaiser mes tourments.

En lisant, je dilue mon histoire dans celles des auteurs, je sème mes angoisses dans l'émotion des intrigues. Je me perds et m'oublie. En écrivant, je reviens à moi, je cerne les mots qui troublent mon existence, stoppe leur course folle et leur offre une issue. Mais j'aime si peu celle que je suis que l'exercice m'est douloureux.

J'ai écrit ce texte quand le dernier homme de ma vie m'a quittée. Quand, au cœur d'une nuit sans fin, lasse de pleurer, fatiguée de griffer mes souvenirs, l'écriture m'est apparue comme la seule possibilité de crier. Des mots lancés à l'assaut de ma douleur, pour clore cet épisode de ma vie, pour en terminer avec les hommes et me résoudre à ne plus jamais aimer.

Pour me faire croire que j'étais une femme libre.

Libre de choisir la solitude.

Chapitre 2

L'AMOUR EST UN PARCOURS

Jonas

Vous dire qui je fus, qui je suis devenu.

J'ai été écrivain et ne le suis plus.

Quand peut-on se prétendre écrivain ? Dès lors que la passion de l'écriture s'empare de nous ? À la fin d'un premier texte dont la force a su nous arracher à la futilité ? Dès lors qu'un éditeur vous accorde sa confiance ?

Quand cesse-t-on de l'être ? Quand l'envie d'écrire s'étiole ? Quand la passion n'alimente plus le feu de la création ? Quand les lecteurs, lorsqu'on a eu la chance d'en avoir, vous ont oublié ?

Pour ma part, dès mon enfance, je remplissais des cahiers de notes, de poèmes, de petites nouvelles mais ne me pensais pas écrivain, ne croyais pas un jour le devenir. J'écrivais pour éviter de parler. Parce que les mots, dans ma bouche, ne trouvaient jamais l'ordre dans lequel ils devaient se ranger, ni le sens que j'aurais souhaité leur donner. Mes hésitations, mes bégaiements, susci- taient les moqueries de ceux de mon âge et me poussaient au silence ou, tout au moins, à des réponses courtes, des expressions lapidaires, expulsées dans un souffle.

Je me tenais toujours en retrait des enfants de mon âge, à quelques pas des cercles de jeux, des petits caïds et des jolies filles. Ce retrait, je le conserverais à jamais, même après que mon bégaiement eut disparu. Une légère distance qui me permit de me préserver, de ne pas être au cœur de l'action mais de seulement en devenir l'observateur attentif.

Voir le monde de sa périphérie vous dévoile toute son hypocrisie, ses faux-semblants et les jeux de rôles qui constituent la trame des mensonges, des relations superficielles et éphémères. Les autres me paraissaient toujours être en représentation. Ils se juraient fidélité, s'embrassaient, s'énamouraient, se décrétaient amis pour la vie, se décernaient des qualificatifs glorificateurs pour de futiles raisons.

J'observais, j'analysais, je m'éloignais.

J'acquis ainsi un caractère complexe fait d'intransigeance, de fermeté et d'une intolérance mue par l'intégrité. J'étais à la recherche de la vérité, incapable de composer, de travestir mes sentiments, d'habiller mes idées. Donc plutôt solitaire.

Écrire fut ainsi pour moi le moyen de dire les mondes qui m'habitaient, d'exorciser mes peurs, de clamer mon envie d'exister.

*

Papa était ouvrier spécialisé dans une entreprise de ferronnerie. Maman, coiffeuse. Ils s'aimaient d'un amour pur, profond, qu'un seul regard suffisait à exprimer. Je ne sais pas s'ils s'étaient aimés, au sens romantique du terme, dès leur première rencontre. Je pense plutôt qu'ils avaient envisagé leur union comme une évidence. Du moins, c'est ce que je me suis toujours plu à croire. Mais je suis certain qu'un réel amour les unissait. Un amour construit, édifié sur le temps, la patience, le don de soi.

Ils vivaient l'un pour l'autre, l'un à travers l'autre et les deux pour moi.

Ils mirent ma passion de l'écriture, de la lecture, et ma solitude, sur le compte d'une prétendue précocité que l'école n'avait pas su identifier. Ils disaient fièrement à tous ceux et celles qui voulaient bien les écouter que leur fils serait un jour écrivain. Je ne les ai jamais contredits.

*

Au fil du temps, la lecture prit le pas sur l'écriture. Je n'écrivais plus que de courtes nouvelles, par habitude, ou des poèmes que j'adressais, à travers les rêves et l'espace, à celle qu'un jour j'aimerai.

Car, j'en étais persuadé, il y avait une fille, quelque part, qui m'était destinée et que je reconnaîtrai au premier regard. Ne croyez pas que je me complaisais à laisser un romantisme mièvre bercer mes désirs. La raison dominait mes passions. Je considérais l'amour comme une certitude, un sentiment qui m'attendait dans le futur, viendrait à moi, prendrait naturellement place dans mon cœur et me proposerait de m'élever. À l'aulne de l'amour que se vouaient mes parents, j'avais défini mes exigences et édifié les principes qui sauraient me conduire vers celle à qui je vouerais ma vie : ne jamais me mentir ; ne pas laisser l'orgueil prendre le contrôle de mes pensées, de mes actes ; faire du partage, de l'équité, les fondements d'une relation riche d'émotions, de silences, de regards profonds et de mots sensés.

Ma vie amoureuse fut donc peu glorieuse. Quelques filles m'attirèrent, me séduisirent, mais, en définitive, aucune ne compta réellement.

Ou, plutôt, toutes comptèrent et c'est dans cette égalité que se révélait la platitude de nos relations. J'avais aimé leur beauté, leur sensibilité, la richesse et la complexité de leurs personnalités, mais sur un mode contemplatif. Leurs qualités atteignaient mes sens, effleuraient mon cœur mais jamais ne s'y installaient. À la passion des premiers jours se substituait rapidement une relation plus formelle dans laquelle j'avais l'impression que chacun jouait un rôle. Celui de l'amoureux et de l'amoureuse, du petit couple, des possibles fiancés.

Elles souhaitaient des moments romantiques, des scènes hollywoodiennes, des gages d'amour à rapporter à leurs amies, à leurs familles, des promesses d'avenir à raconter, des actes héroïques dont elles pourraient se vanter. Des clichés empruntés au cinéma, aux amis, aux textes des chansons à la mode. Je me contentais d'entrer dans leur vie, de m'installer sur un strapontin. Cependant, ma tendresse pour elles jamais ne me quittait. Mais la tendresse est peu de chose face au désir d'amour. Et, sur ce registre, j'avais peu à leur donner et peu à leur prendre.

Quand, parfois, elles se risquaient à me sonder sur une possible évolution de notre relation, me demandaient des mots d'amour, me posaient des questions sur ce que j'attendais d'elles, je répondais sincèrement et, souvent, les blessais.

La sincérité ne sied pas au romantisme. Elle dénonce sa légèreté, sa propension à surjouer les situations, à travestir les sentiments, à maquiller les mots.

Avec certaines, notre histoire finit dans les larmes et ces drames me parurent surdimensionnés en regard des sentiments que j'avais investis. J'étais désolé de les voir tant souffrir mais savais qu'elles m'auraient vite oublié. Et quand, quelques semaines ou mois plus tard, j'apprenais qu'elles avaient trouvé un autre amoureux, se disaient heureuses, établissaient des plans pour l'avenir, la triste réalité m'apparaissait alors dans sa plus claire vérité : ce n'était pas moi qu'elles avaient aimé, mais l'idée de l'amour. L'épreuve qu'elles avaient vécue faisait partie de cette comédie engagée au premier regard, au premier baiser, au premier faux espoir, et j'étais effaré en songeant que j'aurais pu, si je m'étais laissé charmer par la douce musique de leurs sentiments, si j'avais oublié mes principes, baisser ma garde, me laisser compromettre, me fiancer, voire me marier et accepter une vie dans laquelle je me serais perdu. Or c'était un autre qui s'apprêtait désormais à endosser le rôle.

Mes convictions s'en trouvaient renforcées.

Une seule femme m'attendait.

Une seule m'était destinée.

Une seule saurait partager ma vie, devenir la mère de mes enfants, vieillir à mes côtés.

Il me suffisait de l'attendre.

*

Je m'engageai dans des études de lettres. Peut-être avais-je le secret espoir de cheminer lentement, par cette voie, jusqu'à l'écriture d'un roman ? Je ne sais pas. La pudeur couvre parfois certains souvenirs quand elle les trouve prétentieux. Mais, après avoir obtenu ma licence, je me fis embaucher comme correcteur dans un magazine de mode. Dans cet univers féminin, ma personnalité se révéla être un atout. Mon physique plaisait, mon caractère déstabilisait, ma culture littéraire fascinait, selon le principe du borgne roi au pays des aveugles. Ma taille et ma musculature, héritées de mon père, et la fermeté de mes traits, fruit de ma très longue période d'asociabilité, me donnaient des airs de dur. Ma candeur et ma tendresse révélaient ma part de féminité. Les deux composaient un personnage qui attirait les femmes en quête d'une compagnie rassurante sans être trop entreprenante. Le contrat avec ces êtres épris de liberté, voués à la conquête, sûrs de leur pouvoir, était clair et me convenait : une nuit, voire plusieurs, de bons moments, quelques sorties, de l'humour, des conversations passionnées, pas de sentiments superflus.

Voilà l'homme que j'étais quand je fis ce rêve. Est-ce pour cela qu'il me bouleversa ou parce qu'il annonçait le drame qui fit dérailler ma vie ?

Lior

Je me suis toujours fait avoir par les hommes. Je me dévoilais trop, me laissais séduire facilement. Deux mots tendres, une promesse et je me croyais amoureuse. En fait, j'ai toujours cru qu'exister voulait dire appartenir. À une famille, à un homme.

Parce que j'étais à la recherche du père que je n'avais pas eu et de la famille qui ne m'avait pas vue ? Psychologie de débutant. Mais il y a souvent une part de vérité dans les analyses simplistes.

J'avais deux ans quand mon père quitta la maison pour s'inventer une autre vie. Je ne lui en ai pas voulu. Pour en vouloir à un père, il faut l'avoir aimé, avoir connu un avant et un après. Je n'ai aucun souvenir de lui. Juste quelques photos sur lesquelles un étranger au visage dur semble déjà annoncer son départ. En revanche, j'en ai voulu à ma mère d'avoir laissé une si grande place à cet absent. Une place investie de silences, de crises de larmes, de lamentations que ma sœur Amandine et moi fuyions en nous réfugiant dans nos chambres. Elle pour étudier, moi pour lire.

*

L'école ne m'apprit rien sur moi. Je n'étais pas particulièrement jolie, pas non plus très intéressante pour mes camarades de classe. Les regards glissaient trop rapidement sur mon visage pour que je puisse y lire une émotion, un jugement capable de me dire qui j'étais et ce que je valais.

J'ai grandi en imaginant être une autre, ailleurs. Je n'étais pas cette fille fragile, invisible, embarrassante. Je n'étais pas dans le présent. J'étais dans d'autres mondes, la plupart du temps dans l'avenir, là où une belle histoire m'attendait. Dans une autre maison, avec une autre mère, une autre sœur. Un père parfois. Mais, le plus souvent, j'étais avec un prince charmant qui m'aimait et dont les mots effleuraient les saillies de mon âme, les mains dessinaient les contours de mon corps, les lèvres apprenaient les traits de mon visage.

De ma jeunesse, il ne me reste que mes rêves et une longue suite de faits anecdotiques.

*

Aussi loin que mes souvenirs veulent bien m'accompagner, je me vois dans ma chambre, camp retranché à l'abri des assauts hystériques de ma mère et des colères de ma sœur. J'ai un livre à la main. Une histoire d'amour. Une jeune fille seule, un beau jeune homme, le coup de foudre... Mes yeux courent sur les pages et je souris, je frémis. Je suis heureuse.

En d'autres termes, j'ai baigné, dès mon plus jeune âge, dans les ondes tièdes d'un romantisme sirupeux qui, s'il me permettait d'ouvrir des parenthèses de bonheurs chimériques, engourdissait mon imagination et altérait mon discernement.

Mais la post-adolescence m'offrit une revanche. Mon physique se transforma et je devins une jeune fille attirante. Les yeux des garçons commencèrent à s'attarder sur moi. J'existais enfin. Je crus alors que la flamme qui allumait leurs prunelles était la première expression d'un amour qu'ils étaient prêts à m'avouer. Mais elle ne disait que leur désir de mâles en devenir. Ils me considérèrent alors comme un objet de conquête. Une conquête facile car toujours dans l'attente. La fille naïve que l'on charme, que l'on séduit et que l'on quitte sans regret, sans précaution. Détestée par les filles d'être jolie et si peu résistante, mal aimée par les hommes, je ne renonçais pourtant pas à croire que chaque regard intéressé l'était par ma véritable personnalité.

Je me suis accrochée à cette idée comme une désespérée.

Je n'apprenais rien de mes désillusions. Quand un garçon me quittait, c'est moi que je blâmais. J'étais stupide, pas assez amusante, pas suffisamment belle pour le retenir. Bien entendu, je force peut-être le trait. Certains petits amis ont été plus attentionnés que d'autres. Je les ai plus aimés encore. Mais ils ont tous fini par s'ennuyer de moi. Il faut dire que je n'offrais qu'une piètre présence. Une fille romantique, collante, étouffante quand la mode était au détachement, à la distance, au désenchantement. Que dire à un homme pour l'intéresser ? De quoi lui parler pour l'amuser ? Je me contentais de courir dans leurs bras, de sourire à leurs plaisanteries, de dire oui à leurs désirs. Les bras des hommes avaient le pouvoir de me faire voyager, même si je savais qu'à la prochaine escale ils me débarqueraient.

*

Je choisis le métier d'infirmière et entrai à l'école de la rue de Reuilly, dans le douzième arrondissement. J'emménageais dans une résidence universitaire. J'ai aimé la vie d'étudiante. Je me sentais devenir femme, une femme libre, vivante, maîtresse de sa vie. Une chambre de douze mètres carrés peut paraître grande quand elle s'ouvre sur la vie.

C'est dans cette résidence étudiante que je rencontrai Elsa. Elle terminait un diplôme d'esthéticienne. Petite blonde au corps rond et nerveux, Elsa était une fille un peu folle, souriante, parfois excessive, toujours amusante. Elle trouvait ses traits trop communs, son corps trop épais et essayait de se mystifier à l'aide de tenues sexy et d'un maquillage parfois exagéré. Je la trouvais jolie, charmante, drôle. Mais les hommes s'arrêtaient à ce qu'elle souhaitait montrer. Elle disait envier mon corps mince, mes yeux et mon sourire qu'elle trouvait mal mis en valeur. Je la laissai s'occuper de moi, transformer ma coupe de cheveux, me maquiller, m'habiller sans toutefois aller jusqu'à accepter ses excès.

Le même désir d'être aimées et les mêmes infortunes finirent de cimenter notre amitié et nous décidâmes de quitter la résidence universitaire pour partager un petit appartement.

Nous sortions beaucoup au début. Provinciale découvrant la vie parisienne, elle voulait tout connaître, tout voir, aller à toutes les fêtes, sortir avec tous les hommes. Si elle vivait cette suite d'aventures comme une ascension vers le succès, la preuve de son pouvoir de séduction et la promesse d'un avenir heureux, pour ma part, chaque nouvel échec entamait ma part de rêve, affaiblissait ma passion.

*

Amandine quitta la maison quelques mois après moi. Elle avait rencontré un cadre commercial et était partie vivre avec lui à l'autre bout de la France. Elle m'appelait tous les samedis après-midi, à heure fixe, me racontait son appartement, son travail dans l'administration, ses désirs d'enfants. Puis, pour mieux jouir de cette réussite, elle abordait ma vie, comme un mauvais flic prend d'assaut un campement de gitans, avec ironie et dégoût. Ses questions invasives cernaient les travers de mes choix : mon futur métier incompatible avec une vie de famille, mes amies légères et mauvaises conseillères, mes amours précaires et avilissants, mon irresponsabilité. Je rendais visite à ma mère une fois par mois. Je la trouvais chaque fois plus affaiblie, plus vieille et plus petite. Plus désespérée encore d'avoir perdu ses filles. Et du coup, plus aimante quand j'étais présente. Il avait fallu la quitter pour enfin exister.

*

Je fis mon stage de fin d'études au service des urgences de l'hôpital Necker.

Pour moi, l'hôpital était, et reste, un univers singulier, quasi magique, où l'espace prend le pas sur le temps et la vie réinvestit sa définition première, faite de valeurs et de priorités. Le rythme est différent, les gestes plus lents, les pas feutrés, les sons étouffés. Chacun a conscience de l'intensité des sentiments qui traversent les lieux, des enjeux qui se jouent dans chaque chambre. Les drames redonnent du sens aux existences, réunissent les familles, révèlent les amours oubliés. La peur balaye les faux-semblants, les jeux de rôles, et chacun redevient ce qu'il est : un être humain confronté à la fragilité de sa vie, saisi par la possible fin. Dans cet univers clos et tourmenté, l'infirmière devient un ange qui vaque d'un lit à l'autre, soigne, rassure. Les yeux la suivent, espèrent d'elle une parole, un sourire qui dirait l'avenir possible.

Je me sentais forte de ce pouvoir. Pour la première fois de mon existence, j'avais l'impression d'être au cœur de la vraie vie, d'avoir un rôle important à jouer, de compter pour les autres. J'aimais rassurer, réconforter autant que soigner. Mon travail me passionnait. J'épiais les éclats de vie, les gestes d'amour d'un fils pour sa mère, d'un mari pour sa femme, les sourires apaisants des enfants pour leurs parents tremblants.

Je me consacrais à mon métier, totalement, avec passion. Et j'oubliais l'amour, terrain sur lequel je n'étais capable que de me perdre. Je ne sortais plus, au grand dam d'Elsa, et passais mon temps libre à lire.

Je crus avoir trouvé la sérénité et ce fut sans doute le cas durant de nombreux mois. Jusqu'à mon aventure avec Lucas.

Jonas

Le lendemain de la nuit où je fis ce premier rêve, à mon réveil, je restai un long moment dans mon lit, pensif. Je fouillais ma mémoire pour retrouver l'image de cette fille mais son visage s'était égaré dans les plis de la nuit.

— Qu'as-tu ? demanda ma mère, alors que j'entrais dans la cuisine.

— Rien, marmonnai-je.

Elle échangea un rapide regard avec mon père afin qu'il prenne le relais de cet interrogatoire. Il se contenta de plonger ses yeux dans les miens. À la maison, les silences étaient souvent plus inquisiteurs que les mots.

— J'ai juste fait un drôle de rêve, concédai-je.

Ma mère soupira, soulagée de me voir préoccupé pour si peu, et mon père trempa ses lèvres dans son café.

— Ton père et moi partons rendre visite à des amis aujourd'hui, annonça-t-elle, pour laisser le sujet précédent se dissiper dans sa futilité.

Depuis que papa était à la retraite, maman cherchait sans cesse des activités afin d'occuper ses journées. Elle le traînait à des expositions, au cinéma, l'emmenait visiter des « coins charmants », tentait de tisser un réseau d'amis avec qui partager leur temps libre. Mon père acceptait toutes ses initiatives. Il cherchait de nouveaux repères, un sens à cette soudaine inactivité et se fiait à sa femme pour lui en procurer.

Comme tous les matins, j'étais en retard. Je me précipitai vers la porte, encore préoccupé par mon rêve, puis revins sur mes pas pour les embrasser. Ma mère passa sa main sur mon visage. Je la serrai dans mes bras avant de saluer mon père.

Toute la journée, mes pensées furent assaillies par le souvenir de mon rêve. Je me sentais oppressé, anxieux. Quand, après mon travail, je rejoignis Josh et Chloé au Café des Italiens, je m'interrogeai sur l'utilité de me confier à eux. Je n'étais pas enclin à la confidence, même avec mes deux seuls véritables amis. Selon moi, les événements liés à l'amour, à l'amitié, au sexe devaient être vécus, pensés et envisagés dans l'intimité qui fonde leur spécificité. Les raconter, c'était trahir. Trahir l'autre, se trahir soi-même et se vider de la richesse des émotions qu'ils avaient suscitées.

Josh s'était installé sur mon palier trois années plus tôt et occupait un deux-pièces au séjour transformé en studio multimédia. Josh était l'archétype de l'informaticien : secret, introverti, presque asocial et incapable de s'exprimer aisément autrement qu'avec le clavier de son ordinateur. Il réservait à ses semblables une langue faite d'une gamme de mimiques limitées, de phrases courtes et d'expressions ramassées, dont le rythme épousait celui des langages codés qu'il utilisait avec virtuosité. Il ne semblait s'animer et vivre que lorsqu'il se trouvait face à son écran, c'est-à-dire près de quinze heures par jour. Le reste du temps, son allure dégingandée, ses cheveux longs, jamais coiffés, et ses yeux ternes et cernés composaient un personnage suffisamment peu avenant pour dissuader quiconque d'engager avec lui le moindre échange. Chloé et moi étions, je pense, ses seuls liens avec le monde réel, soit, selon Chloé, son dernier rempart avant l'autisme.

Mais j'aimais ses silences, ses hésitations, ses conversations où chaque mot semblait avoir été pensé, pesé. Nous étions de la même famille. Celle des silencieux, des taciturnes, des handicapés de la relation sociale.

Chloé était totalement différente. Elle était la seule fille avec laquelle l'expression « restons amis », prononcée lors de la rupture en guise de palliatif à la supposée tristesse, avait réellement pris un sens. Je l'avais rencontrée à la fac. Ses cheveux bruns, longs et chatoyants, ses formes sensuelles, son regard sombre et provocateur de danseuse de flamenco m'avaient immédiatement attiré. Mais c'est surtout sa vivacité, son aisance lors de ses fréquentes prises de parole, en amphi ou à la cafétéria, et sa capacité à charmer son public ou à décocher des mots grossiers qui m'avaient intéressé. Elle était tout ce que je n'étais pas et paraissait pouvoir me réconcilier avec le monde, devenir un pont entre l'îlot sur lequel j'existais et la fourmilière bruyante qui m'environnait.

Nous étions sortis ensemble durant trois mois. Trois mois que je qualifiais d'agréables et elle de terriblement frustrants. Onze semaines exactement pendant lesquelles il m'avait fallu épouser son rythme, courir les expos, les salles obscures, les théâtres et les manifestations étudiantes. Je ne savais pas qu'il était possible de remplir les heures de tant de mouvements. Mais elle comprit très vite que je ne lui offrirais rien d'autre qu'une présence satisfaite et se résolut à me quitter. Entre-temps, nous nous étions découvert suffisamment d'affinités pour continuer à nous voir. Le temps scella notre amitié.

Chloé nous maternait, attendrie par notre naïveté et horrifiée par notre incapacité à devenir adultes, selon l'acception qu'elle conférait à ce mot. Car, pour elle, mon attitude vis-à-vis des femmes révélait une immaturité chronique et résultait d'un problème psychologique dont il fallait me débarrasser.

— Tu pourrais profiter de ton physique et devenir une sorte de *serial lover*, mais la séduction ne t'intéresse pas plus que ça. Tu n'es pas pour autant le genre de mec timide, romantique, passionné. En fait, je n'arrive pas à comprendre ton rapport avec les femmes. Pourquoi n'essaies-tu pas de vivre de belles histoires avec celles qui t'entourent ?

— Chaque femme est un continent, une contrée inconnue, mais je ne suis pas voyageur, lui avais-je répondu, goguenard.

— Connerie ! La vérité, c'est que tu ne sais pas ce que tu veux !

— Faux, c'est parce que je le sais trop que je ne peux rien donner de plus à celles que je fréquente.

Josh éprouvait des sentiments pour Chloé. Il n'avait jamais rien dit à ce sujet mais j'avais appris à lire dans ses regards, fussent-ils discrets. Je pense qu'il souffrait de cette amitié qui mettait chaque jour un peu plus de distance entre ses désirs et la possibilité de les voir se réaliser. S'il avait su s'exprimer, il l'aurait fait. Mais il ne savait que l'écouter et attendre. Chloé parlait beaucoup, comme pour occuper tout l'espace que Josh et moi laissions vacant.

Ce jour-là, au Café des Italiens, j'attendis qu'elle finisse de nous conter une anecdote, puis, décidé à m'ouvrir, tant l'idée me hantait, je me lançai dans la description du songe et des émotions qu'il avait provoquées afin de prendre Chloé et ma pudeur de vitesse.

Une fois mon récit terminé, Josh baissa les yeux, embarrassé par la tournure intimiste que prenait cette discussion amicale. Chloé, elle, se montra surprise mais, ainsi que d'ordinaire, eut un avis sur le sujet.

— Merde, c'est quoi ce truc de rêve à la con ? s'écria-t-elle. Tu m'inquiètes, Jonas Lankri.

— Ne me fais pas regretter ma confidence. Donne-moi simplement ton avis.

— Mon avis ? T'es en train de péter un plomb, Jonas. Tu débloques à fond !

— Mais encore ?

— Ben, c'est clair ! Tu souffres juste d'un manque affectif qui s'est traduit par l'apparition de cette fille. C'est comme une sorte d'alerte lancée par ton subconscient pour dire « il y a urgence à réveiller ton potentiel affectif sous peine de dépression ». Ça fait combien de temps que tu n'as pas eu une vraie histoire avec une femme ?

— Ben, rien depuis… Lauranne.

— J'ai dit une vraie histoire et une vraie femme. Pas une aventure avec une pisseuse !

— Je sais, tu ne l'aimais pas, répliquai-je, résigné.

Elle haussa les épaules. Aucune de mes rares conquêtes féminines ne trouvait grâce à ses yeux. Elle les accueillait à bras ouverts, se disait heureuse de me voir « enfin » avec quelqu'un, puis les étreignait jusqu'à les étouffer. Je pense qu'elle craignait surtout que l'une d'elles ne réussisse là où elle avait échoué.

— D'ailleurs, comment peux-tu dire avoir éprouvé des sentiments amoureux à ton réveil, toi qui ne sais pas ce qu'est l'amour ?

— Laisse tomber, m'exclamai-je, désabusé. Je vous ai juste raconté ce rêve parce que je l'ai trouvé bizarre. Je le regrette déjà.

Chloé se repentit de son attaque.

— Bon, OK. Question : c'est quoi ta référence pour dire que ce que tu as éprouvé était de l'amour ?

J'hésitai un instant, mais ma volonté de la convaincre fut plus forte et je me dévoilai un peu plus.

— J'ai déjà été amoureux. Une fois.

Chloé et Josh écarquillèrent les yeux et leurs bouches s'ouvrirent sur un cri silencieux.

— Merde ! Il va nous faire son *coming out* sentimental, railla Chloé.

— J'avais quinze ans.

Chloé expira bruyamment et afficha une moue dépitée. Josh esquissa un petit sourire.

— Quinze ans… T'es désespérant, Lankri.

— Être amoureux à quinze ans, c'est… quelque chose non ? argumentai-je. L'amour à cet âge-là est absolu.

— Oui, sans doute, reconnut Chloé, en saisissant son verre de jus de fruit. Allez, raconte ! réclama-t-elle, magnanime.

Je baissai les yeux, tentai de convoquer mes souvenirs et les trouvai là, à proximité de mes mots, accessibles et disponibles.

En fait, j'avais connu la passion amoureuse dans ce qu'elle a de plus fort et de plus cruel quand elle s'attaque à un adolescent incapable de la maîtriser, de la canaliser, de l'exprimer. Un amour d'une intensité que seule l'adolescence, cet âge de déséquilibre, de rébellion, d'émotivité, de perversité et d'innocence mêlés, peut engendrer. Elle s'appelait Mylène, était douce et discrète. Je passais mes journées à la contempler, mes nuits à rêver d'elle. Tétanisé par la force des sentiments qui m'habitaient, je me trouvais incapable de l'aborder, de lui parler. Comment dit-on cette chose si importante, si énorme qu'elle vous bouleverse, vous élève au-dessus de votre existence ? Je lui écrivis un poème, le lui glissai dans la main. Je la vis le lire, rougir, le ranger dans sa poche, puis… plus rien. Elle ne me regarda plus, m'évita jusqu'à la fin de l'année. Les vacances nous séparèrent et nous ne nous revîmes jamais.

— Et c'est tout ? questionna Chloé, esquissant un rictus consterné.

— Oui.

— Tout ça pour ça ? Un amour platonique ?

— Non, un véritable amour. Sincère, entier…

— Et platonique !

Je me mordis les lèvres, me maudis d'en avoir tant dit.

— Ceci explique ton incapacité à aimer. Ne dit-on pas que le premier amour donne le ton d'une vie sentimentale ? déclara-t-elle, ironique.

— Je comprends Jonas ! lâcha Josh.

— Ah, bon ? Toi aussi tu as été amoureux ? questionna Chloé, étonnée.

Sur le visage de Josh se bousculèrent plusieurs instantanés d'expressions : l'étonnement, la panique, l'hésitation, le sourire entendu, la réflexion intense. Puis, son programme interne bugga et ses traits se détendirent pour ne plus rien exprimer du tout.

— J'aurai essayé, plaisanta Chloé. Mais bon, faut pas déconner, deux confessions dans la même soirée, ça aurait fait beaucoup quand même.

Josh laissa son regard s'éloigner.

— Tomber amoureux d'un rêve est aussi peu engageant que de tomber amoureux d'une fille à laquelle on n'ose pas parler. Attention, Jonas. Le fait de vouloir croire qu'il s'agit d'amour est peut-être un moyen de te rassurer et te permettre d'accepter ton inaction.

— Si on en reste aux faits... c'est possible. Mais je sais que ce que j'ai ressenti était quelque chose de fort. Et... je suis certain qu'elle existe !

Chloé se prit la tête dans les mains.

— Merde... j'y crois pas ! Tu plaisantes, j'espère ! Sais-tu que prendre ses rêves pour la réalité, ça porte un nom dans le dictionnaire des pathologies psychologiques ?

— J'en suis sûr, Chloé, affirmai-je, vexé. Elle existe. Enfin... pas forcément elle, mais une fille capable de me faire ressentir des choses aussi fortes.

— Je suis bien barrée avec vous deux, s'exclama-t-elle en nous désignant de la main. À ma droite, un informaticien qui croit que les personnages de ses mondes virtuels sont ses vrais amis et, face à moi, un handicapé sentimental qui pense que les êtres apparaissant dans ses rêves surgiront un jour dans la vraie vie.

À ce moment, mon téléphone sonna. Je décrochai rapidement, satisfait de m'échapper de cette conversation qui paraissait se refermer inexorablement sur moi.

— M. Lankri ? Police nationale.

Surpris, je me redressai.

— Vos parents ont eu un accident.

— Mes parents ? balbutiai-je. Mais… Comment vont-ils ?

— Je ne peux pas vous en dire plus par téléphone. Je vous attends au commissariat.

J'avais compris.

Ils étaient morts.

« La mort ».

C'est ce que la jeune fille m'avait murmuré.

« La mort », pas « l'amour ».

*

La voiture avait glissé sur une plaque de verglas et s'était brisée contre un arbre. « Ils sont décédés sur le coup », m'avait dit le policier, comme pour me consoler. Mais ma seule consolation était qu'ils soient partis ensemble, qu'aucun n'avait laissé l'autre se dépêtrer seul avec son absence. Et je savais que s'ils avaient eu le temps d'avoir une dernière pensée, elle m'avait été adressée.

J'étais resté muet, incapable de pleurer.

Mon univers venait d'imploser et j'étais une planète en perdition. J'avais perdu mes deux pôles, mes vrais repères, la source de mon amour. Je me sentais abandonné, seul et vide de larmes. Seul et plein de tous ces mots que je ne leur avais pas dits et de ceux que jamais je ne prononcerais. Je pris un mois de congé et m'enfermai chez moi.

*

Je traînais dans l'appartement, défaisais les heures, les journées en leur opposant le vide de mon esprit. Je refusais les visites, me laissais aller et ne mangeais que lorsque mon corps défaillait. Je n'étais plus capable de raisonner. Je perdais pied. Mes réflexions se muaient en pensées vaporeuses, parfois délirantes, et je parlais tout seul, m'adressant à ma mère, à mon père, à moi-même dans un langage abscons. Mon passé venait de se désagréger, mon présent n'était que douleur et l'avenir, s'il existait, m'effrayait.

Lior

Lucas était anesthésiste. Il avait dix ans de plus que moi, n'était pas très beau, pas particulièrement charmant, ni intéressant. Tout le prédisposait à n'être qu'un collègue de travail parmi d'autres, celui que l'on salue rapidement, avec lequel on échange quelques mots sur des patients ou un café en salle de repos. Mais son comportement avait attiré mon attention. Il travaillait avec méthode, sans manifester d'attachement particulier aux malades, juste un respect professionnel. Il parlait peu, se mêlait rarement aux groupes qui se constituaient durant les moments d'accalmie. Il observait le monde et moi particulièrement. Son regard me cherchait sans cesse, se posait sur moi avec calme et insistance. Il m'adressait de gentils sourires et m'écoutait parler aux patients avec curiosité. Mon investissement l'étonnait et il tentait d'en deviner les motivations.

— Ne prends pas les choses tant à cœur, m'avait-il dit un jour, rompant avec sa réserve habituelle.

— Je ne sais pas faire autrement, lui avais-je répondu, piquée.

— Tu vas te faire bouffer, m'avertit-il.

— Je ne sais pas être aussi froid que toi.

— Je ne suis pas froid. Je suis juste professionnel. Je sais où sont mes limites et je fais en sorte de ne jamais les approcher.

— Y aurait-il un cœur sensible derrière ce regard dur ? plaisantai-je.

— On ne peut pas travailler dans ce milieu sans avoir de cœur. Mais on ne peut pas durer si on ne le protège pas.

— Justement, je trouve que je m'endurcis, que je deviens moins sensible, et cela ne me plaît pas.

— C'est une réaction de défense salutaire. Elle se déclenche contre ton gré parce que ton penchant naturel te conduit à ta perte.

— Je ne veux pas devenir une professionnelle distante, désincarnée.

— Si tu restes professionnelle, tu feras toujours ton boulot correctement, celui pour lequel tu es payée.

— Sans passion ?

— La passion, tu dois la trouver ailleurs, m'asséna-t-il, sûr de lui, comme s'il avait identifié ma faiblesse.

Peut-être avait-il raison. J'investissais mes sentiments dans mon travail, sans doute faute de savoir qu'en faire. Le regard de Lucas me proposait de les accueillir. Un regard sans tendresse, sans amour, mais un regard serein dans lequel je me voyais telle que j'étais : vulnérable, épuisée et tout de même attirante.

Après cette conversation, nous nous retrouvâmes souvent près de la machine à café. Nous échangions d'abord sur les patients puis sur nos vies, nos goûts. Il me parlait de théâtre, de cinéma, de restaurants et je prenais conscience d'être sortie de la réalité, de passer à côté de plaisirs simples. Il était en instance de divorce. Un divorce qui se passait bien, entre adultes matures et consentants, avec l'accord résigné des enfants, m'avait-il confié.

Sa présence me calmait ; sa maturité me rassurait ; son intérêt me troublait. Il m'invita à dîner une fois, puis une autre. Il avançait doucement vers moi, comme on s'approche d'un moineau blessé, pour éviter de l'effrayer et de le voir partir plus loin encore.

Nous devînmes amants. Pas amoureux, juste amants, compagnons, couple... je ne sais pas quels mots conviennent à cette relation dans laquelle nos esprits et nos corps s'unissaient sans jamais que nos cœurs se rencontrent. J'étais bien avec lui. J'aimais nos sorties culturelles, la manière dont il analysait les films, les tableaux, les sculptures. Doucement, lentement, je m'attachais à lui.

Puis, un jour, huit mois après notre rencontre, il me proposa de partager sa vie. Il allait, disait-il, quitter sa maison et prendre un appartement dans lequel je pourrais le rejoindre, avec mes affaires, mes projets, mes désirs de vie à deux.

Était-il possible de s'unir sans amour ? Était-il possible d'envisager la vie comme une équation sans inconnues ?

— Mais tu es folle ! s'insurgea Elsa. On ne s'installe pas avec un... ami !

— Nous couchons ensemble.

— Oui, ben évite-moi ce genre de remarque, mon esprit crée trop vite des images et celle de vos deux corps en train de... beurk ! Enfin, quoi, il est pas beau ce type ! Et il est inquiétant avec son air blasé et son regard dur. On dirait le

Docteur House en moins charmant et pas du tout marrant.

— Je me sens bien avec lui, expliquai-je. Il est calme, respectueux et me soulage de mes maux.

— C'est exactement comme ça que je décrirais mon kiné. Pourtant je n'envisage pas de l'épouser.

— Il ne s'agit pas de mariage. Juste de partager un appartement.

— Mais c'est ce que nous faisons déjà toi et moi ! s'offusqua-t-elle. Et je t'aime sans doute plus et mieux que lui. Le sexe en moins, bien sûr.

Puis elle me saisit par les épaules.

— Vivre avec un homme qu'on n'aime pas… c'est pas pensable, Lior ! dit-elle d'une voix sentencieuse. C'est comme acheter un vêtement parce qu'il est en solde tout en étant certaine de ne jamais le mettre. C'est comme regarder une émission de télé que l'on déteste sous prétexte que l'on est trop fatiguée pour trouver cette putain de télécommande égarée. Pense à tout ce que nous avons vécu, à nos espoirs, à nos rêves. Pense à ce que le mot amour a toujours signifié pour nous.

À travers ses mises en garde malhabiles et ses blagues foireuses, pointait une vérité que je ne voulais pas voir. L'idée de m'installer avec un homme me comblait de joie et cela me suffisait. J'avais l'impression qu'il s'agissait d'une étape décisive dans mon devenir de femme. J'étais heureuse de m'imaginer dans le rôle d'une compagne. J'envisageais même l'idée qu'un jour il voudrait un enfant de moi.

Nous trouvâmes un appartement, fîmes les magasins pour le meubler, le décorer. J'avais commencé les préparatifs du déménagement quand il me rendit visite, à l'improviste. J'étais au milieu des cartons, un peu perdue, très excitée et l'accueillis avec enthousiasme. Mais sur ses traits durs flottait l'ombre d'une profonde préoccupation. Je voulus l'embrasser et il me repoussa.

— Elle est enceinte, me dit-il.

Je restai silencieuse, attendant d'autres mots pour être sûre d'avoir compris.

— Elle attend un enfant… de moi.

J'étais abasourdie et résignée à la fois. Comme si ma longue suite d'échecs sentimentaux ne pouvait me conduire qu'à cet instant.

— Oui, je sais à quoi tu penses, dit-il. Nous avons fait l'amour. Elle est toujours ma femme, après tout.

Je m'assis sur un carton, pour ne pas tomber.

— Je ne peux pas la laisser, Lior. Pas maintenant.

Je crois qu'ensuite il s'excusa. Je n'en suis pas sûre. Je ne l'entendais plus. Je ne le vis pas partir non plus. Je n'entendis pas Elsa rentrer. Je pleurais, mes membres tremblaient. Elsa me conduisit au lit, s'allongea près de moi, me serra dans ses bras.

— Pleure pas, ma chérie. On s'en sortira. Tu te relèveras. Tu auras droit à ton amour, un jour. Je le sais, j'en suis persuadée. Un mec bien, tendre et beau. Et s'il a un frère jumeau, je l'épouserai.

Chapitre 3

L'amour est une issue

Chapitre 4

L'AMOUR EST UNE ISSUE

Jonas

Deuxième rêve

Cauchemar. Le même que toutes les nuits qui avaient suivi la mort de mes parents. Des pneus crissent, crèvent le silence et l'obscurité, mes parents se tiennent la main, se sourient, me regardent avec tendresse. Puis un choc, la lumière des gyrophares et les sirènes qui scandent leurs plaintes lancinantes.

Si d'habitude je finissais par me réveiller en sueur, cette fois-ci le bruit s'atténua et les images s'estompèrent pour aller se fondre dans un écran de volutes blanches et vaporeuses.

Et la chambre apparut.

Je me retrouvais au même endroit que lors de mon premier rêve, près de la même fille, toujours allongée sur son lit. Il régnait une atmosphère sereine dans la pièce mais je ne fus pas pour autant apaisé. Si notre première rencontre m'avait transporté dans un état amoureux, elle m'avait peut-être également annoncé le drame qui m'avait anéanti.

Qu'allait-elle maintenant me prédire ? Je tentai de sortir de cette chambre, de m'enfuir de ce rêve mais ma volonté s'avéra inopérante et je restai figé, attendant qu'elle réalise ma présence.

Elle m'ignora, allongea la main et saisit un livre. Elle l'ouvrit et en lut quelques lignes dans un murmure doux et suffisamment faible pour que je n'entende pas ce qu'elle disait.

Je la vis alors sourire. Un sourire radieux, heureux, rassurant.

Un sourire qui me donna envie de courir vers elle, de la prendre dans mes bras, de me réjouir avec elle.

Elle me tendit alors le livre, sans me regarder, pour m'inviter à le prendre et murmura le mot « écrire ». Je voulus saisir le roman mais ma main se referma sur les ombres de ma chambre.

*

Le message, cette fois-ci était clair. Elle voulait que j'écrive ! pensai-je dès mon réveil. Elle me conseillait de confier aux mots la lourde charge d'exorciser ma peine. Non, je me trompais : elle m'avait seulement révélé mon désir. L'écriture comme un exutoire, comme la seule possibilité de m'exprimer, comme lorsque j'étais enfant. D'emblée, l'idée me séduisit. Mais écrire quoi ? J'eus l'idée de m'adresser à mes parents. Je voulais leur crier mon amour, ma douleur, ma solitude. Ouvrir un nouveau cahier et espérer qu'ils viendraient le lire par-dessus mon épaule. Mais mon stylo resta levé, face à la page blanche. Ma main tremblait et les lignes de mes pages disparaissaient derrière les larmes qui maintenant ne cessaient d'affluer. Je compris qu'il fallait m'éloigner de moi, de ma vie, de mes habitudes pour parvenir à écrire. Parler de moi, bien sûr, mais sans être le sujet. Puiser dans les émotions qui m'agitaient et les faire porter par des personnages imaginaires à travers une histoire qui le serait tout autant.

Et ne pas écrire sur un cahier. Le geste appartenait au passé, à une tradition qui n'avait plus lieu d'être. J'allumai alors mon ordinateur et face à l'écran blanc, je cherchai mes personnages. Ils me vinrent rapidement, comme s'ils attendaient là, cachés dans mon subconscient, que je vienne les chercher. Et ils me tendirent la trame de l'histoire que je devais raconter. Celle d'une femme vaincue par la solitude et qui, lentement, perdait la raison, s'inventait un monde, s'adressait à des êtres invisibles. Un homme, troublé par sa beauté et son étrangeté, entrait dans sa vie, poussait sa porte, l'accompagnait dans ses promenades, s'asseyait à sa table, écoutait ses histoires, espérant aller la chercher dans sa folie.

Je fus grisé par la sensation que me procura cette nouvelle manière d'aborder l'écriture. Sur mes cahiers, chaque mot était une avancée vers le futur. Ne m'accordant pas le droit de raturer, de déchirer, chaque phrase était mûrement pesée avant d'être couchée sur le papier. Je voulais que l'écriture soit belle, tant dans la forme que dans le fond, qu'elle me projette vers l'avant sans remords, ni doute. Désormais, sur mon clavier, je pouvais essayer, regretter, revenir en arrière, effacer, supprimer et remplir des pages virtuelles d'une aventure qui l'était autant. Il n'y avait ni passé ni futur. Juste le moment de l'écriture, la jouissance de créer, de pouvoir maîtriser le temps en le niant. J'existais dans un espace dans lequel l'émotion était une création, la douleur un artifice, l'amour une illusion et où jamais les voitures ne glissaient sur des plaques de verglas.

*

Ils entrèrent d'un pas décidé, plongèrent leurs yeux dans les miens, scrutant la pièce à la recherche d'indices.

— C'est quoi ce bordel ? lança Chloé avec la gouaille qui la caractérisait.

Je jetai un rapide coup d'œil alentour.

— Je n'ai pas fait le ménage, c'est tout.

— Je ne parle pas de ça. Enfin, pas seulement, rectifia-t-elle en considérant le désordre et la saleté de l'appartement. Pourquoi t'enfermes-tu chez toi ? Pourquoi n'ouvres-tu pas à Josh ?

— Comment ça ? feignis-je de m'étonner.

— Josh est venu taper à ta porte plusieurs fois.

— Presque tous les jours, se contenta de dire Josh, en prenant place dans le fauteuil qu'il affectionnait.

— Je n'ai pas entendu.

— J'ai téléphoné des dizaines de fois ! objecta Chloé.

— Je n'avais pas envie de répondre, reconnus-je.

— Que t'arrive-t-il, Jonas ? questionna Chloé, inquiète.

— Ce qu'il m'arrive ? répétai-je, pour prendre le temps de réfléchir. J'écris.

— Tu écris ?

— Oui. Je passe mon temps à écrire, répondis-je en désignant l'ordinateur posé sur la table de la salle à manger.

Elle resta un moment silencieuse, cherchant à évaluer la véracité de mon argument autant que ma santé mentale.

— Tu écris quoi ?

J'eus un sursaut de pudeur. Lui dire que j'écrivais un roman lui ferait croire que je me prenais pour un auteur.

— Un truc, hasardai-je. Une histoire. C'est sans intérêt, mais ça m'occupe.

— Merde ! On s'inquiète pour toi, Jonas ! On a imaginé les pires trucs !

— Genre ?

— Laisse tomber. Les pires, c'est tout. Et depuis quand tu écris ?

— J'ai toujours écrit.

— Tu as toujours écrit et je ne l'ai jamais su ? Génial ! Quelle belle amitié que la nôtre !

— Enfin… j'écrivais quand j'étais petit. Mais j'ai l'impression de n'avoir jamais cessé.

— C'est d'une clarté ! ironisa-t-elle. Bon, et donc là, tout à coup, le désir d'écrire te reprend et tu ne fais que ça ? Au point de ne pas ouvrir ta porte, de ne pas répondre au téléphone et de laisser régner un tel boxon chez toi !

— J'en avais envie, murmurai-je, presque coupable.

— Tu ne nous dis pas tout, Jonas.

J'hésitai à leur raconter comment j'en étais venu à me lancer dans cette aventure. Leur parler de mon rêve reviendrait à m'exposer aux railleries de Chloé. Mais je me sentais fatigué. Mon enfermement et mes longues heures passées dans un univers imaginaire m'avaient abruti. J'avais besoin de reprendre pied dans la réalité. Même s'il fallait essuyer une salve de reproches et de recommandations quant à ma santé mentale.

— J'ai encore rêvé d'elle.

— De qui ?

— De celle qui lui était apparue la veille de… l'accident, répondit Josh.

D'un hochement de tête je validai son propos.
Je vis le visage de Chloé se crisper.

— Et ?

— Elle m'a demandé d'écrire, laissai-je échapper.

— Elle t'a demandé d'écrire ? répéta-t-elle, en se redressant, effarée.

— Enfin, non.

Je racontai alors mon rêve et mes réflexions au réveil.

— Donc, elle ne t'a pas demandé d'écrire, Jonas. Tu as décidé d'écrire ! Écoute Jonas, je n'aime pas trop la manière dont tu réagis à la perte de tes parents. Alors, abordons les choses de manière très concrète. D'abord, il n'existe pas de rêve prémonitoire. La fille qui t'est apparue ne t'a pas annoncé la mort de tes parents. Tu pensais d'ailleurs qu'elle avait prononcé le mot Amour, n'est-ce pas ? Ce n'est qu'après que tu as réécrit l'histoire. Tu es d'accord ?

— C'est juste. Mais c'était troublant.

— C'est troublant parce que tu veux que ça le soit. Tout comme ce second rêve. On peut considérer que c'est parce que tu avais envie d'écrire qu'elle te l'a suggéré. C'est comme ça que fonctionne le cerveau, Jonas ! Il interprète nos désirs. Il n'annonce pas l'avenir mais essaye seulement de désamorcer nos préoccupations les plus dérangeantes.

— OK, OK. Ne t'emballe pas. Je sais tout ça. Je ne suis pas fou ! Juste perturbé, peut-être... mais pas fou.

— Pour moi, t'es borderline.

Elle se leva, quelque peu rassurée.

— Bon, on se fait un café ?

Nous la suivîmes à la cuisine.

— Alors ? Quand reprends-tu le travail ? demanda-t-elle.

— J'ai pris une semaine de congés supplémentaire et, normalement, je dois y retourner dans trois jours. Mais je pense démissionner, avouai-je.

Elle se retourna précipitamment.

— Tu plaisantes ?

— Non. Je crois que c'est le bon moment pour arrêter et essayer de faire autre chose.

— Quoi, par exemple ?

— Je ne sais pas. Mais je n'ai pas du tout le courage de retourner au bureau. J'ai envie de changer pas mal de choses à ma vie. Et changer de travail est un bon début.

J'y avais pensé durant ces derniers jours. Je me sentais incapable de réinvestir la réalité que mes parents avaient quittée, de reprendre mes habitudes, de réintégrer mon poste, de faire mes heures, d'aller déjeuner avec mes collègues de bureau. Je voulais écrire, habiter mon histoire, devenir mes personnages. Mais cela, je ne pouvais pas encore le leur révéler.

— Mais ce n'est pas comme ça que ça se passe, Jonas ! On n'abandonne pas un boulot avant d'en avoir trouvé un autre.

— Arrête, Chloé. Arrête de m'asséner des vérités sur le ton que prendrait une mère pour parler à son ado débile.

Ma remarque la vexa mais elle ne s'avoua pas vaincue.

— Et de quoi vas-tu vivre ?

— Mes parents ont laissé un peu d'argent. De quoi tenir quelques mois, voire une année sans faire de folie. Mais je n'en fais jamais.

Elle chercha de l'aide auprès de Josh mais il lui lança un regard froid pour lui signifier qu'elle devait renoncer à me sermonner.

Lior

Je resterai seule.

Plus aucun homme ne me prendra pour une conne. Je n'ai pas besoin d'eux, de leur amour, de leur tendresse. Ils ne savent que mentir, prendre et laisser.

C'était ma décision, une décision ferme, irrévocable, et je me sentis forte de ce sursaut de fierté qui, je le sais maintenant, était l'expression d'un instinct de survie.

Mes fiascos sentimentaux m'avaient trop abîmée. Mes défenses s'étaient lentement étiolées et j'avais atteint le point ultime de ma résistance. Mon âme était à vif. C'était comme si j'avais passé des années à me jeter contre des murs, avec la volonté insensée de les traverser, et qu'enfin je prenais conscience que le dernier élan me serait fatal. Lucas avait anéanti mes dernières forces. Il avait contourné les protections que j'avais érigées en ne parlant jamais d'amour, et anesthésié ma vigilance de son regard franc. Je ne savais plus me protéger. Je ne tomberais donc plus dans les pièges tendus par les hommes. Pour y parvenir, il me suffisait de faire taire cette petite voix qui se révélait si mauvaise conseillère. La voix de l'enfant qui se rêvait princesse.

Ma seconde décision fut de m'inventer une autre vie. Beaucoup de femmes font cela quand leur existence dérape, quand elles sentent que rien ne leur appartient plus. Certaines changent simplement de coiffure, d'autres font un enfant, les plus courageuses quittent leur métier, leur homme. Devenir une autre femme. Mais laquelle ? La princesse était morte, allongée sur son lit, faute de prince charmant. La jeune fille avait disparu dans le décompte des années. Je n'étais pas faite pour me déclarer femme libérée. Et la professionnelle s'éteignait doucement dans la routine de son travail.

Ma première tentation fut de quitter l'hôpital pour rejoindre l'autre vie. Celle de l'insouciance, des faux problèmes, de la bonne santé, de la fuite en avant. Je m'imaginais travailler dans une boutique, vendre des objets inutiles ou des vêtements à la mode. Rejoindre la légèreté, la désinvolture, me laisser emporter par les courants de la superficialité afin de rire de tout et de rien, apprécier un déjeuner, un café, un moment de détente avec des copines, oublier les tragédies, les accidents de la vie et m'oublier moi-même.

Mais je m'en savais incapable. La frivolité était ma pire ennemie.

Ma place était près de ceux qui souffraient. Je ne pouvais me retrouver que dans une relation lourde d'attentes. Alors, plutôt que de fuir, je fis un pas de plus vers la frontière qui sépare la vie et la mort. Comme certains s'infligent des douleurs croissantes pour mieux sentir leur corps, je voulus avancer vers le drame afin de réveiller ma sensibilité. Une place allait se libérer au service des soins palliatifs et rares étaient les prétendantes. Je proposai ma candidature, pensant pouvoir me sentir plus vivante près de ceux qui mourraient, et elle fut retenue.

Mais les conséquences de ce choix furent perverses. Si fréquenter la mort au quotidien, l'accompagner pour la rendre plus douce, attisa mon humanité, je me déconnectai lentement du monde extérieur. Une sorte d'empathie dévorante, étouffante m'amena progressivement à ne plus voir ou aimer la réalité extérieure, à ne plus la reconnaître comme porteuse de promesses, puisque, dans ce service, chaque jour mourait l'espoir.

Je n'avais plus de désir, plus de rêve. Je n'étais plus qu'une professionnelle défaillante car trop dévouée. J'avais attrapé le cancer du temps et, lentement, il dévorait mon futur.

Je comptais pour mes patients. J'étais la main qu'ils serraient, le regard qui les rassurait. J'étais leur famille pour quelques jours. Parfois, j'allais même à leur enterrement. Leurs proches m'accueillaient chaleureusement, me remerciaient. Puis il me fallait disparaître pour qu'ils puissent faire leur deuil, oublier l'hôpital, son odeur, les cris, les plaintes et les silences assourdissants juste après le service du soir.

Je m'étais résolue à cette vie. Une vie de solitude ponctuée d'éclats de chaleur mêlés de désespoir. Mon bonheur était à trouver dans cette longue suite de drames et dans le rôle que je pouvais y jouer. Une sorte de renoncement religieux, de dévotion mystique qui faisait de moi un être à part, capable de n'exister que pour les autres.

Mais l'empathie tuait lentement mon discernement. Je m'en rendis compte quand Angèle Dutour nous quitta.

Jonas

Les mois suivants furent absorbés par le trou noir généré par les turbulences de mon imagination. J'avais perdu la notion du temps. Je ne quittais mon écran que pour avaler ce que je trouvais dans mon réfrigérateur, dans mes placards ou pour m'allonger, lire et me reposer.

La relation que j'avais créée avec mes personnages était intense. Ils s'étaient progressivement mis à exister au-delà de mes pensées, à vivre leurs propres vies, à occuper tout l'espace que mes fantasmes et la vacuité de mon existence leur offraient. Ils étaient devenus mes seuls compagnons et, coopératifs, me proposaient des situations, des rebondissements que j'envisageais, acceptais ou refusais.

Je n'imaginais pas présenter mon roman à un éditeur, ne pensais même pas le faire lire à mes amis. Je composais mon histoire pour répondre à un besoin que j'étais incapable de précisément qualifier, pour laisser les mots me surprendre et ressentir cette excitation indéfinissable qui me portait dès lors que j'abordais mon texte.

Josh et Chloé tentèrent en vain de faire diversion. Ils me rendirent visite, me téléphonèrent afin de prendre de mes nouvelles et me proposer quelques sorties. Ils m'obligeaient parfois à enfiler un blouson pour aller faire des courses ou boire un verre.

Pendant cette période, je ne rêvais plus de cette pythie aux supposées compétences prémonitoires. Pourtant, je ne cessais de penser à elle. Je peux même dire que j'écrivais pour elle. Elle était une muse séduisante et inquiétante. Du moins est-ce comme ça que j'avais décidé de la considérer. Elle était associée à une part sombre de ma vie et mon souvenir d'elle était empreint de la douleur et de la rage qui m'avaient alors ébranlé. Elle était également liée à une part heureuse de ma vie et, si elle n'était pas prophétesse, m'avait peut-être inspiré l'idée de ce roman.

*

Puis vint la dernière page, la dernière phrase, l'ultime mot et j'inscrivis un titre, comme un artiste peintre signe son œuvre : *Dans les silences d'une femme*. J'étais arrivé au bout de mon aventure, avais épuisé mon sujet, fatigué mes personnages. Je me sentis d'abord soulagé, presque comblé. J'avais réussi à tenir la distance d'un si long texte. J'avais réussi à éloigner ma douleur, donné un contenu à ma solitude. Puis le charme s'estompa. Mes personnages m'avaient quitté. Ils n'étaient plus à mes côtés mais enfermés là, dans les deux cent soixante pages du manuscrit, enterrés sous les octets et l'icône de mon document était leur pierre tombale.

J'étais à nouveau orphelin.

Je restais enfermé dans mon appartement, traînais d'une pièce à l'autre, passais du canapé au lit, de la cuisine à la salle de bains, errais sans but et sans envie dans le désert de mes heures.

Je voulus alors relire le roman avec l'espoir de raviver la flamme qui m'avait consumé durant ces longs mois. Quelle ne fut pas ma déception ! L'histoire me parut inintéressante, les phrases vides de sens, mal construites, les personnages inconséquents. Je les maudis de m'avoir berné alors que j'étais seul fautif. Frustré, contrarié, énervé, je jetai le manuscrit dans la corbeille. Je m'endormis épuisé, vidé de tout espoir.

Et je fis mon troisième rêve.

Lior

C'était un dimanche matin. Un dimanche froid et triste comme les mois de janvier savent en composer.

« Madame Dutour, cette nuit. »

Sophie n'avait pas levé la tête des papiers qu'elle remplissait. Juste un geste amical pour me saluer et un nom lancé pour annoncer un décès.

La mort comme une évidence, présente partout dans notre service. Pas besoin de mots pour la dire. Tous tabous et vidés de leur sens.

J'avançai dans le couloir, tête baissée, luttant pour ne pas me laisser envahir par la peine.

Les infirmières n'accordent pas la même importance à chacun de leurs patients. Hormis les plus anciennes, professionnelles ou usées, nous avions nos coups de cœur, nos préférés, ceux qui, en entrant dans le service, étaient entrés dans nos cœurs. Certains violemment, d'autres plus discrètement. Parce qu'ils étaient touchants, seuls, beaux, pauvres, amusants, effrayés, sereins, intelligents, naïfs. Parce qu'ils ressemblaient à un oncle, à une cousine, nous rappelaient un ami.

Pour pleins de raisons subjectives, ils attiraient notre attention, suscitaient notre compassion et nous passions plus de temps avec eux, leur parlions plus souvent et d'une voix plus douce.

Angèle Dutour était une de mes patientes. Elle était arrivée deux semaines plus tôt. Un cancer de l'utérus détecté six mois auparavant et contre lequel aucune chimio n'avait eu d'effet. Une visite de contrôle, un examen, un doute, une confirmation et l'horreur qui s'imprime au fond des yeux et jamais ne les quitte. Une tache, une salissure qui perdure et aspire toutes les émotions, toutes les expressions, vide les regards pour devenir l'ultime feu, celui de la peur de la mort qui perdurera jusqu'au dernier instant. C'est à ces regards que nous étions tous les jours confrontés. De manière franche, parfois, quand les malades connaissaient l'imminence de l'échéance et nous suppliaient silencieusement de les sauver ou d'abréger l'insupportable attente. Ou plus discrète, quand cet éclat de mort se dissimulait derrière des valeurs capables d'entretenir l'espoir d'une guérison ou d'une ouverture sur une autre réalité.

Mais dans les yeux d'Angèle Dutour subsistait autre chose : son amour pour les siens. Son désir de les préserver. De leur faire croire, encore et encore, que tout n'était pas fini, qu'elle possédait suffisamment de ressources pour s'en sortir et que, même si la mort gagnait son combat, leur histoire reprendrait ailleurs. C'est cela qui m'avait émue. Elle pensait à eux avant de penser à elle. Elle n'avait de douleur que la leur, celle qu'ils connaissaient devant son corps amaigri ; celle qu'ils ressentiraient quand elle serait partie.

« Ne leur dites pas », m'avait-elle suppliée. Je ne devais pas leur dire qu'il lui restait deux semaines, au mieux. « Laissons-leur encore quelques journées. C'est toujours ça de gagné. »

Mais ils savaient.

« Ne lui dites pas, m'avaient-ils demandé. Il vaut mieux qu'elle parte sans savoir. »

Chacun pensait duper l'autre et se dupait soi-même. Je n'avais rien dit, ni aux uns ni aux autres, et les avais laissés avancer vers l'issue fatale derrière leurs sourires de façade, leurs mots de réconfort et d'espoir.

Je passais souvent voir Angèle Dutour, lui tenais la main, l'écoutais me raconter ses enfants, son mari, sa vie d'avant. Une vie parfaite, de l'amour, des relations fortes et nobles. Elle m'avait un jour questionné sur ma famille. Je lui avais raconté mon père parti deux ans après ma naissance, ma mère seule et dépressive, ma sœur plus âgée et si différente de moi. Je n'avais rien dit de mes blessures, de mes rêves. Juste des faits racontés sereinement. Mais elle avait compris et m'avait serré la main. Un petit geste d'une immense tendresse. Elle mourante, éprise d'affection et de pitié pour la jeune femme pleine de vie que j'étais.

— Vous avez un amoureux ? m'avait-elle demandé.

— Non, pas en ce moment.

— Il ne faut pas renoncer, murmura-t-elle, comme si elle avait réussi à lire dans mes pensées.

— Je ne comprends pas les hommes, Angèle.

— Parce que vous n'avez pas encore rencontré celui qui vous rendra heureuse.

— Peut-être a-t-il déjà croisé ma route, et je ne l'ai pas reconnu ?

— Je ne pense pas. Quand vous le rencontrerez, vous le reconnaîtrez.

J'avais souri devant son optimisme.

— Comment sait-on que c'est le bon ? avais-je questionné.

— Vous sentirez une chaleur au fond de vous. Pas de celles qui descendent et allument vos désirs, plutôt une lueur qui montera de votre cœur vers votre esprit. Une lumière capable d'éclairer le futur. Et vous le verrez père de vos enfants, grand-père de vos petits-enfants. Vous vous verrez vieillir à ses côtés. Vous le saurez.

— Je me suis trompée si souvent.

— Je vous promets que vous le rencontrerez.

— Comment pouvez-vous en être si sûre ? avais-je insisté, en souriant.

— Parce que vous le méritez. Et parce que ceux que vous avez aidés à passer dans l'autre monde veillent sur vous.

Elle avait dit cela d'une voix calme, certaine de son propos. Je ne croyais pas à ce genre d'histoire mais n'avais pas le droit de lui enlever cet espoir qu'une autre vie, meilleure, l'attendait quelque part. Je me tus donc et me contentai de lui sourire, comme pour la remercier.

— Quand je serai là-haut, je veillerai sur vous. Suivez les signes que je vous enverrai. Écoutez votre cœur. Pas vos désirs, mais votre raison et votre cœur. Et dès que l'homme de votre vie se présentera, si ceux-ci vous trahissent, je serai là. Vous entendrez ma voix. Ma voix, sortie de votre cœur, de votre mémoire, là où vous avez su m'accueillir. Je vous dirai : c'est lui, Lior. Et vous m'entendrez.

J'avais ri, amusée par cette promesse dite sur un ton si solennel qu'il en était perturbant.

— Mon prénom ne me prédestine-t-il pas à jouer ce rôle ? avait-elle alors murmuré avec malice.

Sur ces paroles, un homme élégant était entré et je m'étais levée, encore étonnée par les propos de mon éphémère amie.

*

La mort de Mme Dutour m'affecta. Je compris que chaque patient en mourant emportait avec lui une part de ma vie. J'avais donné à ce service toute mon énergie, je m'étais épuisée à soutenir ces souffles faibles, haletants, ces regards en perdition, ces voix tremblotantes. À quoi rimait mon existence ? De quel réconfort étais-je pour ces malheureux ? Je me mis à douter de tout. De moi, de mon professionnalisme, de l'utilité de mon travail.

Tous ceux à qui je m'attachais partaient un jour.

Que me fallait-il faire ? Mettre de la distance entre les malades et moi et devenir plus technique, plus rapide, moins humaine ? Je percevais cette idée comme une menace. Je ne voulais pas ressembler un jour à certaines anciennes, devenues insensibles avec le temps, hermétiques aux attentes des patients, appliquant les procédures avec rigueur, considérant l'hôpital tel un lieu de travail comme un autre. Souvent des filles malheureuses à l'extérieur. Pas ou mal aimées, pas ou peu entourées.

Celles qui parvenaient à échapper à l'usure avaient une véritable vie à l'extérieur. Un mari, des amis, des enfants, quelqu'un pour les combler, les faire rêver, leur permettre de conserver leurs nobles sentiments. Je n'avais personne. Le risque d'appartenir au clan des aigries était donc réel et m'affolait.

Chapitre 4

L'AMOUR EST UN APPEL

Jonas

Le troisième rêve

Elle était allongée sur son lit, exactement dans la même position que celle dans laquelle je l'avais quittée lors du songe précédent. Elle lisait le même roman. Ses yeux couraient sur les pages, son visage composait de discrètes expressions et ses lèvres paraissaient parfois articuler des mots. Je me trouvais dans sa chambre, visiteur invisible, admiratif de cette beauté sans traits, guettant chaque détail, nourrissant mon esprit de ces images. Contrairement aux deux précédents rêves, je n'avais pas l'impression d'être immobilisé, ancré au sol. C'était comme si je flottais dans la pièce, comme si je n'étais qu'un courant d'air promené par des flux aléatoires. Je voulus savoir de quel roman il s'agissait. Mon corps se déplaça lentement, porté par ma curiosité.

Sur la couverture, je découvris avec étonnement mon nom et le titre de mon texte. Je fus alors attiré par le murmure de ses lèvres. Je m'approchai plus encore et reconnus mes mots, mes phrases. J'écoutais comment son souffle les transformait, les rendait plus beaux encore que lorsque l'élan de mon esprit me les avait soufflés. Je vis une larme couler sur sa joue et je fus bouleversé.

Je compris alors qu'elle avait ressenti une sorte d'extase. De celles que procurent parfois les romans ou les poèmes quand ils savent trouver le chemin de l'âme, au-delà des barrières que la candeur, l'ignorance et la stupidité savent ériger autour d'elle.

Je souris aussi, complice de ce moment, et me réveillai.

*

Des larmes roulaient sur mes joues jusqu'à ma bouche. Je les goûtai comme s'il s'agissait des siennes qui, passant de sa peau à la mienne, avaient réussi à percer l'écran de ma nuit. J'imaginai un instant qu'un jour ce serait elle qui réussirait cet exploit. Dans mon rêve, je saisirai fermement sa main pour l'amener jusqu'à ce monde. Cette idée me plut et, allongé sur mon lit, apaisé, presque heureux, je me fis l'impression d'être un amoureux rentrant de son premier rendez-vous. Était-il possible qu'elle existe quelque part, dans une sphère qui transcendait le temps et l'espace ? Se pouvait-il que nos nuits se soient trouvées dans une autre dimension pour nous présenter avant de nous unir ?

Comment expliquer autrement que je l'aie entendue dire des passages du roman que j'étais moi-même incapable de réciter par cœur ? Bien entendu, je connaissais la théorie scientifique selon laquelle le cerveau a la capacité de tout enregistrer et peut exprimer cette faculté dans un état de sommeil ou d'hypnose. Mais je préférais croire qu'elle avait réellement lu mon manuscrit et, mieux, l'avait aimé.

J'eus envie de retrouver les mots qu'elle avait murmurés. Je me levai et allai chercher l'exemplaire jeté la veille. Je retrouvai rapidement les passages qui l'avaient tant émue et fis appel au souvenir de sa voix pour les relire. Et, une nouvelle fois, l'émotion me submergea.

Elle n'avait pas pleuré parce que la scène était triste, mais parce qu'il s'agissait de mots d'amour. Des mots d'amour simples, dits à haute voix par le visiteur, devant cette femme folle, enfermée dans son monde. Des mots que mon héroïne ne pouvait entendre mais qui devaient pourtant être prononcés.

Ma lecture de la veille m'avait empli de colère : je n'avais pas retrouvé mes émotions, ne comprenais plus mes personnages, leur en voulais de me trahir ainsi. Mais les mêmes mots entendus à travers le murmure de cette inconnue venue hanter mes rêves me paraissaient différents, beaux, sincères, émouvants. Elle m'avait réconcilié avec mon texte. Elle m'avait permis de remonter à la source de mon inspiration, aux confins de ma douleur. De quels autres pouvoirs était-elle dotée ? Et que devais-je désormais penser de mon travail ? L'avais-je apprécié en tant que tel ou simplement parce qu'elle m'avait prêté ses yeux, son souffle et sa sensibilité pour le redécouvrir ?

Il me fallait un autre avis, plus froid, plus distant. J'étais au cœur de cette réflexion quand Josh vint taper à ma porte. Mon sourire et mon empressement le surprirent.

Je lui racontai alors mon aventure intérieure, mon rêve. Il m'écouta, attentif, fronçant parfois les sourcils, esquissant de temps en temps une mimique. Je lui dis ma volonté de lui confier mon manuscrit, mon besoin d'avoir un avis autre que le mien ou celui de ma visiteuse nocturne. Il réfléchit un instant avant d'accepter puis saisit le manuscrit et me laissa.

*

Une semaine s'écoula sans que Josh me rende visite. N'avait-il pas eu le temps de le lire ? Ou alors, il ne l'avait pas aimé et n'osait pas me le dire.

Un matin, je l'entendis refermer sa porte et me précipitai à sa rencontre. Il me parut embarrassé, m'expliqua qu'il se rendait à un rendez-vous, était en retard et s'excusa avant de fuir en me faisant un signe de la main.

Il ne réapparut pas durant les dix jours suivants et j'acquis la certitude qu'il m'évitait afin de ne pas avoir à me donner son avis sur le roman. Je ressentis son silence comme une trahison. Car si mon roman était si mauvais, notre amitié pouvait-elle faire l'économie de la sincérité ? J'hésitai à aller taper à sa porte pour lui exprimer ma colère mais me retins, de crainte qu'il ne me comprenne pas. Après tout, j'avais dit à mes amis que ce roman n'était qu'un loisir, une passion soudaine et passagère. Alors, pourquoi exiger son avis avec tant d'empressement ?

J'étais au comble de l'abattement quand, un matin, le téléphone sonna. Le répondeur s'enclencha et j'entendis une voix inconnue s'adresser à moi.

— M. Lankri ? Thierry Villard, des Éditions Janvier. J'ai lu votre manuscrit. J'ai beaucoup aimé votre histoire, votre style. Je souhaite vous rencontrer.

Je restai figé, les yeux rivés sur le téléphone, incapable de le saisir avant que l'homme ne raccroche. Je réécoutais le message plusieurs fois, comme pour me convaincre de sa réalité et prendre le temps d'imaginer le parcours de mon roman jusqu'à cet homme. Mes pensées avaient du mal à se frayer un chemin jusqu'à ma lucidité. J'avais basculé dans une sorte d'univers parallèle, dans lequel mon ami aimait mon roman, le portait à un éditeur qui lui aussi l'appréciait.

Et dans lequel les rêves étaient prémonitoires.

*

— Je l'ai juste mis dans une boîte aux lettres, expliqua Josh, penaud.

— Merde, Josh, t'es trop étonnant comme mec ! s'exclama Chloé, admirative. Porter le manuscrit à un éditeur, sans en parler à personne, sans l'accord de Jonas... pour moi, c'est un acte de bravoure et un vrai gage d'amitié.

Le compliment le fit rougir.

Nous étions réunis dans mon salon. Je les avais appelés après mon rendez-vous avec l'éditeur, et ils s'étaient dépêchés de me rejoindre. Je leur avais raconté l'entrevue dans les grandes lignes. Josh avait souri, fier de son geste et heureux de mon bonheur. Chloé avait crié, esquissé quelques pas d'une danse rituelle et m'avait embrassé avant de déboucher une bouteille de vin blanc, à défaut de champagne. Pour ma part, je n'étais ni heureux ni excité mais juste surpris et inquiet.

— Je l'ai lu en une nuit, expliqua Josh. J'ai adoré. Le lendemain, je l'ai déposé chez un éditeur.

— À ce sujet… sympa que t'aies pensé à m'en filer un exemplaire, me lança Chloé sur un ton faussement réprobateur.

— Je l'aurais fait si le silence de Josh ne m'avait pas laissé penser que j'avais écrit une daube.

— Je suis trop fière de toi, Jonas Lankri ! s'écria à nouveau Chloé, en prise à une nouvelle attaque d'enthousiasme. Et de toi aussi, mon Josh !

L'amplitude de sa joie m'étonnait. Certes, la vie me proposait une belle aventure. Mais mon plaisir avait pour limite ma crainte de l'inconnu. Hormis à travers le regard de mes parents, je ne m'étais jamais imaginé écrivain, n'avais pas espéré le devenir avec ce roman. J'avais l'impression de ne pas mériter ce qui m'arrivait, d'être un imposteur.

— Tu vas vivre quelque chose de merveilleux ! affirma Chloé. Le milieu de l'édition, les journalistes, les soirées mondaines, les fans…

— Justement ! Tu me connais assez pour savoir que rien de tout cela ne m'intéresse.

— Quel emmerdeur ! Il n'a même pas l'air heureux ! Enfin, pas plus que ça, se désola Chloé.

— Je suis juste un peu étonné. Je ne réalise pas vraiment. Ce roman n'était pas destiné à l'édition… alors tout ça m'embarrasse un peu. J'ai même failli refuser la proposition de l'éditeur, avouai-je.

— J'y crois pas ! s'exclama Chloé.

— Et pourquoi ne l'as-tu pas fait ? questionna Josh.

— J'ai pensé à mes parents. Ils étaient les seuls à croire qu'un jour je deviendrais écrivain. Je l'ai fait pour ne pas les décevoir. Mais… je conserve cette impression d'être entré par effraction dans le monde littéraire, de ne pas le mériter.

— Tous les nouveaux auteurs ont ce sentiment, paraît-il, affirma Chloé. Enfin, tous ceux qui ne se destinaient pas forcément à être publiés. C'est une forme de pudeur.

— Sans doute. Mais, au-delà de ce que tu appelles de la pudeur, il y a la volonté de me protéger. Le monde littéraire est devenu une annexe de celui du show-business et je ne suis pas fait pour aller parader dans ce système bouffé par les médias. D'ailleurs, mon roman sortira sous un pseudo.

— Un nom d'emprunt ? s'étonna Chloé. Mais c'est nul, ça !

— Pourquoi nul ? C'est juste une manière de tracer une frontière entre l'homme que je suis et celui qui, demain, se verra attribuer le statut d'écrivain.

— Et quel est ce nom ?

— Oh, je n'ai pas fait dans l'original. J'ai juste pris le deuxième prénom de mon père et le nom de jeune fille de ma mère.

— Et ça donne ?

— Raphaël Scali.

— Pas mal, dit Josh.

— Oui, pas mal, confirma Chloé. Ma foi, si tu penses que c'est nécessaire.

— Ça l'est. Tu me connais assez pour savoir que je ne suis pas du genre extraverti. Et ce nom d'emprunt me protégera un peu.

Pour avoir travaillé dans la presse, je savais ce qu'un investissement dans ces sphères entraînerait : le mouvement, les bavardages, les sourires, vrais et faux, les déjeuners, les verres à prendre avec des inconnus qui, souvent, n'auraient pas lu mon roman mais me diraient l'aimer, souhaiteraient en parler, savoir qui j'étais, ce que je pensais de tel sujet, de tel auteur. Porté jusque-là par la solitude, il m'était impossible de sacrifier mes valeurs à cette comédie, de devenir soudain un homme sociable, disert et souriant. J'avais donc annoncé à mon éditeur ma volonté de ne pas faire la promotion du roman. Ce que j'avais à dire était dans mes 260 pages, le reste m'appartenait et n'intéressait personne. Thierry Villard posa son regard bleu et malicieux sur moi, réfléchit un instant puis dit me comprendre et accepter ma décision. L'attaché de presse, catastrophé, me prédit des conséquences désastreuses en termes de notoriété, de ventes, tentant sans doute plus de légitimer ses compétences que de défendre mon avenir littéraire. Mais je lui répondis que les relations presse n'avaient jamais fait le succès d'un roman. Selon moi, elles étaient simplement destinées à flatter l'ego des auteurs.

*

Mon roman connut ce qu'il est convenu d'appeler un succès d'estime. Mes personnages étaient accueillis avec tendresse par des inconnus et racontaient leur histoire. Ils avaient échappé à mon contrôle et allaient là où je n'irai jamais, me représentaient, excusaient mon asociabilité. J'étais riche de toutes ces rencontres virtuelles. Je n'étais plus seul. Un lien invisible mais ténu existait entre mes lecteurs et moi.

Beaucoup m'écrivirent pour dire les sentiments qu'avait suscités la lecture du texte. Souvent les mêmes que ceux que j'avais éprouvés en écrivant. Ils me parlaient de mes personnages comme s'il s'agissait d'êtres réels. J'avais l'impression qu'ils me donnaient des nouvelles d'amis perdus de vue. Nous basculions ensemble dans un univers parallèle où l'écriture créait la vie. Je répondais à chaque message, remerciais, argumentais.

*

Mon éditeur me pressa d'écrire un autre roman. Il fallait, selon lui, surfer sur la vague et fidéliser ces lecteurs qu'il disait inconstants, rapidement amnésiques. L'idée me déplut. Je n'en éprouvais pas le désir et me sentais incapable de me lancer à nouveau dans une telle aventure. Et pour dire quoi ? Quelle histoire raconter ? J'avais l'impression d'être vide de mots, de sentiments, d'avoir tout livré lors de ma première expérience. Mais j'étais installé dans une logique qui m'imposait de l'envisager. De plus, j'avais une affection particulière pour cet homme qui m'avait fait confiance et avait respecté ma volonté de préserver mon intimité. Je finis donc par accepter. Et l'expérience fut différente. Je ne répondais plus à un besoin, un désir mais à une demande. J'avais l'impression que les milliers de lecteurs qui avaient acheté mon premier roman attendaient, quelque part derrière moi, penchés sur mon épaule. Je mis près d'un an à écrire ce livre. Il contait l'histoire d'un jeune homme à la recherche de son père, mort dans des circonstances mystérieuses.

L'écriture fut difficile. Les mots n'étaient plus les miens mais ceux que me soufflaient ceux qui les espéraient. J'avançais avec peine et crainte, comme un étranger en territoire inconnu. Mais l'histoire m'inspirait peu et mes personnages restaient superficiels, inconsistants. Mais je noircissais tout de même mes pages, pressé par le temps, les délais et les messages de lecteurs. Une marche forcée qui me procurait un sentiment de malaise.

Je mis mes doutes sur le compte de mon nouveau statut d'auteur et tentai de m'en défaire en me projetant vers le moment où mes personnages finiraient par me surprendre, m'offriraient un second souffle. Mais ils restèrent distants, peu conciliants.

Une fois terminé, je l'envoyai à mon éditeur. Lorsque Thierry Villard me reçut, il me dit l'aimer. Mais dans son regard je compris qu'il n'en était rien. Espérait-il vraiment que *J'étais un fils pour mon père* atteigne le même nombre de ventes que *Dans les silences d'une femme* ou était-il seulement résolu à accepter quelques mièvreries dans l'attente du roman qui me propulserait en tête des ventes ?

Josh me proposa sa franchise, sur un mode qui n'appartenait qu'à lui. Il débarqua chez moi, déposa l'épreuve que je lui avais confiée sur la table du salon, planta ses yeux dans les miens et fit une petite moue comme pour dire « Tu sais très bien que ce n'est pas terrible ». Puis il se servit un café et s'assit devant ma fenêtre.

Chloé tenta de positiver.

— Bien entendu, il n'est pas de la même veine que le premier. Mais, justement, c'est ce qui fait sa qualité. Tu n'es pas tombé dans le panneau qui consiste, pour un nouvel auteur, à écrire le même roman. Tu montres autre chose et c'est ce qui séduit.

Si son argument était recevable quant au fond, il niait les faiblesses de la forme. *J'étais un fils pour mon père* était un leurre. Je n'avais rien à montrer, rien à dire. Le premier roman était un cri et je n'avais plus rien à hurler. Celui-ci appartenait au genre que l'on sait juste lire et oublier.

À sa sortie, quelques critiques l'attaquèrent, la plupart l'ignorèrent. Mes lecteurs me reprochèrent d'avoir changé d'univers, de style. Certains se dirent même trahis. Je leur fus reconnaissant de leur sincérité et m'en voulus de les avoir dupés.

Je décidai alors qu'il s'agirait de mon dernier roman.

*

Puis je fis d'autres rêves d'elle. Des rêves mornes, figés, toujours les mêmes. Pas de mouvement ou peu. Elle restait allongée, les yeux rivés au plafond de sa chambre, triste, m'ignorant.

Je m'évertuais à attirer son attention, à tenter de lui parler, de lui arracher une expression, peut-être un message. Mais jamais elle ne me répondait. Elle demeurait étonnamment immobile. Ces rêves, à force d'exaspérer mon désir d'elle, devinrent des cauchemars.

Chacune de ses apparitions traversait mon sommeil et dès lors qu'elle m'échappait je me réveillais. J'essayais de me rendormir au plus vite pour renouer avec l'instant, élaborant des stratagèmes pour l'amener à réagir, à s'adresser à moi. En vain. Au petit matin, je me retrouvai contrarié, frustré de la voir me fuir. Pourquoi m'ignorait-elle ? Était-elle en colère contre moi ? M'en voulait-elle d'avoir écrit ce deuxième roman ?

Finalement, je me mis à nourrir des ressentiments à son égard. J'éprouvais la colère étouffée et douloureuse d'un amoureux éconduit. Mes rêves d'elle s'espacèrent de plus en plus pour bientôt être suffisamment rares pour que je ne les attende plus.

Et les contours de mes souvenirs s'estompèrent. Elle devint deux, trois, dix, trente femmes à la fois. Elle prenait le visage de cette fille croisée dans le métro et dont le sourire m'avait plu, de cette autre qui, à la supérette, m'avait dévisagé un bref instant. Seuls les souvenirs de mes sensations conservèrent leur acuité. Et je me dis qu'elle n'avait existé que pour m'ouvrir aux autres femmes, accepter qu'elles m'aiment et m'amener à les aimer.

Ce que je fis. Je rencontrai quelques femmes, des lectrices pour la plupart. Des relations basées sur un échange tacite qui les vouait à être brèves. Elles m'offraient un peu de distraction, leur charme, leurs rires. Je leur offrais une expérience exotique, ce qu'elles croyaient être une entrée dans le monde merveilleux de la littérature. Mais elles étaient rapidement déçues par la platitude de ma vie. Je n'avais rien de l'auteur qu'elles avaient imaginé, ne fréquentais pas de prestigieux confrères, de vedettes, ne leur offrais aucune aventure sentimentale susceptible de les valoriser au sein de leur entourage, ne faisais rien pour satisfaire leur curiosité et elles finissaient par me quitter.

Ma vie se diluait dans l'oisiveté. J'évitais d'envisager mon existence au-delà de l'heure à venir, refusais de me poser la question du sens de mes actes, me complaisais dans les petits plaisirs qu'offre le quotidien quand les rêves manquent d'exigence. Je dérivais lentement. Je ne travaillais plus et personne ne me le reprochait. Tous imaginaient que le mode de vie d'un auteur devait ressembler à cela et que je passais toutefois quelques heures par jour à travailler sur mon prochain roman.

Ma situation financière commença à péricliter. J'avais vécu sur l'argent laissé par mes parents puis sur celui de mes droits d'auteur et me retrouvais maintenant acculé financièrement. Je répondais aux relances alarmistes de ma banque en promettant une prochaine rentrée d'argent, la sortie imminente d'un nouveau roman, de contrats de traduction. La crédulité des banquiers a pour limite l'appétit que vous leur inspirez. Et j'avais appris à mentir. J'étais si peu moi-même.

Ce fut une rencontre avec une lectrice particulière qui me permit de réaliser ce que j'étais devenu.

*

Donatella m'avait envoyé un message dans lequel elle me parlait de son coup de cœur pour mon premier roman, me disait s'être reconnue dans la solitude de mon personnage. Ses mots étaient touchants. Je le lui dis dans ma réponse. Elle me demanda un rendez-vous, pour que je dédicace son exemplaire. La force de ses mots, la fragilité qu'ils exprimaient me firent craindre de la décevoir, de faire naître une illusion que je ne pourrais assumer. Mais, devant son insistance, j'acceptai, me promettant de garder la distance nécessaire pour la protéger.

Nous nous rencontrâmes dans un café de l'île Saint-Louis. Je ne fus pas surpris de constater que son physique était à l'image de ce que j'avais imaginé d'elle. Quand elle pénétra dans le café, je tressaillis. Durant un instant il me sembla voir en elle la fille qui avait hanté mes nuits. Puis, rapidement, je balayai cette idée. Toutes les femmes qui me plaisaient lui ressemblaient. Elle était jolie, délicate, sensible et vulnérable. Elle paraissait seule, en effet, un peu perdue. Ses lèvres tremblèrent quand elle me dit bonjour. Elle se lança dans une longue description des sentiments que mon premier roman lui avait procurés, ne parla pas du second. Ses yeux se perdaient dans les miens, peut-être pour y chercher les mots que j'avais un jour imaginés et qui l'avaient tant bouleversée.

J'eus envie de la comprendre, de la consoler, de l'aimer. Sa personnalité me troublait et j'éprouvais le désir de la revoir. Mais j'eus peur de l'espoir que je lus dans ses yeux. Un espoir bien trop grand pour moi. Elle était pure, belle, mystérieuse. Mais elle n'était pas celle que j'attendais. Je me sentis néanmoins le devoir de la protéger de toute désillusion. Avant de me quitter, Donatella me tendit son exemplaire de *Dans les silences d'une femme*. À travers la dédicace qu'elle demandait je tentai de lui adresser un message.

« *À Donatella. J'ai aimé les mots que m'ont murmurés vos silences. Merci pour ce moment passé en votre compagnie.* »

Et je la quittai sans proposer de nous revoir. Elle comprit que j'avais défini les limites de notre relation et quand elle m'écrivit à nouveau, ce fut pour me parler de sa passion pour mon roman, de son intérêt pour la lecture, mais également son attente vis-à-vis des hommes. J'aimais tout ce qu'elle me disait, appréciais ses mots, ses sentiments, ses états d'âme. Nous nous ressemblions, partagions les mêmes idées, la même sensibilité. Un lien étrange nous unissait. Pourtant, je me contentais de lui répondre avec sobriété, sans trop m'impliquer, craignant qu'une trop grande intimité ne fasse naître des espoirs que je ne saurais satisfaire. J'avais besoin d'elle, de son amitié, de sa présence à travers l'espace et imaginais que nous pourrions un jour devenir réellement amis. Mais, brutalement, elle cessa sa correspondance, et je me retrouvai triste et inquiet. De quoi était capable une fille si émotive ? Je la relançai par e-mail, mais elle ne répondit pas. Je commençais à imaginer le pire quand elle m'écrivit un dernier message court et énigmatique : « Ne vous inquiétez pas, j'aime trop la vie pour la quitter. C'est elle qui ne m'aime pas. » Et nous cessâmes notre correspondance.

Mais, tel un ange, elle avait réveillé la meilleure partie de moi-même. Ses mots, autant que sa personnalité, m'avaient ramené à ma réalité.

Je compris ce que je devais à cette fille.

Je le comprends plus encore aujourd'hui.

Lior

J'étais lovée dans le velours réconfortant d'un fauteuil, un yaourt dans une main, un roman ouvert sur mes jambes quand Elsa sortit de la douche. Elle jeta sa serviette sur le lit, ouvrit son placard et poussa une longue plainte.

— Merde, j'ai rien à me mettre !

Je l'ignorai, habituée à ses jérémiades, à cette sorte de cérémonial participant à augmenter l'état de stress qui précédait chacune de ses sorties afin de pouvoir goûter, le moment venu, à la félicité d'être enfin prête et rayonnante. Elle fureta entre ses piles de vêtements puis poussa un petit cri de joie, saisit un top, une jupe et les enfila dans un mouvement rapide.

— Et voilà ! T'en penses quoi ?

Elle était face à moi, les bras en croix, dans l'attitude stéréotypée des mannequins des années soixante.

— Une vraie Barbie.

— Ne me compare pas avec cette salope à la taille éternellement mince, s'il te plaît. Non, allez, sérieusement !

— Tu es superbe.

— Sublime m'aurait aussi convenu. Alors, tu es sûre de ne pas vouloir m'accompagner ?

J'allais avoir droit à sa ritournelle.

— Écoute, t'es pas obligée de draguer ou te faire draguer ! Tu peux juste être là, boire un verre, discuter avec un mec, te changer les idées quoi !

— T'es gentille, mais non, dis-je en replongeant dans ma lecture afin de la dissuader de continuer.

Mais elle renonçait rarement avant d'avoir épuisé tous ses arguments.

— Écoute, la vie que tu mènes n'est pas saine ! osa-t-elle dire.

Je relevai un sourcil pour exprimer mon étonnement.

— Oui, OK, la mienne non plus, je sais. Mais moi, je m'amuse ! Toi, tu restes là à broyer du noir, avant de réattaquer pour une journée difficile où tu verras mourir des patients auxquels tu t'es attachée.

Je restai silencieuse, la cuillère dans la bouche.

— Je te l'ai déjà dit, tu n'aurais jamais dû accepter ce poste-là. T'es trop fragile pour ça ! Et tu ne sais pas prendre de la distance avec cette réalité. Tu te laisses envahir par le malheur des autres.

— Je ne sors plus parce que...

— Je sais ! Parce que tu ne cherches plus l'amour, tu n'y crois plus.

Elle me lança un regard noir.

— Que lis-tu ? demanda-t-elle, sournoise.

Je ne répondis pas, sachant où elle voulait m'amener.

— Un roman d'amour, n'est-ce pas ?

C'était le cas. Les romans étaient les derniers espaces où j'acceptais de me réconcilier avec l'amour dans sa version la plus sentimentale.

— Tu vois bien que tu n'es pas claire ! Tes actes contredisent tes paroles ! « Je ne crois plus en l'amour », dit-elle en faisant mine d'imiter ma voix. « J'ai renoncé aux hommes. » Quelle bêtise !

— Je ne parle pas comme ça, répliquai-je en menaçant de lui lancer ma cuillère à la figure.

— Non, mais tu pourrais. Ça irait bien avec les conneries que tu débites, déclara-t-elle en rajustant son top, face au miroir.

— Tu as grossi. Tu as un cul énorme, dis-je en la détaillant.

Elle sursauta, se retourna d'un bond et essaya de se contorsionner pour regarder ses fesses.

— C'est vrai ? paniqua-t-elle.

— Non, mais tu pourrais. Ça irait bien avec l'image de pouffiasse que tu veux donner.

Elle me lança un regard sombre.

— Je te déteste !

— Moi, je t'adore. Allez, sauve-toi, tu vas être en retard.

Quand elle fut partie, je laissai mon roman sur le bord de la table. J'appréciais de me retrouver seule dans cet appartement, me sentir libre de m'abandonner à mes angoisses existentielles. Je me servis un verre de vin blanc et m'assis devant la fenêtre. Dehors, les lumières de la ville semblaient défier les solitudes, les inciter à venir se frotter les unes aux autres. C'était l'heure de l'espoir, celle à laquelle les restaurants allaient se remplir, les bars s'animer. J'aimais rester là à imaginer ces hommes et ces femmes sortant de chez eux, habillés, parés, grimés pour une soirée de séduction. Certains rentreraient chez eux désolés que tant d'efforts aient été vains, d'autres vibreraient encore de l'écho des sentiments naissants.

Je ne faisais plus partie de ce jeu. Je vieillirais seule, un verre de vin blanc à la main, le nez collé à la vitre.

Je me détournai un instant pour échapper à la mélancolie qui me gagnait. J'avisai alors une enveloppe sur la table. Elsa avait monté le courrier et laissé cette lettre debout contre le vase pour m'indiquer qu'elle m'était adressée. Je la saisis, intriguée par l'écriture manuscrite et élégante, peu habituée à voir mon nom ainsi présenté.

Je ne pus réprimer un secret espoir de trouver la lettre d'un homme mais étouffai bien vite l'écho de la petite voix.

Je l'ouvris lentement et dégageais une feuille de papier au grain raffiné.

Il n'y avait que quelques mots.

Mais ces mots allaient changer ma vie.

*

— Alors ?

Elsa émergeait d'un sommeil court, les cheveux en bataille, le pas lent.

Ma question était superflue. Au premier regard, je pouvais deviner ce qu'elle me dirait de sa soirée.

Elle haussa les épaules, se servit une tasse de café et posa ses yeux sur les toits de Paris, pour me signifier qu'elle n'avait pas envie de parler.

Je la laissai à ses réflexions et finis mon petit déjeuner. J'enfilai ma veste, me coiffai rapidement. Un dernier coup d'œil sur ma colocataire m'alarma. Sa tristesse dépassait ses constantes désolations et la perspective de la laisser seule, en ce dimanche pluvieux, pour aller prendre mon service, me chagrinait.

Je m'assis à ses côtés, lui passai la main dans les cheveux.

— Ça s'est si mal passé ?

— Je suis nulle. Ma vie est nulle.

— Ah, carrément...

— Je crois que je vais faire comme toi, arrêter de sortir, renoncer à dépenser les dernières années de ma jeunesse.

— Qu'est-il arrivé cette fois ?

— Rien, justement.

— Aymeric ?

— Il ne m'a pratiquement pas regardée de toute la soirée. Il n'en avait que pour l'autre idiote.

— Qui ?

— Emma. Je t'ai parlé d'elle.

J'acquiesçais, bien que ne sachant pas du tout de qui il s'agissait. Elle me racontait tellement d'histoires que je finissais par ne plus l'écouter ou les oubliais aussitôt.

— J'avais l'air d'une conne, assise là, attendant qu'il me gratifie d'un regard, d'un sourire. J'ai dû faire semblant de m'amuser pour donner le change. J'ai ri à toutes les blagues stupides de ce gros lourdaud de Martin. J'en avais mal aux maxillaires.

— Ça m'embête de te laisser seule, comme ça.

— Non, pas de problème, vas-y. Je vais chialer un bon coup, avaler des somnifères, du whisky, mettre un disque d'Aznavour et m'allonger pour mourir. Comme Marilyn.

— Marilyn n'est pas morte en écoutant Aznavour.

— Décidément, elle avait tout faux, cette fille.

— Je finis à 20 heures. On peut se faire un resto si tu veux.

— Personne n'a jamais emmené un cadavre au resto.

Son humour me rassura et je décidai de la quitter quand elle m'apostropha.

— Et toi ? Ta soirée.

— Rien de spécial. Ah, si... cette lettre. Bizarre.

Elle tendit la main pour la saisir, la parcourut rapidement, fronça les sourcils.

— C'est quoi ? Une offre d'emploi ?

— Ça m'en a tout l'air.

— Tu connais ce type ?

— Non. Jamais entendu parler de lui.

Elle la lut à haute voix.

— « *Je souhaite que vous travailliez pour moi. Mon offre vous intéressera.*

Téléphonez-moi. » L'adresse est située dans les beaux quartiers de la capitale. Et c'est signé R. Luciani.

— Étrange, non ?

— Pourquoi une lettre ? Une offre d'emploi qui arrive par la poste... ça ne se fait plus. Le téléphone existe ! Ou Internet.

— C'est ce que je me suis dit. Ça ressemble à l'approche de ces recruteurs... Comment on appelle ça déjà ? Des chasseurs de têtes.

— Si tu étais surdiplômée ou que tu occupais un poste de direction, je veux bien... Mais quel cabinet de recrutement s'intéresserait à une infirmière ? Je pencherais plutôt pour un piège tendu par un détraqué !

— Merci de me rassurer. Moi, je crois plutôt qu'il s'agit d'une erreur.

— Tu vas lui téléphoner ?

— Non, je n'ai aucune raison de le faire.

— Moi, j'appellerais. Par curiosité.

— Je ne suis pas curieuse.

— Je sais. Tu as toutes les qualités. Allez, va-t'en. Tu me déprimes.

*

Trois jours plus tard, je reçus un appel.

— Mademoiselle Vidal ?

— Oui ?

— Nous vous avons fait parvenir un courrier vous proposant un emploi, en avez-vous pris connaissance ? demanda la voix.

— Ah, le courrier... Oui, mais qui êtes-vous ? demandai-je, surprise. Et comment me connaissez-vous ?

Mon interlocuteur fit mine de ne pas avoir entendu mes questions.

— M. Luciani souhaite vous rencontrer.

— Mais qui est M. Luciani ? Et que me veut-il ?

— M. Luciani est un important homme d'affaires. Je suis son majordome. Quant à vous dire ce qu'il veut... Je pense que c'est ce qu'il vous expliquera lors du rendez-vous.

Le ton précieux de l'homme m'agaça mais avant que je n'aie pu objecter il reprit la parole.

— Demain, 18 heures ? proposa-t-il.

— Mais vous plaisantez ! m'emportai-je. Pour qui vous prenez-vous ? Vous m'envoyez un courrier sans explication, vous ne me dites rien sur le poste que vous proposez et maintenant vous... me convoquez ?

L'homme parut embarrassé.

— Je suis désolé, mademoiselle. M. Luciani n'a pas su mettre les formes et je ne suis guère plus doué mais... c'est la première fois qu'il me confie cette mission de... recrutement. Si la démarche vous a heurtée, je le regrette. Cependant, la proposition est très sérieuse. La seule chose que je me sens autorisé à vous confier est que M. Luciani a entendu parler de vous par des amis communs et qu'il désire vous offrir un poste.

Ses excuses empressées m'apaisèrent.

— Je ne sais pas. C'est tellement étrange comme démarche.

— J'en conviens. Mais je vous assure que tout cela est éminemment sérieux et honnête. Convenons d'un rendez-vous, si vous le voulez bien. Ensuite, vous aurez la possibilité de vous renseigner sur M. Luciani, et, si ce que vous découvrez ne vous plaît pas, vous pourrez vous désister. Mais ce ne sera pas le cas, j'en suis certain.

Sa voix et ses arguments me rassurèrent.

— Je suis de service demain.

— Alors, pouvez-vous me proposer une date ?

— Jeudi à 18 heures, suggérai-je.

— Parfait, s'exclama-t-il. Je vous donne notre adresse ?

Sitôt après avoir raccroché, je me précipitai sur mon ordinateur et cherchai des informations sur cet homme. J'appris que Robert Luciani dirigeait une importante société financière. La presse vantait son intelligence, sa capacité à anticiper les évolutions des marchés, son habileté managériale. Il était décrit comme un homme droit, brillant, à l'allure austère. Ses ennemis le redoutaient, ses amis lui vouaient une profonde admiration et son réseau de relations avait la réputation de s'étendre à tous les secteurs de la vie économique et politique. Fils d'immigrés italiens, il s'était élevé au-dessus de sa condition, à force d'opiniâtreté, et avait créé un petit cabinet de gestion de patrimoine, devenu, vingt ans plus tard, l'une des plus puissantes sociétés financières de la capitale.

Mes lectures me plongèrent dans la circonspection la plus totale. D'une part, j'étais séduite par l'homme et son parcours. D'autre part, je ne voyais pas en quoi une petite infirmière pouvait intéresser un tel personnage. Quel emploi souhaitait me proposer cet homme dont le métier était aux antipodes du mien ? Et quelles amitiés partagions-nous ? J'agrandis une photo et cru reconnaître son visage. J'étais certaine de l'avoir déjà vu. Dans la presse ? Chez ces fameuses connaissances communes ?

J'attendis donc le rendez-vous avec anxiété, élaborant une multitude de scénarios, fantasques ou inquiétants.

Chapitre 5

L'AMOUR EST UNE LUMIÈRE

Jonas

J'avais passé de nombreux mois à errer dans les marges de ma vie et, quand la réalité s'imposa à moi, je me retrouvai enferré dans des problèmes matériels dont la rudesse était proportionnelle au dédain que je leur avais jusqu'alors accordé. Ma banque me retira mon chéquier et ma carte de crédit. Comme je n'avais pas suffisamment d'argent pour régler mes besoins courants et encore moins pour répondre aux demandes des créanciers, c'est Josh et Chloé qui, une fois encore, me portèrent secours. Mais, pour ne pas encourager mon oisiveté, ils décidèrent de circonscrire leur aide à la seule fourniture des repas. Josh venait souvent taper à ma porte, me déposait un plateau ou m'invitait à dîner chez lui. Chloé remplissait le réfrigérateur et les placards de nourriture. Accusant plusieurs loyers de retard, mon propriétaire me menaça de m'expulser dès la fin de la trêve hivernale. Je fus pris de panique à l'idée de perdre cet appartement où j'avais tant de souvenirs.

*

— Écoute, Jonas, tu ne peux pas continuer à vivre ainsi ! s'écria Chloé, alors qu'elle rangeait un sac de victuailles dans mon frigo. Pourquoi ne pas écrire un autre roman ?

— Je n'en ai aucune envie.

— Il ne s'agit pas d'envie, mais d'extrême nécessité. Josh et moi pouvons continuer à faire des courses pour toi, mais ce n'est pas une solution. Tes dettes commencent à atteindre un niveau plus que préoccupant.

— Mais l'écriture n'est pas un travail ! On n'écrit pas pour manger, payer son loyer ! On n'écrit pas sur commande !

— Je crois pourtant avoir compris que c'est ce que tu as fait pour le deuxième !

— Pour quel résultat ? Un roman stupide, fade, sans intérêt.

Elle s'arrêta de gesticuler, me fit face.

— Jonas, il faut que tu réagisses ! Tu vas être viré de ton appartement et j'ai l'impression que tu t'en fous.

— Détrompe-toi. Ça me préoccupe. J'ai essayé de trouver du boulot, mais personne n'est intéressé par un trentenaire sans réelle qualification.

— Et si tu utilisais ton expérience d'auteur et de correcteur pour postuler dans une maison d'édition ?

— Des centaines d'écrivains convoitent les rares places qui se présentent. Et puis, je n'ai pas la vocation. Lire des romans et donner un avis qui influera sur le devenir de leurs auteurs... très peu pour moi.

Exaspérée, elle froissa un sac plastique et pointa un doigt sur moi.

— Tu es désolant, Jonas Lankri ! On n'a pas le droit d'avoir du talent et de le gâcher. On n'a pas le droit de se faire croire qu'il est possible de vivre sans jamais faire de concession, en restant arc-bouté sur ses principes, ses valeurs, en niant la réalité. Ça peut marcher un temps, mais la réalité est toujours la plus forte.

Lasse, elle secoua la tête.

— Voilà, t'as un peu de tout là-dedans, expliqua-t-elle en désignant mon placard et mon réfrigé-rateur. Et s'il manque quelque chose, envoie un SMS, je serai peut-être assez conne pour courir te le chercher.

Je la saisis et la serrai dans mes bras.

— Je t'adore, lui murmurai-je.

— Sincèrement, il y a de quoi ! répliqua-t-elle. Bon, allez, je me sauve, j'ai un boulot... MOI !

Après son départ, je résolus d'écouter ses conseils et de me mettre à la recherche d'un job. Un petit travail qui me permettrait de régler les dépenses courantes et de réinvestir cette réalité que j'avais quittée depuis trop longtemps. Pas un véritable emploi dans une entreprise qui me réclamerait de jouer un rôle, juste une présence contre du temps, des efforts personnels contre un salaire et quelques relations normalisées afin de renouer avec mes contemporains.

Anxieux et résigné, je commençai à prospecter.

*

Durant trois jours, j'arpentai les rues de Paris et proposai mon aide dans des boutiques de tous genres, des bars, des brasseries. Mais le manque d'expérience et mon incapacité à présenter une personnalité souriante et rassurante m'ôtèrent toutes chances de retenir l'attention d'éventuels employeurs. Ils me jugeaient d'un rapide coup d'œil, me posaient une ou deux questions, avant de me suggérer de laisser mes coordonnées.

Après une semaine de recherche, alors que, découragé, je rentrais chez moi, une librairie attira mon attention. Sa devanture en bois était recouverte d'une peinture beige qui s'écaillait avec élégance. Ses colonnades finement sculptées paraissaient supporter le poids de l'enseigne et du temps. La boutique, bien que vieille, affichait des airs prétentieux, revendiquant son âge et sa singularité au cœur d'un immeuble haussmannien qu'elle avait assujetti à son originalité et réduit à la fonction d'écrin. J'approchai, charmé et étonné par cette découverte. Des lettres peintes dans une typographie démodée annonçaient le lieu, *La Maison des Livres*, et le nom du propriétaire, *Monsieur Hillel Edimberg, Libraire*. La vitrine ne présentait que des romans, pas d'essais ou de documentaires. Chaque ouvrage était soigneusement posé, sans fioriture, comme par souci d'équité. Il y avait quelques livres récents, d'autres plus anciens et, là encore, aucune logique ne paraissait guider ces choix. Je laissais mes yeux parcourir la devanture, s'arrêter sur chaque détail, tel un enfant devant la vitrine d'un grand magasin une veille de noël. J'avisai alors une petite affiche, rédigée à la main sur du papier jauni.

Maison de grande réputation
recherche libraire expérimenté et cultivé.
Présentation parfaite exigée.
Demander M. Hillel

L'écriture élégante, composée de pleins et déliés aux formes désuètes autant que le ton me surprirent. Je pensai qu'il s'agissait d'une très ancienne annonce laissée là pour ajouter à l'ambiance surannée de la boutique. Je n'avais jusqu'alors jamais envisagé de prospecter les librairies. Pour moi, les libraires étaient des puits de science que je me savais incapable d'égaler. Mais le lieu paraissait nimbé d'une mystérieuse aura et j'eus envie d'en découvrir l'atmosphère.

La porte, comme je m'y attendais, s'ouvrait sur le passé. Les étagères en vieux bois de chêne regorgeaient de livres soigneusement rangés au gré d'une logique absconse. Un escabeau aux marches incertaines gênait le passage entre les rayons et des lustres recouverts de poussière tentaient, en vain, d'éclairer les volumes imposants de la pièce. Quelques clients prenaient visiblement du plaisir à parcourir la boutique, à laisser leurs doigts traîner sur la tranche des livres, en extraire quelques-uns pour aller y puiser des mots, au gré de leurs désirs. L'endroit imposait à chacun sa noblesse. Les gestes étaient lents, pesés, presque majestueux. Au fond de la boutique, un vieil homme en blouse grise, une paire de lunettes relevées sur le front, derrière une table en bois massif, était penché sur un ouvrage dont il paraissait vérifier la solidité. Il dut sentir mon regard car il leva les yeux sur moi et, amorçant un sourire poli, attendit que je m'adresse à lui. Je fis mine de l'ignorer et marchai entre les étals. J'étais en train de lire le résumé d'un roman quand, soudain, j'entendis une personne se racler la gorge près de moi. Sans que je m'en aperçoive, le vieux monsieur s'était approché de moi et m'offrait la même expression affable.

— Monsieur ? se contenta-t-il de dire.

— Je... enfin, je visite, dis-je. Pardon, je veux dire que... je regarde.

Il resta figé comme s'il n'avait pas entendu ma réponse ou en attendait une autre, ce qui me poussa à me livrer un peu plus.

— En fait... j'ai vu l'annonce et, je sais que c'est stupide, mais je me suis demandé si elle était d'actualité.

Il resta impassible. Je sentis l'embarras me gagner et jetai un coup d'œil vers les clients, persuadé que tous assistaient à l'échange, mais les vis toujours absorbés par leurs lectures.

— Je cherche du travail et je suis tombé sur votre annonce... balbutiai-je après m'être éclairci la voix. Oui, enfin, je me suis dit qu'elle était sans doute vieille mais j'ai eu envie de découvrir votre jolie librairie.

Son expression resta la même et je commençai à me demander si le vieil homme était sain d'esprit.

— Raphaël Scali, finit-il par dire.

Je restai interdit, troublé d'entendre mon nom d'auteur jaillir de la bouche de cet inconnu.

— N'est-ce pas ? demanda-t-il, sûr de lui, avec, dans le regard, l'éclat malicieux du joueur qui sait qu'il a donné la bonne réponse.

— Oui, balbutiai-je.

Une expression de joie éclaira son visage.

— Mais... comment ?

Il ne me répondit pas, eut l'air de se concentrer.

— Raphaël Scali, auteur aux Éditions Janvier, a publié deux romans, commença-t-il à réciter, comme s'il lisait en lui une fiche que son esprit venait d'extraire. Le premier *Dans les silences d'une femme*, le second *J'étais un fils pour mon père*. Plus rien après... Enfin, à ma connaissance.

J'étais stupéfait. Si mes romans m'avaient conféré une quelconque notoriété, celle-ci n'avait pu résister à cinq ans d'absence. De plus, en admettant que l'homme ait été marqué par mon travail, mon visage n'était absolument pas connu des lecteurs.

— Je me trompe ? demanda-t-il, en se rapprochant un peu plus de mon visage pour en parcourir les traits.

— Non, pas du tout.

— Hé hé, ricana-t-il, satisfait. J'ai beaucoup aimé votre premier roman. Il possédait une force particulière et le style était étonnant.

Dans le court silence qui suivit, je compris que le deuxième lui avait posé problème et lui fus reconnaissant de cette muette sincérité.

— Mais comment avez-vous pu me reconnaître ?

— J'ai une mémoire absolument prodigieuse, expliqua-t-il en redressant la tête, fièrement.

— Oui, mais mon visage... Il n'y avait pas de photo de moi sur mes romans... Il n'y en a pas eu dans la presse...

— Mais il y en avait une sur le document de présentation envoyé par votre maison d'édition aux libraires ! rétorqua-t-il, triomphal, comme s'il attendait ma question.

L'expression de mon étonnement le ravit et il émit un petit rire aigu.

— Je n'oublie pas les visages. Je me souviens de tous ceux que j'ai croisés dans ma vie. Des noms et prénoms également... Donc, vous êtes entré pour l'annonce ?

— Oui. Mais elle doit être...

— Je l'ai affichée il y a une semaine. Je n'arrive plus à tenir la boutique seul. J'ai besoin d'un peu d'aide, l'après-midi surtout. Je vieillis et ne suis pas aussi vif qu'avant. Vous voulez le poste ?

— Eh bien... Oui, bien sûr ! Mais je ne sais si je ferai l'affaire. Je n'ai pas une grande culture littéraire. J'aime lire mais mes connaissances ne sont pas structurées et...

— Je vous embauche, m'interrompit-il, heureux, en tapant dans ses mains. Quel bonheur d'avoir un auteur dans mon établissement ! Et si vous avez des lacunes, je serai là pour les combler ! Un auteur comme libraire ! Jamais je n'aurais pu espérer mieux !

Il jubilait, sautillant sur place tel un enfant.

— Je m'appelle Hillel Edimberg, dit-il en me tendant la main.

— Et moi...

— Raphaël Scali, je le sais, m'interrompit-il en riant.

— Non. Raphaël Scali est mon nom d'auteur. Mon vrai nom est Jonas Lankri.

— Un nom d'emprunt ? répéta-t-il, pensif. J'ai été tenté moi aussi de changer de nom à une époque. Va pour Jonas, alors. Jonas signifie colombe. Mais vous le savez sûrement. Un symbole, celui de la liberté, de l'intégrité également. Soyez le bienvenu, Jonas. Et venez découvrir mon domaine.

Sa main osseuse et fragile se posa sur mon épaule pour me guider affectueusement et je vis un tatouage sur son avant-bras.

Un numéro.

Lior

L'adresse que m'avait donnée le majordome était celle d'un hôtel particulier situé dans une rue cossue adjacente à l'avenue de Wagram. Sur le portail, une plaque annonçait le nom du lieu : « Villa Venezia ».

À ma première sonnerie une caméra, située à l'intérieur du jardin, s'orienta vers moi.

Une voix me demanda de décliner mon identité avant de m'inviter à entrer. Je me dirigeai alors vers un homme qui m'attendait sur le perron de la maison. Visage lisse à l'expression affable, mains jointes devant son impeccable tenue, il m'accueillit gentiment et d'un geste me proposa de le précéder à l'intérieur.

Je restai stupéfaite devant l'immensité et la majesté de la pièce dans laquelle je venais de pénétrer : une vaste entrée, des murs couverts de tableaux, des statues, des plafonds hauts, un imposant escalier de marbre. Cette seule pièce devait être cinq fois plus grande que mon appartement.

— Je m'appelle Claude. Je suis le majordome de M. Luciani.

— C'est vous que j'ai eu au téléphone ? demandai-je.

Il hocha la tête en signe d'assentiment.

— M. Luciani vous attend, dit-il en me proposant de le suivre.

Nous prîmes l'escalier pour arriver à l'étage, face à un couloir distribuant plusieurs pièces. Mes yeux tentaient d'embrasser tous les détails des lieux pour trouver un sens à l'étonnante décoration, aussi excessive que hasardeuse. C'était comme si les propriétaires avaient essayé de contenir leur volonté d'exprimer leur richesse sans y parvenir. Malgré cet apparat, la demeure ne paraissait pas avoir d'âme.

Claude me fit traverser un salon cossu et tapa trois coups à une porte avant de l'ouvrir. Il me laissa me glisser dans ce qui était un vaste bureau et referma derrière moi. Grand homme d'âge mûr, aux traits acérés et au menton carré, M. Luciani se dirigea vers moi.

— Robert Luciani, annonça-t-il en tendant sa main et en posant ses grands yeux noirs sur moi.

— Lior Vidal.

— Merci d'avoir répondu à mon message.

— Un message assez étrange.

— Ah bon ? répliqua-t-il, pensif, comme s'il tentait de se remémorer les termes de son texte.

— Oui, presque une convocation.

— Ah, je vois. J'en suis désolé.

— Vous ne disiez rien sur la fameuse proposition que vous souhaitiez me faire.

— En effet. C'est parce que cette proposition est... particulière.

— Mais dites-moi d'abord comment vous êtes arrivé jusqu'à moi ? Votre majordome m'a parlé d'amis communs...

— Je vais tout vous expliquer. Venez, asseyons-nous là.

Il me désigna un petit salon, coquet et étonnamment plaisant en regard de ce que j'avais vu de la maison jusqu'alors. Nous nous installâmes face à face.

— La maison ne vous plaît pas, n'est-ce pas ? dit-il, alors que mon regard continuait à flotter sur les lieux.

— C'est plutôt que je la trouve impressionnante.

— Et pas chaleureuse.

— En effet, répondis-je, un peu embarrassée.

— Normal. La vie fuit lentement les lieux, murmura-t-il, soudainement triste. Il y a quelques années, cette maison était agréable, conviviale, vivante. Elle abritait une famille heureuse. Aujourd'hui, je dois être le seul à la voir comme elle était alors, à entendre l'écho des rires et des éclats de voix qui l'emplissaient.

Il se tut, comme à l'écoute de ces sons perdus.

— Qu'attendez-vous de moi ? demandai-je, pour revenir au sujet qui me préoccupait.

— Oui, excusez-moi, vous espérez une explication et je vous livre mes états d'âme. Mais ce que je vous confie est en rapport avec votre présence.

— C'est-à-dire ?

— Vous êtes, je le sais, une excellente infirmière. Et je souhaite que vous entriez à mon service, dit-il, retrouvant ce que je pensais être son ton de dirigeant d'entreprise.

— À votre service ? Vous m'avez l'air plutôt en bonne santé.

— Il ne s'agit pas de moi, mais de ma fille, expliqua-t-il, soudain plus fragile.

— Votre fille ? De quoi est-elle atteinte ?

Il se tut un instant, respira profondément comme pour trouver la force de prononcer de difficiles paroles.

— Elle est atteinte d'une maladie dégénérative qui s'attaque au système nerveux et finit par le détruire.

Il m'expliqua son mal avec pudeur et crainte, comme si ces mots étaient une malédiction qu'il craignait d'éveiller.

— À quel stade est-elle ?

— Le dernier. Elle n'en a plus que pour quelques mois. Trois, six... un peu plus. J'ai demandé qu'elle soit soignée à la maison et j'ai fait équiper sa chambre.

Il se pencha en avant, prit sa tête entre ses mains.

— Elle est mon seul enfant, marmonna-t-il d'une voix brisée. Je la vois partir un peu plus chaque jour.

— Outre ses fonctions motrices, est-elle atteinte d'autres handicaps ?

— Elle est totalement paralysée, ne parle plus. Elle ne peut désormais s'exprimer qu'à l'aide d'un système informatique qu'elle utilise d'une pression de la main. Mais rarement. Elle dit que cela la fatigue. Mais je pense qu'elle ne veut plus.

— Pourquoi ?

— Pour que je m'habitue à son absence, sûrement. Parfois, elle m'écrit quelques mots le soir. Toujours pour me réconforter, pour me dire qu'elle n'a pas peur, que je ne dois pas être triste. C'est elle qui me réconforte, confia-t-il avec un sourire triste.

Il se leva, fit quelques pas, tête baissée.

— Quelle ironie. J'ai travaillé toute ma vie pour mettre ma famille à l'abri des problèmes. Les premières années furent heureuses. Avec ma femme et ma fille, nous étions une vraie petite famille. Tout me réussissait. J'étais grisé par le sentiment de toute-puissance qui me poussait à aller plus loin encore, à prendre plus de risques pour gagner plus d'argent. J'ai fini par oublier l'essentiel. J'ai délaissé mon épouse. Elle est partie un jour avec une de mes relations en emportant ma fille. À force de procès et de menaces, j'ai réussi à récupérer Serena. Je ne pouvais me résoudre à la voir vivre entre cette femme qui m'avait trahi et cet homme qui n'était pas son père. Une réaction de fierté stupide puisque, je le savais, je n'avais pas le temps de m'occuper de son éducation. Je l'ai confiée à des gouvernantes et elle a grandi dans cette maison avec l'amour et l'attention de mes collaborateurs. Quelques années plus tard, elle est tombée malade. Et là, je me suis découvert impuissant, incapable de faire quoi que ce soit pour améliorer son sort. Je l'ai vue décliner, année après année. J'ai arrêté de travailler, me suis rapproché d'elle, lui ai consacré tout mon temps. Mais maintenant, que puis-je faire ? Elle est allongée, paralysée et attend la mort. Et je patiente avec elle.

— Quel âge a-t-elle ? demandai-je, émue.

— Sensiblement le vôtre.

— Sa mère ?

— Elle vient de temps en temps la voir. Pas souvent. Mais je la comprends. Elle m'a rendu une fille belle, vive, gaie. Elle la retrouve un peu plus éteinte à chaque visite. Mais elle vient...

Je laissai passer quelques secondes. Je connaissais cette émotion, cette lente descente vers la résignation, ces sursauts de colère.

— Pourquoi moi ? questionnai-je.

— Parce que ce n'est pas d'une infirmière dont elle a besoin. Enfin, pas seulement. Je veux qu'elle ait une amie, une personne en qui elle pourrait se reconnaître. Une fille capable de l'accompagner vers la fin, en la soutenant et en l'aimant.

— Vous n'avez pas répondu à ma question : pourquoi moi ? Pourquoi pensez-vous que je peux être cette personne ? Qui vous a donné mon nom ?

— Angèle Dutour.

Je tressaillis.

— Mme Dutour ?

— Angèle Dutour était mon assistante, déclara-t-il. Je vous ai rencontrée à l'hôpital.

Je compris alors pourquoi j'avais eu l'impression de connaître son visage.

— Je lui ai rendu visite plusieurs fois et vous y ai croisée, continua-t-il. La veille de son décès, quand je suis arrivé, vous étiez avec elle. Vous lui teniez la main et plaisantiez. Je l'ai vue sourire. Puis vous nous avez laissés. Et, dans notre conversation, elle a évoqué l'aide que vous lui apportiez. Et elle m'a suggéré de vous employer. « Serena l'adorera, tu verras. » Ce sont ses mots. Quand je vous ai vue à l'enterrement, j'ai compris la dimension de votre investissement et j'ai pensé à vous faire cette offre.

Le ton de sa voix avait une douceur presque hypnotique.

— J'aimerais que vous soyez l'amie de Serena, comme vous étiez celle d'Angèle, me dit-il.

Je restai perplexe.

— Je ne sais pas. Ce que vous me dites est très gentil mais cette proposition est… surprenante. Je pensais justement quitter mon service ou même changer de métier. Je me suis trop investie, au détriment de ma propre vie et…

— Acceptez mon offre. Ça pourrait justement être votre dernière... mission. Une manière de quitter l'hôpital. Je m'occuperai ensuite de vous trouver une formation et un emploi dans mon entreprise ou ailleurs. Et il va sans dire que vous serez très bien payée.

— Me payer pour devenir l'amie de votre fille... ce n'est pas comme ça que je conçois mon travail ou l'amitié.

— Je le sais. Excusez ma maladresse. Mais je n'ai aucun doute sur le fait que vous aimerez Serena et qu'elle vous aimera également.

— Je ne sais pas. J'ai besoin de réfléchir.

— Je comprends. Faites un essai. Une semaine ou deux puis, si vous souhaitez nous quitter, alors vous pourrez opter pour la formation et l'emploi que je vous ai proposés.

— Tout cela est si soudain, si... étrange.

— Prenez le temps de considérer ma proposition, je vous en prie.

Je me levai et il fit de même. Mais avant de le quitter, je ressentis le besoin d'en savoir plus.

— Puis-je voir Serena ?

Un léger sourire illumina son visage jusqu'alors si sombre, comme s'il espérait cette question.

Il me devança et nous parcourûmes une partie de la maison pour arriver devant une chambre.

Il tapa à la porte et entra.

De là où je me situais, je découvris une vaste pièce aux couleurs vives, meublée de façon chaleureuse, jonchée de coussins et de poufs. Sur les murs, des adhésifs représentaient des fleurs, des arbres. Une grande bibliothèque supportait des centaines d'ouvrages. C'était la chambre d'une jeune fille. Celle qu'elle avait dû être quand la maladie l'avait surprise.

Je fis quelques pas et vis Serena. Elle était allongée sur son lit, les yeux rivés au plafond. On aurait pu croire que tout allait bien, qu'elle se reposait et ne nous avait pas entendus entrer. Mais les appareils médicaux, à ses côtés, rappelaient le drame qui se jouait dans la pièce.

— Des capteurs permettent de surveiller son état. Nous sommes reliés à un centre de soins. À la moindre alerte, un médecin intervient.

J'avançai vers Serena pour mieux la voir.

C'était une jolie fille. Elle devait en effet avoir mon âge mais la maladie avait creusé ses traits, cerné ses yeux démesurément ouverts. Ses cheveux bruns s'étalaient sur l'oreiller.

— C'est moi, mon amour, murmura M. Luciani. Je suis avec une infirmière. Celle dont je t'ai parlé. Elle s'appelle Lior et veut faire ta connaissance.

— Bonjour, Serena, dis-je en me penchant sur son lit.

Je lui pris la main et vis ses paupières papillonner.

— Superbe ta chambre, dis-je. Elle ressemble un peu à la mienne. Mais j'ai moins de bouquins que toi !

— Serena a toujours aimé lire, intervint M. Luciani. Avant que sa maladie se déclare, elle lisait plusieurs romans par semaine. Et puis, quand elle a dû garder la chambre, elle a passé des jours et des nuits à ne faire que ça. Elle a lu tous les romans que vous pouvez voir là.

— Quelqu'un te fait la lecture depuis ?

— Moi, répondit son père. Mais pas suffisamment et mal, sans doute, même si Serena fait semblant de s'en satisfaire. J'ai demandé à certaines de ses aides de le faire, mais leur absence de motivation déplaisait à Serena.

Je fus indignée de savoir qu'elle avait si peu d'occasions de profiter de sa belle passion. Ce fut peut-être cela qui m'incita à prendre une décision sur-le-champ, car ce que je dis ensuite m'échappa.

— Si tu le veux bien, je vais m'occuper de toi, Serena. Et je vais te lire des romans. J'adore lire, mais, malheureusement, je n'en ai pas tellement le temps. Alors, si je peux te faire plaisir et, en même temps, retrouver ce bonheur... ce serait formidable !

Je n'avais pas réfléchi aux implications de ma décision, mais il me paraissait évident que ma place était là, près de Serena.

Je vis ses paupières s'agiter et un léger sourire apparaître aux commissures de ses lèvres.

— J'étudierai ta bibliothèque pour voir quel genre de roman te plaît. Mais je ferai mes propres choix aussi. Nous devons avoir le même âge et, d'après ta chambre, le même caractère, donc nos sensibilités doivent être assez proches.

J'eus l'impression que ma proposition lui plut.

— Je ne sais pas encore quand je pourrai commencer, Serena. Mais je ferai en sorte d'être rapidement près de toi.

Elle remua ses doigts.

— Elle veut son stylet. Elle a quelque chose à vous dire.

M. Luciani plaça une sorte de stylo optique dans la main de sa fille. D'une pression, elle alluma l'ordinateur placé à ses côtés. Un clavier apparut sur l'écran. Avec d'imperceptibles mouvements, elle déplaça le curseur et composa lentement une phrase que son père et moi lûmes.

Je vous attendais

Surprise, je restais silencieuse un instant. Je vis ses yeux fouiller les miens.

— C'est gentil, finis-je par dire, ne sachant pas ce qu'il fallait penser de cette confidence.

Je me penchai sur elle, lui caressai la main.

— À bientôt, Serena.

Elle cligna des yeux avec tendresse.

En me retournant, je vis M. Luciani relever crânement son visage pour masquer son émotion. Il soupira et m'offrit un sourire débordant de reconnaissance.

*

— Et tu vas quitter ton travail comme ça, sur un coup de tête ? s'indigna Elsa.

— Un coup de cœur.

— Un coup de folie plutôt !

Nous étions assises sur mon lit, en tee-shirt pyjama. Je lui avais raconté ma rencontre, ma décision, l'émotion de mon nouveau patron. Elsa se démaquillait, s'interrompant parfois pour réfléchir à la situation, me poser une question ou lâcher un commentaire.

— Et tu commences quand ?

— Eh bien, en cumulant mes congés payés et les jours que l'hôpital me doit, je pense que je pourrai débuter dans une dizaine de jours.

— C'est pas trop... précipité ?

— Je lui avais demandé un temps de réflexion mais quand j'ai vu Serena, ça a été comme une évidence. J'ai senti qu'elle avait besoin de moi et, tu vas trouver ça bizarre, mais... j'ai également eu le sentiment que j'avais besoin d'elle.

— C'est vrai que comme copine de déconnade, elle doit être pas mal !

— Je sais qu'elle va beaucoup m'apporter.

— Tu éviteras de me raconter vos folles journées entre filles, je pourrais être jalouse.

— C'est comme si elle était une autre partie de moi-même, expliquai-je, plus pour tenter de mettre des mots sur mes sensations que pour convaincre Elsa.

— Merci, c'est gentil pour moi, dit-elle, faussement offusquée. J'aurais aimé que tu gardes ce genre d'expression pour parler de moi.

— Tu es stupide, répondis-je en riant. Tu fais semblant de ne pas comprendre.

— Si, si, je comprends très bien. Je te sors pendant des années, je te console de tes amours déçus, j'investis ma bonne humeur pour donner des couleurs à ta triste vie et une inconnue surgit, elle papillonne des yeux et devient « une partie de toi ». Mais bon, s'il faut être paralysée et mourante pour mériter ta véritable amitié, je jette l'éponge, railla Elsa en joignant le geste à la parole et en me lançant un coton imbibé de crème démaquillante au visage.

— Tu crois que je fais une connerie ?

— Si j'avais eu la faculté d'anticiper les conneries, ma chérie, nous serions mariées et mères de nombreux enfants.

— Sois sérieuse un instant, Elsa, la suppliai-je.

— OK. Non, à ta place, je sauterai sur l'occasion. Au lieu de t'occuper de je ne sais combien de malades, tu ne vas prendre soin que d'une seule. Tu vas être bien payée. Tu vas passer tes journées dans un palais. Et tu as la promesse de cet homme de bénéficier d'une reconversion.

— Dit comme ça...

— Et il est comment, ce M. Luciani ? demanda-t-elle.

— C'est-à-dire ?

— Ben, physiquement.

— Il doit avoir la cinquantaine.

— Mais la belle cinquantaine ou la cinquantaine abîmée ? Genre Richard Gere ou le gardien de l'immeuble ?

— Pourquoi cette question ?

— Divorcé, richissime, tendre, désespéré... Je me verrais bien en consolatrice.

— Tu es abjecte ! m'offusquai-je en riant.

— Alors ?

— Je ne répondrai pas.

— OK, pas besoin. Je vais le savoir tout de suite.

Elle sauta hors du lit, saisit l'ordinateur portable et tapa son nom sur Google.

— Woaw, pas mal, le vieux ! s'écria-t-elle. Le genre rital, mafioso repenti, revenu de tout, le mâle élégant... j'adore !

— Comment peux-tu...

— Ne me dis pas que tu n'y as pas pensé !

— Je n'y ai pas pensé ! objectai-je.

— Oui, remarque, c'est toute la différence entre toi et moi.

— Mais il a cinquante ans !

— Et alors ? C'est justement ce qu'il me faut. Un homme mûr, sûr de lui, qui a vécu et qui verrait ma jeunesse comme un cadeau, une seconde chance, me considérerait comme sa chose précieuse, jeune et belle. Enfin... au moins jeune.

Elle soupira profondément.

— Tu me le présenteras ?

— N'y compte pas.

— Et tu te dis être mon amie ? s'écria-t-elle en feignant d'être blessée.

— Oui, notre amitié est ce que j'ai de plus cher.

— Oh, comme c'est gentil ! s'écria-t-elle, attendrie. Tu sais, quand je broie du noir, autrement dit chaque fois que je me fais larguer, soit à peu près chaque semaine, je m'accroche à une idée pour ne pas sombrer. Je me dis que je dois quand même être quelqu'un de bien si une fille comme toi m'a choisie comme amie et continue à me considérer comme telle.

Je tendis un bras et elle vint se lover contre moi.

— Nous sommes des filles bien, n'en doute jamais, lui murmurai-je.

Elsa se redressa.

— Je mets de la musique ?

— Si tu veux, mais, par pitié, pas ta musique.

— Aznavour ! proposa-t-elle, feignant de ne pas m'avoir entendue.

— Non, ça va nous plomber le cœur !

Elle bondit vers sa chaîne hi-fi.

— OK, alors une autre qui te plaît : *J'ai encore rêvé d'elle.*

— Non, s'il te plaît, pas...

Je n'eus pas le temps de finir ma phrase que déjà les premières notes de piano retentissaient.

Parce que j'avais un jour dit à Elsa que cette chanson me plaisait, elle avait décidé que ce standard des années soixante-dix était ma chanson fétiche. Il est vrai que j'aimais son romantisme désuet, la délicatesse de ces voix qui se rencontraient puis s'unissaient pour chanter l'amour. Quand nous la passions, nous devions suivre un rituel. Chacune s'arrogeait un rôle et nous mimions exagérément les paroles afin d'amoindrir la mélancolie qui menaçait à chaque fois de nous gagner.

Elsa chanta le premier couplet, un balai en guise de micro et prenant des poses. Je me mis à rire, même si ce spectacle m'avait déjà tant de fois été présenté. Elsa était une chance dans ma vie. Une amie proche, sincère et amusante. Une sœur.

Quand vint le second couplet, je me joignis à elle.

Jonas

S'il suffisait tout juste à couvrir mes dépenses courantes, ce travail m'apparaissait comme une chance tant il était agréable. J'étais traité avec égard par M. Hillel. La perspective de disposer à demeure d'un auteur qui avait eu sa petite heure de gloire lui paraissait un atout concurrentiel face à l'hégémonie de la grande surface culturelle voisine avec laquelle il s'était inventé une concurrence fictive, émaillée d'incidents, dont il était toujours d'abord la victime puis, après des dénouements qu'il était sûrement le seul à percevoir, le vainqueur.

« Jamais je ne céderai, disait-il, en relevant le menton. Ils ne m'auront pas ! Je sortirai couché de cette librairie et en guise de rose, ce sont les pages des plus belles œuvres littéraires que mes clients viendront jeter sur mon cercueil ! »

Je doutais que la célèbre enseigne n'ait jamais entendu parler de lui mais le laissais penser que j'étais à ses côtés dans cette guerre sans merci.

Mon travail consistait à lire et classer les romans. Quand un nouveau livre nous parvenait, il était placé sur une table spécifique dans l'attente d'être lu par nous ou par des clients dignes de la confiance du vieux libraire. Dès lors, une petite fiche était rédigée et il rejoignait les rayons. Le classement des romans constituait une sinécure. En effet, M. Hillel avait institué un mode de rangement correspondant à une logique fantasque et belle à la fois. Il s'agissait, selon lui, de privilégier la perception globale que le lecteur aurait du roman, la « trace » qu'il laisserait en lui. « Peu importe les genres définis par les maisons d'édition. Quant au classement par ordre alphabétique, je laisse ça aux adeptes de la productivité. C'est aux lecteurs que nous devons penser, à leurs désirs, leur sensibilité. Or mes lecteurs ne viennent pas chercher un polar ou un roman de science-fiction mais plutôt un certain type de sensations, de réflexion. Ils sont en quête d'une relation particulière. »

Il fallait donc connaître chaque œuvre pour en définir la tonalité principale avant de la ranger dans une « galerie de sensations ». L'entreprise n'était pas aisée car aucune de ces galeries n'était précisément nommée. « Nommer, c'est réduire », expliquait-il. Avec le temps et l'aide de M. Hillel, je sus identifier les principales galeries : il y avait les romans pour aimer l'amour et, juste en face, ceux pour en douter ; les romans pour avoir peur, qui regroupaient des fictions d'aventures ou d'effroi mais dans lesquels on pouvait également dénicher de la politique-fiction ; des romans pour imaginer l'ailleurs, qui rassemblaient principalement ceux se situant dans un univers géographique précis, en France ou à l'étranger, mais également ceux traitant de science-fiction ; les romans sur la douleur qui amalgamaient les récits personnels et introspectifs et les textes sur la

Shoah, les génocides arméniens et rwandais ; les romans sur l'histoire, thème a priori beaucoup plus facile à appréhender mais qui se subdivisait en plusieurs sous-familles dont les victoires de l'homme et les défaites de l'homme. Et il y avait des dizaines de galeries de ce genre.

Je n'intervenais que très peu auprès des clients ou, tout au moins, pas de ma propre initiative. M. Hillel m'avait expliqué qu'il souhaitait que les personnes fréquentant la librairie se sentent libres d'aller et venir, de lire sur place, sans être importunées. « Ce ne sont pas des clients mais des invités. Nous nous occupons des livres et les livres s'occupent d'eux », avait-il déclaré avec solennité.

Je devais donc juste me tenir à leur disposition s'ils souhaitaient un renseignement ou parler d'un roman qu'ils avaient lu. Et, en effet, peu étaient vraiment clients. Ils entraient, saluaient M. Hillel d'un rapide sourire, d'un petit geste de la tête, et s'oubliaient dans la lecture des livres ou simplement se promenaient entre les étagères.

— Cela ne vous ennuie pas de voir la plupart de ces... invités aller et venir sans jamais rien acheter ? avais-je demandé un jour, alors qu'il comptait sa maigre recette.

— Pourquoi donc ? Penses-tu que je tiens cette boutique pour gagner de l'argent ? Si c'était le cas, je disposerais mon magasin autrement, je ferai une place de choix à tous ces livres stupides sur la politique et une autre aux auteurs vedettes.

— Et pour quelles raisons, alors ?

Il me toisa, chercha ses mots, puis, dans un sourire, me répondit :

— Mais parce que je suis une sorte de marieur ! Cette boutique n'est pas une librairie mais une agence matrimoniale ! Je présente des romans à des lecteurs et espère qu'ils se reconnaîtront, s'aimeront. Vois-tu, chaque lecteur est un livre, une histoire en cours d'écriture. Une histoire à la recherche d'une autre histoire.

Il se tut un instant, puis se pencha, comme pour me confier un secret :

— Chaque lecteur cherche son *livre lumière*.

— Un *livre lumière* ? répétai-je, surpris par l'expression.

— La lecture n'est pas un acte de consommation, comme pourrait le laisser croire cette satanée grande surface qui a juré ma mort. C'est plus que cela. Le rapport entre le lecteur et les livres appartient à une logique mystique. Écoute bien ce que je vais te dire, Jonas : chacun d'entre nous est destiné à rencontrer un livre, son livre. Un seul et unique livre qui l'attend quelque part, dans les rayons d'une librairie. Un livre qui donnera un sens à son existence, éclairera sa route, fera écho à ses douleurs, à ses espoirs, lui indiquera le chemin à emprunter, les valeurs à préserver et l'accompagnera alors jusqu'à la mort. C'est cela, un *livre lumière*. Et j'aime imaginer que je suis parfois celui qui suscite ce moment magique conduisant un homme ou une femme à rencontrer le sien. J'ai créé un cadre favorable à ces rencontres. Et c'est la raison pour laquelle les romans sont disposés en fonction de leurs atmosphères, de leurs pouvoirs de séduction. Vous me prenez tous pour un excentrique incapable d'organiser son magasin ! Mais non, je sais très bien ce que je fais. Beaucoup de nos visiteurs l'ont très bien compris ! Ils se dirigent toujours vers la même bibliothèque. Ils savent d'instinct dans quel univers ils trouveront le roman de leur vie, celui qui les révélera, fera naître en eux la passion éclairant la voie sur laquelle ils pourront alors conduire leurs années. Certains lecteurs sont difficiles, ils lisent un, dix, cent, mille romans et cherchent encore et encore. D'autres le trouvent rapidement. Ils le lisent et le relisent sans cesse. Et quand ils en prennent un autre, c'est toujours ce roman qu'ils cherchent à travers lui. Nous autres, libraires, nous sommes des sortes d'anges. Nous préparons le terrain, les guidons, facilitons leur recherche. Des anges, des marieurs, oui, voilà ce que nous sommes.

Je restai un instant muet, ému par l'homme, la richesse de sa personnalité et la singularité de ses idées. Derrière ses yeux vifs se cachait un monde inaccessible, un passé riche et troublé. Je connaissais très peu de choses sur sa vie. Il n'était pas enclin à la confidence, mais, parfois, au cours d'une conversation, il lâchait une information sur le mode de l'anecdote. Je savais ainsi qu'il avait été déporté lorsqu'il était enfant et avait ensuite grandi sans famille. Peut-être était-ce notre commun orphelinat qui, lentement, avait tissé la trame de notre relation. Il s'enquérait sans cesse de ma santé, de mes lectures. Il s'arrêtait parfois devant moi, me prenait la main, la secouait en affichant une mine réjouie : « Un auteur ! Un véritable auteur ! Et je suis son patron ! » Et son rire s'élevait dans l'air en notes cristallines.

Il avait réussi à se procurer quelques exemplaires de mes romans auprès de mon éditeur et les avait mis en évidence sur son comptoir. Je le voyais parfois se pencher sur ses clients, celles qui venaient pour rompre leur solitude et discuter littérature avec lui, et, avec un air de conspiration, leur glisser à l'oreille, d'une voix censée être discrète mais que la sérénité ambiante révélait : « C'est le roman du beau garçon là-bas. Un grand auteur ! » Embarrassé, je faisais alors un petit signe de tête. Il venait ensuite vers moi : « Elle l'a acheté ! Elle voudrait une dédicace », disait-il, triomphal, pensant contribuer à raviver ma gloire autant que ma santé financière. J'écrivais alors quelques mots amicaux sur la page de garde. Lui ajoutait la date et la mention : « Dédicace réalisée à la librairie La Maison des livres ».

— J'ai une faveur à te demander, avait-il annoncé un jour, avec gravité.

— Je vous en prie.

— Voilà : je sais que tu n'écris pas, tu me l'as dit. Mais, simple supposition : si d'aventure... on ne sait jamais, n'est-ce pas... hum... après tout, aucune décision n'est irrévocable et chaque jour a la capacité de faire de nous un être nouveau... bref, si tu décides de te remettre à l'écriture... et si ton roman est publié... j'aimerais que tu me donnes l'exclusivité en termes de dédicace. Enfin, je veux dire... dans le quartier.

— Mais vous savez très bien que je ne souhaite pas...

— Oui, je sais, m'interrompit-il sèchement, j'ai moi-même dit qu'il s'agissait d'une simple supposition.

— Un cas théorique, en quelque sorte ? demandai-je, amusé.

— Si tu veux, bougonna-t-il.

— Alors, je suis d'accord, avais-je répondu.

Il avait sursauté, m'avait considéré avec bonheur.

— Vrai ?

— Vrai.

— Exclusivité dans la ville ?

— Dans le quartier, disiez-vous à l'instant, plaisantai-je.

— Oui, ma foi, pour ennuyer mon hégémonique concurrent, une exclusivité dans le quartier me suffira, avait-il admis.

— Mais il ne s'agit que d'une situation fictive, m'étais-je senti obligé de rappeler face à son enthousiasme.

— Tais-toi donc ! Laisse-moi sur ces seules paroles. N'enlève pas au moment sa magie ! Je vais avoir de quoi alimenter ma machine à rêves durant quelques jours, voire quelques semaines ! Penser à la tête du patron du grand magasin concurrent, à ces gens qui se bousculeront devant la librairie, qui feront la queue pour te voir, recueillir ta précieuse signature. Je leur offrirai du thé et des gâteaux pour les faire patienter, annonça-t-il. Ils comprendront la différence entre un artisan amoureux des livres et un vendeur obnubilé par la productivité. Mon Dieu, toutes les idées que je vais avoir maintenant ! jubila-t-il.

Il avait fait quelques pas pour retourner à sa place, puis était revenu vers moi, soudain sombre et décidé.

— Vous devriez écrire, jeune homme, m'avait-il lancé sur le ton du reproche, revenant à un vouvoiement impérieux. Vous n'êtes pas propriétaire de votre talent !

Lior

Deux semaines après ma visite, j'entrais dans la demeure pour ma première journée de travail.

Claude, qui m'attendait sur le pas de la porte, m'offrit un sourire chaleureux.

— Je suis heureux de vous voir, s'exclama-t-il.

Il se pencha vers moi, comme pour me faire une confidence.

— M. Luciani est heureux également.

— Merci.

— Vous êtes en avance, remarqua-t-il en jetant un coup d'œil sur l'horloge adossée au mur de l'entrée.

— Je suis souvent en avance.

— Tant mieux ! s'enthousiasma-t-il. Cela nous donnera l'occasion de bavarder un peu. Serena est avec son père. J'ai pour consigne de vous accompagner à 9 heures pile. Je vais vous servir une boisson chaude. Et j'ai quelques délicieuses viennoiseries.

J'avais déjà pris mon petit déjeuner mais sentis qu'un refus le contrarierait.

La cuisine était digne de celle d'un grand restaurant. Spacieuse, suréquipée, d'une propreté irréprochable, elle semblait n'être jamais utilisée.

— Il fut un temps où M. Luciani recevait très souvent, me confia Claude dans un soupir. Aujourd'hui, nous n'utilisons qu'une petite partie de cette pièce.

Il m'invita à m'asseoir à une table.

— Thé ? Café ? Chocolat ?

— Thé, répondis-je.

— À la menthe ? questionna-t-il, espérant que je réponde par l'affirmative.

— Oui, très bien.

— C'est le thé que je préfère. J'ai vécu quelques années au Maroc et j'ai appris l'art du thé à la menthe.

Il coupa quelques branches de menthe fraîche dans un pot, les rinça, saisit une théière argentée aux lignes orientales.

— Vous travaillez pour M. Luciani depuis longtemps ?

— Un an avant la venue au monde de Serena.

— Vous lui êtes resté fidèle tant d'années ? m'étonnai-je.

— M. Luciani est quelqu'un de bien. Et la maison me plaît.

— Vous vivez ici ?

— Oui, un joli appartement situé dans l'aile droite.

— Vous être marié ?

— Oui. Mais je n'ai pas d'enfant. Ma femme et moi avons attendu trop longtemps et quand nous nous sommes décidés, il était trop tard.

— Qui d'autre vit ici ?

— Géraldine, la cuisinière. Je vous la présenterai.

Il jeta une poignée de thé dans la théière, posa la menthe à l'intérieur, ajouta deux grosses cuillères de sucre en poudre et la remplit doucement d'eau chaude.

— À une certaine époque, nous étions assez nombreux à travailler pour M. Luciani, reprit-il. Une quinzaine à peu près.

— Fallait-il tant de monde pour tenir cette maison ?

— Non. Cinq personnes auraient suffi. Une cuisinière, une femme de ménage, une serveuse, un gardien et moi. Mais M. Luciani a un grand cœur et il a recruté les cousins, frères ou sœurs que ses gens de maison lui proposaient. Il faut dire que la demeure était souvent remplie d'invités. Des membres de la famille, des amis, des clients, des relations qui venaient passer quelques jours à Paris aux frais de monsieur. Et des hôtes de marque. Si je vous citais toutes les vedettes que j'ai vues défiler !

— Jusqu'au départ de son épouse ?

— Oui. Quand elle l'a quitté, il a cessé de recevoir. Son orgueil d'homme, qui plus est italien, était profondément atteint. Puis, lorsque la maladie de Serena s'est déclarée, la maison a perdu ses derniers éclats de vie. Le personnel est parti, petit à petit. Il ne restait que Géraldine, Angèle, l'assistante de M. Luciani, et moi. Puis Angèle a été emportée par un cancer. Je sais que vous l'avez connue. Une femme d'une grandeur d'âme exceptionnelle.

Un silence s'installa, empli de la présence de Mme Dutour.

Il posa deux verres au milieu de la table. Il en remplit un et reversa son contenu dans la théière.

— Et Serena a grandi parmi vous.

Il s'immobilisa un instant, laissa son esprit lui présenter quelques lointaines images et soupira.

— C'était un amour de petite fille. Il fallait voir le regard de son père quand elle entrait dans son bureau, en pleine réunion, après avoir échappé à la vigilance de sa gouvernante. Il était heureux. Il oubliait le protocole, les attitudes empruntées, ses impératifs professionnels. Il redevenait le petit immigrant italien, se penchait sur elle, la soulevait, l'embrassait, lui disait des mots tendres dans sa langue natale. La petite aimait tous les membres du personnel. Nous étions ses oncles, ses tantes, ses camarades de jeu aussi. À grandir dans cet univers clos, protégée par son père, elle est devenue discrète, rêveuse et assez solitaire.

Il éleva la théière et commença à remplir un verre en étirant le jet vers le haut, d'un geste lent et magistral.

Il se figea à nouveau et me regarda un instant.

— Elle vous ressemble.

Je trempai mes lèvres dans le thé brûlant.

Je bus silencieusement, pendant que Claude continuait à me parler de la maison. Mais je pensais à cette famille, à ce bout d'histoire qui m'était confié et dans lequel j'avais désormais un rôle à jouer. Je n'étais pas là pour sauver Serena, personne ne le pouvait, mais pour lui procurer quelques instants de douceur, de joie, peut-être. J'étais à la fois fière de cette mission et embarrassée par l'estime que l'on m'accordait. Une estime taillée dans un espoir trop grand pour moi.

L'heure venue, il m'accompagna devant la porte de Serena.

— Bonjour Serena, c'est Lior, dis-je en entrant.

Je vis une lueur de joie fugace apparaître sur son visage.

C'est vrai, elle me ressemblait.

Chapitre 6

L'AMOUR EST UN MYSTÈRE

Jonas

C'est au cœur de mon naufrage financier que survinrent les premiers événements étranges.

Je m'étais levé, j'avais avalé un café et je m'étais allongé sur le canapé, pour considérer, une nouvelle fois, la théorie du marieur de M. Hillel. Avait-on tous, comme il le disait, un roman qui nous était destiné ? Un roman capable de nous apaiser mais également de nous révéler une part de vérité essentielle sur nous-mêmes, de donner un sens à notre vie ?

Si c'était le cas, selon la définition qu'en avait donnée le sage libraire, je ne l'avais pas encore trouvé. Et cette idée m'étourdissait autant qu'elle m'enthousiasmait. Depuis toujours, les romans m'enchantaient, m'enveloppaient de leur magie et me faisaient quitter le monde pour des dimensions parallèles où mon existence était allégée de poids de son désœuvrement. Nombre d'entre eux m'avaient marqué, réjoui, transporté. Parfois, leurs personnages avaient continué à m'habiter plusieurs jours encore après que j'eus lu la dernière page. Ils avaient ensuite laissé une trace de leur beauté, de leur force en moi. Mais aucun ne s'était distingué de la manière dont M. Hillel l'entendait. Aucun ne s'était adressé à mon âme pour lui révéler le sens à donner à ma vie.

Oui, il était évident que je cherchais encore mon *roman lumière*.

En tant que lecteur, cette idée me plaisait. C'était une promesse, celle d'une magnifique rencontre qui un jour me bouleverserait, me comblerait. Elle était autrement plus angoissante quand je l'envisageais à travers l'écriture. Elle révélait la responsabilité qui incombait à un auteur et le risque pour celui-ci de succomber à l'orgueil.

Des raisons qui confortaient ma décision de ne plus écrire.

Je décidai de me lever et d'aller marcher un peu quand j'entendis taper à ma porte. Avant que j'aie eu le temps de répondre, les coups redoublèrent.

— Ouvrez, monsieur Lankri ! Je sais que vous êtes là !

Je reconnus la voix rocailleuse de mon propriétaire et me sentis accablé à l'idée de la confrontation qui s'annonçait. L'homme n'était pas facile, s'emportait facilement.

— Vous vous cachez, monsieur Lankri ? fulmina-t-il quand je lui ouvris.

— Non, j'étais… dans la salle de bains.

— Ben voyons. Vous savez pourquoi je suis là ?

— Oui, bien sûr. Ne vous inquiétez pas, je ne suis pas malhonnête, je vous payerai les loyers en retard.

— Quand ? demanda-t-il en relevant le menton.

— Eh bien… je ne sais pas. Dès que je le pourrai.

— Mais ce n'est pas une réponse, ça, M. Lankri !
Vous me devez cinq mois de loyers ! Je vais donc
devoir faire appel à un huissier. Il saisira ce qu'il
pourra et vous jettera dehors !

— J'ai un travail maintenant. Mais un mi-temps
seulement.

— Et alors ? Pensez-vous pouvoir payer la
somme que vous me devez en travaillant à mi-
temps dans un fast-food ou une station-service ?

— Une librairie, rectifiai-je. Non, bien entendu,
mais je cherche un autre travail et...

— Je n'attendrai pas, monsieur Lankri. Je vais
engager une procédure de recouvrement et
d'expulsion. Vous autres, les artistes, vous vous
croyez tout permis. Moi, vos livres, ça ne
m'impressionne pas ! Et puis, deux livres en cinq
ans... on peut pas dire que vous vous tuez à la
tâche !

Il planta ses yeux menaçants dans les miens,
eut un petit sourire dédaigneux et tourna les
talons.

Je me laissai tomber sur le canapé, abattu par
cette déplorable scène. Le téléphone sonna mais
je ne réagis pas, redoutant cette loi implacable
mais intangible selon laquelle les soucis attirent
les soucis.

Puis, réalisant l'étrangeté de la situation, je
bondis hors du lit et me précipitai sur le téléphone pour bien me convaincre de la réalité de
cet appel. Le silence revint et je restai debout,
interloqué.

À cause du non-règlement d'une facture, la
ligne avait été coupée deux semaines auparavant.

*

L'éclat du soleil à travers la vitre de ma chambre m'avait incité à sortir faire quelques pas dans le quartier. J'en profitai pour acheter une baguette de pain et, à mon retour, relevai le contenu de ma boîte aux lettres. Sur une enveloppe, l'en-tête de ma banque me défiait. Je l'ouvris en montant les escaliers, prêt à faire face à mon découvert quand, arrivé sur mon palier, j'entendis Josh sortir de chez lui.

— Salut Josh, lançai-je.

— Salut ami.

— Tu ne travailles pas ?

— Pas aujourd'hui.

— On prend le petit déj' ensemble ? proposai-je.

Il me suivit. Je posai ma lettre sur la table du salon et allai chercher la cafetière.

À mon retour, alors que je lui tendais une tasse, je vis qu'il m'observait curieusement et affichait un mystérieux sourire.

— Pourquoi me regardes-tu comme ça ?

En guise de réponse, il haussa les épaules.

— C'est quoi, ce sourire à la con ? insistai-je. J'ai l'impression que tu me caches quelque chose.

— C'est toi.

— Moi qui quoi ?

— Qui cache quelque chose.

— Je cache quoi ? Merde, Josh, explique ! Je ne sais pas de quoi tu parles !

Il fit juste un petit signe de la main pour me désigner le relevé de ma banque.

— J'ai vu, dit-il, embarrassé. Sans vouloir voir. Désolé.

Je saisis le papier et un rapide coup d'œil suffit à m'arracher un cri.

— Putain ! Mais qu'est-ce que c'est ?

Mon relevé m'annonçait que j'étais créditeur. J'avais plus de sept mille euros sur mon compte.

Josh fronça les sourcils, étonné par ma réaction.

Du fait de mon interdiction bancaire, mon relevé ne comportait que peu d'opérations et j'identifiai rapidement le versement d'une somme qui me parut énorme. Un virement de dix mille euros !

— Tu ne savais pas ? me demanda Josh, étonné.

— Non. C'est un virement. Qui a pu m'envoyer cette somme ?

— T'es sérieux ? s'étonna-t-il.

— Oui, je suis sérieux. Je n'y comprends rien. Personne ne me doit d'argent !

— Une erreur ?

— J'aurais pu le croire, s'il n'y avait que ça. Mais là, ça ferait deux erreurs.

— Comment ça, deux erreurs ?

Je lui expliquai alors ma ligne téléphonique rétablie.

— J'ai téléphoné à l'opérateur, hier. La somme a été réglée par virement postal. Et il leur est impossible de me dire qui en est l'expéditeur.

— Interroge ta banque.

Je me levai précipitamment, composai le numéro de mon agence bancaire et demandai à parler au gestionnaire de mon compte. Le jeune homme, habituellement froid, capable en deux ou trois mots de me faire sentir son petit pouvoir et son mépris, m'accueillit avec une sympathie toute nouvelle.

— Monsieur Lankri ! J'ai constaté que votre situation s'était substantiellement améliorée et j'en suis très heureux.

— Je souhaite avoir une information, l'interrompis-je, irrité par son opportune versatilité.

— Je vous en prie.

— Quelqu'un a effectué un virement sur mon compte. Un virement de dix mille euros. Je souhaite savoir d'où vient cet argent.

Ma question l'étonna.

— Savoir... parce que vous ne le savez pas ? questionna-t-il, interloqué.

— Non, puisque je vous le demande.

— Oui, bien entendu. J'avoue que votre demande est assez... particulière. Mais je peux faire une recherche.

Je l'entendis taper sur le clavier de son ordinateur.

— Eh bien, je suis assez embêté, reprit-il. Je ne peux pas répondre à votre question. Il s'agit d'un virement provenant d'un compte situé à l'étranger. Aucun nom n'y figure. Juste un numéro.

— Et vous pouvez trouver le nom du propriétaire de ce compte à partir de ce numéro ?

— Non. Les banques de ce pays ne donnent pas accès à ces informations.

— Alors n'importe qui peut verser de l'argent sur mon compte ? m'exclamai-je, agacé.

Je l'entendis se racler la gorge.

— Il faut comprendre que la notion de versement frauduleux... est assez ambiguë. Les litiges concernent plutôt les retraits frauduleux. Toutefois, une erreur est possible... nous pouvons effectuer des recherches plus poussées. Auparavant, il est possible d'isoler la somme, afin d'engager une procédure. Mais le service est payant.

— Eh bien, faites-le.

— Ne voyez aucune ironie dans ma remarque, mais... si je bloque cette somme, vous serez de nouveau à découvert et n'aurez pas les moyens de régler l'opération. Du moins pas à partir de votre compte.

Il avait retrouvé son ton empesé, narquois.

Je lui proposai de venir lui régler les frais de gestion au guichet, raccrochai et relatai mon échange à Josh.

— T'as raison de ne pas y toucher. On ne sait jamais. Il y a parfois des erreurs. Si c'en est une, de toute façon, tu devras rembourser.

Le téléphone, mon compte bancaire... j'eus le pressentiment que ces faits étranges m'annonçaient une menace.

*

Nous étions au Café des Italiens, autour d'une bouteille de vin blanc.

— Juré, ce n'est pas moi qui ai payé ta note de téléphone et encore moins versé dix mille euros sur ton compte ! s'exclama Chloé. Je gagne bien ma vie mais quand même, ma générosité a des limites, faut pas déconner !

— La banque doit faire une recherche, sans garantie de résultats, et ça peut prendre plusieurs semaines, expliquai-je.

— Si ce n'est pas une erreur, c'est quelqu'un qui veut t'aider, avança Chloé. Envisageons tous les cas possibles, proposa-t-elle. Des amis ? Non, personne n'est aussi con que nous pour faire face aux conséquences de ton oisiveté.

— Ton éditeur ? proposa Josh.

— Impossible. Il ne me doit plus rien et n'espère plus me voir écrire.

— Un membre de ta famille ? Tu as peut-être un cousin ou une cousine bien intentionnés qui ont entendu parler de ta situation et ont décidé de t'aider.

— Impossible. Le peu de famille que j'ai se fiche bien de savoir comment je vais.

— Et ton patron ? s'exclama Chloé, persuadée de détenir une piste.

J'envisageai l'idée quelques instants.

— C'est vrai qu'il est capable d'une grande générosité. Mais il ne sait rien de précis sur ma situation.

— Il l'a peut-être appris de la bouche d'une de tes connaissances...

— Peu vraisemblable. Il ne connaît personne dans mon entourage.

— Lui as-tu déjà demandé une avance ?

— Oui, en effet... cela m'est arrivé.

— Eh bien voilà, s'exclama Chloé. Il a pu en déduire que tu avais des difficultés financières. Après tout, un mi-temps ne suffit pas pour vivre, il le sait.

Nous nous tûmes un instant, absorbés par cette idée.

*

M. Hillel raccompagnait la dernière cliente à la porte, révérencieux à l'excès. Si j'avais d'emblée repoussé l'idée qu'il puisse être à l'origine de ces curieux incidents, j'avais reconsidéré mon opinion : le vieil homme possédait une part d'ombre et de mystère telle qu'il m'était impossible de l'exclure trop rapidement des suspects.

Lorsque nous fûmes seuls, je m'approchai de sa table de travail. Comme chaque fois que je m'adressais à lui, il leva vers moi un visage réjoui, exprimant son plaisir de me découvrir au milieu de sa boutique.

— Je peux vous poser une question ?

Il posa les livres qu'il tenait dans ses mains, ôta ses lunettes et fronça les sourcils pour signifier qu'il était prêt à répondre à une colle en matière de références bibliographiques ou de classement.

— Une question assez particulière, lui dis-je, soudain embarrassé.

— Particulière ? répéta-t-il, intrigué.

— Rien à voir avec la librairie. Une question personnelle.

Son visage s'assombrit et il remit ses lunettes, reprit ses livres et fit mine de se remettre au travail.

— Je savais que tu m'interrogerais un jour à ce sujet, dit-il sur le ton de la fatalité.

Je crus avoir enfin trouvé la réponse à mon énigme.

— Je t'en ai trop dit ou pas assez, lança-t-il dans un soupir. Ma vie sans femme, sans famille, mes petites originalités, mon passé obscur et... ce numéro tatoué sur mon bras... Tout le monde finit par me poser la question. Tout le monde veut savoir. Mais je n'aime pas en parler, vois-tu, et...

— Mais il ne s'agit pas du tout de ça... l'interrompis-je, encore surpris par sa tirade.

Il me fit face, ôta à nouveau ses lunettes et me jaugea.

— Vrai ?

— Vrai.

— Parce que bon, je râle, je râle, mais à toi, je peux en parler, répliqua-t-il gêné. Un auteur a la sensibilité et l'intelligence nécessaires pour écouter. Pas pour comprendre, parce que personne ne le peut. Mais pour écouter.

— C'est gentil, mais ça n'a rien à voir avec votre passé.

Il se renfrogna.

— Mon passé ne t'intéresse pas ?

— Pas du tout ! répondis-je, étonné par la tournure que prenait cette conversation. Ça m'intéresse, mais je n'aurais jamais osé vous interroger sur ce sujet.

— Mmm... oui, bon. Alors, que voulais-tu savoir ?

Je lui expliquai la situation. Il m'écouta avec intérêt, levant parfois la tête vers moi, tel un moineau méfiant.

— Et donc, tu veux savoir si c'est moi qui t'ai envoyé cet argent ? demanda-t-il.

— J'envisage toutes les possibilités.

— Dois-je penser que tu me prends pour un fou ou trouver dans tes soupçons la marque d'une estime ?

— Donc, ce n'est pas vous.

— Je ne fais jamais rien d'anonyme, jeune homme ! s'exclama-t-il. L'anonymat cache bien trop souvent un crime, un orgueil masqué ou une stupidité.

— J'ai imaginé un instant que vous vouliez m'aider... sans m'embarrasser.

— Si je dois t'aider, je le ferai à visage découvert et avec suffisamment de tact et de franchise pour ne pas te gêner !

— Très bien, désolé.

Il réfléchit un instant.

— Selon moi, il s'agit d'une erreur. Et si c'est le cas, cet argent ne t'appartient pas.

Sur ces paroles, il me planta au milieu de la boutique et disparut. Il réapparut avec une enveloppe qu'il me tendit autoritairement.

— Voilà de l'argent. Ne me remercie pas, je les retirerai sur ta paye... plus tard. Ça t'évitera d'être tenté de toucher à ton compte.

Je voulus refuser mais sa proposition était ferme. De plus, j'en avais besoin, et, après tout, il ne s'agissait que d'une avance.

— Je ne vous ai pas raconté cette histoire pour que vous me prêtiez cet argent, tins-je à préciser.

— Je le sais. Tu es suffisamment fin et intègre pour ne pas recourir à de telles manœuvres.

— Mais j'accepte parce que j'en ai vraiment besoin.

— À la bonne heure ! se réjouit-il.

— Merci monsieur Hillel, vous êtes...

— Oui, bon, allez, retourne travailler ! m'interrompit-il en agitant les mains.

— Monsieur Hillel ?

— Quoi encore ?

— Et ce que vous alliez me raconter sur votre passé ?

— Pas aujourd'hui ! On ne donne jamais son amitié et de l'argent au même homme, disait ma mère, dont les sentences étaient toujours sensées. L'amitié est affaire de sentiment, l'argent est affaire de pouvoir. Ça, c'est moi qui l'ai rajouté et, si ce n'est pas totalement juste, c'est joli aussi. Allez, file, on a assez discuté.

*

— Donc le mystère reste entier, déclara Chloé.

— Exact.

— Bon, pour le moment, tu as fait ce qu'il fallait concernant ce fric. Alors, oublions l'incident un instant et n'envisageons que le cœur du problème, proposa Chloé. Tu dois absolument trouver le moyen de payer tes dettes, Jonas.

— J'en suis conscient.

— Que comptes-tu faire ?

— Trouver un autre boulot.

— Miracle ! Il devient raisonnable. Tu as raison, il te faut un autre emploi, plus sûr, mieux payé et à plein temps.

— Non, je voulais dire… trouver un autre mi-temps. Je n'ai pas envie de quitter mon libraire.

— Mais ce n'est pas un vrai travail, ça ! À quoi peut-il te mener ? N'as-tu pas d'autres ambitions ?

— L'ambition est un mot créé par des hommes qui n'ont pas d'imagination pour faire oublier à ceux qui en ont qu'ils sont des hommes.

— C'est de qui ? demanda-t-elle, interloquée.

— De moi.

— Finalement… tu as bien fait d'arrêter d'écrire, plaisanta-t-elle.

— L'ambition est un leurre, rétorquai-je, excédé. On nous fait croire que le bonheur est lié à la possession de tous les produits que l'on ne cesse d'inventer. On veut nous éloigner de notre vraie nature d'homme pour nous empêcher de penser, de nous révolter contre toutes les injustices engendrées par la société. Alors, on fait de nous de simples consommateurs seulement capables de courir après des rêves.

— Tu nous l'as énervé, lança Josh à une Chloé médusée.

— C'est l'ambition qui pourrit le monde, insistai-je.

— T'as fini, là ? demanda Chloé. On croirait entendre le discours d'un politicien de gauche.

— Moi, ça me rappelle plutôt une chanson de Souchon, fit remarquer Josh.

— Je suis bien dans cette librairie, dis-je, d'une voix plus calme. Le patron est un mec génial. J'aime ses valeurs, ses idées folles, son idéalisme, le mystère derrière lequel il cache son douloureux passé. Il se fout du fric, des règles, de la logique. Il donne un sens à sa vie. Et il a une ambition, figure-toi ! Celle de permettre à ses clients de trouver un jour le roman qui les rendra heureux. Ça, c'est de l'ambition. Ça ne fait pas de lui un homme plus riche, ça ne lui rapporte ni prestige ni pouvoir. Mais ça le rend heureux... et, du coup, ça me rend heureux également.

En mon for intérieur, je savais que Chloé avait raison : la logique imposait de me mettre en quête d'une activité professionnelle à plein temps, plus rémunératrice. La librairie avait joué le rôle d'un sas de décompression entre le monde imaginaire et instable dans lequel je m'étais laissé flotter et la réalité. J'étais maintenant enclin à faire de véritables efforts pour m'en sortir, voire disposé à me corrompre dans n'importe quelle activité susceptible de calmer les hyènes hurlant à ma porte.

Pourtant, je ne pouvais me résoudre à quitter M. Hillel, la librairie et ses curieux clients pour un *véritable* emploi à plein temps. Mon histoire était désormais attachée à l'âme de ce lieu. Au réveil, la seule perspective de ces quelques heures de travail suffisait à dissoudre mes idées noires. J'aimais évoluer au milieu des romans, découvrir leurs histoires, celles de leurs auteurs ou répondre aux clients. De plus, j'avais établi avec M. Hillel une relation particulière, faite de complicité et d'affection. J'aimais la manière dont son regard m'enveloppait dès qu'il me voyait, ses digressions sur la littérature, son délire paranoïaque sur la concurrence de la grande surface culturelle, l'attention qu'il portait aux livres et celle qu'il accordait à ses clients. C'était comme si la librairie constituait un espace hors du monde et de ses vicissitudes, et que toutes les richesses qu'elle recelait suffisaient à donner du sens à ma vie.

Mais, au-delà de ces considérations affectives et professionnelles, une autre raison me liait à la Maison des livres. J'avais le sentiment irrationnel et confus que l'essence de mon existence était attachée à ce lieu, qu'il possédait un charme, une magie, qui, un jour, me révélerait une vérité.

Je ne me trompais pas : ce jour survint la semaine suivante, soit trois mois après mon arrivée à la librairie. Et il donna un sens à tous ceux qui l'avaient précédé.

Lior

Les journées se déroulaient au rythme qu'imposait l'état de Serena. Je les emplissais de ma force, de ma bonne humeur. Je commençais d'abord par lui raconter quelques anecdotes me concernant ou d'autres, autrement plus piquantes et attrayantes, tirées des aventures d'Elsa. Mon idée était de faire de ma vie une fenêtre vers ce monde auquel elle n'appartenait déjà plus. Et je pense qu'elle s'identifiait à moi, embrassait mon histoire, mon quotidien, comme le condamné à mort respire l'air qui entre par la fenêtre de sa cellule. Puis je lui lisais les journaux du jour, les commentais avec tout l'humour ou toute la science dont j'étais capable. Je mettais parfois un film et nous le regardions, allongées l'une près de l'autre, main dans la main.

Enfin venait le moment de la lecture d'un roman, celui qu'elle préférait. Comme moi, elle aimait les histoires d'amour. Pas celles qui déroulent le fil d'une intrigue naïve, mais celles qui transportent les sentiments sur les hauteurs de la noblesse humaine. Nous étions convenues de puiser dans sa bibliothèque des œuvres qu'elle avait aimées et souhaitait redécouvrir à travers ma voix et les émotions que je ressentais. Elle se réjouissait de mes réactions, anticipait certains passages d'une respiration rapide, comme pour me dire : « Tu vas voir, les pages qui arrivent sont magnifiques. »

C'est au cœur de l'émotion que nous nous retrouvions.

Serena avait un langage composé de respirations, de légers mouvements du visage, de battements de paupières, de petites plaintes et d'imperceptibles sourires. Ses doigts bougeaient légèrement et ils me caressaient souvent la main pour me remercier d'être là, près d'elle, d'occuper son temps, de la considérer comme ma confidente.

Elle réclamait rarement son stylet et quand elle le faisait, c'était simplement pour me dire son plaisir après une lecture ou me poser une question sur ma vie. Mais elle s'exprimait avec peu de mots. Je ne savais pas si sa concision extrême était due à son manque d'énergie ou, comme son père le disait, à sa volonté de se retirer doucement du présent, pour habituer son entourage à son absence.

J'essayais d'être vraie, de ne pas cacher mes sentiments, de lui ouvrir mon cœur pour qu'elle s'y blottisse. Parfois, pourtant, épuisée, je me surprenais à surjouer afin de lui masquer mes états d'âme. Mais elle voyait clair dans mon comportement. Elle était tout entière tendue vers moi. C'était comme si elle avait accès aux profondeurs de mon âme, pouvait lire mes pensées intimes. C'est sans doute parce que je ressentais cette communauté d'esprit que je lui proposais de lui lire parfois les textes que j'écrivais. Des textes que je n'avais jamais soumis à personne, pas même à Elsa. Elle me remerciait toujours d'un petit sourire ou d'un mot écrit sur son ordinateur.

*

— Vous finissez bien souvent tard, Lior, me dit M. Luciani.

Il était près de 21 heures. Il m'avait interpellée sur le pas de son bureau alors que je m'apprêtais à partir.

— C'est parce que j'ai du mal à considérer ce que je fais comme un travail, lui avouai-je sans forfanterie.

Une expression de tendresse traversa son visage.

— Je vous payerai vos heures supplémentaires, déclara-t-il.

— Je suis suffisamment bien payée, répondis-je.

Il ignora ma réponse.

— J'ai pensé que... vous pourriez vous installer ici. Les trois quarts de la maison sont inoccupés. Je pourrais vous proposer l'équivalent d'un véritable appartement.

— Merci, mais je tiens à rentrer chez moi le soir. J'ai besoin de sortir d'ici et de retrouver un lieu qui m'appartienne vraiment. De plus, je partage mon appartement avec une amie et ne veux pas la laisser tomber.

— Je comprends, murmura-t-il. Souhaitez-vous que je vous fasse raccompagner ?

Je fus tentée d'accepter tant je me sentais fatiguée mais n'eus pas le cœur de faire déranger Claude à cette heure-là.

— Merci, mais j'ai envie de marcher un peu.

— Alors, bonne soirée, Lior.

Dans le couloir, Géraldine m'interpella.

— Tiens, prends ça.

Géraldine avait les traits d'une femme qui avait profité de la vie avant de se résoudre à traîner ses rondeurs déchues avec le peu de force que ses grosses jambes percluses de varices possédaient encore. Elle m'attendait souvent à la porte afin de me donner un repas pour deux personnes qui faisait le bonheur d'Elsa.

— Merci, Géraldine. Je vais grossir avec toutes les bonnes choses que vous me donnez, lui dis-je.

— Ouais, ben y a encore de la marge. Et puis c'est soit je te les donne soit je les jette, alors tu les prends et c'est tout.

Elle me faisait croire qu'il s'agissait des restes des repas de la journée. Mais je savais qu'elle préparait des petits plats et des desserts spécialement pour moi.

— Tu sais que la mère vient dans deux jours ? me demanda-t-elle.

— Oui, M. Luciani me l'a dit.

— Une garce, celle-là, marmonna-t-elle en contractant son visage, attendant que je l'incite à me confier son avis.

La venue de la maman de Serena était attendue comme un événement. Claude et Géraldine paraissaient la redouter. M. Luciani feignait de s'en désintéresser.

— C'est de la tarte Tatin ? J'adore ça ! m'exclamai-je, pour faire diversion.

Géraldine oublia aussitôt ses velléités de médisance et afficha un sourire triomphant.

— Ben, tu m'en diras des nouvelles, de celle-là !

*

La maman de Serena était arrivée tôt le matin et s'était enfermée avec sa fille. J'attendais dans la cuisine, en compagnie de Géraldine et de Claude.

— Elle ne reste jamais bien longtemps, me confia Claude. Une heure tout au plus.

— Une heure tous les mois, persifla Géraldine. Tu parles d'une mère.

— Je ne crois pas que nous puissions la blâmer, me glissa Claude. Elle fait une dépression depuis que sa fille est dans cet état-là. Et chacune de ses visites la plonge dans un désespoir plus profond encore.

— Et Serena est ensuite dans un piteux état, compléta la cuisinière en me servant un bol de café et une part de tarte à la praline, que je regardai avec effroi.

— Quoi, t'aimes pas la tarte à la praline ? me demanda-t-elle.

— Si, mais... pas au petit déjeuner.

— Ah ? s'étonna-t-elle, en regardant la tarte. Bon, je te l'emballe alors. Pour en revenir à l'autre peste, elle est pas excusable. Quand on est une vraie mère, on reste près de son enfant, c'est tout.

Claude leva les yeux au ciel et m'adressa une mimique complice.

*

Après une heure d'attente, nous entendîmes le claquement de talons sur le marbre des escaliers. Puis la porte de la cuisine s'ouvrit et l'ex-Mme Luciani apparut, les yeux rougis, le souffle court. Claude se redressa, prêt à l'écouter. Géraldine lui tourna le dos et entreprit de laver les tasses de café.

— Vous êtes Lior ? me demanda-t-elle. Pouvez-vous venir, j'ai à vous parler.

Je la suivis dans l'entrée.

C'était encore une belle femme. Sa démarche, la fluidité de ses mouvements, son port de tête altier lui conféraient une élégance princière et je n'eus pas de mal à l'imaginer trente ans plus tôt régnant dans cette maison, imposant sa beauté et sa distinction à ses invités.

— Je sais ce que vous pensez de moi, me dit-elle en préambule. Je sais ce que tout le monde pense de moi ici.

— Je ne pense rien, je suis...

Elle ne me laissa pas le temps de finir ma phrase.

— Peu importe. Je suis une mauvaise mère, je le sais. Je dois l'assumer aujourd'hui et... pour le reste de ma vie. Ma fille dit qu'elle ne m'en veut pas. Mais je suis sûre du contraire.

— Elle dit toujours la vérité. Les malades s'embarrassent rarement du poids du mensonge.

— Sauf quand il s'agit de rassurer, compléta-t-elle. Et elle cherche à me rassurer avant de...

Le mot se perdit dans sa souffrance.

— Si vous l'aviez connue avant... Vous l'auriez aimée, murmura-t-elle dans un sanglot.

— Je l'aime, répondis-je.

Elle acquiesça silencieusement.

— Vous vouliez me parler, me dire quelque chose ? questionnai-je.

Elle hésita.

— Je voulais vous remercier.

— Me remercier ?

— Roberto m'a dit ce que vous faites pour elle et à quel point vous êtes devenue importante dans sa vie. Je vous admire pour ça.

— Merci, c'est très gentil.

Elle regarda autour d'elle pour voir si quelqu'un pouvait l'entendre puis me prit le bras et se pencha sur moi.

— Mais... méfiez-vous, murmura-t-elle.

— Me méfier ? Mais de quoi ? De qui ?

— De mon ex-mari. Cet homme est un manipulateur.

Nous entendîmes une porte s'ouvrir et, levant la tête, nous vîmes M. Luciani apparaître en haut des escaliers. Une expression grave, que je ne lui connaissais pas, fermait son visage. Ils se défièrent du regard un instant puis la mère de Serena se tourna vers moi. Et j'eus l'impression qu'elle me découvrait pour la première fois, qu'elle analysait chacun de mes traits.

— C'est vrai que vous lui ressemblez, finit-elle par dire d'une voix grave.

Et, prononçant ces mots, elle me serra le bras, et je crus comprendre que cette affirmation contenait une partie du message qu'elle comptait me délivrer.

Quand j'entrai dans la chambre de Serena, l'impression de malaise que m'avait laissée l'avertissement de sa mère ne m'avait pas quitté.

Sur les joues de mon amie, des larmes coulaient.

Je me précipitai vers elle et la serrai dans mes bras.

— Ne pleure pas, ma chérie.

Sur l'écran de son ordinateur, une phrase continuait à scintiller.

Je t'aime, n'en doute jamais

— Tu souffres de savoir que ta mère doute de ton amour ?

D'un battement de paupières elle répondit à ma question.

— Je lui ai dit qu'il fallait te croire, te faire confiance.

Ses yeux se plantèrent dans les miens et un éclat particulier vint les embraser.

— Qu'y a-t-il ? demandai-je, intriguée. Tu veux me dire quelque chose ?

Je la sentis hésiter. Sa main s'anima, serra le stylet de son ordinateur, puis elle se ravisa, la lâcha et détourna son regard.

— Tu avais quelque chose à me dire, insistai-je.

Elle fixa intensément son ordinateur, pour me le désigner.

Elle m'adressait la même phrase qu'à sa mère.

Je t'aime, n'en doute jamais

— Pourquoi en douterais-je ? demandai-je, étonnée.

Elle fit un effort et écrivit une nouvelle phrase.

Mon chemin est clair, ma voie est la tienne

— Je ne comprends pas, Serena, lui murmurai-je, interloquée.

Mais elle ferma les yeux pour me signifier qu'elle était fatiguée, se soustrayant à toute autre question.

*

— Ah ! Je me disais bien que tout ceci devait cacher quelque chose de suspect ! s'écria Elsa, excitée.

Je venais de lui confier les récents événements.

— Le beau et ténébreux Luciani est donc un manipulateur.

— Tous les hommes riches doivent l'être.

— Oui, mais qu'attend-il de toi ? Quelles sont les possibilités ? demanda-t-elle en bondissant hors du canapé pour arpenter le salon, façon détective.

— Elsa, il n'y a rien de suspect, dis-je pour calmer son élan.

— Non, prenons l'affaire au sérieux, déclama-t-elle, impérieuse. Réfléchissons.

— Arrête de faire l'idiote, s'il te plaît.

— Quoi ? Une esthéticienne ne peut pas déclarer qu'elle réfléchit sans qu'on la prenne pour une idiote ? Énumérons les possibilités. Hypothèse n° 1, cette femme a simplement voulu te dire que M. Luciani ne tiendra pas ses engagements. Hypothèse n° 2, l'homme va t'adopter en remplacement de sa fille et tu te trouveras enfermée dans une prison dorée. Ce qui expliquerait sa volonté de recruter une fille qui ressemble à la sienne. Hypothèse n° 3, il va t'anesthésier et faire prélever sur toi différents organes qui permettront de sauver sa fille.

Elle me questionna du regard.

— N'importe quoi, lâchai-je, exaspérée.

— N'empêche, c'est un super scénario de film, non ? Le père milliardaire d'une fille mourante qui enlève une jeune fille pour lui voler les organes dont son enfant chérie a besoin pour vivre.

— Déjà fait.

— Ah. Je me disais bien aussi... Donc, tu as le choix entre être enfermée par un milliardaire à la santé mentale vacillante et te faire rouler dans la farine.

— Ces gens-là ne me feront aucun mal.

— Alors, à ton avis, qu'a voulu te dire l'ex-femme de mon futur mari ?

— Elle a voulu me dire que je ne ressortirais pas indemne de cette histoire. Que M. Luciani m'a embarquée dans une aventure qui va me détruire affectivement, qu'il le sait mais s'en fout car son seul souci, c'est le bien-être de sa fille. Mais peut-on lui en vouloir ? Et, de toute façon, en acceptant ce travail, je savais pertinemment ce que je risquais. Voilà, c'est ce que la mère de Serena a voulu me dire. Oui, c'est sans doute cela.

— Et comment expliques-tu ce que Serena t'a écrit ?

— Là, je n'en ai aucune idée, avouai-je.

Chapitre 7

L'amour est une rencontre

Jonas

C'était un jour semblable aux autres.

Contrairement à ce que les romances nous font croire, les grands événements ne surviennent pas au cœur de moments particuliers. Ils ne sont pas le point d'orgue d'une journée ou d'une nuit qui les préparait, s'apprêtait à les accueillir. Ils surgissent souvent dans l'espace d'un quotidien banal, et c'est en cela qu'ils paraissent plus beaux encore. Parce qu'ils nous arrachent à notre routine, brisent la platitude de l'existence, confèrent aux minutes qui leur succèdent une saveur nouvelle, éveillent nos sens et nous donnent l'impression d'être enfin vivants.

Pourtant, chaque moment exceptionnel, qu'il s'agisse d'un coup de foudre, d'une naissance, d'une belle rencontre ou de la lecture d'un très beau texte, nous laisse parfois penser que tout ce qui l'a précédé n'existait que pour nous conduire à lui et, forme de perfide révisionnisme, nous repeignons les décors de ces événements avec les couleurs et la lumière qu'ils nous ont révélées.

Ce jour-là ne s'annonçait donc ni plus beau, ni plus terne que les précédents, et pourtant j'allais vivre la rencontre la plus importante de ma vie.

*

Les heures s'étaient écoulées avec la même entêtante lenteur, mes soucis financiers n'avaient cessé de me préoccuper et, à mon arrivée à la librairie, j'avais ressenti le même plaisir à respirer le lieu, à saluer mon vieux patron et à me plonger dans la découverte d'un roman.

Et elle poussa la porte.

Elle portait un jean et un pull-over bleu, sous une veste chaude à la coupe masculine. Une grande écharpe était maladroitement enroulée autour de son cou, enserrant ses longs cheveux bruns. Ses yeux laissaient transparaître une vitalité que la pâleur de ses traits et la finesse de sa peau démentaient.

Les quelques secondes que dura son apparition me semblent aujourd'hui encore comme suspendues dans l'instant qui me la révéla. Des secondes hors du temps, au-delà des limites de ma raison, appartenant à une dimension dans laquelle nous nous connaissions déjà. Vision romantique, bien sûr, mais ô combien sincère.

Vanité des mots quand il s'agit d'exprimer ce que je ressentis vraiment. J'étais saisi par une émotion qui me dépassait, prenait le contrôle de mon esprit, de mon corps et m'asservissait à une loi inconnue jusqu'alors. La trouvais-je belle ? Sans doute, mais j'étais incapable de dire ce qui, de sa bouche aux lèvres légèrement boudeuses, de ses yeux clairs et tristes, de la finesse de ses pommettes me séduisait le plus. Était-elle seulement belle ? Pour moi, elle l'était. Elle avait ce genre de beauté rare qui ne se laisse pas réduire à une somme de qualificatifs. Le genre de beauté qui échappe à tous les canons esthétiques pour imposer son équation et inventer une nouvelle harmonie, sur le mode de la fragilité, de l'équilibre instable et de l'inconsciente séduction. Souvent les yeux formatés des hommes glissent sur ces femmes sans les voir, incapables de les comprendre, de les apprécier ; et la plupart d'entre elles ne savent pas le pouvoir de leur visage, l'éclat de leur singularité.

Mon apparition avait, en outre, une élégance naturelle, un port de tête particulier, une manière de flotter dans l'entrée de la librairie, d'être présente et absente à la fois. Et une tristesse, ou était-ce plutôt une mélancolie, qui nimbait son visage et paraissait la soustraire à l'espace et au temps. Plus que bouleversé, j'étais ému. Comme on peut l'être devant un paysage dont la magnificence vous affole et l'harmonie vous apaise.

Son regard parcourut la librairie, caressa les rayons, s'attendrit sur le décor et m'ignora. Elle se dirigea directement vers le rayon devant lequel je lisais, parut prendre conscience de ma présence pour m'oublier aussitôt et se mit en quête d'un titre. Je restai figé dans ma contemplation, incapable de comprendre les raisons de l'émoi que je ressentais.

J'essayais d'assembler un peu de volonté et de lier quelques pensées afin d'échapper à cette torpeur sclérosante quand l'évidence m'apparut :

Elle était la fille de mon rêve !

*

À peine avais-je formulé cette idée qu'elle me parut grotesque. Je révisai alors mes pensées :

elle lui ressemblait. Elle avait quelques-uns de ses traits, sa douceur, sa fragilité. Comme elle, ses gestes étaient lents et élégants.

Nouvelle prise de conscience : je n'avais jamais précisément vu le visage de la visiteuse de mes nuits ! Et pourtant l'idée s'accrocha à mon esprit égaré et je ne pus tout à fait m'en défaire.

J'étais toujours immobile, essayant de convoquer mes souvenirs pour mieux comparer ces deux apparitions quand je vis le visage de M. Hillel surgir dans mon champ de vision. Le petit homme fronçait les sourcils dans une expression de reproche et de complicité à la fois, comme s'il voulait me dire : « Eh bien, mon garçon, vas-tu rester à la regarder comme ça ? »

Je me ressaisis et repris ma lecture pendant que M. Hillel repartait à sa table en secouant la tête, un sourire bienveillant aux lèvres. Je continuai toutefois à observer cette fille à la dérobée. Je la vis prendre un roman et l'ouvrir en son milieu, chercher une page précise. Elle commença alors à lire, la tête légèrement penchée sur le côté, ramassant d'un geste gracieux les mèches de cheveux qui constamment partaient à l'assaut des pages qu'elle parcourait avec passion. Elle parut s'oublier dans sa lecture et je vis des expressions fugaces passer sur son visage.

Elle avait dû lire une trentaine de pages quand elle reposa le volume avec délicatesse. Ses doigts caressèrent la couverture durant quelques secondes puis elle tourna les talons, lança un au revoir d'une voix presque inaudible, sourit à M. Hillel, m'adressa un léger geste de la tête et sortit du magasin.

Mes yeux la suivirent puis s'immobilisèrent sur la dernière image d'elle.

— J'ai comme l'impression que cette jeune fille t'a séduit, lança M. Hillel en s'approchant de moi.

Je vis de la malice dans ses yeux et une ironie bienveillante traverser son visage. Il n'attendit pas ma réponse et se plaça à mes côtés, dans la même attitude que moi, le regard posé sur la porte.

— Elle me plaît aussi, annonça-t-il. Enfin... elle m'aurait plu si je l'avais rencontrée étant jeune. J'étais pas mal, tu sais ! Bon, pas aussi grand et costaud que toi, mais je faisais mon petit effet.

Il fit un geste de la main, comme pour chasser les souvenirs partis à l'assaut de son esprit. Il se dirigea vers la table sur laquelle la jeune fille avait posé le roman qu'elle lisait.

— D'habitude, elle vient le mardi matin. Jamais l'après-midi. C'est une bonne cliente, elle m'achète toujours des romans d'amour, de ceux qui se terminent bien. Elle est très discrète, se contente de me sourire, en choisit plusieurs, me paye et s'en va. Parfois, elle vient juste pour passer le temps en compagnie des livres. Un jour, elle a ouvert celui-ci, s'est mise à le lire. J'ai été surpris par son choix. J'ai même cru qu'elle se trompait. Et, depuis, c'est devenu un rituel. À chaque visite, elle s'y replonge.

— Pourquoi ne l'achète-t-elle pas ?

— Qu'en sais-je ? Elle paraît attendre quelque chose de ce texte.

— Peut-être pressent-elle qu'il s'agit de son *roman lumière* ?

— Je ne crois pas.

M. Hillel s'immobilisa, enleva ses lunettes et passa ses doigts le long de son arête nasale, comme chaque fois qu'il cherchait ses mots, affinait ses pensées.

— Elle entretient une relation étrange avec ce livre, reprit-il. Parfois elle le saisit avec tendresse, le lit avec passion, le referme et l'observe avec dévotion. Mais, à plusieurs reprises, je l'ai sentie suspicieuse, voire agacée. Ou est-ce une sorte de crainte, une forme d'incrédulité ? Je crois qu'elle sait à quoi s'attendre avec ce roman.

Je saisis le livre.

— *Belle du Seigneur*... un roman magnifique, murmurai-je.

— En effet. Mais un roman terrible, également ! s'exclama-t-il. Un roman qui dit tout sur l'amour, le déshabille et lui ôte son mystère !

— Je ne suis pas d'accord. La force de ce roman est de donner à l'amour sa dimension réelle. Il lui ôte son apparat et ses mélodies sirupeuses pour permettre au lecteur de l'envisager avec passion et raison à la fois. Il fut une révélation pour moi.

— Une révélation ? Vraiment ? Pourtant, il n'est pas devenu ton *roman lumière*, rétorqua-t-il, espiègle. Et tu sais pourquoi ? Parce que, même si tu admires le génie de l'auteur, la beauté de l'œuvre, tu n'as pas aimé la mise à nu des sentiments.

— Qu'est-ce qui vous fait dire ça ?

— Tu partages la lucidité de l'auteur. Tu as la même volonté d'absolu, le même appétit de vérité que lui. Mais tu es trop jeune pour accepter son cynisme. D'ailleurs, Albert Cohen a écrit ce roman dans le tourment d'une dépression, quand la décrépitude de l'âge le hantait. Tu n'es pas suffisamment vieux ni même aigri pour laisser ta sagacité éroder ton idéalisme. Tu conserves encore l'espoir d'un véritable amour.

Je le considérai, étonné de découvrir qu'il possédait une vision si fine de l'homme que j'étais.

— Et sur quoi vous basez-vous pour prétendre me connaître aussi bien ?

— Tes romans. Le premier, surtout. Ta volonté de ne plus écrire, également. Et… la manière dont tu l'as regardée.

— Comment l'ai-je regardée ? questionnai-je, intéressé.

— Comme Jacob a sans doute regardé Rachel, Solal, Ariane, Julien Sorel, Mme de Rénal.

— Vous n'êtes pas encourageant, répondis-je, quelque peu embarrassé de savoir mon âme si transparente. Soit ces histoires ont des intrigues tortueuses, soit elles ne se sont pas bien terminées.

— La fin des histoires d'amour n'appartient qu'aux amoureux.

— Et vous, avez-vous regardé un jour une femme de cette manière ? osai-je alors demander.

— Pas une femme. Une fille.

— Une fille ?

— Nous étions encore enfants.

— Qui était-elle ?

Il ôta ses lunettes, se frotta les yeux et resta un moment silencieux.

— Ma voisine. C'est elle qui m'a fait découvrir la beauté des livres. Elle aussi qui m'a expliqué comment les classer.

Un sourire triste se dessina sur son visage et son regard disparut au plus profond de lui-même.

— Et c'est également elle qui m'a fait découvrir mon *livre lumière*, ajouta-t-il.

— Vous l'avez donc découvert ? questionnai-je, interloqué.

— Oui.

— Un roman ?

Il fronça ses yeux, mélancolique.

— Pas un roman, pas un essai. Un livre particulier.

— Et... quel est-il ?

— C'est un livre que son père et le père de son père lisaient. Un livre dans lequel mes aïeuls s'étaient également plongés pour découvrir le sens de leurs vies.

— Quel est son titre ? demandai-je, intrigué.

— Il n'en a pas vraiment.

— En avez-vous un exemplaire ici ? insistai-je.

— Non, lui et moi sommes fâchés depuis longtemps, s'écria-t-il. Il est entré dans ma vie avec elle, en est sorti quand elle m'a quitté.

Il avait prononcé ces derniers mots avec une colère retenue.

— Pourtant, il expliquait de très belles choses sur l'amour, murmura-t-il, soudain nostalgique.

— Par exemple ?

Il hésita à m'en dire plus, paraissant évaluer ma capacité à comprendre ce qu'il allait me confier.

— Je crois que tu peux entendre ce que je vais te dire. Selon ce livre, pour créer les êtres, Dieu prend une âme et la divise en deux parties, deux âmes jumelles, donc, qui deviendront deux individus. Mais ces deux individus perçoivent le manque, l'absence de l'autre, et, durant toute leur vie, ils n'ont de cesse de se chercher. L'amour, vois-tu, est la réunion de deux personnes nées d'une même âme.

— Le concept de prédestination ?

— Oui, même si les mots concept et prédestination ne peuvent accueillir la richesse de cette pensée.

— C'est un concept religieux, n'est-ce pas ?

— Pas seulement. Dans *Le Banquet* de Platon, Aristophane s'approche de cette idée. Selon lui, les êtres ont été créés doubles, deux hommes, deux femmes ou un homme et une femme, puis séparés par les dieux pour avoir suscité leur colère. Souffrant de cette séparation, ils cherchent à retrouver leur moitié perdue. C'est pour lui la source de l'Éros. L'idée a ensuite été galvaudée par le romantisme et les termes ont perdu leur sens.

— Mais, selon la théorie des âmes jumelles, comment ces êtres nés d'une même étincelle peuvent-ils se retrouver, se reconnaître ?

— Lors de la séparation, chacun imprime en lui l'image de l'autre. Cette image est inscrite au plus profond de nous. Et, le jour de la rencontre, nous nous reconnaissons.

Ces paroles provoquèrent en moi un trouble profond.

— Pourtant, tant de femmes et d'hommes ne parviennent pas à la trouver, objectai-je.

— Pour trouver son âme jumelle, il faut être pur, ne pas s'être égaré sur les chemins de l'illusion, avoir protégé l'image de celui ou celle qui fut créé en même temps que nous. Dans le cas contraire, celle-ci est brouillée, abîmée, entachée par les visages que, par erreur, nous lui avons substitués. Dès lors, nous ne savons plus reconnaître l'autre part de nous-mêmes.

— Si c'est le cas, nous passons à côté de l'être qui nous était destiné ?

— C'est ce qu'implique cette théorie. Et il nous faudra alors lutter contre toutes les fausses idées sur lesquelles nous nous sommes construits, vider notre cœur et notre âme de tout ce qui les embarrasse pour se donner une chance de trouver cette autre partie de nous-mêmes, de la reconnaître.

Il réfléchit quelques secondes, cherchant ses mots. J'attendais, suspendu à ses lèvres, comme si mon existence dépendait de ce qu'il me disait..

— L'amour est la découverte de notre propre beauté intérieure, révélée par l'être aimé. Que ressent-on quand on est amoureux ? Un immense bonheur, une plénitude. C'est la fusion avec notre âme jumelle qui en est la cause. En la cherchant, c'est nous-mêmes que nous recherchons.

— Et, selon cette conception de l'amour, les échecs amoureux seraient le résultat de nos égarements ?

— Souvent les gens confondent le désir et l'amour. Ils se sont fourvoyés dans des histoires inutiles, ont dilué leur identité, leurs valeurs dans de stupides aventures ou dans des idées trompeuses. Ils se sont perdus et, par là même, ont corrompu cette capacité d'entendre leur âme, de distinguer l'image de leur double. Dès lors, ils se trompent de vie, de route et de personne. Ils rencontrent un homme, une femme et, pour toutes sortes de mauvaises raisons, pensent qu'il s'agit de l'être qui leur était destiné. Pour des raisons esthétiques : il est si beau, elle est si belle. Ou sociales : ça se fait, je dois me marier, former un couple, je veux faire comme les autres. Pragmatiques, même : ce sera plus facile à deux. Commerciales également : notre société présente l'amour comme un produit de consommation. Souvent, pour toutes ces raisons à la fois et d'autres encore. Et, dès le lendemain de leur première nuit, ils commencent à s'évaluer. Ah, elle a fait ça, ce n'est pas bien, un point en moins. Tiens, il ne m'a pas dit ce que j'attendais, encore un point en moins. Ils deviennent peu à peu comptables de leur relation, et quand ils font le bilan, celui-ci est déficitaire. Ce qui devait être harmonie devient désaccord, se transforme en querelles et va jusqu'à la désunion. Alors, ils ferment boutique. L'amour, je te l'ai dit, c'est autre chose. C'est une complémentarité qui se révèle immédiatement ou avec le temps. Et on s'émerveille de ce que l'autre soit différent de nous et de ce que cette différence nous apporte, nous transforme, nous rende meilleur.

— Mes parents m'ont offert l'image d'un couple solide, uni par un amour construit sur la durée, lui confiai-je. Mais je n'ai jamais su s'ils étaient tombés amoureux dès leur première rencontre, si... leurs âmes s'étaient reconnues.

— Quand deux être liés par leurs âmes se rencontrent, ils ne parlent pas forcément d'amour, dans le sens romantique et puéril qu'en offrent certains films ou romans. Ils sont juste attirés par l'évidence d'un lien ou par un charme discret qui leur annonce ce lien. Ils commencent par partager leur vie, selon l'expression consacrée, se construisent ensemble et finissent par savoir que ce qu'ils vivent s'appelle l'amour.

— Et... cette image dont vous avez parlé... celle que nous gardons au fond de nous... se peut-il qu'elle nous apparaisse en rêve ? ânonnai-je, emporté par la dimension mystique de notre conversation.

Il me considéra avec curiosité.

— Pourquoi pas ? Le rêve n'est-il pas le dernier refuge de nos plus ardentes vérités ?

— La femme dont vous m'avez parlé, ou plutôt cette fille... pensez-vous qu'elle était votre âme jumelle ?

Il eut un regard tendre et douloureux à la fois.

— J'en suis persuadé.

— Et qu'est-elle devenue ?

— Elle est partie... en fumée, marmonna-t-il, le visage sombre, les yeux perdus.

Il resta un instant pensif, triste, presque accablé et, sans plus rien dire, retourna à sa table de travail, plus petit et plus vieux que d'habitude.

J'ouvris *Belle du Seigneur*, caressai les pages qu'elle avait lues, comme pour y chercher les traces de son parfum ou de pensées qu'elle aurait pu oublier là, entre les mots.

*

J'entrai dans mon appartement, en prise à une émotion impossible à contenir. Agité, préoccupé, oppressé, j'avais l'impression qu'une vérité essentielle venait de m'être révélée. Une vérité si grande qu'elle m'échappait encore. Je n'en percevais que les contours, l'intrigue naissante et la tension dramatique mais elle s'imposait à moi dans sa complexité. C'était comme une lumière aveuglante qui m'obligeait à plisser les yeux.

Un rêve, une fille, un roman, l'amour, une âme jumelle, un désir, une révélation... les mots dessinaient un ballet désordonné dans mon esprit, s'entrechoquaient, me perdaient.

Pourquoi avais-je été bouleversé par cette apparition ? Quelle était la nature des sentiments qu'elle avait suscités ? Pourquoi avais-je pensé que cette cliente de la librairie était la fille de mes rêves ? Était-ce parce que j'avais envie de le croire ou tout simplement parce qu'elles se ressemblaient réellement ? La seule relation que je pouvais établir entre les deux, pour l'heure, était la similitude des sentiments que j'avais éprouvés.

Étais-je pour autant amoureux ? Pouvait-on tomber amoureux dès le premier regard ? Comment comprendre ce qui m'arrivait ? Aucune des réponses que j'envisageais n'était satisfaisante. Chacune en soulevait d'autres, plus troublantes encore.

La théorie proposée par M. Hillel pouvait-elle m'aider à y voir clair ? Elle le pouvait, je le savais. Je l'avais compris dès qu'il avait commencé à étayer ce raisonnement. Mais j'avais eu besoin de me retrouver seul pour suivre le chemin qu'il m'avait dévoilé. Un chemin sur lequel aucun esprit cartésien ne se serait aventuré. Un chemin qui conduisait à des idées folles mais également séduisantes, mystiques et romantiques.

Seul dans mon appartement, arpentant le séjour d'un pas nerveux, je repensai mon histoire à la lumière des idées de mon vieil ami. L'esprit exalté, faisant face à mes sentiments, je plongeai en moi-même, comme certains se lancent dans le vide, attachés à un élastique, avec la peur au ventre, mais résolus à aller au bout de leur expérience, pour découvrir une part essentielle de leur personnalité, une vérité jusqu'alors assoupie.

Mon vertige commençait avec une idée posée comme un postulat : cette fille était mon âme jumelle. Puis il me fallait dérouler le fil de cette hypothèse jusqu'au bout, sans céder aux injonctions de ma raison.

Je l'avais reconnue dans mon rêve, puis lorsqu'elle était entrée dans la librairie, parce que j'avais su conserver la précieuse image qui s'était imprimée en moi lors de la scission de nos âmes. J'avais pu la reconnaître car je ne m'étais jamais menti, n'avais jamais laissé aucune de mes conquêtes occuper la place que je réservais à celle que j'attendais. Si mon attitude n'avait pas toujours été celle d'un ascète, si je m'étais parfois égaré quelque peu, je n'avais jamais touché à l'essentiel de mes valeurs, de mes convictions. Et c'est pour ces raisons que j'avais ressenti une violente émotion quand elle m'était apparue dans mes rêves, puis la même émotion, quelques heures auparavant, quand mon regard n'avait pas pu se détacher d'elle. La prétendue ressemblance n'était pas la cause de mon trouble. Elle était l'indice essentiel qui me conduisait à cette révélation.

Je jubilai. J'avais l'impression d'avoir réussi à appréhender une vérité qui, jusqu'alors, m'avait échappé. J'avais réuni les éclats de mon histoire comme on rassemble les pièces d'un puzzle et l'image qui m'apparaissait était celle de ma vie, de mon passé, mon présent et de mon avenir.

Mais, soudain, une ombre vint obscurcir mes lumineuses et folles pensées. Une ombre qui venait mettre en cause cette théorie et m'accablait.

Elle m'avait ignoré.

Si elle était mon âme jumelle, elle aurait également dû me reconnaître, être troublée, manifester son émotion. Mais elle s'était montrée indifférente. Ou alors... oui, il me fallait aller au bout des idées confiées par M. Hillel. Ou alors, elle ne m'avait pas reconnu, car elle avait perdu mon image quelque part dans les détours qu'avait empruntés sa vie. Elle avait corrompu sa lucidité en s'oubliant dans d'autres histoires.

J'étais arrivé au bout de ce raisonnement, n'avais pas envie de le fouiller davantage. Je me sentis soudain accablé et m'allongeai sur mon lit, la tête entre les mains.

Je délirai.

Cette théorie était stupide. La force de son romantisme me perdait.

Je devais me ressaisir, ne pas me laisser envahir par ces aberrantes allégories. Mais je laissai mes yeux courir sur le plafond de ma chambre durant de longues heures, reprenant cent fois le chemin de ces idées. Lentement, la réalité se délaya dans mes chimères et celles-ci m'offrirent un pont vers un sommeil hanté par les mêmes images.

*

Le lendemain matin, je décidai d'aller marcher un peu dans les rues de Paris. Je n'avais aucun but précis mais il m'était impossible de rester enfermé dans mon appartement. Les quelques heures passées à dormir ne m'avaient apporté aucun repos. L'air frais me fit du bien. Je sentis mes poumons s'ouvrir et tenter de raviver les fibres apathiques de mon corps. Mais mon cerveau ne paraissait pas vouloir bénéficier de ce regain de vitalité. Mes idées couraient après mes émotions, mes émotions après ma raison. Je scrutais les visages des passants, découvrais des personnalités, des expressions, des préoccupations qui, de loin en loin, me concernaient, et cela était nouveau pour moi. Auparavant, mes promenades me renvoyaient à ma singularité, ma solitude. L'activité, le rythme des passants, leurs apparences ne me concernaient pas et j'avais l'impression d'être une barque dérivant sur une mer étrangère et menaçante.

Je m'ouvrais à nouveau au monde et il me disait être prêt à m'accepter. Je voulus revoir les événements de la veille à la lumière de mon enthousiasme et tentai de caler le rythme de mes pensées sur celui de mes pas pour mieux les circonscrire. Mais je ne sus que me laisser porter par le plaisir que me procurait cet état de divagation infantile dans lequel je me trouvais.

Lior

J'avais découvert la librairie La Maison des livres deux mois après mon arrivée au chevet de Serena. Je n'avais alors plus grand-chose à raconter de ma vie et la bibliothèque nous avait livré ses plus belles ressources. Je craignais de voir notre relation s'étioler avec le temps, faute d'univers imaginaires à exploiter. Serena avait dû le comprendre car elle avait réclamé son stylet.

Librairie La Maison des livres rue Fourcroy

— Tu veux que je me rende à cette librairie pour y chercher de nouveaux romans ?

Elle avait acquiescé d'un léger battement de cils. J'avais été tentée de lui demander pourquoi cette librairie plutôt qu'une autre, mais je m'en étais abstenue pour lui éviter d'avoir à composer une réponse. Je m'y étais rendue le jour même, un mardi matin, durant la visite hebdomadaire du médecin. Dès que ce dernier arrivait, je lui transmettais quelques informations au sujet de sa patiente, puis il me congédiait gentiment pour lui faire subir une batterie d'examens qui, à mon sens, ne servaient à rien. La lassitude de ses gestes, mal cachée, et la profondeur des regards que Serena et lui échangeaient me laissaient penser que personne n'était dupe mais que chacun jouait un rôle pour satisfaire les attentes de l'autre. Le médecin pour faire plaisir à M. Luciani, son ami, ce dernier pour faire croire à Serena que tout espoir n'était pas perdu, et Serena pour laisser son père penser que son stratagème fonctionnait.

J'étais donc parfaitement inutile dans ce ballet de faux-semblants et je profitais habituellement de cette pause pour faire quelques courses.

Arrivée devant la librairie, j'avais été saisie par une sorte d'émerveillement. Le lieu m'avait paru singulier, presque magique.

La vieille devanture racontait une histoire. L'histoire d'un temps qui érigeait les livres en objets presque sacrés, source de savoir, d'émotion, d'évasion. J'étais entrée et une atmosphère particulière m'avait saisie. C'était une librairie aux airs de bibliothèque ou une bibliothèque qui jouait à être un espace de vente. Je m'étais sentie immédiatement allégée de tout le poids des sentiments qui, chaque jour un peu plus, me faisait courber le dos, baisser la tête. C'était comme si les livres avaient érigé un mur contre le présent, contre la rue et ses mouvements, contre les ennuis, les drames, la maladie de Serena.

Le nombre de volumes me rassurait. Il constituait une garantie contre ma solitude, une promesse de n'être jamais à court d'émotions. J'aimais imaginer la somme de mots, de phrases, d'idées et de sentiments qui frémissaient entre ces millions de pages. Se trouver au cœur de cette boutique, c'était comme être assise au milieu d'une source, en plein désert, et attendre d'avoir soif.

Un vieil homme était installé devant une table et lisait un roman. Il avait levé la tête, froncé un instant les sourcils, comme étonné de me voir, puis son visage s'était détendu. Il avait souri et était retourné à sa lecture. Quelques clients étaient présents, absorbés par les textes qu'ils tenaient respectueusement entre leurs mains. Ils paraissaient communier silencieusement, à travers le plaisir d'être là et ailleurs en même temps.

Je m'étais promenée dans les rayons. Ceux-ci ne contenaient que des romans. J'avais rapidement compris que le classement des ouvrages obéissait à une logique étrange et fini par identifier l'espace dans lequel se trouvait la plus grande partie des romans que Serena possédait déjà. J'avais laissé mes yeux traîner sur les titres, les volumes. J'en avais débusqué un dont le résumé m'avait plu et m'étais rendue à la caisse.

— Excusez l'insistance de mon regard, tout à l'heure, m'avait dit le vieil homme. J'avais cru vous reconnaître.

— C'est la première fois que je viens.

Il m'avait fixé un instant.

— Vous ressemblez à quelqu'un que j'ai connu, avait-il dit. Ça m'a surpris.

Peut-être s'agissait-il de Serena, avais-je pensé. Je ne savais pas encore que ces instants, au-delà du charme que je leur conférais, portaient en eux la promesse d'une autre vie.

Chapitre 8

L'AMOUR EST UN ROMAN

Jonas

L'idée était ridicule, puérile ! Je l'avais tout d'abord rejetée, puis, doucement, lui avais cédé. La décision était maintenant prise : j'allais guetter ma mystérieuse lectrice à la sortie de la librairie, le mardi matin suivant, et la suivre. Je voulais en apprendre plus sur elle. Je me faisais l'impression d'être un collégien immature et peu courageux. Il est vrai que je ne me sentais pas tout à fait prêt à lui adresser la parole. Aller vers elle, prononcer quelques mots banals et l'inviter à boire un verre me paraissaient ne pas être une entrée en matière digne d'elle et de l'amour que j'espérais. La librairie était un lieu autrement plus romantique et offrait des possibilités plus originales d'engager la conversation. Mais je ne pouvais pas attendre que le hasard la conduise à changer à nouveau son jour de visite et, avant que la providence me sourie ou qu'une idée me vienne, j'éprouvais le besoin de satisfaire ma curiosité.

Tel un gamin enamouré, je m'étais donc levé excité par mon plan et m'étais élancé dans la rue pour gagner la librairie, évitant de réfléchir à la pertinence de mon initiative. Arrivé à quelque pas de la boutique, j'hésitai à entrer saluer M. Hillel. Il aurait rapidement compris les raisons de ma visite. J'allais donc m'asseoir au café d'en face, à une table offrant un parfait point de vue sur mon lieu de travail.

Je laissai mes yeux courir sur l'étrange devanture. De mon poste d'observation la librairie me parut plus originale encore. Elle était à l'image de son propriétaire : singulière, authentique, fragile, seule. Je distinguais à peine la silhouette du vieux libraire mais savais qu'il se trouvait à sa table de travail, penché sur un ouvrage. Je pensais à ce qu'avait dû être la vie de cet homme, aux confidences qu'il avait commencé à me faire, quand elle apparut. Elle portait un jean délavé, des baskets blanches et une veste chaude. Je tentai d'embrasser la scène afin de lui soutirer toutes les informations, toutes les émotions qu'elle était capable de me livrer.

Son pas était léger, souple et très élégant, un peu comme celui d'une ancienne danseuse. Elle marchait en regardant le sol et ne leva pas la tête quand elle arriva devant la porte de la librairie. Elle s'y engouffra, comme on entre dans un lieu familier. Je la vis se diriger vers le rayon sur lequel son roman l'attendait, le saisir et se plonger dans sa lecture. J'eus envie de la rejoindre, de lui poser toutes les questions que son étrange attitude soulevait. Pourquoi ce roman ? Où en était-elle dans cette histoire ? Quel passage, quelle phrase lisait-elle ? Était-elle, comme tant d'autres femmes, tombée amoureuse de Solal ?

Le soleil lança un de ses rayons à l'assaut de la vitrine et elle disparut derrière un reflet. Elle n'était maintenant plus qu'une forme incertaine et, pourtant, mes yeux ne pouvaient se résigner à s'en détourner. Je crus être transporté à ses côtés et, tel un souffle doux, protecteur, avoir enveloppé son corps. Et j'eus l'impression de pouvoir respirer son parfum, d'entendre son souffle, de caresser sa peau. Mon corps était assis dans ce café, mon âme flottait autour d'elle. Je tentai d'imaginer qui elle était, ce qu'elle faisait, à qui elle se confiait, avec qui elle partageait ses sentiments de lectrice.

Cette fille avait la capacité d'atomiser mon esprit, d'éparpiller les composants de ma raison.

Quand son corps s'anima, derrière la vitre, ce fut comme si chaque élément de mon être réinvestissait précipitamment mon enveloppe physique. Elle reposa le roman et s'apprêta à sortir. Un rapide coup d'œil à la pendule du bar m'informa que sa lecture avait duré trente minutes alors que j'avais l'impression de n'avoir voyagé auprès d'elle que quelques secondes.

Elle sortit de la librairie, rajusta sa veste et s'en alla. Je laissai une pièce sur la table et me lançai à sa poursuite. Je la vis tourner au coin de la rue et accélérai afin de ne pas la perdre dans la foule. Elle marchait vite maintenant, la tête toujours baissée. Elle prit la rue Gustave-Flaubert, la rue Rennequin puis la rue Poncelet avant de déboucher sur l'avenue des Ternes. La foule faillit l'avaler et je me rapprochai un peu d'elle. Soudain, une pensée m'affola. Et si elle allait rejoindre un homme ? Un homme qui lui ouvrirait ses bras, la serrerait, l'embrasserait. Cette idée m'effraya et je me rendis compte que je n'avais jamais pensé à cela jusqu'alors. Je l'avais imaginée seule, disponible, dans l'attente d'une histoire d'amour, la nôtre. Mais il était en effet probable qu'une telle fille ait un amoureux. À l'excitation d'en découvrir un peu plus sur elle s'ajouta la peur d'une désillusion et, quand elle tourna sur l'avenue de Wagram, je me mis presque à courir, slalomant entre les passants. Je bousculai une femme chargée de sacs de courses ; l'un d'entre eux tomba et elle m'invectiva. Je m'excusai rapidement, me penchai pour ramasser les quelques produits dispersés sur le trottoir, les rangeai dans son sac, lui répétai mes excuses et me précipitai pour combler mon retard. Mais je ne la vis pas. J'allai jusqu'au croisement suivant et la cherchai. Elle avait disparu. Il y avait là deux ou trois très belles demeures. Était-elle entrée dans l'une d'entre elles ? Avait-elle pris ce bus qui s'éloignait ? Ou s'était-elle engouffrée dans une des rues adjacentes ? Je restai un moment figé, désemparé, enrageant d'être un si piètre détective. Puis je me résignai et décidai de rentrer chez moi, laissant mon regard fureter dans la foule, espérant que le hasard me la présenterait.

Je me sentis alors stupide, ridicule. La dernière fois que j'avais suivi une fille, j'avais quinze ans. Il s'agissait de Mylène, mon premier amour.

*

— Romantique... ce mec est romantique ! s'exclama Chloé en faisant claquer sa main sur sa cuisse. On le croyait froid... il est juste romantique, ironisa-t-elle. Mais le pire des romantiques... de la race des imbéciles.

— Parce que je ne lui ai pas parlé ? la questionnai-je, froissé.

Une fois encore, je regrettais de m'être confié. Je savais mon attitude puérile et me doutais que je ne recueillerais que de l'incompréhension. Mais j'avais cru que transformer cette histoire en mots capables de claquer dans l'air la rendrait plus tangible.

Nous nous étions retrouvés chez Chloé pour un dîner improvisé. J'avais participé à la conversation avec une joie que mes amis avaient trouvée suspecte tant elle confinait à l'excitation. Aussi, quand Chloé avait dit me trouver changé, je n'avais pu résister à la tentation de relater ma rencontre avec la mystérieuse lectrice. La qualité d'écoute que Josh et elle m'avaient offerte m'avait incité à aller plus loin encore dans ma confession. Et je m'étais trop dévoilé, je le comprenais maintenant. Il y avait un fossé entre le monde intérieur auquel je prêtais mon cœur et celui de Chloé, cadré par la raison...

— Non. Parce que toute cette histoire ne tient pas debout ! argumenta Chloé. C'est joli, tendre et... stupide. Tu rêves d'une fille, tu tombes amoureux d'elle, tu penses la rencontrer, tu la suis dans la rue... Et tes histoires d'âmes sœurs ou jumelles ou je sais pas quoi, excuse-moi, mais c'est carrément ridicule. Tu débloques complètement, Jonas !

— Mais tout ne s'explique pas toujours, Chloé ! Certaines choses tiennent du mystère. Moi, j'aime croire aux coïncidences, aux surprises du destin, aux univers parallèles...

— C'est bien ce que je dis : tu débloques !

— Tout ce qui m'arrive en ce moment est bizarre. Ce virement sur mon compte, cette apparition...

— Mais pas du tout ! Un dysfonctionnement bancaire, une rencontre fortuite et ta volonté de tout romancer, tout sublimer : voilà comment j'explique les choses, moi !

— Josh, tu en penses quoi, toi ? lui demandai-je.

Il n'y avait que peu de chances qu'il se positionne d'emblée, prenne parti. Surtout s'il fallait affronter la fougue verbeuse de Chloé. Mais j'avais vu ses yeux briller d'un éclat particulier quand j'avais raconté les événements qui avaient marqué mes récentes heures.

Il remua son long corps indolent, embarrassé.

— Moi, j'aime bien, finit-il par dire.

— Tu aimes bien quoi ? questionna Chloé, agacée. Merde, Josh, essaie de construire des phrases, de les enchaîner, que ça ait un sens !

Josh lui lança un regard froid dans lequel on pouvait lire un mélange de détermination et de crainte. Chloé l'avait vexé.

— J'aime que cette histoire soit farfelue. J'aime penser que le virtuel puisse rejoindre le réel. Et j'aime l'idée de ces êtres issus d'une même âme.

— J'aurais dû m'en douter, répliqua-t-elle, ironique.

— J'aime surtout la dimension romantique de cet amour, ajouta Josh.

— Je rêve ! s'écria Chloé, en écarquillant les yeux. Josh aussi est romantique !

— Mais merde ! cria-t-il soudain, nous faisant sursauter. Que sais-tu de moi ? Que sais-tu des sentiments qui m'habitent, de ce que j'aime ou pas ? Ça fait quelques années que nous sommes amis mais tu ne me connais pas. Femme de marketing consciencieuse, tu m'as vite rangé dans une case, classifié, stéréotypé comme tu le fais avec chacune des personnes que tu rencontres. Tu penses toujours pouvoir tout ramener à des équations simples, compréhensibles, intelligibles. Tu t'arrêtes à l'image, à la façade, comme si nous étions tous des produits et que tout était écrit sur l'emballage !

Nous restâmes interloqués. Nous n'avions jamais vu Josh dans un tel état, ne l'avions jamais entendu lever la voix, s'énerver, s'opposer à qui que ce soit, ni même construire un discours. Et là, il paraissait hors de lui, le visage crispé, les gestes vifs.

— Hey... ça va, on discute, m'interposai-je. Pourquoi tu te mets dans cet état-là ?

— Parce que j'en ai marre d'être chaque jour confronté à des gens qui réduisent la magie de ce monde à son expression la plus basique : une publicité ou une histoire formatée pour faire croire que le bonheur passe obligatoirement par la consommation des produits qu'ils imaginent.

Enflammé, il se leva et pointa le doigt en direction de Chloé.

— Ils conceptualisent, argumentent, mettent en boîte dans le but de nous conduire à rentrer dans le rang, à faire la queue devant les magasins. « J'ai le dernier Windows, la dernière PlayStation, le dernier jean à la mode », et si tu sors du lot, si tes rêves ne sont pas formatés, alors tu es marginalisé, tu n'es qu'un doux rêveur, voire un sombre abruti !

Médusé, j'assistai à la transformation de mon timide ami en tribun révolté.

— Du calme ! Tu me fais un faux procès, rétorqua Chloé, d'une voix que l'étonnement avait éteinte. Je ne suis pas du tout comme ces gens dont tu parles ! J'essaie simplement de protéger Jonas de son imagination !

— Pourquoi ? Pour qu'il cesse de rêver ? Arrête de toujours vouloir nous protéger de nous-mêmes. Arrête de nous prendre pour des enfants !

— Mais... je le fais par amitié, rétorqua Chloé, sonnée par la charge.

— L'amitié... répéta-t-il avec un sourire triste. L'amitié, c'est apprendre à écouter les autres. C'est les laisser être ce qu'ils sont, pas leur imposer tes idées.

Chloé, à court d'arguments, me lança un regard désespéré, mais, abasourdi, je restai muet.

— Regarde Jonas, dit Josh en me désignant. Il a l'air malheureux ? Non ! Il est transfiguré par cet amour, aussi insensé soit-il ! C'est joli, un homme amoureux, non ? N'est-ce pas ce que les femmes réclament à cor et à cri ? De l'amour, du sentiment, de la sincérité ! L'avais-tu déjà vu dans cet état, ton ami ? Alors, pourquoi t'évertuer à le ramener sur terre ?

Puis ce fut comme s'il recouvrait subitement ses esprits, se découvrait debout au milieu de la pièce, confus. Il y eut un silence lourd des pensées qui le traversaient.

— Je suis désolé, finit-il par murmurer d'une voix hésitante. Je ne voulais pas...

— Il n'y a pas de problème, Josh, le rassurai-je. On discute, on échange nos points de vue... en toute amitié.

— En toute amitié, répéta-t-il, triste. Excusez-moi, je vais rentrer.

Nous n'eûmes pas le temps de le retenir. Il saisit sa veste, la jeta sur son épaule et partit.

— Merde... souffla Chloé, comme si elle venait d'assister à un événement extraordinaire. Qu'est-ce qui lui a pris ?

— Tu n'en as aucune idée ? lui demandai-je.

— Je devrais ? répondit-elle, étonnée.

— Je pense qu'il est amoureux.

— Et de qui ?

— Il a raison, ton manque d'imagination et de sensibilité est désespérant.

188

*

Josh avait vu juste, j'étais heureux. Heureux d'être amoureux, d'être dans cet état d'abrutissement qui ne permet à aucun argument sensé, et il y en avait, d'entacher l'optimisme éthéré qui me raccrochait à l'espace et au temps.

Tel un somnambule, je traversai les jours et les nuits qui suivirent sans rien attendre de la réalité, sinon qu'elle me laisse impunément flotter dans cet état d'ivresse. Je ne cessai de penser à elle, lui imaginai un passé, un présent, un métier, des amis et un futur dans lequel j'étais à ses côtés. Elle me paraissait si proche, si familière, déjà mienne à travers cette histoire que j'étais pourtant le seul à vivre.

Mais, parfois, des parenthèses de lucidité me proposaient leurs questions. De qui étais-je réellement amoureux ? De la fille de mon rêve ? De cette lectrice inconnue ? D'un mirage apparu dans mon désert affectif ? Du personnage que j'avais projeté dans ce conte que M. Hillel m'avait raconté ? Car, après tout, que savais-je d'elle ? Et de ses atouts, lequel m'avait séduit ?

Sa beauté ? Son visage m'échappait sans cesse.

Son attitude, ses postures, sa manière de relever les mèches de ses cheveux, sa démarche de danseuse ? Tombe-t-on amoureux pour si peu ?

Sa manière de surgir dans la librairie, de saisir le roman d'Albert Cohen, d'en lire quelques pages et de disparaître ? Des raisons suffisantes pour provoquer un étonnement, une curiosité, un désir d'en savoir plus sur elle, pas pour susciter l'amour.

Son rapport mystérieux avec la fille de mes rêves ? Un fantasme auquel j'accordais de plus en plus d'attention, mais un fantasme tout de même.

Pour toutes ces raisons à la fois, sans doute. Parce que j'avais envie d'être amoureux aussi et que cette alternative me sauvait de mes années d'isolement, de la possible déliquescence affective qui me guettait, tapie derrière mon asociabilité.

Parce que cet amour m'apparaissait comme une évidence.

Mais j'avais tôt fait de me débarrasser de ces questions pour retourner à mes douces émotions. L'amour se fout des raisons de son existence. L'amour est un sentiment totalitaire : il n'accepte aucune contradiction, contestation ou controverse. Il vous demande de vous plier à sa loi, de remiser vos facultés intellectuelles derrière des images aux couleurs pastel. Il exige votre servitude et vous promet, en retour, le bonheur de l'irresponsabilité.

Chaque journée était maintenant une promesse. Celle de la revoir, de la rencontrer, de lui parler, de la séduire, de l'aimer.

Et si je ne savais rien de mes chances d'y parvenir, l'espérer était déjà un bonheur.

Lior

Je me rendais désormais à la Maison des livres chaque mardi matin, à la même heure, lors de la visite du médecin. Je disposais de près de trente minutes, parfois plus, en fonction des courses que je devais effectuer durant ma pause. Le vieil homme m'accueillait toujours avec la même discrète amabilité.

Lors d'une de mes premières visites, j'avais découvert un exemplaire de *Belle du Seigneur*. J'avais lu et entendu beaucoup de choses sur cet ouvrage. Notamment qu'il s'agissait de l'une des plus belles histoires d'amour jamais écrites. Une histoire composée de deux parties : la première portait l'amour au faîte de sa beauté ; la seconde le disséquait, l'analysait sans complaisance, jusqu'à le dévoyer de son univers romantique. Méfiante, j'avais donc décidé de ne pas l'acheter. Mais, intriguée, je fus tentée d'en lire le début. Les premières pages me plurent. Le long monologue d'Ariane était le mien et celui de toutes les femmes perdues au cœur de leurs espoirs. Je m'étais alors résolue à continuer à avancer prudemment, lors de chacune de mes visites. Mon rendez-vous avec ce roman trouvait son intensité dans la beauté du texte autant que dans l'attente des pages qui m'en détacheraient. Car je savais que Solal finirait par me décevoir. Lorsque je quittais la librairie, je tentais d'imaginer les suites possibles. Et la lecture suivante venait toujours me révéler celle à laquelle je n'avais pas pensé.

Jusqu'au jour où je parvins aux pages annonciatrices de la décadence de ce si bel amour. Solal trompait Ariane. Bien que prévenue, je ressentis ce retournement comme une trahison. J'étais prévenue et pourtant je me révoltais contre ce mâle à l'esprit tortueux, son incapacité à se contenter de l'amour pur d'Ariane, sa volonté de toujours éprouver la sincérité de ses sentiments, jusqu'à la faire souffrir, jusqu'à la trahir. Sa résolution à n'être, en définitive, qu'un homme. Contrariée, je fis un bond de plusieurs pages dans l'histoire, espérant voir leur amour retrouver son exaltation. Mais le cynisme s'était substitué à la rêverie. Je refermai le roman et partis aussitôt, irritée.

Je n'avais pas besoin d'un roman pour m'apprendre la vanité des sentiments amoureux. Et j'avais suffisamment d'amertume pour supporter celle de l'auteur. J'en avais connu, des Solal, des machos prétentieux, narcissiques, la bouche peine de jolis mots et le cœur embourbé dans leur puérile fierté. Des hommes qui cachaient leur couardise derrière de lumineux apparats, jouaient les princes ou les durs mais finissaient toujours par laisser leur peur s'exprimer.

Ariane était une victime.

Toutes les femmes étaient victimes de leur idéalisme, de leur maturité.

Jonas

J'avais décidé de réitérer ma filature. J'étais sur le point de quitter mon appartement pour me rendre à mon poste d'observation, face à la librairie, quand Chloé arriva, les bras chargés de sacs destinés à garnir mon réfrigérateur. Je l'écoutais me raconter ses dernières anecdotes professionnelles en surveillant ma montre. Quand elle partit, je me précipitai dans la rue et me mis à courir.

J'arrivai devant la Maison des livres avec quinze minutes de retard sur l'heure à laquelle ma belle lectrice pénétrait généralement dans la librairie chaque semaine. Toutefois, me rassurai-je, si elle respectait ses habitudes, elle devait encore être à l'intérieur.

Je gagnai mon poste d'observation et, essoufflé, tentai de l'apercevoir à l'intérieur de la boutique. Mais le soleil dardait ses rayons matinaux sur la vitrine et je ne voyais que les reflets des mouvements de la rue. Dix minutes passèrent, puis quinze, et je me mis à gesticuler sur ma chaise, prêt à bondir dès qu'elle sortirait.

Après vingt minutes d'attente, je commençai à douter de sa présence. Il lui arrivait de manquer son rendez-vous hebdomadaire, M. Hillel me l'avait dit. Je patientai encore cinq bonnes minutes et décidai de me rendre à la librairie. Peu m'importait ce que penserait mon vieux patron.

Quand j'entrai, il leva la tête et composa une expression incertaine. Comme d'habitude heureux de me voir, mon arrivée à une heure inhabituelle l'inquiéta.

— Que se passe-t-il, mon garçon ? Tu as des soucis ? Tu parais si nerveux !

— Non, tout va bien, c'est que... bafouillai-je, en jetant un coup d'œil rapide dans la librairie.

Ses traits se crispèrent et il parut inquiet.

— C'est que ?

— Elle n'est pas venue, n'est-ce pas ? questionnai-je, désemparé.

— Qui ? feint-il de demander, le début d'un sourire se dessinant aux coins de sa bouche.

— Je ne l'ai pas vue sortir...

— Tu ne l'as pas vue sortir ? répéta-t-il. Ses yeux se plissèrent en un espiègle rictus. Tu l'espionnes ?

— Non ! Enfin... je...

— Tu l'espionnes ! affirma-t-il.

Et il éclata de ce rire aigu et malin que je lui connaissais maintenant.

— Il l'espionne ! répéta-t-il à voix haute, entre deux hoquets, comme s'il s'adressait à un invisible public.

Le seul lecteur présent leva la tête de son livre pour lancer un regard furibond au perturbateur.

M. Hillel étouffa son rire et continua son monologue en me regardant avec tendresse.

— Il est amoureux. Mon Dieu, que c'est beau ! Ah, noble jeunesse éprise d'un noble sentiment !

— Vous comptez vous moquer de moi longtemps encore ? protestai-je.

— Mais je ne me moque pas de toi, mon garçon. Je jubile, j'exulte ! Je suis heureux de pouvoir assister à cela ! Je me réjouis que ma librairie puisse être le théâtre d'une histoire d'amour ! Tu donnes du sens à ma vocation et j'en suis simplement heureux.

— Très bien, répliquai-je, ravi de le voir en de si bonnes dispositions à mon égard mais trop pressé pour en comprendre exactement le sens. Répondez-moi : est-elle venue ce matin ?

Il se calma et se pencha sur moi.

— Elle est arrivée à l'heure habituelle. Mais elle n'est restée qu'une dizaine de minutes.

— Seulement ?

— Oui, généralement elle passe plus de temps en notre compagnie mais, cette fois-ci, il s'est passé quelque chose d'étrange.

Les plis du visage du vieux libraire dessinèrent d'autres courbes pour composer un masque grave.

— Elle a pris son roman, l'a ouvert mais elle n'a lu que quelques pages, a semblé contrariée, l'a reposé et elle s'en est allée.

Puis il se concentra, comme s'il souhaitait me restituer la scène avec la plus grande exactitude.

— En fait, après un instant de lecture, elle s'est montrée agacée, révoltée même. Alors, elle a parcouru d'autres pages avant de refermer le roman d'un geste vif, presque agressif. Ensuite, elle est restée une minute à regarder la couverture puis a fait ce que seuls les mauvais lecteurs font. Elle a lu les deux dernières pages et, excédée, l'a reposé. Et elle est partie d'un pas déterminé.

J'étais sans doute arrivé juste après son départ. Je saisis le roman.

Pourquoi l'avait-elle refermé ? Pourquoi paraissait-elle contrariée ?

M. Hillel prit le volume, le feuilleta doucement.

— Je l'ai vue tourner la page rageusement et m'en suis d'ailleurs offusqué. Mais... cette collection est imprimée sur du papier bouffant. C'est un papier résistant et léger à la fois et les pages qui ont ainsi été manipulées en gardent une trace. Souvent, celle-ci disparaît avec le temps et la compression des volumes sur l'étagère. Mais, juste après la lecture, il est encore possible de la retrouver.

Il approcha l'ouvrage de ses yeux, en observa la tranche, la caressa, puis glissa un doigt entre les pages.

— Voilà. C'est à la lecture de cette page qu'elle s'est énervée, annonça-t-il fièrement, je suis formel.

Il parcourut le passage concerné.

— Il s'agit de la scène où Solal s'en va retrouver une de ses anciennes maîtresses, précisa-t-il en me tendant le roman.

Je lus la page en question et sentis renaître les émotions que j'avais éprouvées à la lecture de cette œuvre, plusieurs années auparavant. En quelques mots, le style flamboyant de l'auteur était déjà là. Il s'agissait de passage où Solal trompe Ariane avec Ysolde.

Voilà ce qui l'avait irritée, scandalisée même. Elle s'était emportée contre le personnage ou l'auteur, les deux se confondant, et cette idée me séduisit.

— Donc, tu es amoureux, murmura le vieil homme, resté à mes côtés.

Mon silence complice fut ma réponse.

— Un bel amour, apparemment, continua-t-il. Tu ne sais rien d'elle et, pourtant, tu es transporté par ce sentiment incroyablement beau et dangereusement dévastateur.

— Dangereusement dévastateur ? Vous n'y allez pas un peu fort ?

— As-tu déjà été amoureux ? me demanda-t-il.

— J'attendais une réponse, pas une question.

— Les juifs répondent souvent à une question par une autre question, rétorqua-t-il.

— Parce qu'ils ne connaissent pas la réponse ?

— Parfois. Ou pour prendre le temps de réfléchir. Ou encore parce que la réponse est contenue dans une autre question. Alors ? As-tu déjà été amoureux ?

— Mon expérience de l'amour est-elle déterminante pour comprendre ce qui m'arrive ?

— Et voilà, une question en guise de réponse. Tu apprends vite ! s'esclaffa-t-il. Je cherche à savoir si ce que tu ressens tient du coup de cœur ou d'une évidence qui s'impose à toi.

— Coup de foudre artificiel ou rencontre de la fameuse âme jumelle ? résumai-je. Eh bien... Non, je n'ai jamais connu de tels sentiments. Sauf peut-être quand j'étais adolescent, mais rien depuis. C'est réellement étrange. Je ne connais ni son prénom, ni ce qu'elle fait dans la vie, ni même si elle est réellement intéressante, et pourtant... j'ai l'impression de la connaître. C'est comme si mes rêves me l'avaient annoncée.

— Tes rêves ?

— Oui, j'ai parfois rêvé d'une fille et, quand j'ai vu entrer cette cliente dans la librairie, il m'a semblé la reconnaître.

— Étonnant, murmura-t-il. Et que ressens-tu au juste ?

— C'est comme si elle révélait quelque chose d'enfoui au plus profond de moi. Elle me donne l'impression de pouvoir me réconcilier avec moi-même, avec mon temps et le reste du monde. Vous comprenez ce que je veux dire ?

— Oh oui... soupira-t-il en posant une main sur mon épaule.

— Votre exégèse sur l'amour, la réunion des âmes séparées... ça m'a beaucoup perturbé. J'ai envisagé mon histoire à travers ces idées et tout ça me parait... comment dire... cohérent. Cohérent et irrationnel à la fois.

— La vérité se trouve bien souvent à la lisière de mondes qui semblent s'opposer, en équilibre entre des termes contradictoires : la passion et la raison, la douceur et l'amertume, la foi et le doute...

— J'aime votre théorie des âmes nées d'une même étincelle qui n'ont ensuite pour objectif que de se réunir, mais... elle me fait peur également.

— Ce n'est pas ma théorie. C'est mon interprétation de textes lus. Mais tu n'as pas à avoir peur. Me permets-tu de te donner un conseil ? me demanda-t-il pudiquement.

— Bien entendu ! répliquai-je.

— Consacre-toi entièrement à ton amour. Goûte chaque instant de ton histoire, réjouis-toi de chaque émotion et même de la douleur qui, peut-être, parfois t'étreindra. Puis, quand la chance te sera donnée de l'aimer, construis cet amour. Fais du temps ton allié, de ta volonté ta force et de ton intelligence ton guide.

*

La sonnerie de l'entrée avait retenti alors que je dormais. Un rapide coup d'œil sur mon réveil m'informa qu'il était 10 heures du matin. Habituellement, j'étais réveillé à cette heure, mais, la veille, je m'étais endormi tard, tourmenté par mes pensées. J'enfilai un jean et, torse nu, l'esprit brumeux, allai à la porte, les yeux lourds. Je l'ouvris et trouvai le facteur. Surpris de me voir en tenue légère, les cheveux en l'air, et visiblement pressé, il marmonna quelques mots, me tendit un bloc et un stylo pour me réclamer une signature. Je ne compris pas ce qu'il me dit et, croyant qu'il s'agissait d'une lettre recommandée, je signai son document. Il sortit alors une enveloppe de sa besace et en tira une liasse de billets. Il les manipula rapidement devant moi, compta les vingt billets de 500 euros et me les posa d'autorité dans la main. Je restai interloqué et, avant que j'aie pu réagir, je l'entendis dévaler les escaliers de l'immeuble.

Je jetai un coup d'œil sur le récépissé. Dans la case mentionnant l'expéditeur figuraient des initiales ressemblant au nom d'une société une boîte postale domiciliée au Luxembourg.

Dans ma main, dix mille euros. La même somme que celle qui avait été déposée sur mon compte et que j'avais fait bloquer.

Les yeux posés sur cette liasse, je traversai le palier et tapai à la porte de Josh.

Il manifesta un discret étonnement en me découvrant le torse à l'air, me dévisagea, puis suivit mon regard jusqu'à la main qui tenait les billets avant de s'effacer pour m'inviter à entrer.

— Tu me dois pas autant, plaisanta-t-il quand nos regards se croisèrent.

— C'est un mec de la poste… Il vient de me donner ces billets, expliquai-je. Un mandat de dix mille euros.

— Pourquoi tu l'as accepté ?

— J'ai été surpris. Je n'ai pas eu le temps de réagir.

Josh hocha la tête.

— Toujours les mêmes qui ont de la chance, soupira-t-il. De jolis rêves, une belle rencontre, du fric qui tombe du ciel...

— OK pour les jolis rêves et la rencontre, mais ce fric... j'apprécie pas du tout. J'aime de moins en moins la tournure que prend cette mauvaise blague, confiai-je.

— Jusqu'à maintenant, on pouvait croire qu'il s'agissait d'une erreur. Mais là, on est obligés d'envisager que l'acte soit volontaire.

— C'est bien ce qui m'inquiète, avouai-je. Je suis face à une personne qui veut me contraindre à accepter cet argent.

— Des nouvelles de la banque au sujet de leurs recherches d'informations sur l'expéditeur ? s'enquit-il.

— Pas encore.

— Et sur ce mandat, un nom, une adresse ?

— Juste une boîte postale au Luxembourg.

— C'est déjà ça ! s'exclama-t-il. Tu peux donc retourner la somme. Et même envoyer un courrier à cette boîte postale afin de demander des explications.

— Oui, tu as raison. Mais si mon bienfaiteur agit à couvert, il ne voudra certainement pas me confier les raisons de sa démarche.

— Essaye et attends que la banque te dise ce qu'elle a trouvé. Si tout ça ne donne rien, avec les infos figurant sur ce récépissé, je pourrai peut-être essayer de trouver quelque chose sur le Net.

— OK, je vais tenter le coup.

— Bon, de toute façon, tu ne peux rien faire de plus. Tu veux un café ? me demanda-t-il.

— Non, je vais aller prendre une douche. Mais il faut que l'on se parle.

— De quoi ?

— D'hier. De la… discussion.

Il baissa les yeux, les mains dans les poches, l'air coupable.

— C'était juste une mise au point.

— Tu y es allé un peu fort, mais je te comprends. Simplement, je ne voudrais pas que vous vous fâchiez.

— Pas de risque. Je lui en veux pas. Elle non plus, je pense. Trop gentille, comme fille. Chiante parfois, mais gentille.

— Et quand tu as dit que tu comprenais ce que je ressentais… ça m'a rassuré, confessai-je. Parce que, parfois, j'ai l'impression de ne pas tourner rond.

— Moi aussi.

— Toi aussi quoi ?

— J'ai l'impression de ne pas être tout à fait normal des fois, dit-il dans un sourire. Cette habitude de pas faire de phrases complètes, d'être réservé, absent… Je passe pour un débile aux yeux de beaucoup de gens. Et Chloé n'est pas loin de le penser aussi.

— Tu t'es plutôt pas mal débrouillé hier, plaisantai-je.

— C'est le propre des personnes réservées. Quand elles se lâchent, on ne peut plus les arrêter.

J'hésitai un instant, puis me lançai.

— Qu'est-ce que tu ressens exactement pour Chloé ?

Il retint une réaction de surprise et ferma son visage pour ne rien laisser apparaître du trouble qui animait son regard, le révélant mieux encore.

— Que veux-tu que je ressente ? C'est une amie. Je l'aime bien. Même si elle me tape sur les nerfs, des fois.

— C'est tout ? insistai-je.

— C'est tout, dit-il en tentant de soutenir mon regard.

— OK, alors je te laisse.

— Bonne journée, ami. Et, fais-moi plaisir. Va au bout de ton histoire.

— Toi aussi, répondis-je.

Nous restâmes un instant silencieux échangeant plus d'informations que nos mots n'avaient pu en exprimer.

*

En fait, cet argent qui m'arrivait mystérieusement me dérangeait plus qu'il ne m'inquiétait. J'aurais voulu être tout à mon histoire d'amour et les récents événements concernant ma situation financière me ramenaient au réel, à ses préoccupations. Ils m'empêchaient de continuer à survoler les heures de ma journée en toute insouciance et de consacrer mon imagination à ma belle lectrice.

— Qu'est-ce qui te préoccupe, mon garçon ? me demanda M. Hillel, cet après-midi-là.

— Pardon ? Pourquoi cette question ?

— Parce que ça fait trente minutes que tu ranges ce rayon qui n'en a pas vraiment besoin.

— Je suis désolé. Je suis plutôt nul comme libraire.

— Je ne partage pas ce point de vue. Tu as la sensibilité qu'il faut pour toucher les livres, les considérer à leur juste valeur, les commenter. Enfin... pour ma librairie. Il est évident que d'autres, plus centrées sur la productivité, t'auraient licencié depuis belle lurette.

— J'ai des soucis.

— D'argent ?

— Oui, en quelque sorte.

— Veux-tu que je t'en prête encore ? proposa-t-il d'une voix douce.

— Non, si je vous parle de mes soucis financiers, ce n'est pas pour vous solliciter, précisai-je.

— Mais tu pourrais. Je le prendrais même comme une marque de considération. L'argent peut parfois lier les hommes. Sais-tu que, dans le fameux livre dont je t'ai déjà parlé, on raconte qu'un homme continue à vivre tant que son existence a une utilité pour d'autres hommes méritants ? Et je me fais vieux, donc, te prêter de l'argent sur... dix ans m'aidera peut-être à tenir quelques années encore ! plaisanta-t-il.

Il découvrit ses dents jaunies dans un merveilleux sourire. J'aimais cet homme, ce qu'il était, ce qu'il disait. J'eus envie de le prendre dans mes bras, de le serrer, et lui dire qu'il vivrait encore longtemps.

— Encore faudrait-il que je sois un homme méritant.

— Oh, je le crois !

— C'est gentil, mais la question n'est pas là.

Je lui racontai le récent épisode du mandat. Il m'écouta attentivement.

— Étrange, en effet. Les bienfaiteurs existent peut-être. Moi, je n'en ai pas rencontré. Mais d'autres ont eu cette chance. Il est vrai que tout ceci est troublant, tout de même...

— J'avais décidé de m'en foutre, de croire à une erreur, mais là, il est évident que celui ou celle qui m'envoie ce fric est déterminé, connaît ma situation, s'est débrouillé pour dénicher mon numéro de compte, sait où j'habite... Il y a dans cette insistance à me donner de l'argent de manière anonyme comme une forme de perversité, non ?

— Laisse donc la paranoïa aux vieux juifs comme moi. Il s'agit peut-être d'un ancien lecteur ! As-tu pensé à cette éventualité ? Tu lui as donné du bonheur, alors il te remercie de la sorte.

— Anonymement ?

— Il y a toutes sortes de gens bizarres sur cette terre.

— Mais je n'ai rien écrit depuis des années ! Pourquoi un lecteur m'enverrait de l'argent maintenant ?

— Dire cela, c'est considérer les romans comme des produits : une date de sortie, une date de péremption et l'oubli du temps. C'est aussi nier la réalité de cette librairie. Or, tu le sais, les romans ne s'inscrivent heureusement pas dans une conception linéaire du temps. Flaubert, Montherlant, Zola, Dumas, Tolstoï, pour ne citer qu'eux, parlent encore aux hommes d'aujourd'hui. Donne un roman de Dahl à un enfant ou *Le Petit Prince* à une adolescente tourmentée et ils croiront qu'il a été écrit pour eux, la veille. Il s'agit donc peut-être d'un lecteur qui vient de découvrir tes romans. Et la rencontre l'a comblé au point qu'il veut te remercier.

— N'oubliez pas que j'ai écrit sous pseudo. Il me semble peu probable qu'un lecteur ou une lectrice ait réussi à connaître mon véritable nom.

— Oui, je n'y crois pas trop non plus, avoua-t-il dans un rictus résigné.

— Et une personne animée de bons sentiments aurait laissé tomber dès mon premier refus ou aurait tenté de justifier son geste.

— En effet, acquiesça M. Hillel. Et, que penses-tu faire de cet argent, alors ?

— Je l'ai déjà renvoyé à la boîte postale.

204

— Ma foi... j'aurais fait la même chose, reconnut-il. Ça ne résoudra pas tes problèmes d'impayés mais ça te libérera l'esprit. Quelle est l'étendue de tes dettes ?

— Eh bien... Plusieurs loyers de retard et ce que je dois aux amis... Je ne sais pas au juste.

— Accepte que je te dépanne à nouveau, déclara-t-il.

— Pas question ! rétorquai-je. Vous allez me faire regretter de m'être confié à vous. Et vous avez été déjà assez généreux.

— En te prêtant de l'argent ? Foutaises ! On est généreux quand on en donne. Comme ce mystérieux bienfaiteur.

— S'il s'agit d'un bienfaiteur.

— De toute façon, j'avais l'intention de t'augmenter, vois-tu ! Donc...

— M'augmenter ? Pour la qualité de mon travail ou parce que j'ai fait croître le chiffre d'affaires de votre librairie ? répliquai-je, ironique. Non, parce que je vous inspire de la pitié, de la compassion !

Il haussa les épaules.

— Garde les grands mots et les grands sentiments pour le jour où tu voudras bien te remettre à écrire.

— Il est hors de question que j'accepte, ripostai-je.

— Je n'ai pas besoin de ton accord.

— Vous n'avez pas le droit de m'augmenter contre mon gré !

Il éclata de rire.

— Eh bien, va te plaindre à l'Inspection du travail.

— Mais... vous n'avez pas les moyens de me donner plus.

— Ne sous-estime pas mes ressources, rétorqua-t-il, hilare. Je joue en Bourse. Et c'est d'ailleurs ce que je m'apprête à faire avec toi.

Il rit de nouveau face à l'incompréhension qu'il lut sur mon visage.

— Quand on place de l'argent sur une valeur sûre, on en retire toujours des bénéfices. Moi, je place de l'argent sur toi. Je boursicote sur la valeur de ton âme.

Face à mon air ahuri, il repartit de plus belle dans un rire qui secoua son maigre corps et finit dans une inquiétante quinte de toux.

— Tu vois, je te dois déjà ma bonne humeur, mon premier bénéfice ! Il n'y a que toi pour m'amuser et m'émouvoir encore.

Il se pencha sur moi, me prit la main, la serra et la porta sur son cœur. Je pouvais sentir sa peau fine sur ses os.

— Écoute, Jonas... la vie ne m'a pas donné la chance d'avoir d'enfants. Mais si j'avais eu un fils, j'aurais aimé qu'il te ressemble. Alors, parfois, quand mon esprit se met à divaguer, j'imagine que tu es ce fils. Peut-être l'as-tu été dans une autre vie, qui sait ? Il n'y a pas de rencontres fortuites, vois-tu.

Il chercha ses mots.

— Laisse-moi le plaisir d'agir comme un père, même si je ne suis qu'un vieux libraire un peu fou, dit-il d'une voix étranglée.

Ses yeux s'étaient embués, ma main était encore dans la sienne.

— J'accepte, finis-je par dire. Parce que j'en ai besoin. Mais également parce que je vous aime comme un père.

— Merci, répondit-il.

*

L'amour possède une dynamique particulière. Une dynamique qui échappe à la raison, emporte tout et tout le monde dans son mouvement impétueux. Josh et M. Hillel m'avaient exhorté à saisir ma chance. J'étais moi-même heureux des sentiments qui m'habitaient. Pourtant, rien ne justifiait cet enthousiasme. Car, en fait d'amour, il n'y avait qu'un homme submergé de désir et aveuglé par son espoir. Mon aimée ne savait rien de ce que je vivais, ressentais, espérais.

Pourtant, nous avions tous les trois envie de croire que cela suffisait à initier une histoire noble et belle. Jusqu'alors, j'avais marché le regard baissé, évitant de trébucher mais incapable d'appréhender ma vie au-delà du jour présent. Cette fille m'avait fait relever la tête, avait dessiné un horizon dans lequel je pouvais m'apercevoir. Ceux qui m'aimaient regardaient dans la même direction que moi, heureux de me voir si différent, de m'imaginer bientôt heureux. Nous avions la naïveté de penser que de beaux et purs sentiments pouvaient abolir la frontière entre le rêve et la réalité. Un peu comme un lecteur finit par croire que les personnages de son roman existent réellement. Parce qu'il ne peut en être autrement. Parce que, s'il en était autrement, le monde deviendrait une insulte à leur sensibilité. Oui, je pense que c'est cela qu'avaient ressenti M. Hillel et Josh et que c'est ce que ressentent toujours les spectateurs des prémices d'un amour. Comme cet enfant qui jure qu'un jour il sera footballeur, acteur ou écrivain. Parce que nous l'aimons, nous avons envie de le croire et nous troquons notre affection contre des titres de gloire sur les marchés des souhaits et de l'illusion.

Dans mon cas, l'amour n'existait pas ailleurs que dans mon imagination. Il n'était qu'une projection égoïste de mon désir, un cri lancé au pied d'une montagne. L'être aimé ne savait rien de mes sentiments, ignorait même mon existence. Et je savais très peu de chose d'elle. Tout ceci n'avait donc que peu de sens. L'histoire, pour exister, devait commencer. Il me fallait entrer en contact avec elle, lui faire connaître mon amour, le lui proposer comme une offrande sincère, généreuse, une aventure unique à vivre ensemble. Le risque d'être déçu avait la taille de mon espoir. Elle pouvait me rejeter. Ou, une fois la relation établie, sa personnalité, sa voix, ses regards, ses valeurs ne seraient pas à la hauteur de mon attente. La désillusion serait alors terrible. Cet amour était devenu ma seule raison d'envisager l'avenir.

Mais le rêve s'épuisait et je percevais maintenant mon immobilisme comme une forme de lâcheté. Je devais aller vers elle, lui parler. Mais comment l'aborder sans que la banalité constitue la première souillure de notre histoire ?

Parfois, le destin se charge de vous montrer la voie.

C'est ce que je devais apprendre cet après-midi-là quand j'arrivai à la librairie.

Lior

— Je peux vous aider ?

C'était la première fois que le libraire me proposait son aide.

Je flânais dans la librairie, attendant qu'une œuvre m'interpelle. Plusieurs romans avaient attiré mon attention du fait de leurs titres, leurs couvertures, du nom de leur auteur, parfois les trois à la fois. Mais j'avais lu les quatrièmes de couverture et aucune ne m'avait réellement séduite.

— Je vous vois indécise depuis un moment. Alors je vous propose mon aide, expliqua-t-il avec douceur pour répondre à l'expression de ma surprise.

Je lui dis que je cherchais un roman d'amour. Il réfléchit un instant puis son visage s'éclaira et il saisit un livre sur son comptoir.

— C'est un magnifique roman, me dit-il en me tendant l'ouvrage.

Quelques minutes auparavant, je l'avais pris dans mes mains, sans intention, presque machinalement. Sa couverture ne présentait aucun intérêt, son titre n'évoquait rien pour moi. Peut-être était-ce le nom de l'auteur dont la consonance me plaisait. Ou alors, parce qu'il était présenté de manière ostentatoire, devant la vieille caisse enregistreuse, quand tous les autres étaient seulement rangés dans des rayons ou posés sur des étals. J'avais caressé la couverture, rêveuse, puis l'avais reposé.

— Pourquoi l'avez-vous mis en valeur ?

— Parce que j'ai une affection particulière pour...

Il chercha le mot manquant, soudain embarrassé.

— Pour l'histoire, finit-il par dire.

Je retournai le roman et lus les quelques lignes de présentation, pendant que le vieil homme m'observait, attentif à mes réactions. Il s'agissait de l'histoire d'une femme seule et d'un homme amoureux d'elle et de sa solitude. Homme, femme, amour, solitude : il ne m'en fallut pas plus pour être intéressée.

Le libraire avait saisi mon trouble et s'en réjouissait. Ses yeux brillaient d'un éclat particulier, dans lequel je pouvais lire les restes d'une vie passée à aimer lire et faire lire.

— Prenez-le, je vous le prête.

— Vous me le prêtez ? dis-je, surprise. Sommes-nous dans une librairie ou une bibliothèque ?

— Oh, ni l'un ni l'autre. Cette boutique est un lieu spécial. Du moins, je l'espère.

— Je vous le confirme, plaisantai-je.

— Alors acceptez que je vous prête cet ouvrage.

— Pas question ! Je vous l'achète.

— Laissez-moi vous faire une proposition : vous l'emportez pour le lire. S'il vous plaît, vous me le paierez ; sinon, vous me le rendrez.

— Étrange marché... mais j'accepte ! m'exclamai-je, amusée.

— Quel magnifique sourire, murmura-t-il, soudain songeur.

J'imaginai alors à quoi il avait dû ressembler dans sa jeunesse. Un jeune homme aux traits acérés, au regard perçant, déterminé et rêveur à la fois. Le genre d'homme capable de me troubler.

Puis il revint à l'instant et son visage s'anima. Il prit le livre, y inséra un marque-page et le glissa dans mon sac.

— Mais vous ne gagnerez jamais votre vie si vous agissez ainsi avec tous vos clients !

Il éclata d'un petit rire malicieux et posa sa main sur mon avant-bras, comme si nous étions amis depuis longtemps.

— Gagner ma vie. L'expression est si belle ! Pourtant, elle est absconse, n'est-ce pas ? Gagner sa vie... Qui gagne sa vie en gagnant de l'argent ? N'est-ce pas plutôt le plus sûr moyen de la perdre ? Et quelle vie peut-on gagner à mon âge ? Une autre vie, certainement, celle qui m'attend après celle-là.

— Vous m'avez très bien comprise, lui répondis-je.

— Je ne prête un livre que lorsqu'il me semble qu'une rencontre a besoin d'être aidée.

— Une rencontre ? m'étonnai-je.

Un petit sourire espiègle se dessina sur ses lèvres.

— Oui, la rencontre entre un roman et un homme ou une femme. Entre deux sensibilités, deux histoires. Je me plais à dire que je suis un marieur. Je marie les êtres et les livres.

— Quelle belle idée ! m'exclamai-je. Pensez-vous que les livres puissent se substituer aux hommes ou aux femmes ? Est-il possible d'être amoureuse d'un roman ?

— Dans mon cas, ils se sont substitués aux femmes. Mais quand cela arrive, c'est un échec. Ils viennent alors pallier le vide laissé par l'autre. Une relation d'amour par dépit, en quelque sorte. Mais leur vocation est plus noble.

Il m'expliqua alors que chacun d'entre nous cherchait un seul et unique roman comme on cherche l'amour, pour qu'il épouse notre existence, celle passée et celle à venir, nous éclaire, donne un sens à notre vie. Je l'écoutai avec attention développer son propos sur les *romans lumières*. Ses paroles trouvaient en moi l'écho d'une idée que je n'aurais su exprimer et qui, pourtant, faisait vibrer mon histoire.

Je restai silencieuse un instant et il attendit, respectueux de mes pensées.

— D'accord, je vais le prendre, finis-je par dire.

— Peut-être est-ce votre *roman lumière* ? répondit-il en glissant le volume dans mon sac.

— Par dépit ?

— Non, pour éclairer votre route et vous guider vers votre amour.

Cette fois encore, il parut heureux de sa formule.

— *Belle du Seigneur* n'a pas su vous mener là où vous vouliez aller, ajouta-t-il.

— Je ne l'ai pas terminé.

— Je le sais. Pourtant, Solal a su conduire tant d'hommes et de femmes vers l'amour.

— Solal est un homme comme les autres. Dur, prétentieux, imbu de lui-même.

Il plissa les yeux et m'observa avec malice.

— Je dirai plutôt que si Solal est un homme comme les autres, c'est plutôt parce qu'il doute, se morfond, espère, se trompe tout en continuant à afficher sa superbe, sa force, sa prétendue assurance.

Je restai silencieuse.

— Connaissez-vous la signification de ce prénom ? continua-t-il. Il y en a plusieurs. En voici deux : il peut vouloir dire « celui qui ouvre la voie » ou « celui qui a tout perdu », selon la racine hébraïque à laquelle nous nous référons. Les deux sont porteurs de sens, n'est-ce pas ? Et les deux nous conduisent à deux lectures du personnage.

— Pour moi, il a tout perdu par excès de cynisme.

— Ou de lucidité.

— Parce qu'il est un homme, tout simplement, affirmai-je. Un homme dans sa plus belle et plus terrible définition.

— Ne vous faites pas d'avis définitif sur les hommes, répondit-il. Votre âge vous l'interdit.

— Mon prénom aussi est d'origine hébraïque, fis-je remarquer pour échapper à cette conversation qui pointait une de mes profondes faiblesses.

— Ah ? Quel est-il ?

— Lior.

Son visage s'illumina.

— Lior... Cela veut dire « ma lumière » ! Quel prénom magnifique. Un *roman lumière* pour une fille lumière, exulta-t-il. Il n'y a pas de hasard ! Et vous voudriez éteindre cet amour qui brûle en vous et ne demande qu'à éclairer la vie d'un homme ?

— J'aimerais qu'ils regardent mon âme mais ce n'est jamais là que leurs regards se portent, ironisai-je.

— Parce qu'ils ne sont pas des hommes, s'emporta-t-il soudain. Être adulte n'est pas être homme. Ils ne sont que des adolescents attardés, incapables d'envisager leur vie autrement que comme un jeu. Ils vivent dans le virtuel, l'artifice, le paraître.

Sa colère m'amusa.

— J'aurais dû naître quelques années plus tôt et vous rencontrer, lui murmurai-je.

Son courroux se dissipa et il rougit.

— Peut-être avez-vous déjà existé. Peut-être que nous nous sommes aimés et que vous m'avez quitté.

— Je ne vous aurais jamais quitté, fis-je semblant de m'offusquer.

— Pas par choix, parce qu'on vous aurait enlevée à moi.

Son regard se fit tendre et j'eus l'impression d'avoir poussé la plaisanterie trop loin, à la lisière de ses souvenirs et de sa douleur.

— Merci pour cette conversation, lui dis-je. Je viens ici depuis si longtemps... j'aurais dû faire votre connaissance bien avant.

— Pas de regret. C'est ce roman qui nous a permis de nous rencontrer, dit-il en me montrant l'objet. Et c'est sans doute lui qui vous mènera à l'amour.

Je le quittai, troublée et pressée de rapporter cette conversation à Serena.

Serena qui, à travers les livres, cherchait à vivre.

Ce roman serait peut-être le sien. Son *roman lumière*.

Par dépit.

Jonas

M. Hillel m'accueillit avec un large sourire. Il paraissait m'attendre, impatient, excité.

— Ah, te voilà ! Il faut que je te raconte !

Il vint vers moi, me saisit la main et m'entraîna vers le fond de la boutique, tel un enfant sur le point de confier un secret.

Je le suivis, étonné et docile. Une fois isolé, il me fit face, posa ses mains sur mes épaules.

— Alors, écoute bien ce que je vais te dire. C'est… absolument fantastique !

Fébrile, il se concentra un instant pour trouver ses mots.

— Elle est venue ce mardi !

— Qui, elle ? demandai-je, non parce que je ne l'avais pas compris, mais parce qu'il me fallait des mots sur lesquels accrocher mes certitudes.

— De qui penses-tu que je parle ? répondit-il, navré d'être interrompu par une telle question.

Je hochai la tête pour reconnaître ma stupidité et l'exhorter à continuer.

— Elle a commencé par jeter un regard froid, presque agressif, sur le roman qu'elle avait abandonné la dernière fois. Puis elle s'est mise à vagabonder entre les rayons. Et elle a saisi ton premier roman, sans même s'en rendre compte, l'a caressé puis reposé. Je la sentais perdue, désemparée, prête à repartir. Tu sais que je n'interviens auprès de mes invités que lorsqu'ils me le demandent. Mais là, j'ai eu une intuition. Disons plutôt une idée... sublime. Enfin, je pense, nuança-t-il, soudain gêné de s'octroyer un compliment. Je me suis approché d'elle, lui ai proposé mon aide. Elle a d'abord paru surprise, un peu comme si elle découvrait que cette librairie avait un libraire. Puis elle m'a souri. Elle est belle, Jonas ! Son sourire... une caresse. Ses yeux... deux gouttes d'une eau claire et pure.

Il parlait et j'imaginais, fébrile.

— Je lui ai demandé ce qu'elle recherchait. Elle a mis un moment avant de me répondre. J'aime les gens qui réfléchissent avant de s'exprimer, qui laissent les mots se promener en eux afin de prendre le temps d'en vérifier la pertinence. Elle a répondu : « Une belle histoire d'amour. Une histoire magique. Du genre de celles qui n'arrivent jamais dans la vraie vie. » Ce sont ses propres paroles. Je les ai retenues telles qu'elle les a dites pour pouvoir te les rapporter.

Je la voyais maintenant dans cette librairie, échangeant ces quelques mots avec M. Hillel. Comme si sa présence avait marqué l'espace, était restée en suspens dans l'air et que les paroles de mon ami la ranimaient.

— Et je lui ai proposé de lire ton roman. Le premier.

— Mon roman ? m'exclamai-je.

L'idée me paniquait et m'excitait à la fois.

— Écoute, je me suis fié à mon instinct. C'était comme si une voix me soufflait de le faire, m'intimait l'ordre d'intervenir et de lui tendre ton roman. Ne l'avait-elle pas pris en main quelques instants auparavant ? Et puis, j'ai pensé qu'en définitive c'était le meilleur moyen de te présenter à elle.

Je me sentis terriblement troublé, ne sachant pas comment envisager la situation.

— Vous lui avez dit que j'étais l'auteur ? Enfin, que l'auteur travaillait chez vous ? demandai-je, inquiet.

— Non. Je me suis dit qu'il ne fallait pas fausser sa lecture. Un roman doit se découvrir sans considération pour l'auteur. Aujourd'hui, on s'évertue à vendre les romanciers aux lecteurs. On raconte leur parcours, on l'étaye d'anecdotes exotiques, on vante leur physique, on en fait de petites vedettes populaires. Les romans ne viennent qu'après et leur lecture est conditionnée par tout ce qui les a précédés. Dieu, auteur du premier livre, a-t-il expliqué son parcours et livré les clés de son monde ? Non, il s'est contenté de raconter une histoire, de la peupler de personnages, et a laissé à chaque homme la capacité de comprendre son livre à travers sa singularité. Nous lui présenterons Joshua Scali quand elle l'aura lu.

Cette idée me fit frissonner.

— Qu'a-t-elle dit quand vous le lui avez proposé ? Et comment le lui avez-vous présenté ?

— Je lui ai confié que c'était un roman que j'avais énormément apprécié, qu'il parlait d'un amour irréel.

— Et cela l'a intéressée ?

— Je pense. Elle a regardé la couverture, caressé le papier. Quelle douceur dans ses gestes !

— Et elle l'a acheté ?

— Non, je le lui ai prêté, indiqua-t-il, satisfait. Je ne voulais pas qu'elle le laisse ici et se contente de venir en lire quelques pages chaque semaine. Je voulais qu'elle crée une relation d'intimité avec ton roman, qu'elle l'emporte chez elle afin qu'il investisse son univers. Car c'est quand même comme ça qu'un roman doit être lu. Il doit prendre place dans la vie du lecteur, faire connaissance avec ses meubles, s'emplir des odeurs d'un logement, se promener de pièce en pièce. Enfin, c'est ce que je crois.

— Elle a accepté ?

— Elle a d'abord refusé et a tenu à me l'acheter. Mais je lui ai proposé un marché : elle ne le paiera que si elle l'aime.

Il releva un sourcil et m'observa, attendant une réaction.

— Crois-tu que mon concurrent serait capable de faire une telle offre ? demanda-t-il, fièrement.

— Et ? m'impatientai-je.

— Oui, pardon… Et elle a fini par l'emporter, expliqua-t-il en désignant d'un geste vague la porte du magasin. C'était également une manière d'être certain qu'elle reviendrait m'en parler !

Il se tut et nous la suivîmes des yeux jusqu'à ce qu'elle disparaisse.

— Viens travailler mardi matin prochain, dit M. Hillel. Elle aura sans doute lu ton roman et nous dira ce qu'elle en pense.

— Je ne sais pas si c'est une bonne idée, rétorquai-je, mal à l'aise. Imaginons qu'elle ne l'ait pas aimé et vienne vous le dire, en ma présence…

— Impossible. N'oublie pas que j'ai une certaine expérience dans l'art d'assortir les romans et les êtres.

— D'accord, mais admettons que vous ayez fait votre première erreur. Si elle n'aimait pas mon roman, pensez-vous qu'elle pourrait quand même m'aimer ?

— Sans nul doute ! répondit-il, enjoué. Mais la véritable question est la suivante : si elle l'aimait, cela la conduirait-elle à t'aimer ?

J'imaginai plusieurs situations, heureuses ou déplaisantes. La voix de M. Hillel me ramena au présent.

— Jonas ?

— Oui ?

— Elle m'a dit son prénom. Elle s'appelle Lior.

*

Lior. Lior. Lior.

J'arpentai mon appartement en répétant sans cesse ces deux syllabes comme si elles devaient me révéler une part du mystère dont dépendait ma vie. J'allais enfin pouvoir habiller mon fantasme d'un prénom. Lior. La consonance de ces quatre lettres me paraissait parfaitement convenir à l'idée que je me faisais d'elle. Dans mes divagations amoureuses, je lui en avais prêté quelques-uns : Sarah, Élise, Virginie, Sophie, Élodie... Mais, désormais, aucun ne lui allait mieux que Lior.

Lior était partie de la librairie avec mon roman. Lior avait lu mon nom sur la couverture. Lior avait peut-être commencé la lecture de mon roman. J'allais revoir Lior et nous parlerions de mon roman. Cette situation était trop grande pour que mes bras l'enserrent, que mes idées le cernent et que mes mots l'épuisent.

Où était mon roman à ce moment précis ? Dans ses mains ? Sur sa table de chevet ? Dans ses draps ? Les images m'étourdissaient.

Je saisis un exemplaire de *Dans les silences d'une femme*, redécouvris sa forme, le grain du papier. Tel un gamin amoureux, je tentais d'imaginer ce que Lior pouvait ressentir. Il se passait quelque chose d'essentiel dans ma vie et je ne maîtrisais rien. Une partie de moi-même était avec elle et je ne savais rien. La semaine allait être longue. Une semaine entière à lui prêter des sentiments, des postures, à deviner son avancée dans la lecture.

J'élaborais des scénarios : elle n'aimait pas le roman ; elle soupirait, hochait la tête, l'envoyait valdinguer à travers la pièce. Elle était intriguée : assise en tailleur, le livre posé sur ses genoux, elle fronçait les sourcils, relevait sa mèche dans ce geste féminin que je lui avais découvert, lisait vite, pressée d'avancer. Elle succombait au texte : comme dans mon rêve, elle lisait à voix haute, pleurait, souriait.

J'eus alors l'idée de l'accompagner dans sa découverte. J'allais relire mon roman en même temps. J'aurais ainsi l'impression de partager un instant de sa vie. Je repris mon roman et l'imaginais lire les mêmes phrases au même moment.

Je voyageais sur ces mots et ils me portaient jusqu'à elle.

Lior

Premières lignes, première page.

Je découvris un rythme, une douceur teintée de détresse, un souffle particulier, enivrant.

Troisième page.

Les personnages se présentèrent, singuliers et pourtant familiers. Ils étaient vrais, attendrissants, pleins de sens.

Je lisais à voix haute, Serena m'écoutait, attentive comme jamais.

Les mots allèrent chercher des sentiments enfouis au plus profond de mon être, des sentiments que je croyais perdus.

Sixième page.

L'histoire m'enveloppa, m'emporta, m'imposa sa mesure. Je naviguai sur les phrases, tanguai entre deux émotions, chavirai sur une image.

Je marquai des pauses pour goûter une expression, un passage, laisser nos émotions s'apaiser et emplir l'espace de nos âmes.

Fin du premier chapitre.

Déjà.

Je me tus.

Il nous fallait comprendre. Comprendre ces larmes qui coulaient sur nos joues, la force de ce silence qui maintenant nous unissait.

Et je compris.

Ce roman parlait de moi, d'elle, de toutes les femmes.

Raphaël Scali savait ce qu'était la solitude. Il connaissait la mélancolie, la langueur, la douleur de celles que l'amour a oubliées.

Je refermai le livre et proposai de continuer le lendemain. Nous avions besoin de reprendre nos esprits, ou plutôt de les laisser encore se perdre dans l'écho de notre trouble.

Nous le lirions doucement, ne nous autoriserions que quelques pages chaque soir, pour retenir la vie qu'il contenait.

Jonas

La semaine s'écoula lentement, habitée, entre mes temps de lecture, de songes éveillés, de questions et d'espoirs.

J'étais arrivé à la fin du roman le lundi dans l'après-midi et me plaisais à penser qu'il en était de même pour elle. Le mardi matin, je pris le chemin de la librairie. J'arrivai cinq minutes avant l'heure de sa visite rituelle et entrai.

— Je t'attendais ! s'exclama M. Hillel, avant de réaliser mon malaise. Eh bien, entre, mon garçon ! Pourquoi restes-tu sur le pas de la porte ?

— C'est une mauvaise idée. Je ne devrais pas être là, lui confiai-je.

— Ah bon ? Et pourquoi donc ?

— Je ne sais pas... J'ai l'impression de lui avoir tendu un piège et...

— Un piège ? m'interrompit-il. Nous ne faisons que suivre les événements, Jonas. Allez, cesse donc de te faire du mouron. Tu es simplement intimidé et très angoissé, à en juger par ton teint pâle. Va donc vérifier la galerie des « romans policiers humoristiques ». J'ai l'impression que certains volumes y ont été rangés par erreur.

En d'autres circonstances, j'aurais éprouvé du plaisir à me plonger dans ce rayon. Il y avait là un de mes auteurs préférés, Frédéric Dard, dont j'avais lu toute l'œuvre avec délice quelques années plus tôt. Un rapide coup d'œil me permit de repérer rapidement les intrus. Je les remis à leur place avant de m'attaquer à d'autres rangements. Mes gestes étaient lents, empesés. Mes yeux ne cessaient de rencontrer les aiguilles de l'horloge.

Elle était en retard.

Je continuais à vaquer entre les rayons, guettant l'entrée.

Après trente minutes d'interminable attente, je dus me rendre à l'évidence : elle ne viendrait pas.

— Elle n'a sans doute pas dû terminer le roman, suggéra M. Hillel, dépité.

— Ou ne l'a pas aimé.

— Si c'était le cas, elle serait revenue me le rapporter. Elle n'est pas du genre à manquer à son engagement.

Son raisonnement tenait la route et je me calmai un instant. Mais, à l'idée de devoir attendre une semaine de plus pour connaître son avis, je me sentis soudain contrarié, presque épuisé.

— Ne fais donc pas cette tête, Jonas ! Vois le bon côté des choses : elle est si absorbée par sa lecture, qu'elle savoure ton roman, fait durer le plaisir.

— Vous avez peut-être raison, soupirai-je.

— L'attente est difficile, quand on aime, n'est-ce pas ? murmura-t-il.

Il me considéra avec tendresse, puis son regard se perdit dans de lointaines pensées.

— J'ai attendu moi aussi. Longtemps.

Je compris de qui il me parlait et crus qu'il en resterait à cette seule évocation. Mais il continua.

— Elle s'appelait Rebecca, poursuivit-il après un long silence. Mon âme jumelle... s'appelait Rebecca.

Ses yeux fouillaient ses souvenirs. Je m'approchai de lui, craignant qu'il ne se dérobe une nouvelle fois à l'élan de ses confidences.

— Nous avions douze ans quand sa famille emménagea sur le même palier que la nôtre. La guerre grondait mais elle ne semblait pas encore pouvoir nous atteindre. Les parents de Rebecca étaient de fervents pratiquants, ce qui leur valut l'hostilité des miens qui avaient passé toute leur vie à tenter d'oublier leur histoire. Cette proximité était une offense aux efforts qu'ils fournissaient pour paraître plus français que ceux qui étaient nés dans ce pays auquel ils vouaient une véritable admiration. Rebecca et moi sommes devenus amis, complices puis amoureux. Enfin, comme on peut l'être à cet âge.

Ses mots accueillaient ses souvenirs avec tendresse et appréhension à la fois.

— Mon père ne voulait pas que je fréquente Rebecca. Je lui désobéis, avec la complicité de ma mère, et la rencontrai en cachette. Nous allions souvent chez elle. Nous jouions mais c'est autour des livres que nous passions le plus clair de notre temps. Elle était passionnée par la lecture, me racontait ses derniers romans, m'en lisait des passages. Elle possédait une bibliothèque assez fournie. « Ici, la bibliothèque des larmes, avec les livres qui font pleurer, m'avait-elle expliqué en désignant une étagère. À côté, la bibliothèque des rêves. Et plus loin, celle des rires. Je n'ai que trois bibliothèques, mais, en grandissant, j'en aurai bien plus. Papa dit que grandir, c'est apprendre à distinguer tous les sentiments que le monde compte. » J'avais souvent aperçu son père penché sur des livres, la tête entre les mains, concentré. « Papa est très cultivé. Il étudie tout le temps. Mais il n'a donné qu'un seul nom à toute sa bibliothèque : La "bibliothèque de la vérité". » Je m'étais un jour approché de lui et, bienveillant, il m'avait demandé si je connaissais la Torah. Je savais juste que c'était le livre des juifs, mais à la maison, ce mot était interdit. Il m'avait alors proposé de venir l'étudier de temps en temps, en même temps que sa fille. L'idée de faire connaissance avec ce livre mystérieux et de partager ces moments avec Rebecca m'enthousiasma. C'est ce que nous fîmes durant plusieurs mois. Les mois les plus beaux de ma vie. J'étais amoureux de Rebecca, passionné par les lectures qu'elle me proposait et par mon étude des textes sacrés. L'appartement de sa famille était pour moi un lieu merveilleux, plein de richesses, source de vie et d'amour. J'y découvris les fêtes, les chabbah, la chaleur du partage. Souvent, Rebecca et moi nous installions sur le canapé et son père nous racontait un passage de l'histoire des Hébreux, riche, colorée, belle et énigmatique. C'est à travers ces récits que je compris que j'étais amoureux de Rebecca. Je m'identifiais souvent au personnage principal et je l'imaginais dans le rôle de ma femme. J'étais Abraham et elle était Sarah. J'étais Isaac et elle était Rebecca, J'étais Jacob et elle était Rachel. J'étais Hillel et elle était Rebecca. Je pensais alors que ce bonheur durerait toute la vie, qu'il était capable de nier toutes les menaces de la guerre.

Son visage s'assombrit. Des images venaient maintenant agresser sa mémoire.

— Et, un jour, les barbares vinrent frapper à notre porte. Mon père eut beau argumenter qu'il était français, ne pratiquait pas la religion juive, il fut molesté et jeté dans la cage d'escalier. Dans la rue, je retrouvai Rebecca et ses parents. Je pris sa main dans la mienne et la serrai. Je me sentis homme et mari en cet instant.

Ses yeux s'embuèrent, il avala sa salive.

— La suite, tu la connais. On nous sépara à la descente du train. Elle me demanda de l'attendre, me promit d'être un jour ma femme. Par miracle, je réussis à me sortir de cet enfer. Pas elle. Je l'ai cherchée toute ma vie dans le regard des femmes que je croisais, ne l'ai jamais trouvée. Et je n'ai plus ouvert le livre sacré. Sa lumière me paraissait être une offense aux ténèbres dans lesquelles Rebecca, sa famille et la mienne s'étaient perdues.

Son esprit accosta aux rives du présent et ses yeux revinrent se poser sur moi.

— Voilà, tu sais tout ou presque, murmura-t-il. Ton amour vient de naître, Jonas. Tu as le droit de douter, d'être impatient, mais pas de désespérer.

Lior

Nous ne nous autorisions que vingt pages chaque jour. Nous avancions lentement, comme intimidées par les personnages, craignant de troubler leur vie, de perturber l'harmonie de l'improbable couple qu'ils s'évertuaient à former, mais toujours curieuses de leurs réactions, de leurs échanges.

La magie jamais ne nous quitta. Et, quand le dénouement se présenta, il ne nous surprit pas.

L'histoire nous appartenait.

Le silence qui suivit les derniers mots dura plus longtemps que d'habitude et nos larmes étaient de tristesse et de bonheur à la fois.

Je compris que ce roman avait créé quelque chose de nouveau entre Serena et moi, un lien plus fort encore que celui que nous avions initié et entretenu jusqu'alors. Il avait raconté nos histoires, si différentes et si semblables. Et je savais, sans toutefois être capable de le formuler, qu'il avait changé nos vies.

*

« Renseigne-toi sur l'auteur », avait inscrit Serena sur son ordinateur.

Jusqu'alors, nous ne nous étions jamais intéressées à la vie des écrivains dont nous avions apprécié les textes. Tout au plus, cherchions-nous à connaître leur bibliographie.

Dans ma prime jeunesse, je m'étais complu dans le rôle de la groupie, de la midinette enamourée pour les chanteurs, les auteurs, les comédiens. Cela correspondait à mon état d'esprit d'alors, à ma volonté de fuir le présent et ma personnalité. Puis j'avais grandi et m'étais détachée des artistes pour ne considérer que leurs œuvres. De toute façon, je n'étais pas suffisamment savante pour envisager les romans à travers le parcours de leurs auteurs. Et, pour moi, un roman n'était jamais plus beau que quand je le découvrais sans jamais en avoir entendu parler.

Chaque livre était une porte à ouvrir sur un paysage inconnu. Et, s'il était beau, puissant, les premières pages se refermaient sur mes pas pour m'emprisonner, m'empêcher d'en sortir et m'obliger à avancer vers l'inéluctable issue, le cœur aux aguets, frémissant de savoir que des sentiments étaient là, prêts à m'agresser ou à me caresser.

Alors, pourquoi laisser quelqu'un me précéder, m'introduire dans le lieu, me commenter la visite, me souffler la nature des émotions que je devais ressentir ?

Et quand le roman était terminé, je refermais la porte, sans chercher à en savoir plus que ce que l'auteur m'avait offert. C'était comme recevoir un bouquet de fleurs d'un inconnu. L'instant n'est magique que parce qu'il vous permet d'imaginer tous les scénarios possibles. Dès lors que l'expéditeur est connu, il ne s'agit plus que d'un bouquet de fleurs et d'un geste de séduction.

Pourtant, la question de Serena me parut évidente. Comme elle, j'éprouvais le désir de connaître cet auteur pour faire durer le plaisir de cette lecture, pour lui donner un prolongement dans la vie réelle. Peut-être aussi parce que nous ressentions une forme de gratitude envers lui. Ou parce qu'il nous fallait réaliser qu'un tel homme, un être aussi sensible, existait vraiment.

Je saisis l'ordinateur de Serena et cherchai des informations sur Raphaël Scali. Mais Internet ne m'apprit pas grand-chose sur lui. Je lisais à haute voix les phrases les plus importantes des rares articles que me livraient les moteurs de recherche.

— Il n'a écrit que deux romans. Celui que nous avons lu et un second qui a connu un succès relatif... Un roman noir, très différent du premier, qui a surpris les lecteurs et les critiques... les a déçus, même. Plus rien depuis. Il est présenté comme un jeune homme brillant et tourmenté, porteur d'un style et peu enclin à communiquer. Il refuse les interviews, renvoyant les journalistes à ses textes. Il n'y a aucune photo de lui.

Cette description, si elle contrariait ma curiosité, me plut. Je me sentis plus proche encore de lui.

— Tu l'imagines comment, toi ? demandai-je à Serena. Grand ?

Elle acquiesça.

— Cheveux blonds ? Non ? Bruns ? Oui, tu as raison. Mais brun, aux yeux clairs, alors. Non ? Noisette ? Non plus ? Bon, alors noirs.

Elle battit des paupières.

— Un air tourmenté ? Je te rejoins là-dessus. Le genre de mec fort mais un peu perdu qui n'attend plus que nous pour se réaliser. Le type de mec dont on rêve, quoi !

Un sourire passa dans son regard. Un sourire troublant.

Jonas

Deux jours s'écoulèrent. Deux longues journées pendant lesquelles je passai mon temps libre enfermé chez moi, à traîner ma mélancolie, incapable de lire, de manger ou d'entreprendre une quelconque activité. À la librairie, M. Hillel m'offrait son sourire en guise de réconfort, n'osant pas aborder le sujet, sans doute lui-même anxieux.

Puis, le matin du troisième jour, le téléphone sonna.

— Je n'aime pas trop ces appareils, ronchonna la voix de M. Hillel après que le signal sonore de mon répondeur l'invita à laisser un message. Jonas, c'est M. Hillel, appelle-moi, s'il te plaît...

Je me précipitai sur le combiné et décrochai.

— Je suis là ! m'exclamai-je.

— Ah, Jonas... formidable ! s'exclama-t-il. Elle a téléphoné ! Lior a téléphoné !

— Quand ?

— Il y a cinq minutes !

Il était enthousiaste. Ses mots étaient secoués de petits éclats de rire nerveux.

— Et qu'a-t-elle dit ?

— Elle s'est excusée de ne pas avoir pu passer. Mais elle ne voulait me rendre visite qu'après avoir terminé le roman.

— Et... c'est tout ?

— Non, non ! Le meilleur est à venir ! jubila-t-il. Sais-tu qu'elle a une jolie voix ? Une voix tendre, mélodieuse...

— Je vous en prie, monsieur Hillel !

— Oui, pardon. Elle a adoré ton roman ! Tellement qu'elle l'a lu doucement, « pour faire durer le plaisir », a-t-elle dit ! Tu vois, j'avais raison !

— Elle a dit ça ? questionnai-je, excité et heureux.

— Mot pour mot. Fantastique, n'est-ce pas ?

— Oui, fantastique.

— Qu'il doit être beau d'écrire, d'être lu et apprécié. Je t'envie, tu sais.

— Et... a-t-elle dit autre chose ?

— Elle m'a demandé si j'avais le second roman. Je tressaillis.

— Qu'avez-vous répondu ?

— La vérité. Je dis toujours la vérité : que ton deuxième roman était disponible à la librairie.

— Vous savez que je n'aime pas ce roman ! Si elle le lit, je suis foutu !

— Foutu ?

Il éclata de rire.

— Mais mon garçon, que dis-tu là ? Ah, qu'il est beau de te voir perdre la raison de la sorte !

— Je ne perds pas la raison. Mon deuxième roman est tellement insipide, et...

— Si ton deuxième roman n'est pas aussi bon que le premier, m'interrompit-il, il n'en reste pas moins intéressant. Ensuite, même si elle ne l'aime pas, cela ne changera en rien l'avis qu'elle a sur le premier. Enfin, penses-tu rester caché derrière tes textes indéfiniment ? Comptes-tu les laisser s'exprimer à ta place ? Quoi qu'il en soit, si c'est le cas, cela ne durera pas, si l'on se fie au nombre de réalisations que compte ton œuvre et à l'intérêt qu'elle a manifesté pour l'auteur.

— Elle vous a posé des questions sur moi ?

— Elle m'a dit que tu lui paraissais mystérieux. Je lui ai répondu que tu étais simplement charmant et sincère et que je te connaissais personnellement.

— Et que je travaillais à la librairie ?

— Non, ça... j'ai omis de le dire. Il me semble que ce n'est pas à moi de le lui révéler.

— Vous avez bien fait ! Vous êtes parfait, monsieur Hillel.

— Elle a l'air de le penser aussi, plaisanta-t-il.

— Vous a-t-elle dit quand elle repasserait ?

— Non, balbutia-t-il, soudain embarrassé. Je ne lui ai pas posé la question.

Je me sentis transporté par cet appel. Lior aimait mon roman ! Elle avait pris son temps pour l'apprécier. Une approche réservée aux textes que l'on considérait comme précieux, ceux dont les mots avaient la faculté de partir à l'assaut de votre esprit et le combler de bonheur. Ces textes étaient rares. Et le mien agissait ainsi sur Lior. Du moins était-ce ainsi que j'avais envie d'interpréter les paroles de M. Hillel.

La première page de notre histoire d'amour était belle et engageante.

Quand je raccrochai, j'étais dans un état d'excitation extrême. Je sentis un feu me dévorer de l'intérieur. J'avais envie de crier, de rire, de me dépenser. Ne tenant plus, je décidai de partager mon bonheur avec Josh et me précipitai chez lui. J'avais besoin d'en parler, d'extraire les sentiments qui pesaient sur mon cœur et alourdissaient mon esprit, de les porter à la lumière du jour, de la raison, pour les évaluer et mieux les circonscrire.

Josh saurait me comprendre et, pourquoi pas, me conseiller.

Buvant son café par petites gorgées, il fut attentif à mon récit. On reconnaît un ami à la force silencieuse de son écoute, une écoute qui accueille vos confidences et vous laisse plus léger des mots dont vous vous êtes délesté. Rares sont les personnes qui possèdent cette faculté. La plupart polluent chacune de vos paroles de leurs sentiments et avis. Leurs regards, leurs respirations affaiblissent vos propos, les jugent sitôt exprimés et vous passez de la confession à l'aveu ou à la justification. Josh, lui, s'oubliait. Il tentait de ressentir les mêmes émotions, les mêmes craintes que moi.

— Voilà, tu sais tout, conclus-je.

Il réfléchit un instant. Le temps de faire le tour de ces curieux objets emplis d'émotion qu'il avait emmagasinés et qu'il devait maintenant considérer de son propre point de vue.

— C'est une si belle histoire, finit-il par dire. Belle et étrange.

— En effet. Les choses arrivent comme par magie...

— Non, ce n'est pas dans ce sens-là que je la trouve étrange. C'est un peu comme si tout ce que tu avais vécu n'avait existé que pour te conduire à elle. Tes parents décèdent et tu écris. Tu renonces à l'écriture et te retrouves dans le besoin de gagner du fric. Tu dégotes ce travail à la librairie et tu la rencontres. Elle lit ton roman et... et nous verrons bien ce qu'il adviendra.

— J'ai peur, Josh, avouai-je.

— Peur ?

— Oui, de ne pas être à la hauteur. De tout faire foirer. Ou de m'être trompé d'histoire, de m'être bercé d'illusions.

— C'est ce qui caractérise la naissance d'une histoire d'amour, non ?

— Selon toi, que dois-je faire maintenant ?

— Qu'as-tu envie de faire ?

— De la rencontrer, lui parler...

— Eh bien voilà !

— Oui, mais concrètement... je vais vers elle et je l'aborde et me présente comme l'auteur du roman qu'elle a aimé ? C'est présomptueux, non ?

— Non. Tu es l'auteur de ce roman, c'est une vérité.

— Mais je prends également le risque de fausser sa perception : l'auteur peut occulter l'homme. Si elle devait m'aimer, j'aimerais que ce soit pour moi, pas seulement pour ce texte écrit il y a longtemps déjà.

— La considères-tu comme une stupide admiratrice ? s'énerva Josh. Et si elle devait l'être, alors ce serait toi qui te montrerais déçu et penserais t'être trompé, n'est-ce pas ?

— Et si c'est comme ça que ça se passe ?

— Eh bien, tu ne seras sans doute plus amoureux. Tu auras vécu une belle aventure, retrouvé le désir d'aimer et seras prêt à envisager une autre histoire. Écoute, tu peux continuer à faire des suppositions, à entrevoir le meilleur et le pire et j'aurai toujours une réponse vaseuse à t'offrir pour calmer tes craintes. Alors, arrête de réfléchir et agis !

— Ça te va bien de me dire ça... répondis-je en lui adressant un sourire. C'est marrant... Je te trouve changé.

— Ah ?

— Eh bien, tu as exprimé ton point de vue, tu as fait de longues phrases et... tu sembles sûr de toi.

— C'est parce que nous parlons de toi. Je suis plus à l'aise pour parler des autres. Ou peut-être que le sujet me passionne.

— Ou que tu as décidé de changer.

Il sourit.

— C'est vrai. J'ai compris que les silencieux ont toujours tort. Bon, je ne pense pas changer totalement et devenir aussi expansif que Chloé, mais je me suis fixé pour objectif de donner mon avis chaque fois qu'il pourra être utile. C'est déjà pas mal, non ?

— Josh 2.0 ?

Il rit.

— En quelque sorte.

Lior

Le lendemain, je téléphonai au libraire. J'avais manqué mon rendez-vous hebdomadaire et l'avais laissé sans nouvelles. Je lui fis mes excuses et lui confiai l'immense bonheur que m'avait procuré la lecture de ce roman.

— J'en étais sûr ! clama-t-il, enthousiaste.

— Mais comment pouviez-vous en être sûr ? Vous me connaissez si peu, rétorquai-je, interloquée.

— Je vous ai dit que j'étais une sorte de marieur, répondit-il en riant.

— Cet auteur est absolument incroyable.

— Je vous le confirme.

— J'ai cherché des informations à son sujet mais n'en ai pas trouvé beaucoup, lui confiai-je.

— C'est normal. Cet auteur est assez particulier. Lors de la sortie de son roman, il a refusé de se prêter au jeu de la promotion, de répondre aux journalistes. C'est un homme assez secret. Non... discret est mieux approprié. C'est ce que j'aime chez lui. Il a vécu l'écriture comme une passion et l'édition comme un accident de parcours. Il est intègre et... très attachant.

— Comment savez-vous tout cela ?

— Je connais l'auteur.

— Personnellement ? m'écriai-je.

— Je le rencontre à la librairie… assez souvent.

— Alors, expliquez-moi : pourquoi n'a-t-il rien écrit depuis cinq ans ?

— Parce qu'il est sincère et pense ne plus rien avoir à dire.

— C'est triste.

— C'est ce que je pense aussi.

— Vous avez son second roman ? demandai-je.

— Bien entendu.

Je lui fixai rendez-vous et raccrochai. Puis je restai un moment à méditer sur ces propos.

Tout ce que je savais de cet écrivain contribuait à dessiner un personnage énigmatique et attirant. Il avait écrit un premier roman sur la solitude, touché quelques recoins secrets de ma sensibilité et cela avait suffi à susciter mon intérêt. Je découvrais maintenant qu'il avait renoncé à ce à quoi de nombreux écrivains aspiraient, la célébrité, en refusant de jouer le jeu de la promotion. J'avais vu tant d'auteurs se décrédibiliser en participant à des émissions de divertissement, ou se faire humilier par des critiques se croyant pertinents et honnêtes quand ils n'étaient qu'agressifs et blessants. Comment, ensuite, avoir envie de lire un roman abordant un sujet sérieux ou prêter attention à un style quand on a vu l'auteur composer un rôle d'une totale superficialité ? Raphaël Scali n'était pas de ceux-là. Il n'était pas dans le paraître, mais dans l'être intègre, l'être discret, l'être vrai. L'être écrivain.

Jonas

J'étais pris dans une dynamique amoureuse qui me laissait croire que rien ne serait plus jamais comme avant, qu'une aube nouvelle se levait sur ma vie et qu'aucune mauvaise nouvelle ne pourrait désormais m'atteindre. Aussi, quand le téléphone sonna cet après-midi-là, contrairement à mon habitude, je me précipitai pour répondre. La voix de mon banquier refroidit mon enthousiasme. Les récents événements m'avaient fait oublier cette histoire d'argent indûment crédité sur mon compte et le retour à cette réalité me déplut.

— Je suis désolé, monsieur Lankri, mais nos recherches se sont avérées vaines. L'établissement émetteur refuse de nous livrer les informations que nous réclamons, m'annonça-t-il, décidé à ne pas perdre trop de temps avec moi et mon invraisemblable affaire.

— Alors, n'importe qui peut faire virer de l'argent sur un compte sans donner d'informations sur son identité ? protestai-je.

— La banque en question est située à l'étranger dans un pays qui n'est pas soumis aux mêmes règlements que les nôtres. Ils se retranchent derrière le secret bancaire. Mais ils ont accepté de récupérer la somme que nous avons bloquée. Je ne peux rien faire d'autre.

Je raccrochai et restai un moment pensif. Puis je décidai de ne pas laisser cette étrange histoire polluer mon moral. Cet incident n'était rien en regard des événements qui, ces derniers jours, avaient ouvert mon horizon. Qu'il s'agisse d'une erreur ou d'un acte volontaire, j'avais fait ce qu'il fallait pour ne plus être importuné. J'allai donc pouvoir me consacrer aux seules affaires qui m'intéressaient.

Cependant, j'étais très loin de me douter que, dans l'une ou l'autre de ces intrigues, je n'étais pas le seul à décider.

Chapitre 9

L'AMOUR EST UNE AMBITION

Jonas

M. Hillel avait une attitude curieuse. Depuis mon arrivée, il ne m'avait pratiquement pas adressé la parole, paraissait tourmenté. Quand mes yeux rencontraient les siens, il se mettait en mouvement, nerveusement, allait et venait dans sa boutique, saisissait un roman, hésitait, le reposait, ne finissait aucune des tâches qu'il entreprenait.

Je me mis à imaginer qu'il me cachait quelque chose au sujet de Lior.

Inquiet, je l'interrogeai.

— Tout va bien, monsieur Hillel ?

— Moi ? oui, oui...

— Vous avez l'air préoccupé, insistai-je.

— Pas du tout, rétorqua-t-il, agité. Je... j'ai... Je cherche un roman...

— Je peux vous aider ?

— Si je suis incapable de le trouver, comment le pourrais-tu ? s'exclama-t-il.

J'abdiquai, inquiet de son comportement pour le moins inhabituel.

Une heure plus tard, j'avais entre les mains un roman historique présentant une intrigue amoureuse, un suspense haletant et des tonalités humoristiques et hésitais entre les différents rayons quand j'entendis la porte s'ouvrir.

Levant les yeux vers l'entrée, je me figeai.

Lior était sur le pas de la porte et souriait à M. Hillel. À la manière dont celui-ci bondit vers elle, je compris qu'il savait qu'elle viendrait cet après-midi et que cette visite était la cause de son comportement.

Je restai immobile, les yeux posés sur le sourire de ma lectrice, laissant les émotions m'envahir et me priver de toutes mes facultés.

— Ah, voilà ma plus jolie cliente, dit-il, en glissant un regard coupable vers moi.

Il alla à sa rencontre puis l'entraîna vers sa table. Au moment où ils passèrent devant moi, elle sembla s'apercevoir de ma présence et s'en étonner. Elle eut un petit mouvement de tête pour me saluer. Pétrifié, je fus incapable de lui rendre son salut.

— Alors, cette lecture ? questionna M. Hillel.

— J'ai... adoré, dit-elle dans un soupir d'enthousiasme.

Je sentis mon cœur se serrer tant il y avait d'émotions dans ces simples mots.

— Racontez-moi, proposa-t-il en se penchant vers elle.

— Non. Je ne sais pas parler des romans que j'aime. Je sais juste les aimer.

— Ah, comme je vous comprends !

— J'ai hâte de lire son second roman.

— Le voici. Je vous l'avais mis de côté.

Elle prit l'exemplaire dans ses mains, observa la couverture, puis le retourna pour lire le résumé.

M. Hillel profita de ce court instant pour m'adresser un message fait de mimiques et de mouvements des lèvres absolument incompréhensibles.

Face à ma mine déconfite, il montra quelques signes d'exaspération.

— Puis-je vous laisser quelques secondes ? demanda-t-il à Lior.

Elle ne lui répondit pas, absorbée par sa lecture. Il vint vers moi, m'attrapa par le coude et me poussa vers le fond de la boutique.

— Jolie surprise, n'est-ce pas ?

— C'est donc pour ça que vous étiez si nerveux !

— Je suis un piètre comédien, je le sais.

— Pourquoi m'avoir caché sa venue ?

— Tu étais suffisamment excité par ce que je t'avais confié. Je craignais que tu ne paniques et perdes tous tes moyens. Il n'y a qu'à voir ta réaction pour comprendre que j'avais raison. Bon, le moment est venu de te la présenter.

— Me la présenter ?

— Eh bien oui, pourquoi penses-tu que je lui ai demandé de passer à cette heure-ci ?

— Mais non... enfin... c'est que... balbutiai-je.

— Si nous ne lui disons rien maintenant, il sera difficile de lui révéler par la suite que tu es l'auteur qu'elle adule. Elle aura l'impression qu'on s'est un peu moqué d'elle.

— Je ne sais pas...

— Eh bien moi, je sais ! lança-t-il, décidé, avant de me planter là et de retourner vers Lior.

— Alors, qu'en pensez-vous ? l'interrogea-t-il.

— Le sujet est intéressant.

— Nous allons passer le même accord. Vous le prenez et ne le payerez que s'il vous plaît.

— Pas question ! s'écria-t-elle. Je vous le règle immédiatement. Je souhaite avoir les romans de cet auteur chez moi. Au fait, vous m'avez dit connaître cet écrivain.

— C'est même un ami, répliqua M. Hillel, réjoui, en me regardant par-dessus son épaule.

Elle parut impressionnée par cette révélation. M. Hillel, lui, jubilait. Le coup de théâtre était imminent.

— C'est un homme de votre âge à peu près. Un bel homme. Gentil, tendre, rêveur.

Lior écoutait avec intérêt.

— A-t-il réellement renoncé à écrire ?

— Malheureusement. Je lui ai pourtant expliqué qu'il n'avait pas le droit de priver ses lecteurs de ses romans. « Vous n'êtes pas propriétaire de votre talent », lui ai-je dit un jour.

Elle resta suspendue à ses lèvres, comme dans l'attente d'une suite.

— Voulez-vous que je vous le présente ? demanda-t-il, fébrile à l'idée de lancer sa tirade finale.

Je sentis le sang déserter mes membres et retins ma respiration.

— Me le présenter ? Non, je ne préfère pas, répondit-elle avec une fermeté qui effaça immédiatement le sourire de M. Hillel.

— Ah bon ? Et pourquoi donc ? demanda-t-il, désemparé.

— Je pourrais être déçue par l'homme. Et cette déception entachera mon enthousiasme pour son premier roman. Selon moi, les auteurs doivent s'effacer derrière leurs œuvres et rester mystérieux. Voyez-vous, le fait de ne pas avoir trouvé beaucoup d'informations sur lui me l'a rendu plus attachant encore. Je n'aime pas ces auteurs qui paradent dans les médias et répètent sans cesse la même chose. Les écrivains ne sont pas faits pour la lumière.

Sa réponse me plut autant qu'elle me rassura. Non seulement elle m'octroyait un sursis, me laissant ainsi, peut-être, le choix du jour et du lieu de notre première rencontre, mais elle confirmait également l'idée que je me faisais de son caractère.

— Je ne pense pas qu'il vous décevra, insista M. Hillel.

— Les hommes m'ont si souvent déçue... répondit-elle. Je préfère continuer à idéaliser celui-ci.

Je compris que M. Hillel était partagé entre le respect qu'il éprouvait pour cette cliente aux opinions affirmées et sa déception de se voir privé de sa scène finale.

— Il aurait été pourtant ravi de connaître votre avis, de vous entendre en parler, confia le libraire, comme s'il livrait son dernier argument.

— Alors, soyez mon messager et dites-lui que son premier roman est magique, qu'il a réussi à m'emporter là où je ne pensais pas pouvoir aller.

— Dites-le-lui vous-même, proposa M. Hillel, soudain ragaillardi. Envoyez-lui un courrier, ou un e-mail, comme vous dites aujourd'hui, et racontez-lui comment vous avez lu son roman, ce que vous en pensez. Je suis certain qu'il appréciera.

Elle considéra la proposition.

— Non, je ne crois pas que ce soit une bonne idée.

— Il en a besoin. Il ne considère pas être un bon auteur. Votre témoignage le réconfortera.

— Ah ? Il doute de son talent ?

— Il dit même ne plus en avoir.

Elle promena son regard sur les rayons, pensive et s'arrêta sur moi. Elle réalisa alors que j'avais entendu toute la conversation, me sourit.

— Vous feriez quoi, vous, à ma place ? me demanda-t-elle.

J'étais paralysé, fasciné par cette beauté que j'avais pris le temps de contempler. Jusqu'à cet instant, je m'étais fait l'effet d'être un observateur invisible et goûtais chacun de ses mots, chacun de ses gestes. Maintenant, c'est sur moi qu'elle posait les yeux, c'est à moi qu'elle s'adressait. De plus, la situation m'embarrassait. Ne pas lui révéler que j'étais l'auteur revenait à la duper. Mais je ne m'en sentis pas capable. Il était encore trop tôt ou déjà trop tard. Et n'avait-elle pas elle-même dit ne pas vouloir faire la connaissance de Joshua Scali ? Ma réponse se faisant attendre, elle parut comprendre mon trouble et baissa les yeux.

— Je lui écrirais, finis-je par répliquer.

Elle releva la tête, parut attendre que je lui explique pourquoi. Mais que pouvais-je lui dire alors que je parlais de moi ?

M. Hillel m'extirpa de ce silence embarrassant.

— Nous allons vous inscrire son adresse e-mail sur un papier, proposa-t-il. Tu veux bien t'en occuper ?

Puis, s'adressant à Lior avec malice :

— Jonas le connaît mieux que moi, d'ailleurs. C'est lui qui me l'a présenté… enfin, en quelque sorte.

J'allai vers le comptoir, écrivis sur un marque-page aux couleurs de la librairie mon adresse électronique d'une main hésitante et le lui portai.

Elle le prit, l'inséra entre les pages du roman et m'observa plus attentivement.

— Vous avez de la chance de travailler dans un tel endroit, me dit-elle.

— Je sais.

Je me maudis d'avoir si peu de repartie.

Elle me sourit. Je sentis son parfum, un discret mélange de fleurs sur lequel planaient des notes fruitées. Je tentai de m'en imprégner tout en enregistrant tous les détails de son visage afin qu'ils ne m'échappent plus : ce grain de beauté sur la pommette droite, ces trois petites rides d'expression près de ses yeux, ces paillettes jaunes qui allumaient le vert de ses iris, cette légère saillie des canines qui révélait la perfection de sa dentition.

— Je voulais vous préciser une chose… balbutiai-je.

— Oui ? répondit-elle, intéressée.

— Ce roman, le second… n'est pas… comme le premier.

— Oui, par définition, ironisa-t-elle.

— Je veux dire qu'il ne porte pas la même passion que le premier. D'ailleurs, l'auteur dit l'avoir écrit sans conviction, déclarai-je, parlant de moi à la troisième personne.

— Ne m'en dites pas plus ! s'exclama-t-elle, sur le ton du reproche. Laissez-moi me faire ma propre opinion.

— Oui, vous avez raison, acquiesçai-je, penaud. C'est juste que je ne voudrais pas que vous soyez trop déçue.

— Merci, répliqua-t-elle, c'est gentil.

Elle allait se retourner, puis se ravisa.

— Je m'appelle Lior, dit-elle en tendant sa main.

Je tendis la mienne et faillis répondre : « Je sais. » Ses paumes étaient froides et douces.

— Jonas, enchanté.

— C'est un joli prénom.

— Pas autant que le vôtre.

Elle me sourit à nouveau et rejoignit M. Hillel. Elle paya ce qu'elle devait et m'adressa un petit signe de la main avant de s'en aller.

Lior

En entrant dans la librairie, je tombai sur l'homme que j'avais aperçu lors d'une de mes précédentes visites. Je remarquai la manière étrange avec laquelle il m'observait, comme s'il m'attendait. Mes yeux s'attardèrent sur lui pour cette raison. Ou, peut-être, parce qu'il avait cette fêlure qu'ont parfois certains hommes, cette douleur mal contenue qui leur confère une fragilité touchante et les rend accessibles. En d'autres temps et d'autres circonstances, il m'aurait plu. Quand je cherchais à plaire, j'étais attirée par deux sortes d'hommes très différents. Les virils, sûrs d'eux, aux yeux durs, aux torses musclés parce qu'ils correspondaient à l'idée que je m'étais faite de la force mâle et de l'autorité rassurante. Leurs bras me rendaient femme, l'instant d'une étreinte. Et les tendres, timides, parfois gauches, parce qu'ils me donnaient l'impression d'être importante. Leurs yeux me caressaient, me convoitaient, mais jamais leurs mots ou leurs gestes ne me blessaient. En réalité, aucun de ces deux types d'hommes ne savait qui j'étais réellement.

Mais ce libraire paraissait être un genre d'hybride. Sa taille, sa stature, la fermeté de ses traits, la détermination qu'ils exprimaient l'auraient fait passer, au premier abord, pour un de ces machos dont la fierté n'avait d'égale que leur bêtise. Mais – était-ce dans ses yeux ou dans l'étrange harmonie de son visage ? – la fêlure transparaissait, plaie béante, ouverte à toutes les sollicitudes.

M. Hillel m'apostropha et je me détournai de son curieux employé. Il me questionna sur ma lecture. J'aurais voulu lui raconter la passion qui m'avait emportée, mon trouble, le trop-plein d'émotions qu'elle avait suscité mais, pour cela, il aurait fallu que j'avoue que la solitude dont parlait l'auteur était aussi la mienne. J'en restais donc à des généralités, toutefois suffisamment explicites pour exprimer mon enthousiasme.

Le vieil homme s'empressa de me donner le second roman, *J'étais un fils pour mon père*, et me proposa de rencontrer l'auteur. Prise de court, je refusai. Je souhaitais que Raphaël Scali reste dans ce monde imaginaire auquel je l'avais confiné, ma réalité était bien trop morne pour l'accueillir.

Je sentis derrière moi le jeune libraire s'agiter. Il avait suivi notre conversation et paraissait posséder un avis sur la question.

Je le lui demandai. Aussitôt, son visage se ferma et il me répondit froidement. M. Hillel en profita pour me présenter son énigmatique assistant. Il s'appelait Jonas. À la demande de son patron, il me donna l'adresse de l'auteur. Dans son regard, je perçus une intensité qui me troubla.

Jonas

J'étais heureux et en colère à la fois.

En colère contre M. Hillel qui ne m'avait pas prévenu de la visite de Lior. Je n'avais rien osé lui reprocher. Il paraissait si fier de lui, tellement heureux de nous avoir rapprochés. Pour lui, même si son plan n'avait pas fonctionné comme il l'avait initialement souhaité, tout s'était parfaitement bien passé. Il avait estimé que « les détours que prend parfois l'amour sont autant de chemins sur lesquels il est bon d'accepter de se perdre pour mieux apprécier le parfum des sentiments ». Son lyrisme de pacotille m'avait laissé pantois, m'ôtant toute velléité de réprimande.

En colère contre moi, mon incapacité à me présenter sous un jour intéressant. Mais également pour n'avoir pas su m'imposer dans cette rencontre, m'être soumis à la forme qu'elle avait prise et, ainsi, m'être compromis dans une sorte de supercherie. Car, même si je n'avais fait que respecter la volonté de Lior de ne pas connaître l'auteur, j'étais devenu le principal protagoniste d'une mystification dont elle comprendrait un jour avoir été la victime.

Mais j'étais heureux tout de même de l'avoir approchée, de l'avoir respirée, d'avoir vu son visage de près, de lui plaire en tant qu'auteur et, au bout du compte, de lui avoir donné mon adresse e-mail.

— Il aurait été préférable que tu te présentes tout de suite, me dit M. Hillel.

— Je n'en ai pas eu l'occasion. Elle ne le voulait pas.

— C'est ma foi vrai, reconnut-il. Peut-être faut-il que les choses se passent ainsi. Pas mal, le coup de l'e-mail, n'est-ce pas ?

— Oui, en effet.

— C'était le seul moyen de vous mettre en relation. Tu vas pouvoir converser avec elle. Tu vas te retrouver dans une situation proche de celle de Cyrano de Bergerac.

— Si nous acceptons d'occulter le fait que je serai à la fois Cyrano et Christian et qu'elle n'est amoureuse d'aucun des deux.

— Pour l'instant, avait-il précisé, hilare. À toi de jouer, maintenant !

— Merci, monsieur Hillel, avais-je murmuré.

— C'est moi qui te remercie, mon garçon. Grâce à toi, je me retrouve au cœur d'un roman, dans le rôle de l'un des principaux personnages, avait-il répondu.

*

Allongé sur mon lit, je faisais défiler sur mon plafond les moments de cette rencontre. Je m'arrêtais sur chaque instant, en extrayais toutes les informations, toutes les émotions. J'avais tout aimé chez elle : ses gestes, son sourire, ses expressions, ses mots. Vision romantique, j'en étais conscient, car rien de tout cela n'avait été si unique. Mais j'étais heureux de m'abandonner à cette chaleureuse et mièvre approche qui consiste à humer tous ces détails avec la satisfaction d'y trouver toutes les raisons d'être amoureux.

En comparaison, chacune de mes attitudes ou de mes paroles me paraissait vide de sens, niaise, grotesque. En fait, j'avais été moi-même timoré et lent quand la situation exigeait que je me transcende pour attirer son attention, la séduire.

Elle n'avait dû voir en moi qu'un libraire introverti. Peut-être même avait-elle compris l'origine de mon trouble et s'en était-elle amusée. En tout cas, rien de ce qu'elle avait dit ou fait n'exprimait le moindre intérêt pour moi ni une quelconque aspiration à me connaître. Sauf peut-être nos dernières paroles, notre dernier regard, quand sa main était dans la mienne et ses yeux au fond de mon cœur.

Mais non, il ne s'agissait que d'élucubrations ! Elle avait simplement été polie, gentille, douce. Seul l'auteur suscitait son véritable intérêt et je percevais cette vérité comme un dilemme. Car si la situation évoluait de la sorte, pourrais-je me satisfaire de ne la voir aimer que cette partie oubliée de mon identité ?

Et comment l'intéresser au-delà de mes romans ?

Je me redressai, allumai mon ordinateur et vérifiai ma boîte e-mail. Il n'y avait pas de message. Je me levai, me préparai un frugal repas tout en ne cessant d'aller et venir vers mon bureau et de lancer le téléchargement de mes messages, le cœur battant.

Je finis par m'endormir sur le canapé, l'esprit chargé d'images, de mots et d'espoirs.

Lior

Elsa n'était pas à la maison quand je rentrai ce soir-là. Un Post-it m'informait qu'elle dormait chez son petit ami du moment. J'accrochai mon manteau à la penderie et posai le roman sur la table de mon salon. Je pris une douche et me préparai un plateau-repas. Je me rendis compte que mon esprit était resté accroché aux moments passés dans la librairie. Des bribes de conversation me revenaient sans cesse : ce que M. Hillel m'avait dit sur l'auteur, son désir de me le présenter, mon refus, sa suggestion de lui envoyer un e-mail. Je repensai alors à Jonas. Il n'avait pas apprécié me voir acheter *J'étais un fils pour mon père*. Assise en tailleur devant la télévision, mordant dans mon sandwich, je me surpris à me remémorer son visage, son trouble. La voix de la petite princesse se fit de nouveau entendre et je tentai de lui opposer celle de ma raison.

— *Tu lui as plu.*

— *Tu penses que c'est pour ça qu'il avait l'air troublé ?*

— *Bien entendu. Ne sais-tu plus lire sur le visage des hommes ?*

— *Je n'ai jamais su. Je me suis tout le temps trompée.*

— *Dommage, ce qu'il te disait était d'une infinie douceur.*

— *Peut-être, mais je m'en fous.*

Je fis taire la voix et saisis le roman, l'ouvris. Le lire maintenant ? Non, j'attendrai d'être avec Serena. Je le lui avais promis.

Le marque-page sur lequel le vendeur avait écrit l'adresse e-mail de Raphaël Scali tomba sur mes genoux. Je le saisis et restai un moment pensive, les yeux posés sur cette association de lettres qui ouvraient sur l'univers de l'auteur.

Non, je ne lui écrirai pas. À quoi cela servirait-il ? Je n'allais pas recommencer à jouer les groupies ! J'avais passé l'âge. Seuls ses romans m'intéressaient.

*

Je me réveillai en pleine nuit, le crâne lourd. L'écho de voix lointaines et pourtant assourdissantes vrillait mon cerveau. Je m'étais endormie sur le canapé. J'éteignis le téléviseur, me redressai, jetai un coup d'œil sur l'horloge murale. Il était deux heures du matin. Je savais que le reste de la nuit serait long. Mon sommeil s'était dissipé et il me serait sans doute impossible de me rendormir avant l'aube.

L'esprit encore engourdi, je me préparai une infusion aux vertus relaxantes. La nuit pesait de tout son poids sur la ville et, même si les lumières baignaient mon appartement d'une clarté réconfortante, je la savais embusquée dans tous les coins sombres des pièces, prête à surgir, imposant déjà un silence inquiétant.

Je n'ai jamais aimé la nuit. Elle m'a toujours paru menaçante, insidieuse, complice de la mort, prête à étouffer les âmes dans les lourds pans de sa robe noire.

J'aimais être de service durant les nuits. L'hôpital, s'il adoptait un rythme différent, plus lent, presque artificiel, restait comme à l'affût des moindres entourloupes de la pénombre, sur le qui-vive permanent pour lutter contre la mort. Et, au petit matin, quand j'allais me coucher, je m'endormais plus sereine de savoir que la vie grouillait autour de moi, que le bruit et la fureur du jour éloignaient les mauvais esprits, les effrayaient.

Qu'allais-je faire pour tuer les heures ? Je pris le premier roman de Raphaël Scali, relus certains passages. Je laissais les mots rouler dans mon esprit, glisser sur ma langue. L'émotion était intacte.

Je repris le marque-page, relus l'adresse e-mail.

« Il a décidé de ne plus écrire, doute de son talent », avait dit M. Hillel. À nouveau, la voix en moi.

— *Écris-lui ! Dis-lui à quel point tu aimes son roman !*

— *Il me prendra pour une idiote, une fan ou une lectrice enamourée.*

— *Le crois-tu si stupide ? Et quand bien même ! Si cela devait lui redonner confiance, ne crois-tu pas que cela vaudrait le coup ? Ta rigidité n'est-elle pas simplement de la fierté mal placée ?*

J'hésitais. Cette adresse constituait une réelle tentation. L'auteur me paraissait si proche… Il était là, quelque part dans cette ville, derrière l'écran sombre de mon écran. Dormait-il ? Essayait-il d'écrire son troisième roman ? Était-il toujours en proie à ses doutes quant à son talent ?

Je tentai d'opposer mes principes à mon désir. Ce dernier l'emporta, justifiant sa préférence par le réconfort que je devais à cet homme mystérieux.

Il s'agit seulement de lui dire le bien que son roman t'a procuré, de l'encourager à croire en son talent. Tu lui dois bien ça !

Je saisis mon ordinateur portable et écrivis un message à toute allure, pour prendre de vitesse ma pudeur. Je m'interdis de le relire, certaine qu'au moindre doute je le supprimerais. J'appuyai sur le bouton « envoyer » comme un militaire scrupuleux aurait enclenché la commande du lancement d'une bombe : en me convainquant que la décision était la bonne, le geste nécessaire, que la réflexion nuisait à l'action.

Puis je me levai et marchai de long en large dans mon salon, libérant les craintes contenues jusqu'alors, les affrontant une à une, les laissant argumenter autour du bien-fondé de leur présence, cherchant des raisonnements à leur objecter. Mais elles furent plus fortes, débordèrent mon esprit, noyèrent mon discernement, et je fus prise de panique. Je me penchai à nouveau sur mon ordinateur et relus mon message. Et chacune des phrases me parut ridicule, soit qu'elle était empreinte de naïveté, soit qu'elle était impudique. Mon objectif était de le réconforter mais c'est de moi que j'avais parlé. Pourquoi avais-je ressenti le besoin de dévoiler à un inconnu ce que je n'avais jamais su dire à personne ? S'il s'agissait simplement de le rassurer sur la qualité de son roman, j'aurais pu le faire sans m'impliquer autant ! Qu'espérais-je en agissant ainsi ?

Alors, la réponse m'apparut dans toute sa crudité, dans toute son insultante vérité : j'espérais son amitié. Son affection ? Son amour ? Je ne savais pas. Je savais juste que j'étais redevenue cette groupie stupide, attendant de son idole qu'il s'intéresse à elle. J'avais souhaité l'émouvoir, attirer son attention, l'amener à moi. Je lui avais dit que l'auteur m'avait redonné l'espoir de trouver un homme susceptible de me comprendre, un homme dont la sensibilité serait capable de m'émouvoir.

Mais je lui avais menti.

Parce que je m'étais moi-même dupée.

Je n'avais pas eu l'espoir d'un autre homme, mais l'espoir que Raphaël Scali serait celui-là. Parce qu'il m'était impossible de trouver la force de chercher cet autre homme ou même de l'attendre. Parce qu'il était plus simple de le vouloir lui, dans sa plus belle évidence.

Je réalisai tout cela et me sentis prise de remords. Soudain lucide, je me trouvai minable. Mes désirs étaient minables, mes espoirs étaient minables, ma façon de les masquer était minable, mon message était minable et mon repentir tardif tout autant. J'étais une désespérée, une affamée d'amour qui, pendant de longues années, s'était fait croire qu'elle s'était sevrée, s'était libérée de son addiction aux sentiments. J'étais une fille plongée dans un coma sentimental et qui, à son réveil, voulait tout, tout de suite, sans nuance ni pertinence.

J'étais toujours assise devant mon ordinateur, les yeux remplis de larmes. L'auteur se moquerait de moi, sans nul doute. Il comprendrait ma manœuvre de séduction et elle le ferait rire. Je composai alors un autre message pour m'excuser d'avoir été si ridicule, ne me rendant pas compte que je le serais plus encore. Puis je laissai mon ordinateur et me couchai, les bras serrés contre mon corps.

Tu me fais de la peine, Lior. Tu n'as pas changé. Tu t'es raconté des histoires. Tu as réussi à te faire

croire que tu étais devenue plus adulte, plus forte.
Mais tu es toujours la gamine en manque d'amour,
celle qui se cachait dans sa chambre pour rêver du
prince charmant, qui imaginait de belles et impro-
bables histoires.

Serena me manqua. J'aurais voulu lui parler,
me soulager, tout lui raconter. Je savais qu'elle
m'aurait comprise.

*

De : Lior Vidal
À : Raphaël Scali
Objet : Votre roman

Cher monsieur Scali,
C'est la première fois que j'écris à un auteur. Pour
être tout à fait honnête, je ne me serais jamais ris-
quée à le faire si votre ami, M. Edimberg, incroyable
libraire, ne m'avait incitée à vous confier mes sentiments après la lecture de votre premier roman.
J'ai toujours pensé que les romans, une fois publiés,
appartiennent aux lecteurs et qu'ils doivent être lus
sans considération pour l'auteur.
Mais *Dans les silences d'une femme* m'a profondément touchée.
Je suis entrée dans votre histoire comme on pénètre
dans un merveilleux et mystérieux palais : les yeux
grands ouverts, les sens aux aguets, le cœur battant
et la peur de ne plus jamais vouloir en ressortir.
J'ai alors perçu un souffle, comme un halètement,
celui d'un homme à la recherche d'un rêve.
Et j'ai su que c'était le vôtre.
J'ai su que c'était le mien également.
Je suis devenue chacun de vos personnages, j'ai vécu
cette histoire comme si c'était la mienne, celle que
j'aurais pu écrire, si j'avais su le faire.
Je ne souhaite pas vous raconter ma vie, M. Scali,
je suis trop pudique pour ça. Pourtant, à travers
votre roman, j'ai compris que vous la connaissiez

déjà, en partie. Vous savez ma solitude, mon désarroi, mon incapacité à parler aux hommes, à être comprise par eux. Cette femme, c'est moi et tant d'autres femmes, emmurées dans leur fierté blessée, pleurant le soir venu, quand le noir les assure que personne ne pourra les surprendre au cœur de leur faiblesse. Moi et tant de femmes résolues à tuer la part de rêve qui tente encore de subsister, résignées à étouffer la petite fille qui jouait à la princesse et rêvait de l'homme qui viendrait un jour la libérer. Comment pouvez-vous connaître cette part secrète des femmes ? Comment un homme peut-il avoir compris ce que ses semblables ont fait de nous ? Car, je dois être sincère, le fait que vous soyez un homme fonde mon désarroi : celui de constater que je m'étais trompée en pensant qu'aucun d'entre vous ne pouvait comprendre notre détresse ; celui aussi de faire renaître l'espoir qu'il en existe un qui, quelque part, pourra un jour m'aimer et qu'il me sera difficile désormais de continuer à renoncer.

Parce que vous êtes l'auteur de ce roman et que vous êtes un homme.

M. Edimberg m'a dit que vous aviez arrêté d'écrire après votre second roman. Je l'ai acheté. Je ne l'ai pas encore ouvert. On m'a dit qu'il était moins intéressant que le premier. Alors, j'hésite.

C'est un peu comme la peur que l'on a de se rendre à un second rendez-vous quand le premier fut si beau.

Je pense que dans quelques minutes je regretterai de vous avoir écrit ce message. Je me sentirai idiote. Je me sens toujours idiote après avoir cédé à mes impulsions.

Alors, j'arrête là pour me dépêcher de vous l'envoyer.

Merci pour le magnifique moment que vous m'avez offert.

Respectueusement.

Lior Vidal.

Jonas

Agité, excité, j'ouvris le message. Lior me l'avait envoyé quelques minutes plus tôt. La lumière de l'écran agressa mes yeux. Ce qu'elle me disait était bouleversant. La manière dont elle parlait de mon roman, de son expérience de lecture et, d'une certaine manière, d'elle, était d'une infinie tendresse. Elle écrivait comme j'avais envie qu'elle le fasse, me disait les mots que j'attendais d'elle.

Elle était à la hauteur de l'amour que je lui vouais.

Je le relus de nombreuses fois, lui prêtant différentes intonations, imaginant Lior assise derrière son ordinateur, cherchant ses mots, sa voix. À chaque lecture, je trouvais de nouvelles résonances.

Je la devinais quelque part dans Paris, au milieu de cette nuit, pensant encore à ce message qu'elle m'avait adressé, le regrettant peut-être déjà, se demandant comment je le lirais, ce que j'en penserais et si je lui répondrais.

Je sentais dans ses propos toute l'application que l'on engage dès lors qu'il s'agit de bien écrire sans perdre sa sincérité.

Il me parut donc évident qu'il me fallait lui répondre. Le plus vite possible. Mais j'hésitai. J'étais trop nerveux pour composer un message cohérent, susceptible de ne pas la décevoir.

Je réfléchis un instant. Très vite, un étrange malaise me gagna. Je mis quelques instants avant de comprendre son origine. Puis elle devint évidente. Ce qu'elle avait ressenti, ce fameux souffle, cette solitude appartenaient à celui que j'étais quand j'avais écrit ce texte. Mais je n'étais plus écrivain. Je n'étais plus celui qui avait travaillé jour et nuit, faisant jaillir les mots du plus profond de son être, comme si sa vie en dépendait. J'avais changé, mûri. Lui répondre en tant qu'auteur, réinvestir cette ancienne identité, ce rôle oublié, me faire passer pour celui que je n'étais plus pour susciter son intérêt tenait de l'imposture.

Cela ne me ressemblait pas. Cela n'était pas digne d'elle, si sincère, tellement entière.

C'est Jonas qui devait s'adresser à elle, pas Raphaël. Mais comment ? Je décidai donc de ne pas répondre immédiatement, de me laisser le temps de la réflexion.

C'est au moment où j'allais éteindre mon ordinateur qu'un autre message arriva.

*

De : Lior Vidal
À : Raphaël Scali
Objet : Votre roman

Monsieur,
Excusez ma stupidité et oubliez ce que je vous ai écrit.
Pardon de vous avoir importuné.

Lior

*

Je perçus dans ces quelques mots un désespoir. Celui d'une pudeur offensée de s'être trop livrée. Celui d'une femme trahie par sa détresse.

Je l'imaginais dans son appartement, insomniaque, vaquant d'une pièce à l'autre, d'une idée à un doute, laissant la nuit lui murmurer des promesses, envahir son imagination, susciter des chimères.

C'est quand l'immensité du silence et de l'obscurité pèse sur votre âme que, souvent, les idées les plus folles naissent. Leur lueur vous réconforte et vous croyez en leur bienveillance ; leur pureté vous émeut et vous les pensez justes ; leur éclat vous ravit et vous êtes sûr de leur pertinence. Dès lors, vous être prêt à braver vos craintes, votre retenue, prêt à vous adresser au monde, à travers l'espace, prêt à vider votre cœur sur le clavier d'un ordinateur.

Lior s'était emparée de ses émotions, avait utilisé leur élan pour s'adresser à celui qui l'avait troublée. Elle s'était installée devant son ordinateur pour écrire ce message, essayant d'oublier que le jour succède à la nuit, la lucidité au rêve et l'embarras à l'audace.

Mais la pudeur n'avait pas attendu l'aube. Elle avait surgi dès le message parti, emportant la tension qu'elle y avait investie. Et elle s'était retrouvée désemparée, comme nue face à un étranger, et son dernier message était le sursaut de son orgueil blessé.

Je devais lui répondre. Je lui écrivis avec toute la sincérité dont j'étais capable.

Celle que je lui devais.

De : Raphaël Scali
À : Lior Vidal
Objet : RE : Votre roman

Chère Lior,
J'avais décidé de réfléchir un instant à la réponse
que je vous adresserai. Je voulais que mon message
soit digne du vôtre.
Mais votre dernier e-mail me pousse à vous écrire
sans plus attendre. Ne regrettez pas votre message,
Lior. Il part d'un élan du cœur et m'a profondément
touché. Quand il m'aura fallu plus de 200 pages pour
vous atteindre, il vous aura suffi de seulement
quelques lignes pour m'émouvoir.
J'ai aimé les sentiments que vous m'avez confiés.
Ils sont vrais, beaux, profonds.
À la lecture de votre message, j'ai, tout d'abord,
bêtement ressenti une fierté idiote. Puis, face à la
sincérité de vos propos, j'ai compris que je ne méri-
tais pas ces compliments. En effet, vos mots s'adres-
sent à celui que j'étais il y a plus de cinq ans. Ils
ont fait resurgir des émotions que j'avais enterrées
avec mes dernières passions pour l'écriture.
Comprenez-moi, Lior : vous vous adressez à un écrivain, et je ne le suis plus. Je pense même ne jamais
l'avoir été. J'ai écrit ce premier roman comme certains poussent un cri ou se cognent la tête contre
les murs. Pour me sentir vivre. Vous avez raison,
il s'agissait du cri d'un homme seul, blessé par la
vie, perdu dans la multitude.
Ce texte est devenu livre parce que le destin en a
décidé ainsi et que, parfois, il ne sert à rien de lui
résister. Cela m'a plu. Durant quelques mois j'ai
aimé croire qu'il était possible de crier, d'être
entendu et d'être aimé.
Puis, j'ai écrit mon deuxième roman pour répondre
aux attentes de mon éditeur, de mes lecteurs. Mais
j'avais tout dit dans le premier et je n'avais plus
que des murmures à confier. J'ai compris que j'avais

joué à devenir auteur, que je n'en étais pas un, que je n'avais plus rien à dire. Alors, je me suis tu.

Pour être franc, dans ce roman, je n'avais rien fait d'autre que de raconter le mal-être que je ressentais alors. Je n'avais pas la volonté de le dire pour soulager d'autres solitudes que la mienne. Et ensuite, je n'ai plus su le faire.

Peut-être que ces révélations vous décevront, mais je pense vous devoir la plus entière sincérité.

Très cordialement,

Raphaël Scali

Lior

Je lisais, Serena écoutait, attentive. Je ne lui avais encore rien dit de mon échange de messages avec l'auteur, de mes états d'âme. Elle avait perçu mon trouble, j'en suis sûre, mais ne s'était pas montrée curieuse. La surprise provoquée par les premières pages se mua lentement en déception et, au terme du premier chapitre, je me trouvais désappointée. Les personnages manquaient d'authenticité, l'histoire d'épaisseur. Le style était le même que *Dans les silences d'une femme*, bien sûr, et je retrouvai la délicatesse de l'auteur dans l'analyse des sentiments. Je sus d'emblée que ce texte ne me passionnerait pas. Il m'intéresserait tout au moins, mais ne me transporterait pas. J'imaginai un instant que c'était parce que le sujet ne m'était pas aussi proche que le précédent et restai sur cette idée afin d'espérer voir l'histoire s'animer et me séduire les prochains jours.

— Tu en penses quoi, toi ? demandai-je à Serena.
Elle eut un regard qui exprima sa réserve.

— Tu préfères attendre avant de te prononcer ? Je comprends.

Je repensais aux événements de la veille. Mon visage dut alors exprimer mon désarroi, car Serena planta un regard soucieux dans le mien.

— Ne t'inquiète pas, Serena. Rien de spécial. C'est juste un coup de fatigue passager.

Elle ne fut pas dupe mais accepta ma décision de ne rien dire de plus.

J'étais toujours franche avec elle. Mon expérience professionnelle m'avait permis d'évacuer l'idée qu'il fallait éviter de raconter à des personnes souffrantes ou mourantes ses problèmes, souvent trop dérisoires en regard de leur situation. C'est ce principe qui instaure les silences lourds de sens, les atmosphères pesantes et renvoie obstinément les malades à leur condition. Selon moi, confier à mes patients mes petits malheurs leur permettait de rester inscrits dans la vie, son mouvement, sa superficialité. Et Serena vivait à travers moi, mes histoires de fille. Mes doutes, mes espoirs introduisaient de la banalité, de la légèreté dans son quotidien et elle se sentait encore un peu appartenir à ce monde.

Mais cette situation était particulière. J'avais besoin de la digérer, de l'alléger de sa surcharge émotionnelle, avant de la lui livrer.

Jonas

M. Hillel m'écouta raconter cet échange d'e-mails avec un visage si crispé qu'il me révéla de nouvelles rides. Quand j'eus terminé, il rabattit ses rares cheveux blancs vers l'arrière de son crâne et se gratta le menton.

— Tu penses avoir été sincère, n'est-ce pas ? me demanda-t-il. Sincère, honnête et droit ?

— Oui, je le pense, répondis-je.

— Tu as seulement été stupide, s'exclama-t-il, sur le même ton, avant de planter des yeux furibonds dans les miens. Obtus et stupide.

Surpris, je soutins son regard dans l'attente d'une explication.

Il ouvrit la bouche sur un silence, fit un signe de la main pour exprimer sa lassitude et se retourna pour me laisser là.

— Pourquoi stupide ? le relançai-je.

Il me fit face à nouveau.

— Est stupide celui qui ne voit pas sa stupidité, me lança-t-il, excédé.

— Mais encore ?

— Ta stupidité a plusieurs noms, s'emporta-t-il. Elle s'appelle honnêteté quand tu t'obstines à ne plus écrire faute d'inspiration. Tu m'en as expliqué les raisons et elles ont l'apparence de la vérité. L'apparence seulement ! Car ton « honnêteté » t'empêche de bien appréhender la question de l'inspiration. L'inspiration, jeune homme, vient du désir d'écrire et non l'inverse. Moi qui ai toujours rêvé de prendre la plume mais n'ai aucune prédisposition pour le faire, qui considère le livre comme le socle sur lequel le monde est construit, j'accepte difficilement qu'un tel talent soit gâché par manque de lucidité. Mais, passons, nous en avons déjà parlé. Ta stupidité se nomme également naïveté : tu as la chance de tomber amoureux, de pouvoir approcher celle que tu aimes, lui parler, mais tu restes confiné dans tes rêves et préfères la douceur du fantasme à l'âpreté de la réalité. La timidité, la peur de décevoir, d'être déçu ? Pourquoi pas ? Je peux là aussi faire un effort pour comprendre ; mais je n'accepte pas. Ta stupidité est également une forme d'égoïsme : tu ôtes à une de tes lectrices, qui par ailleurs est la femme que tu aimes, l'émotion qu'elle a ressentie en lisant un de tes romans. Tu lui voles une part de son ravissement, de son rêve, de ses illusions, sous prétexte qu'il faut tout dire, tout avouer, tout expliquer.

— Pas du tout...

— Je n'ai pas fini ! m'interrompit-il, sévère, redressant légèrement la tête, dans une vaine tentative de me toiser malgré sa petite taille. Voici une fille seule, triste, désespérée peut-être. Elle ne croit plus en l'amour. Les hommes l'ont profondément écœurée. Son unique tentative d'évasion, son ultime moyen d'échapper à sa condition et de s'offrir une part de rêve, est de lire. Un homme sensible, averti et fin psychologue lui conseille un roman. Elle le lit et l'aime. Plus, même : elle l'adore ! Elle se sent comprise, elle se dit qu'elle n'est plus seule. Peut-être même pense-t-elle avoir trouvé son *roman lumière*. Celui qu'elle cherche depuis si longtemps. Alors, elle contacte l'auteur. Ça n'est pas facile pour elle, mais elle le fait, suivant les conseils dudit homme sensible. Et que fait cet auteur ? Il lui déclare ne pas être l'homme qu'elle imagine. Qu'il ne l'est plus. Qu'il l'a été, mais a changé. Sous prétexte de franchise, il renvoie cette fille à sa solitude, balaie ses derniers espoirs de ne plus se sentir incomprise, de ne plus être la seule à penser qu'il peut encore exister de beaux sentiments. Et ça, sache-le, Jonas, je ne peux ni le comprendre, ni l'accepter !

Je n'avais jamais vu mon vieux patron s'énerver de la sorte. Impressionné, je tentai d'argumenter.

— Mais je ne l'empêche pas de se reconnaître dans ce roman ! Je veux simplement éviter qu'elle confonde mon roman avec son auteur. L'auteur n'est plus auteur. Et il n'est plus le même homme.

— Mais tu sais très bien que les romans sont indissociables de leurs auteurs ! Et si tu penses réellement le contraire, alors il fallait ne pas lui répondre. Elle aurait rempli ce silence de toutes sortes d'idées afin de ménager ses illusions.

— De quoi m'accusez-vous au juste ? D'avoir voulu lui dire la vérité ?

— Faux. Tu es coupable de n'avoir pensé qu'à toi. Si tu avais vraiment voulu dire la vérité, tu lui aurais avoué que le jeune libraire qu'elle a rencontré et l'auteur du roman qu'elle a aimé ne sont qu'une seule et même personne !

La pertinence de ses propos m'atteignit.

— Quand on écrit un livre, on crée un monde, s'emporta-t-il, quand on accepte d'être publié, on invite des inconnus à l'habiter et quand on a un minimum de savoir-vivre, on ne les congédie pas.

Jusqu'à ce jour, les rares colères de M. Hillel avaient été destinées à la grande surface culturelle voisine.

— Comment savez-vous tout ça sur elle ? balbutiai-je.

Ma question parut le décontenancer.

— J'observe, jeune homme ! J'observe, j'écoute et je déduis ! C'est une fille triste, cela se voit, n'est-ce pas ? Elle est seule, elle te l'a dit. Les hommes l'ont déçue, elle me l'a confié.

— Pensez-vous qu'elle soit si désespérée ?

— Désespérée, je ne sais pas. Mais désabusée, sans nul doute. Ne le dit-elle pas dans son message ? Regarde comment elle a réagi à la lecture de *Belle du Seigneur* : d'abord, elle l'a tenu à distance, se méfiant de ce si bel amour, puis s'est oubliée dans certaines pages, a semblé heureuse pour, enfin, se montrer déçue, révoltée.

Les petits yeux de M. Hillel s'agitaient derrière ses lunettes, cherchant à savoir si sa démonstration m'atteignait.

Il m'avait convaincu, ébranlé et je hochai la tête pour le lui faire savoir.

— Pour acquérir certaines valeurs, il faut parfois toute une vie. La sincérité, l'honnêteté, l'humilité... toute une vie. Et l'orgueil est notre pire ennemi. Surtout quand il se travestit en une noble valeur.

Il me laissa méditer sur ses propos et s'éloigna, tête basse.

— J'aurais fait comme toi, admit Josh.

Chloé réfléchit un instant avant de me donner son avis.

— Moi, je comprends ce qu'a voulu dire ton patron. Mais j'ai d'autres références que lui pour étayer sa position.

— Lesquelles ? demandai-je, curieux.

Nous étions réunis au Café des Italiens. Je leur avais raconté les derniers événements dans les moindres détails.

— Par exemple les quelques liaisons que je t'ai connues. Dont la nôtre. Tu t'es toujours montré incapable de composer. Tu as toujours voulu être intègre, honnête, quitte à blesser l'autre. C'est vrai qu'en amour il faut parfois composer.

— Mentir ? Mystifier ? questionnai-je.

Elle haussa les épaules.

— Oui, parfois. Quand c'est pour le bien de l'autre. Quand c'est pour servir la cause amoureuse.

— Pas entièrement d'accord, annonça Josh.

— Mais encore ? relança Chloé.

— On peut composer, voire mentir, quand l'histoire ne compte pas. Quand ce n'est pas de l'amour. Pour arrondir les angles. Pour faire plaisir. Mais quand on est réellement amoureux, on ne peut pas jouer. Une histoire d'amour qui commence, si tu mens ou si tu triches, tu la dévoies.

— Exactement ! m'exclamai-je. Comment pourrais-je avoir été franc et droit avec des filles que je n'aimais pas et tout à coup devenir sournois avec celle pour qui j'éprouve des sentiments profonds ?

— Mais tu n'as pas été totalement sincère puisque tu n'as pas révélé que tu étais l'auteur ! Tu as composé, tu t'es arrangé avec la vérité parce que c'est plus confortable pour toi.

— J'ai d'abord pensé à elle ! me défendis-je.

— Non, à toi ! me rétorqua-t-elle.

— À nous ! J'aurais pu tenter de la séduire en tant qu'auteur puis lui dire qui j'étais devenu. Mais j'ai préféré lui avouer que cet auteur n'existe plus. Et j'ai laissé une chance à l'homme que je suis de la conquérir sans profiter de l'admiration qu'elle porte à Raphaël Scali.

— C'est vrai, reconnut-elle. Mais, à mon avis, tu as commis deux erreurs : la première était de ne pas lui dire, dès votre première rencontre, qui tu étais vraiment ; mais, passons, ce qui est fait est fait. La seconde est d'avoir brisé ses espérances en répondant trop brutalement à son mail.

— Et comment aurais-je dû m'y prendre alors ?

— Tu aurais pu ne pas lui répondre. Comme dit ton patron, elle aurait gardé ses illusions et se serait détachée de l'auteur. Puis, dans la vraie vie, tu aurais fait sa connaissance, aurais tenté de la séduire et, au bon moment, lui aurais révélé qui tu étais. Mais tu es resté caché derrière l'auteur et elle risque de te le reprocher plus tard.

— Conversation inutile, murmurai-je, accablé. Si ça se trouve, je n'aurai jamais l'occasion de lui parler. Elle ne m'a pas manifesté beaucoup d'intérêt à la librairie.

— Tu n'as jamais rien compris aux femmes. Nous avons mille et une manières de montrer notre intérêt, dont neuf cent quatre-vingt-dix-neuf consistent à le dissimuler. Quand penses-tu la revoir ?

— Si elle reprend ses visites coutumières, elle repassera mardi prochain. Mais rien n'est moins sûr. Et, de toute façon, je ne travaille pas le mardi.

— Que comptes-tu donc faire ? insista Chloé, manifestant son impatience.

Je n'en savais rien. J'évitais d'envisager ce que seraient les prochains jours.

— Que feriez-vous à ma place ? demandai-je, désemparé.

— À ta place, je passerais à l'action. Tu demandes à ton patron la possibilité de travailler le mardi matin... ou tu lui écris... je sais pas, moi. Tu ne peux pas rester dans cette position d'amoureux transi ! C'est ridicule !

Un coup d'œil vers Josh m'apprit qu'il était, cette fois-ci, d'accord avec Chloé.

Lior

La réponse de Raphaël Scali n'avait fait que confirmer mes craintes. Avec douceur et tact, il tentait de désamorcer mon engouement de groupie et de me ramener à la raison avec des arguments dont il était évident qu'ils étaient inventés pour l'occasion.

Les jours suivants, je continuai ma lecture sans respecter le quota des vingt pages quotidiennes. Ce roman ne méritait pas de voir ses mots étirés dans le temps. Il était plaisant, comme beaucoup d'autres auxquels il ressemblait, ni plus, ni moins. Je traquais l'auteur à travers les pages, celui que j'avais découvert précédemment. Il m'apparaissait parfois au détour d'une phrase, dans une expression ou une description pour ensuite aller se perdre dans la fadeur de l'histoire.

Serena écoutait, avec la même absence d'enthousiasme.

Quand je l'eus fini, je la questionnai.

— Déçue, n'est-ce pas ?

Elle acquiesça.

— On l'est souvent, paraît-il, par les deuxièmes romans.

Je pensai alors à la mise en garde du jeune libraire. Puis à ce que m'avait dit l'auteur lui-même : il n'était plus celui qui avait écrit le premier texte et s'était sûrement déjà perdu au moment où il avait commencé à écrire son deuxième roman. Pourtant, je n'arrivais pas à me résoudre à l'idée qu'un homme puisse autant changer.

— L'auteur lui-même n'aime pas ce roman, révélai-je à Serena pour amorcer ma confidence.

Je m'attendais à une expression de surprise mais elle resta stoïque, attendant que je déroule mon histoire. Je me résolus alors à tout lui raconter. Quelques jours s'étaient écoulés depuis mon échange avec Raphaël Scali et je me sentais plus forte. Je lui dis alors ma conversation avec le libraire, puis mes échanges avec le romancier et à quel point je m'étais détestée d'avoir imaginé qu'il était possible de l'intéresser.

Elle m'écouta attentivement puis me montra son ordinateur. Je l'allumai, plaçai le stylet dans sa main et regardai les lettres s'aligner, doucement, laborieusement.

Ne crains jamais de dire tes sentiments

— Chaque fois que je l'ai fait, je me suis fait avoir.

Dans le message que j'avais envoyé à Raphaël Scali, j'avais voulu être sincère et avais fini par me ridiculiser.

La sincérité est un des chemins qui mènent à l'amour

Elle eut un sourire malicieux et lâcha sa télé-commande, épuisée.

— Bon, nous arrêtons de papoter. Tu es trop fatiguée.

Je lui pris la main.

— Ne renonce jamais non plus, Serena.

Elle serra mes doigts avec toute la force dont elle était capable.

Jonas

Je ne pus me résoudre à écrire à Lior pour lui proposer une rencontre. Était-ce de la lâcheté ou de l'inconséquence ? Je ne sais pas. J'avais besoin de temps. Je ne voulais pas précipiter les événements et préférais laisser mon intuition accueillir mon destin. Mon histoire n'avait jusqu'alors rien de rationnel. Elle paraissait se dérouler dans une autre dimension et être régie par d'autres règles que celles que me proposaient mes amis, mon patron. Mais comment leur expliquer cela ? Comment dire ce que moi-même je n'arrivais pas à formuler ?

Je justifiai mon manque d'initiative d'une piètre manière, arguant que je ne souhaitais pas briser cette magie, qu'il fallait laisser l'avenir me trouver là où j'étais et non le provoquer, ni tenter de le deviner. Je souhaitais avancer à petits pas, ne rien précipiter, ne rien gâcher.

La vérité, je le sais maintenant, était tout autre : j'avais peur de m'être trompé. J'avais investi trop d'espoir, et tout mon désespoir, dans cette histoire pour accepter d'être déçu et préférais retarder au maximum le moment où je devrais être confronté à la réalité et la rencontrer, lui expliquer, mettre des mots sur mes doutes, mes peurs et mon amour.

Les mots salissent tout ce que l'âme a tenté d'élever au-dessus de notre condition de mortels. Ils réduisent nos émotions, la limitent aux possibilités que nous avons de nous exprimer.

Comment faire comprendre à Lior qui j'étais, ce que je ressentais pour elle, ce que j'espérais pour nous deux sans que ma bêtise, ma timidité et mes peurs n'entachent mes propos ?

Je préférais confier aux silences, aux espaces qui séparaient nos solitudes, aux doutes et aux espoirs, la capacité d'emplir nos frustrations de fantasmes. Ensuite, si nous devions nous retrouver, nous serions riches de cette attente et du désir qu'elle nous aurait procuré.

La seule concession au destin que j'acceptais était de demander à M. Hillel de travailler le mardi matin.

La suite viendrait seule ou ne viendrait pas.

Cependant, l'attaque de M. Hillel m'avait ébranlé. L'absence de réponse de Lior, les jours suivants, donnait raison à mon vieux patron. J'avais relu plusieurs fois le dernier message que j'avais envoyé en tentant de me substituer à elle. J'avais dû reconnaître qu'il était trop direct. Elle avait pu se sentir offensée de s'être autant livrée et de n'avoir en retour qu'une lettre d'excuse dans laquelle je lui disais ne pas être celui qu'elle espérait. Je décidai de lui écrire à nouveau. Non pas pour lui proposer une rencontre, mais pour calmer son éventuelle déception, m'expliquer.

*

De : Raphaël Scali
À : Lior Vidal
Objet : Mon message

Chère Lior,

Vous serez sûrement surprise de trouver ce nouveau message. Mais j'ai repensé à notre échange et je doute aujourd'hui de la pertinence de ma réponse. Composer n'est pas mon fort et j'ai toujours du mal à comprendre ce que les autres attendent de moi. Alors, je dis ce que je pense et parfois, souvent même, sans m'en rendre compte, je blesse. Peut-être l'avez-vous été à la lecture de mon dernier e-mail. Mon seul but était de vous décourager de m'attribuer des vertus que je n'ai pas. Mais sans doute ai-je involontairement cassé l'engouement qui vous portait ou, pire, altéré votre espoir de vous sentir comprise. Si c'est le cas, j'en suis sincèrement désolé. Si ce n'est pas le cas, ce message vous paraîtra stupide, présomptueux. En effet, qui suis-je pour estimer que mes écrits sont suffisamment importants pour influer sur les pensées ou les émotions de qui que ce soit ? Mais je sais que l'on accorde parfois, à raison, beaucoup d'importance à un roman qui nous touche, nous bouleverse, car ses mots font écho à une douleur ou un sentiment sur lequel nous avons construit une part de notre vie.

Si je lis bien votre mail, pour vous, mon premier roman a agi de la sorte. J'en ai d'abord éprouvé de la satisfaction, de la fierté aussi. Puis je me suis rendu compte que ce roman ne m'appartenait plus, qu'il ne disait qu'une partie de ma vie et que je n'étais plus, aujourd'hui, digne des louanges qu'il suscite encore. C'est ce que je voulais vous exprimer. Les sentiments que vous avez trouvés dans *Dans les silences d'une femme* sont vrais et vous pouvez leur accorder toute l'importance que vous souhaitez. Mais, depuis, je n'ai pas retrouvé le feu qui m'animait quand je les écrivais. Soit parce que je n'ai plus rien à dire, soit parce que j'ai, depuis, réalisé l'importance de l'écriture. Sans doute également parce que j'ai changé. Le libraire que vous connaissez m'a un jour dit que chacun d'entre nous recherche son roman, celui qui le révélera, le comblera, pansera ses plaies ou lui ouvrira l'horizon. J'ai trouvé l'idée belle, noble. Comme si les hommes et les livres étaient liés à travers une relation mystique qui ne pouvait se raconter, s'expliquer. Mais j'ai aussi compris la responsabilité d'écrire. Et c'est sans doute pour cela que votre message m'a un peu effrayé. Il me mettait face à mes responsabilités d'écrivain.

Et je ne suis plus écrivain.

Si je vous ai heurté, pardonnez-moi.

Si vous étiez loin de ces idées, oubliez-moi. Et oubliez ce message.

Amicalement,

Raphaël Scali.

Lior

Le message m'était parvenu une semaine auparavant, mais je n'avais pas ouvert mon ordinateur.

Quand je vis le nom de Raphaël Scali s'afficher, j'en fus d'abord contrariée. J'avais réussi à isoler cette histoire dans une partie de mon cerveau et espérais bientôt m'en débarrasser.

Il s'excusait de son précédent mail. Il craignait de m'avoir heurté et m'expliquait ne pas savoir maîtriser sa sincérité. Je le lus attentivement, le souffle court, puis restai perplexe, incapable de définir s'il me faisait plaisir plus qu'il ne m'agaçait. Finalement, constater qu'il se souvenait de moi, qu'il se montrait prévenant et tentait de mieux s'expliquer me toucha. Il me prouvait ainsi qu'il était l'homme sensible que j'avais deviné à travers ses mots.

Je pensais lui répondre pour lui dire à mon tour que je n'étais pas celle qu'il croyait. Mais toute justification n'aurait fait qu'amplifier le malentendu. Alors, je renonçai. De toute façon, il ne m'incitait pas à lui répliquer. Son message n'était qu'une mise au point. Une tentative de clarifier une situation équivoque.

*

Elsa était en train de se vernir les ongles des mains.

— Qu'est-ce que tu as ? demanda-t-elle, après m'avoir observée.

— Rien.

— Ben voyons.

— Non, je suis...

— Fatiguée, oui, je sais. C'est ce que tu me réponds chaque fois que je te suspecte de déprimer. Comment va Serena ?

— Son état est stable.

— Je dois comprendre que c'est une bonne nouvelle, c'est ça ?

— Il ne peut pas y avoir de bonne nouvelle la concernant. Bon, je vais me coucher, annonçai-je.

— Pas avant que tu me dises pourquoi tu fais la gueule, s'exclama-t-elle en venant s'asseoir en face de moi.

J'hésitai un instant.

— Je me disais que je ne réussirais jamais vraiment à renoncer à rencontrer un jour l'homme de ma vie, lui avouai-je.

— Woaw ! Fantastique ! cria-t-elle en se redressant. Et à qui doit-on ce revirement ?

— À un auteur.

— Un auteur ? Quel auteur ? demanda-t-elle, étonnée.

— Celui dont je t'ai parlé, Raphaël Scali. Nous avons échangé quelques messages et ce qu'il m'a dit m'a un peu perturbée.

— Attends, j'ai loupé les premiers épisodes, dit-elle en avançant vers moi. Depuis quand tu corresponds avec ce mec ?

Je lui racontai alors ce qui s'était passé, mon message, sa réponse, mes tourments, ma désolation.

— Bref, ceci t'a permis de te rendre compte que tu espérais encore faire une belle rencontre.

— Oui, alors que je me croyais immunisée.

— Ah, génial ! Une faille dans le système ! Tout n'est donc pas perdu pour toi. Mais bon, autant être franche avec toi : il faut que tu y renonces quand même.

— Ah bon ? Mais tu m'as toujours conseillé d'y croire !

— Non, il faut renoncer à rencontrer l'homme de sa vie selon la définition romanesque qui était la nôtre quand nous étions jeunes, jolies et connes. Nous avons changé, toutes les deux. Tu es un peu moins jeune et jolie et moi un peu moins conne.

— Et ton conseil est d'accepter n'importe qui ?

— Non, d'arrêter de chercher l'homme parfait. Tous nos problèmes viennent de ces conneries de romances que l'on nous a déversées dans le crâne depuis notre plus tendre enfance. Le prince charmant n'existe pas ! Cette salope de Cendrillon s'est tapé le dernier.

— Donc, selon toi, l'amour est une illusion.

— Oui, du moins celui auquel on a cru quand on était petite. En d'autres termes, je ne crois plus en la rencontre magique qui débouche sur un contrat d'amour à vie. Je mise plus sur la candidature spontanée et le CDD renouvelable.

— Ton analyse est déprimante, soupirai-je.

— Bon, dit-elle en faisant la moue, il est vrai que, jusque-là, j'ai plutôt opté pour l'intérim, ajouta-t-elle.

— Et moi pour le chômage.

— Mais réponds-moi sincèrement : es-tu tombée amoureuse de cet homme ?

— Non. Son roman m'a troublée du fait de son contenu, de son style, mais également parce qu'il m'a permis de découvrir qu'il existait des mecs capables de parler comme ça des femmes.

— Bref, tu es tombée amoureuse.

— Non ! m'écriai-je. Peut-on tomber amoureuse d'un homme que l'on n'a jamais vu et dont on ne sait rien ? J'avais juste envie de le connaître, de savoir qui était l'être qui a su faire vaciller mes certitudes. Et on m'a dit qu'il ne voulait plus écrire, qu'il ne croyait plus en lui. Alors, j'ai voulu l'encourager également, l'aider à reprendre confiance en lui, à croire en son talent et... pourquoi pas, l'inciter à écrire à nouveau.

— Infirmière de l'âme, en quelque sorte, ironisat-elle.

— Penses-tu ! Je ne sais qu'accompagner des mourants, je ne guéris personne.

Jonas

J'espérais une réponse qui m'aurait permis de savoir si je m'étais trompé, si elle avait été déçue, ou, tout au moins, atteinte par mes précédents e-mails, mais je n'en eus pas. M. Hillel avait volontiers accepté que je travaille le mardi matin et la semaine suivante j'attendis Lior, le cœur rongé par l'anxiété. Mais elle ne vint ni ce mardi-là ni les suivants.

Je passai de la surprise à l'impatience, de l'espoir au plus sombre défaitisme. Chaque jour qui se levait portait une promesse et chaque soir la voyait mourir. Le temps lentement varlopait mon espoir et amoindrissait mes forces. Je me sentais idiot. Je repensais aux mots que je lui avais adressés et chacun m'agressait de son emphase, de sa prétention.

Comment avais-je pu penser compter un jour pour elle ?

Comment avais-je pu croire que mon roman avait été si important à ses yeux ? Comment avais-je pu écrire des messages aussi pompeux, si éloignés de ce que je voulais lui montrer ? Et comment pourrais-je désormais vivre sans espoir d'un jour la revoir ?

Bien sûr, j'avais la possibilité de lui écrire, de lui proposer un rendez-vous, de tout lui expliquer, de lui avouer mon amour. Mais son silence, sa disparition me disaient son désintérêt.

Je passais le plus clair de mon temps libre à ne rien faire. Je ne lisais plus, ne sortais plus, évitais de répondre aux appels et sollicitations de mes amis. Je m'oubliais des heures durant, seul dans ma chambre, comme si le moindre mouvement risquait d'éveiller une douleur. Je me rendais à mon travail sans plaisir, parce qu'il le fallait, parce que je le devais à mon patron.

Ma situation financière empirait. Un huissier était venu me présenter une injonction de payer. Je lui avais donné les espèces que j'avais sur moi pour ralentir la procédure. Mais, à vrai dire, je m'en foutais. La réalité avait de moins en moins de prise sur moi. Étais-je au début de ce processus de dépression qui lentement vous isole au cœur du quotidien pour laisser vos angoisses les plus profondes vous travailler à souhait ? Si j'arrivais à cacher mon état à mes amis, du fait des rares et brèves rencontres que j'acceptais, à la librairie, je voyais l'inquiétude de M. Hillel croître chaque jour. Une inquiétude discrète qui se manifestait par son attitude prévenante.

— Tu as une petite mine, Jonas, avait-il dit en prenant l'air du médecin averti.

— Je dors peu, avais-je répondu, sans le regarder.

— Si c'est pour cette fille, avait-il avancé, sur un air faussement détaché, tu te rends malade inutilement.

Je n'avais pas répondu.

— Je sais qu'elle reviendra, que tu auras des nouvelles d'elle.

J'avais eu envie de m'emporter, de lui reprocher sa compassion, son optimisme de bon aloi. Mais je m'étais tu, trop respectueux du vieil homme et, en définitive, touché de le voir si préoccupé par mon état.

— Je vous remercie, avais-je murmuré, en faisant mine de terminer ma fiche de lecture.

Il n'avait pas insisté, s'était éloigné, marmonnant je ne sais quoi.

Je m'en voulais de ne pas pouvoir me montrer plus chaleureux avec lui, de m'enfermer de la sorte, de ne pouvoir me libérer de cette gangue de tristesse qui, chaque jour, se refermait un peu plus sur moi.

Lior

Infirmière de l'âme... C'est cette remarque qui éclaira mes pensées, me guida, me sauva peut-être. Elsa, sans s'en rendre compte, me révélait ce que je n'avais pas su voir.

Non, je n'étais pas amoureuse de Raphaël Scali.

Non, je n'avais pas essayé d'attirer son attention.

Non, tout ceci n'était pas l'amorce d'une stupide tentative de séduction.

J'avais simplement laissé parler mon tempérament, mes convictions, mes valeurs. J'avais agi avec Raphaël Scali comme je le faisais avec mes patients. Si lui n'était pas mourant, c'est son talent, sa vie d'auteur qui menaçaient de s'éteindre. C'est ce que m'avait dit le vieux libraire et c'est cela qui m'avait touchée. Quand M. Hillel m'avait proposé de le rencontrer, j'avais refusé, catégoriquement, sûre de moi. C'est quand j'avais su que Raphaël Scali traversait une période de doute que je m'étais mis en tête d'entrer en contact avec lui. C'était la preuve que je n'étais pas intéressé par l'homme mais par l'auteur. Je n'étais pas dans la séduction mais dans la compassion.

Infirmière de l'âme, je voulais sauver ce qui pouvait l'être. Ces romans qu'il portait et qui risquaient de ne jamais voir le jour. Était-il prétentieux d'espérer être capable de l'aider à écrire encore ? Pensais-je seulement à moi ? Je savais qu'il y avait d'autres Lior, d'autres Serena, tant de femmes qui attendaient de pouvoir croire encore en l'amour. Pas cet amour romantique auquel Elsa avait fait allusion. Un amour fait de compréhension, de respect, de douceur. Un amour que seuls les mots de Raphaël Scali parvenaient à raconter.

Je songeai alors à la théorie des livres lumières que m'avait confiée le vieil homme. Et je sentis une vérité s'imposer à moi : mon *roman lumière* était enfoui quelque part dans l'esprit de Raphaël Scali.

Il était le seul auteur à pouvoir l'écrire.

Voilà comment j'expliquai l'état de mes relations avec le romancier.

— *Tu dis ça parce que c'est plus noble, plus valorisant.*

— *Non, je le sens. Je le sais.*

— *Infirmière de l'âme ! N'importe quoi ! Accoucheuse de roman, tant que tu y es !*

— *Je ne dis pas que j'en ai le pouvoir. Mais simplement que c'est la raison de mon attirance pour cet homme.*

— *La seule et unique raison ? N'est-ce pas le désespoir et la bêtise qui t'ont poussée à lui écrire ?*

— *C'est ce que j'ai cru. Mais non, ça ne colle pas. Je ne peux pas tomber amoureuse d'un homme que je ne connais pas. Je ne peux qu'être attirée par ce que je sais de lui, ce dont je le sens capable. Notre histoire est avant tout celle d'un roman.*

Bien entendu, Raphaël Scali avait ébranlé mes certitudes. Il avait ouvert une brèche dans mes principes en me révélant que je n'étais pas aussi fermée à l'idée de vivre à nouveau une histoire d'amour. Mais il n'était pas l'objet de ce désir naissant. J'avais seulement pour secret espoir de lui redonner envie d'écrire. Un espoir prétentieux. Je n'étais qu'une lectrice parmi d'autres. Une lectrice dont il avait tenté de calmer les ardeurs et qu'il avait maintenant sûrement oubliée.

Jonas

M. Hillel avait ajouté à mon salaire une petite prime maladroitement justifiée. J'avais voulu la refuser mais il s'était montré ferme. Aussi, à peine entré chez moi, je décidai de rendre visite à mon propriétaire afin de le convaincre de renoncer à sa démarche d'expulsion en lui payant une partie de mon dû et négocier l'étalement de mes arriérés. La langueur qui m'avait gagné ces derniers jours m'avait fait ignorer mes problèmes financiers ; je devais en assumer les conséquences.

Je sonnai à sa porte, inquiet, mal à l'aise. Après m'avoir observé à travers l'œil-de-bœuf, il ouvrit sèchement et se présenta, bras croisés sur son haut de veste de sport. Il me salua brièvement, d'un petit signe de tête, ce que j'interprétais comme une manifestation d'amabilité étonnante compte tenu du personnage et de l'état de nos relations.

— Je suis venu vous verser l'équivalent d'un mois de loyer et vous proposer un échéancier pour le reste.

Il rejeta la tête en arrière pour laisser ses yeux clairs percer entre ses paupières mi-closes.

— Je sais que vous avez engagé une procédure d'expulsion, continuai-je, mais... je vais bientôt pouvoir vous payer un des mois d'arriérés.

— À quoi vous jouez, monsieur Lankri ? grommela-t-il.

— Pardon ? Je ne joue pas... Je ne cherche pas à vous faire du tort. J'ai des difficultés... Mais je commence à m'en sortir et...

— Vous vous foutez de ma gueule ? beugla-t-il, menaçant.

Il se balança d'une jambe sur l'autre plusieurs fois, laissant penser qu'il se mettait en mouvement pour me décrocher un uppercut.

— Je ne me le permettrais pas, répondis-je fermement pour lui montrer qu'il ne m'impressionnait pas outre mesure.

— Alors, vous êtes amnésique !

— Amnésique ? Pourquoi amnésique ?

— Vos loyers ont déjà été payés. Alors qu'est-ce que c'est que cette embrouille ?

— Mes loyers ont été payés ? répétai-je, interloqué. Mais par qui ?

— Ne me prenez pas pour un idiot, monsieur Lankri !

— Non... je ne comprends pas.

— J'ai pas de temps à perdre, aboya-t-il en reculant pour fermer la porte.

— Attendez ! Qui vous a donné cet argent ? Quand ? questionnai-je, comprenant déjà ce qui s'était passé.

Il me considéra avec l'air de dire « Restons-en là, monsieur Lankri ».

— Je vais vous expliquer, insistai-je. Quelqu'un paye mes dettes actuellement et... ce quelqu'un, je ne le connais pas.

— Vous ne savez pas qui m'a payé ? dit-il en articulant chaque mot pour souligner l'invraisemblance de mes propos.

— Oui, quelqu'un qui semble vouloir m'aider. Une sorte de donateur anonyme.

Un sourire sardonique vint barrer son visage.

— Vous dites vrai ? demanda-t-il, en redevenant tout à coup sérieux.

— Oui. Je ne vois pas quel intérêt j'ai à vous mentir.

— Un peu gros, non, le coup du donateur anonyme prêt à payer vos dettes ? Pourquoi y ferait ça ?

— Je n'en sais rien. Quelle somme avez-vous reçue ?

Il se gratta la tête, comme s'il hésitait à me dire la vérité.

— Ben... les six mois de retard... et les six prochains mois.

— Douze mois ? m'écriai-je. Par virement ? En liquide ?

— Un homme est venu chez moi.

— Un homme ? Qui ?

— Je ne sais pas. Un homme m'a appelé et m'a demandé de lui communiquer la somme que vous me deviez. Il m'a dit qu'il la déposerait en liquide dans ma boîte aux lettres dans les vingt-quatre heures. Et qu'il assurerait la suite de vos loyers. J'ai trouvé l'argent le lendemain, dans une enveloppe. C'était pas prudent qu'il glisse tout ce fric dans ma boîte, mais bon, j'étais content quand même.

Je ressentis une bouffée de colère m'envahir. Les faits me dépassaient.

— Il ne faut pas utiliser cet argent, dis-je, fébrile.

— Pas utiliser cet argent ? répéta-t-il, aba-sourdi.

— Oui, je vais le renvoyer à cette personne. Je sais où le lui faire parvenir.

— Dites, vous me prenez pour un con ? s'exclama-t-il, menaçant. Vous venez de me dire que vous ne saviez pas de qui il s'agissait, mais vous avez son adresse !

— Il faut me le rendre, insistai-je, impératif.

— Vous allez pas bien, vous ! Vous pensez sérieusement que je vais vous donner ce pognon ? Pour que vous puissiez le dépenser tranquille-ment !

— Mais cet argent ne m'appartient pas !

— Non, c'est vrai... puisqu'il m'appartient. Allez, bonne journée... monsieur l'artiste ! lança-t-il, moqueur, avant de refermer sa porte.

Je restai dans l'allée, immobile jusqu'à ce que la lumière s'éteigne. Et je sentis monter en moi un entrelacs de sentiment dont je n'étais pas cou-tumier : la peur et la colère. Je percevais une menace. Après ce que venait de m'apprendre mon propriétaire, les choses n'étaient plus les mêmes. Quelqu'un cherchait à m'aider contre ma volonté, trouvait des parades à mes refus, contactait mes créanciers, violait ma vie privée. Il ne s'agissait pas tant d'un désir de me secourir que d'un achar-nement qui conduisait le mystérieux donateur à investir ma vie et à s'approcher physiquement de moi.

Je me rendis chez Josh et lui relatai les faits.

— J'aime de moins en moins cette histoire, conclut-il, visiblement inquiet.

— J'ai restitué le virement, renvoyé le mandat, et c'est comme si le déséquilibré s'en était offus-qué et avait tenté de contourner mes défenses.

— Tu as envoyé un courrier à la boîte postale indiquée sur le récépissé du mandat ? demanda Josh.

— Non, pas encore, avouai-je, confus. J'avais d'autres choses en tête. Et je pensais que mon refus était suffisamment explicite et que tout s'arrêterait. Mais je vais le faire puisqu'il n'a pas compris.

— Et peut-être que tu devrais également porter plainte ? suggéra-t-il.

— Porter plainte ? J'aurais l'air un peu con devant les flics : bonjour, je viens déclarer un don d'argent anonyme...

— Tu te trompes. Tu es victime d'une forme de harcèlement, affirma-t-il. Il peut s'agir de l'acte d'un déséquilibré qui, à terme, en viendra peut-être à t'agresser.

— Tu dramatises... Non, je vais me contenter d'écrire à cette adresse et dire à ce psychopathe qu'à la prochaine tentative je me rendrai chez les flics.

— De mon côté, je vais faire quelques recherches, déclara-t-il. Et où en es-tu avec ta belle lectrice ?

— Si nulle part était le nom d'une ville, j'en serais le maire.

Je lui racontai mon dernier e-mail, mon attente, mon désespoir. Il resta silencieux, comme préoccupé par une idée.

— À quoi penses-tu ? lui demandai-je.

— À un truc sans doute très con... J'établissais un lien entre ton histoire avec cette fille et le fou qui s'entête à t'envoyer cet argent.

— Un lien ? Quel lien ? l'interrogeai-je, étonné.

— Eh bien, dans chaque histoire un des personnages avance masqué. Avec Lior, tu es un peu dans le rôle du harceleur.

— Ne me compare pas à cette personne. Mes intentions sont louables. Et j'agis ainsi parce que la situation me l'impose.

— Qui te dit qu'il n'en va pas de même pour ton mystérieux donateur ?

Chapitre 10

L'AMOUR EST UN MENSONGE

Jonas

Et elle réapparut. C'est à l'expression de surprise et de joie qui éclaira le visage de M. Hillel que je compris qu'elle venait d'entrer dans la boutique. Je me retournai et la trouvai là, immobile, sur le pas de la porte. Son regard balaya la librairie avec tendresse. Elle nous salua d'un large sourire.

— Alors, maintenant, c'est à toi de jouer, murmura M. Hillel sur un ton ferme.

Il prit sa veste et se dirigea vers elle.

Je me rendis compte que j'avais bloqué ma respiration et que cette apnée ne pouvait qu'accentuer ma fébrilité. Mais je me ressaisis : le destin enfin me parlait et j'étais déterminé à lui répondre.

— Je suis heureux de vous revoir, s'exclama M. Hillel. Vous nous avez manqué.

— J'ai été... très occupée, s'excusa-t-elle.

— J'ai appris que vous aviez suivi mes conseils et aviez écrit à Raphaël Scali.

Elle rougit, baissa les yeux.

— Ah, il vous l'a dit ? s'étonna Lior, laissant transparaître sa déception.

— Il l'a plutôt raconté à Jonas, annonça-t-il. Je vous l'ai dit, Jonas... le connaît mieux que moi.

Elle chercha mon regard, m'adressa un sourire timide.

— D'ailleurs, je vais vous laisser avec lui, annonça-t-il en enfilant sa veste.

— Vous partez ? s'étonna-t-elle.

— J'aurais aimé rester un peu plus avec vous mais j'ai rendez-vous avec mon médecin. À mon âge, on essaie d'entretenir les meilleurs rapports avec ces êtres lugubres toujours prêts à vous prédire les pires catastrophes. Je vous laisse entre de bonnes mains.

Il la salua et sortit précipitamment.

M. Hillel étant un piètre comédien, Lior, à n'en pas douter, avait compris son stratagème. Elle m'observa avec une tendresse mêlée de défiance.

Elle s'approcha de moi, les mains enfoncées dans les poches de sa veste.

— Bonjour... Jonas.

— Bonjour Lior.

— Alors, Raphaël Scali vous a parlé de mes messages ? demanda-t-elle, embarrassée.

— Oui. Il m'a dit que vous lui aviez écrit.

— J'aurais préféré qu'il garde cela pour lui, confessa-t-elle. C'était un échange privé.

— C'est que... nous sommes assez... liés. Et puis... c'est moi qui vous ai mis en contact avec lui.

— C'est vrai. Il vous a sûrement expliqué à quel point j'ai été ridicule.

J'aurais voulu cesser cette comédie, lui révéler qui j'étais, lui avouer ce que j'avais pensé de ses messages, m'excuser d'avoir été si malhabile avec elle, lui raconter mon interminable attente, mon espoir de la revoir, mais je me retins, contraint par la situation et mon indécision. Je me dis qu'il était trop tôt ou trop tard, que tout lui dire maintenant la choquerait, la ferait, peut-être, fuir sur-le-champ, loin de moi et pour toujours. Si Raphaël Scali l'avait séduite, je voulais qu'elle ait le temps de connaître Jonas Lankri, de l'apprécier et... d'en tomber amoureuse.

— Non, bien au contraire, me contentai-je de répondre. Il m'a dit que vous l'aviez touché. Ému même.

— C'est ce qu'il m'a écrit. Mais je crains que ce n'ait été que pour me consoler...

— Pas du tout. Il a même été assez dépité de ne plus avoir de nouvelles de votre part après son dernier e-mail.

Elle releva la tête, afficha une mine étonnée.

— Ah bon ? Mais il n'y avait rien à répondre à ça. J'ai compris qu'il voulait me consoler de m'être trop confiée à lui.

— Non, il voulait juste que vous le preniez pour ce qu'il est.

— Ce qu'il est ? répéta-t-elle. Je ne sais rien de lui. Sinon ce que j'ai cru deviner à travers son premier roman.

— Je pense que c'est ce qui l'a gêné. Votre passion pour ce roman, vos commentaires l'ont bouleversé. Il a pensé que vous le surestimiez.

— Oui, il a vu en moi une fan.

— Non, ce n'est pas ça ! m'exclamai-je. Comment vous dire... Avez-vous lu son second roman ?

— Oui.

— Et vous avez été déçue, n'est-ce pas ?

— En effet. Il n'est pas de la même veine. C'est comme si le sujet lui avait été imposé et qu'il avait tenté de le faire vivre à travers son écriture, sans jamais vraiment y arriver.

— Eh bien justement, il est conscient de cela. Et ceci lui a démontré qu'il n'était plus écrivain. Il l'a peut-être été le temps d'un roman. Mais un véritable auteur est animé par une passion qui jamais ne s'éteint. Enfin... c'est ce qu'il dit.

— Je ne sais pas dans quelles conditions il a écrit ses deux romans. Mais je reste sûre d'une chose : le premier démontre qu'il possède un vrai talent, qu'il porte en lui de grandes et belles histoires. Le second indique qu'il n'a pas su les trouver.

Ces paroles me bouleversèrent. Ces mots, mille fois entendus, dits par Lior, remettaient en cause ce que je tenais pour acquis concernant l'écriture. Et, face à la force de ses convictions, je sentis les miennes chanceler.

— Laissons Raphaël Scali à ses doutes et dites-moi si je peux vous conseiller un roman ? proposai-je.

Elle regarda sa montre.

— Pas aujourd'hui. J'étais juste passée vous dire bonjour et m'excuser de ma longue absence. Mais je dois filer, maintenant.

La déception dut se lire sur mon visage car elle sourit.

— Mais je reviendrai ! affirma-t-elle, enjouée. Merci pour cette conversation. Et si vous voyez Raphaël Scali, dites-lui que... Non, ne lui dites rien.

Elle tira la porte pour partir, lança un dernier regard vers moi.

Quand reviendrait-elle ? Combien de jours et de nuits devrais-je encore attendre ? Pourquoi ne trouvais-je pas le courage de la retenir, de lui proposer un rendez-vous ?

— Lior ! l'appelai-je soudain, comme un cri du cœur, sans y penser.

Elle virevolta, surprise.

Que ses yeux étaient beaux, ouverts sur son étonnement !

Je restai un instant médusé par mon audace. Mais il me fallait profiter de cet élan pour parler.

— J'aimerais vous revoir, réussis-je à articuler.

Elle baissa la tête et rangea une mèche de cheveux derrière son oreille.

— Je vous l'ai dit, je reviendrai, plaisanta-t-elle.

— Je veux dire... j'aimerais que nous prenions un verre pour... discuter de littérature ou... d'autre chose.

Une expression de petite fille apparut sur son visage.

— Je ne sais pas...

Elle chercha ses mots, confuse.

Elle ne le voulait pas. Je sentis mon impétuosité me quitter, mon souffle s'affaiblir

— Pardon... excusez-moi, balbutiai-je alors. Je suis... À bientôt à la librairie.

Elle lut mon trouble et s'en émut.

— Je ne vous ai pas encore répondu.

— Mais vous avez dit...

— Je réfléchis tout haut, s'amusa-t-elle. Je ne sais pas... s'il est raisonnable de vous voir alors que je vous connais peu ? Je ne sais pas si je serai libre quand vous le souhaiterez ? Je ne sais pas...

Je restai muet, incapable, à mon tour, de savoir si elle se moquait de moi ou cherchait à consoler la tristesse qu'elle avait lue sur mon visage.

— Pour parler de littérature ? demanda-t-elle.

— De ce que vous voudrez.

— Quand ?

— Ce soir ? Demain ? Quand vous le voulez, m'empressai-je de dire.

Mon enthousiasme la fit rire.

— Ce soir donc. Où ?

Je n'en avais aucune idée. Je n'avais rien préparé et me sentis désemparé.

— Je ne sais pas...

Elle eut un petit rire tendre.

— À quelle heure finissez-vous ? demanda-t-elle.

— 19 heures.

— Je viens vous chercher. Et nous aviserons.

Elle resta un instant à me dévisager, comme si elle me découvrait pour la première fois.

— Alors, à ce soir, dit-elle.

Lior

Je m'étais tenue à l'écart de la librairie durant ce que j'étais tentée d'appeler ma « période de doute ». J'avais alors l'impression qu'y retourner ne ferait qu'attiser les sentiments qu'il me fallait étouffer. Un peu comme on évite de revenir sur le lieu du premier rendez-vous d'un amour perdu. Une réaction stupide, une de plus, à mettre sur le compte de mon immaturité et de ma fragilité émotionnelle.

L'accueil chaleureux que me réserva M. Hillel ne fit qu'accentuer mon embarras. J'étais une ingrate. Le vieil homme n'était qu'amabilité, m'avait fait découvrir un magnifique auteur et je m'étais tenue à l'écart de ce lieu et de son aura bénéfique. Mais il m'annonça qu'il devait partir. Son comportement me parut étrange. En découvrant l'air gêné de Jonas, je crus comprendre qu'il s'agissait d'un complot précipitamment improvisé par M. Hillel. Le vieux libraire tentait-il de jouer les entremetteurs entre son employé et moi ? Mal à l'aise, je laissai mes yeux fuir sur le plancher.

Idiote, relève la tête ! Ne lui montre pas ton trouble. Ne baisse pas ta garde aussi rapidement.

Je levai alors le menton fièrement et le bravai.

Lors de notre précédente rencontre, j'avais été saisie par sa personnalité mêlant force et faiblesse. J'avais également aimé la manière dont il m'avait fixée. Mais je l'avais ensuite oublié. J'avais acquis cette faculté d'effacer de ma mémoire tous les faits ou signes susceptibles de représenter un danger. Et cet homme, je le savais, pouvait de son regard incandescent mettre le feu à mon cœur et me faire oublier mes résolutions. Là, face à lui, je sentais naître en moi des émotions contradictoires.

Enchaîne ! Parle-lui ! Ne reste pas figée comme une collégienne devant son premier amour !

Je l'interrogeai alors sur ce que Raphaël Scali lui avait raconté. Je lui dis être gênée d'apprendre que l'auteur lui avait confié nos échanges. Il voulut me rassurer, m'expliqua qu'ils étaient proches. Il défendit Raphaël Scali avec conviction. Pendant qu'il me parlait, j'observai ses yeux hypnotiques, ses lèvres au dessin presque féminin contrastant avec sa mâchoire aux angles volontaires. Il parlait, je répondais, et mon esprit se perdait sur son visage. J'étais incapable de réfléchir et cette perte de contrôle me révolta.

Que t'arrive-t-il, Lior ? Tu perds les pédales ? Tu succombes au charme de cet homme que tu connais à peine ? Veux-tu encore une fois te retrouver prise au piège ? Allez, réagis. Sauve-toi avant qu'il ne comprenne ton trouble, si ce n'est pas déjà trop tard.

Il me proposa de m'aider à trouver un roman mais je répondis qu'il me fallait partir. L'expression de déception qui passa sur son visage me troubla un peu plus.

J'étais presque sortie de la boutique quand il cria mon nom. Un cri trop puissant, trop précipité pour n'être qu'un simple appel. Un cri motivé par l'urgence. Il cria et se tut, chercha ses mots. Malgré moi, mon cœur suspendit ses battements en attendant ses paroles. Et il me proposa un rendez-vous, avec la touchante maladresse d'un adolescent. Je voulus refuser, inquiète de me voir succomber si rapidement à son charme. Mon hésitation le blessa. Quelle belle expression sur son visage ! Celle d'un enfant déçu, d'un homme presque meurtri. C'est parce que je vis l'enfant derrière l'homme que je me décidai enfin. Il ne mentait pas, ne frimait pas, ne cherchait pas à travestir ses sentiments. J'acceptai le rendez-vous. Je le vis paniquer un instant, chercher la suite de sa proposition. Amusée par ses atermoiements, je pris les choses en main et lui proposai de passer le prendre à l'heure de la fermeture de la librairie. C'est aussi cela qui me plut. Si je n'arrivais pas encore à endiguer les sentiments qui m'assaillaient, je me sentais capable de peser dans cette nouvelle relation, d'en maîtriser la part qui m'incombait. Ma pudeur, en rencontrant la sienne, se débarrassait de l'appréhension qui toujours l'accompagnait de découvrir derrière chaque homme le prédateur, le possible tourmenteur.

Derrière son visage il n'y avait que lui.

Nous étions à armes égales.

Jonas

M. Hillel arriva quelques minutes plus tard. Je n'avais pas bougé, installé confortablement dans les derniers instants de notre rencontre.

— Hé hé, il semble que les choses se soient bien passées, ricana-t-il.

Je le pris par les épaules, heureux.

— Nous nous voyons ce soir ! lui confiai-je.

— Fantastique ! s'écria-t-il. J'étais assis au café d'en face. Ton poste d'espionnage est parfait. J'avais l'image mais pas le son. Alors, raconte-moi tout.

Je lui restituai notre discussion, ma peur de la voir disparaître à nouveau, mon invitation hésitante, notre rendez-vous.

Il m'écouta attentivement, hocha la tête, exulta, rit, puis, une fois que j'eus terminé mon récit, se renfrogna.

— C'est très bien tout ça mais... tu ne lui as toujours pas dit la vérité.

— Je n'en ai pas eu l'occasion. Je le ferai peut-être ce soir. Enfin, je ne sais pas. J'ai tellement peur de la perdre... J'aviserai, en fonction de la tournure de la discussion.

— Ah non ! Tu n'as pas le droit de continuer à lui cacher qui tu es. Plus tu attends, plus elle risque de t'en vouloir par la suite. Que tu n'aies pas pu le faire avant, tu peux encore le lui expliquer. Mais si tu lui caches des choses aussi essentielles, tu t'enliseras résolument dans la duperie, le mensonge.

Il avait raison, j'en convenais. Cependant, j'avais le pressentiment qu'il ne fallait pas encore tout lui dire, pour être certain qu'elle s'intéresserait à moi, pas à l'auteur.

— Et vous n'aimez pas le mensonge, n'est-ce pas ?

— Je l'abhorre ! éructa-t-il.

— Et qu'a dit votre médecin de votre santé ? ironisai-je.

Il se renfrogna.

— Ce n'est pas pareil, la situation m'a contraint à mentir.

— C'est également mon argument. Tant que la situation me le commandera, je ne pourrai avouer qui je suis.

— C'était un tout petit mensonge, continua-t-il à se défendre. Pour rendre cette rencontre possible !

— C'est vrai et je vous en remercie.

— Bon, ne polémiquons pas, trancha mon libraire. Rentre chez toi te changer. Mets un costume, coiffe-toi, parfume-toi et reviens ici.

J'éclatai d'un rire franc qui me libéra de la tension que je contenais encore.

— Quoi ? Qu'ai-je donc dit ? se vexa le petit homme.

— Je ne vais pas me changer ! Nous allons simplement prendre un verre.

— Est-ce à dire que tu comptes rester dans cette tenue-là ? s'offusqua-t-il.

— Oui. Elle m'a vu habillé comme ça et vient me chercher à la sortie de mon travail. Elle trouverait surprenant et ridicule de me voir porter un costume.

— Les femmes ne trouvent jamais ridicules les efforts que nous faisons pour leur plaire ! rétorqua-t-il.

— Et de plus, je ne porte jamais de costume.

— Ma foi, je suis sans doute dépassé, reconnut-il. Fais comme bon te semble. Mais va au moins arranger ces cheveux hirsutes.

J'obtempérai, par respect. Parce que j'étais heureux également. Mais aussi parce que ses conseils et ses remontrances me ravissaient. Il y avait si longtemps qu'on ne m'avait pas grondé de la sorte.

Si longtemps que je ne m'étais senti fils.

*

Le reste de l'après-midi s'écoula dans une frénésie retenue : regard constant sur l'horloge, gestes nerveux, souvent inachevés, pensées vagabondes... j'offrais à M. Hillel un spectacle dont il ne cessait de se réjouir.

De quoi parlerions-nous ? Je m'évertuais à recenser des sujets littéraires, à identifier des romans à lui conseiller.

Et si nous parlions de nous, lui avouerais-je qui j'étais ? J'essayai d'imaginer comment lui présenter les faits, comment m'excuser de lui avoir dissimulé la vérité. Mais ces options me conduisaient à paniquer. Je l'imaginai vexée, se levant, me toisant et partant pour ne plus jamais revenir.

À l'heure de la fermeture elle n'était pas arrivée. Je commençais à douter. S'était-elle ravisée ?

M. Hillel, d'habitude ponctuel, fit mine de traîner dans la boutique afin de me permettre de l'attendre.

Elle arriva avec dix minutes de retard, entra dans la librairie, l'air un peu perdu.

— Désolée, me dit-elle, je suis un peu en retard.

Nous saluâmes M. Hillel. Il nous rendit la politesse avec discrétion, comme s'il avait l'habitude de nous voir partir ensemble.

— Allons par là, proposa-t-elle, en désignant la direction d'une grande avenue.

Je notai immédiatement une étrange attitude. Elle paraissait suspicieuse, sur ses gardes, presque contrariée.

— Peut-on se tutoyer ? proposai-je.

Elle haussa les épaules tant cela lui paraissait évident.

— Je suis content que tu aies accepté de passer un moment avec moi, dis-je.

Cette première phrase sur le mode du tutoiement me heurta quelque peu tant elle suggérait une intimité qui n'existait pas encore. Je vis alors les traits de son visage se durcir. Elle s'arrêta, se tourna vers moi.

— Je tiens à ce que les choses soient claires, annonça-t-elle sur un ton ferme. Je ne veux pas qu'il y ait d'ambiguïté. Je suis venue prendre un verre, parler de littérature ou d'autres choses, passer un bon moment en ta compagnie. Rien de plus. Je ne cherche rien d'autre qu'une relation d'amitié. Oui, c'est ça, de l'amitié, rien de plus.

Je reçus sa mise au point comme une gifle et restai pétrifié. Elle paraissait différente, presque agressive, comme si elle regrettait maintenant d'avoir accepté et voulait minimiser les conséquences de ce dérapage.

De l'amitié. Elle me proposait de l'amitié quand j'attendais de l'amour. Je me sentis soudain désespéré, abandonné au milieu de cette rue. Elle dut lire la déception sur mon visage, détourna le sien et reprit sa marche.

— Écoute, si ce rendez-vous t'embarrasse, nous pouvons en rester là, m'entendis-je lui répondre sur le même ton.

Je n'avais pas pensé mes mots. C'était comme s'ils venaient d'une zone obscure de mon esprit gérée par ma fierté blessée.

Décontenancée, elle demeura pensive quelques secondes.

— Non, ce n'est pas ce que j'ai voulu dire, balbutia-t-elle, soudain fragile. Je suis désolée mais...

— Mais quoi ?

— Mais... je suis maladroite. J'ai tellement de mal à...

Elle cherchait ses mots, désemparée, soudain touchante.

— D'accord, m'entendis-je la couper. Ne te justifie pas. Reprenons depuis le début, veux-tu ?

Elle m'adressa un doux sourire.

— Nous allons boire un verre et parler de littérature, pour faire connaissance, lui dis-je.

— Oui, voilà, acquiesça-t-elle, reconnaissante de me voir lui proposer une issue.

Un long silence nous sépara un moment.

Nous étions encore sous le choc de ce surprenant échange. Dans ma tête, un tas d'idées et de questions se bousculaient et j'avais du mal à revenir à l'instant.

— Depuis quand travailles-tu dans cette librairie ? finit-elle par demander.

— Près de six mois.

— Et avant, que faisais-tu ?

J'étais auteur, fus-je tenté de lui répondre.

— J'ai travaillé comme correcteur pour un magazine féminin. Et toi ? lui demandai-je pour éloigner la conversation de ma situation.

— Je suis infirmière. J'ai travaillé en hôpital. Et maintenant je suis au service d'un particulier. Je m'occupe de sa fille. Une jeune femme extraordinaire, atteinte d'une maladie incurable. Je l'accompagne dans les derniers mois de sa vie.

J'observai son visage à la dérobée. Il exprimait de la tristesse et de la résignation. À l'amour que je lui vouais s'ajouta une curiosité teintée d'admiration.

J'avisai un bar et le lui indiquai. Elle accepta d'un petit signe de tête. Un serveur nous proposa une table en retrait, pensant sans doute que nous étions deux amoureux à la recherche d'intimité. Nous commandâmes deux verres de rosé et quelques tapas. Elle posa ses coudes sur la table et nicha son menton entre ses mains. Nous nous observâmes un moment, gênés par cette promiscuité.

— Désolée pour tout à l'heure, dit-elle d'une voix douce. Je me braque parfois quand il ne le faut pas et ne sais pas le faire quand la situation l'exige. La fille nulle, quoi ! Mais j'ai tellement peur qu'on se méprenne à mon sujet.

— N'en parlons plus, tranchai-je.

— OK. Alors, explique-moi ce que tu fais dans cette librairie. J'adore ce lieu. Il est... enchanteur. Et ton patron ressemble à un lutin savant et égaré.

Je lui racontai mon arrivée à la librairie, l'accueil que M. Hillel m'avait réservé, son discours sur les romans, sa manière de les classer, ses excentricités et le peu que je savais de son passé. Elle m'écoutait attentivement, riait, posait des questions.

La magie réinvestissait peu à peu notre relation.

J'étais bien avec elle, dans ce petit café, admiratif de sa beauté, charmé par ses discrètes mimiques, notant les détails de son visage, observant sa manière de porter son verre à ses lèvres. Je parlais maintenant sans retenue. J'avais l'impression que nous nous connaissions depuis longtemps déjà, qu'elle m'avait déjà appartenu. Mais au fond de moi résonnait encore l'écho de notre petite altercation.

Puis je la questionnai sur la jeune fille dont elle s'occupait. Elle en parla avec passion. Elle me dit les longues journées de discussions, de lectures.

— Nous sommes si semblables toutes les deux, m'avoua-t-elle. Comme deux sœurs séparées par la vie qui se sont retrouvées. Nous avons les mêmes goûts, la même sensibilité. Nous aimons les mêmes romans. D'ailleurs, nous avons aimé celui de Raphaël Scali de la même manière. Et nous avons pleuré ensemble.

Je voulus changer de discussion.

— Tu vis seule ?

— Non, je partage un appartement avec une amie. Ma meilleure amie. Une fille un peu folle, mais absolument géniale.

Elle me raconta son arrivée à Paris, son amitié avec Elsa, ses débuts à l'hôpital, puis son expérience au service des soins palliatifs.

Je profitai de ces instants pour l'observer et retrouver certains détails déjà enregistrés, en découvrir d'autres : la forme de ses lèvres quand elle prononçait certaines syllabes, son sourire dont elle semblait ignorer le pouvoir, le bout de son nez qui bougeait légèrement au rythme de ses paroles, sa façon de plisser les yeux dès lors que ses propos devenaient plus sensibles. J'imaginais le contact de sa peau sous mes mains, sous mes lèvres, le goût de sa bouche. Chaque fragment d'elle, chaque particularité saisissait mon âme, serrait mon cœur, et j'entendais une voix intérieure me murmurer des vérités empreintes d'émotion. Je les pensais si fort que je craignis de les prononcer.

Entendit-elle mes pensées ? Les lut-elle sur mon visage ? À deux ou trois reprises, elle parut embarrassée par mon regard, tenta de s'y soustraire, fit diversion. Je détournais alors mon attention, et elle reprenait son récit.

Puis elle s'arrêta soudain de me parler, comme prise par une pensée. Son regard devint intense, préoccupé, et son teint pâlit.

— Qu'y a-t-il ? demandai-je. Tu ne te sens pas bien ?

— Non... ça va, bredouilla-t-elle.

— Mais tu es toute blanche, insistai-je.

— C'est que... je viens de penser à une femme que j'ai connue à l'hôpital. À ce qu'elle m'avait dit juste avant sa mort.

— Subitement ? C'est en rapport avec ce que tu racontais ?

— Oui... non... enfin, pas vraiment, bredouilla-t-elle.

— Et que t'avait-elle dit ?

Elle secoua la tête, comme pour chasser ses idées.

— Laisse tomber, me lança-t-elle. Changeons de conversation. Tiens, veux-tu bien me parler de Raphaël Scali ?

— Que veux-tu savoir ? demandai-je, contrarié.

— Que fait-il ? Où vit-il ? Est-il seul ou en couple ? Hétéro ou homo ? Tout ce que tu pourras me dire sur lui. Ne crois pas que je coure après des ragots. J'ai simplement envie de mieux le connaître.

Son regard brilla d'un nouvel éclat et je ressentis alors un malaise. Pourquoi l'écrivain avait-il le pouvoir d'allumer ce feu quand je n'étais capable que de susciter de la camaraderie ? Était-ce finalement pour ma supposée amitié avec l'auteur qu'elle avait accepté de me rencontrer ? Peut-être qu'à travers moi elle ne cherchait qu'à entretenir un lien avec lui. J'éprouvai alors une sournoise et schizophrénique colère à l'encontre de ce rival, mais j'acceptai les conséquences de mes actes et m'enferrai un peu plus dans mon mensonge. Je lui parlai alors de mon aventure littéraire. Le plus difficile fut d'employer la troisième personne du singulier et je faillis à plusieurs reprises revenir au « je » pour m'exprimer.

Je la vis vibrer à chacune de mes confidences, aimer un peu plus l'écrivain, s'éloigner un peu plus de moi.

Quand j'eus fini, elle regarda sa montre.

— Il faut que je rentre ! s'exclama-t-elle. J'avais promis à Elsa de passer la soirée avec elle.

Je réglai la note d'autorité. Elle s'en irrita, arguant qu'il n'existait aucune loi qui imposait aux hommes de payer pour les femmes, qu'il s'agissait de pratiques machistes.

— Bon, la prochaine fois, ce sera pour moi, annonça-t-elle.

— Tu veux donc qu'il y ait une prochaine fois ?

— Juste pour rétablir l'équité, plaisanta-t-elle. Quand es-tu disponible ?

— Samedi, si tu le veux.

— Alors je t'invite à dîner.

J'acceptai et la raccompagnai jusqu'à une station de métro.

— Tu ne m'as pas beaucoup parlé de toi, dit-elle en me faisant la bise.

« Si, je n'ai fait que parler de moi », eus-je envie de lui confier. Mais elle avait raison : elle s'était intéressée à la librairie, à Raphaël Scali mais ne s'était pas montrée curieuse de l'homme que j'étais. Elle venait de s'en rendre compte et s'en excusait.

Nous échangeâmes nos numéros de téléphone et elle s'engouffra dans la bouche de métro.

J'attendis que sa silhouette disparaisse et me décidai à rentrer à pied chez moi. J'avais besoin de temps, d'espace et du rythme de mes pas pour tenter de maîtriser mes pensées. D'une certaine manière, j'étais heureux d'avoir passé un si long moment avec elle, d'avoir établi une vraie relation, moi qui, la veille, pensais ne jamais la revoir. Mais cette relation ne portait qu'une promesse d'amitié qui, si elle durait, s'avérerait être une torture.

Que pouvais-je attendre des prochains jours, des autres rendez-vous ? Si je voulais envisager les faits avec franchise, elle ne s'intéressait pas à moi. Pas comme je le souhaitais. Et si, tout à coup, par bonheur, ses sentiments s'éveillaient, je pouvais être certain qu'elle n'apprécierait pas d'avoir été bernée sur mon identité.

Je ne maîtrisais rien, suivais le cours de l'histoire et me raccrochais à la seule évidence que m'imposait le présent : je l'aimais.

Lior

Je lui avais proposé un rendez-vous le soir même pour éviter de me perdre dans l'attente. Ma cyclothymie avait besoin de temps pour me travailler à souhait, m'envoyer valser sur les sommets de l'espoir puis me plaquer au sol et m'ensevelir sous les doutes et l'anxiété. Aussi, à peine sortie de la librairie, je m'empressai de retourner auprès de Serena, finir ma journée de travail. J'accélérai le pas pour ne plus entendre la voix intérieure qui me raillait.

Tu t'emballes, Lior ! Je croyais que tu ne voulais plus d'homme dans ta vie ! Que t'arrive-t-il ? Et tes résolutions ? Un sourire, un air d'enfant et tu renies tes promesses ?

Arrivée chez Serena, je voulus lui raconter ce qui venait de se passer mais m'en abstins. Les mots consumaient le bord de mes lèvres mais je n'arrivais pas à les formuler. Et lui dire quoi, exactement ? Il ne s'était encore rien passé.

J'avais juste rendez-vous avec un libraire. Pour parler de littérature.

Pourtant, Serena comprit. Je la sentis m'observer derrière son masque de marbre, traquer l'expression de mon impatience.

Quand je la quittai, elle retint ma main plus longtemps qu'à l'accoutumée.

— Je te promets de tout te raconter demain, lui murmurai-je alors.

Et cette seule phrase résuma l'échange que nous n'avions pas eu.

Sur le chemin, mon défaitisme me rattrapa. Je me vis me précipiter, telle la jeune fille que j'avais tant de fois été, dans les bras d'un nouvel amant, pleine d'un espoir naïf, courant à ma perte.

— *Il est différent. Je le sais, je le sens.*

— *Mais ils étaient tous différents !*

— *Celui-là, avec son visage d'homme et ses airs d'enfant, me rassure.*

— *Quelles raisons avais-tu invoquées pour les autres ? N'étais-tu pas chaque fois convaincue que l'aventure méritait d'être tentée ?*

Oui, chaque homme que j'avais connu avait des raisons de me plaire. Des raisons souvent superficielles, parfois subjectives, qui m'évitaient d'envisager celles qui m'alertaient sur les dangers à venir. Tous mes échecs me revinrent en mémoire et je ralentis mon pas. Je haïs cette image de moi, cet enthousiasme juvénile.

— *Rentre chez toi, idiote. Que crois-tu ? Qu'espères-tu cette fois encore ? Le grand amour ?*

— *Non, juste une jolie rencontre.*

— *Menteuse ! Regarde-toi courir à ce rendez-vous pour la seule raison que sa timidité te rassure, que son air de mâle viril se dissimule derrière celui de l'innocence. Tu espères l'amour, cette fois encore. Tu n'apprends donc rien de tes désillusions ?*

Je sentis mes yeux s'embuer, ma gorge se serrer. Je m'arrêtai au milieu de la rue, hésitant à prendre la direction de mon appartement. Je pouvais rentrer et lui téléphoner ensuite, trouver une excuse.

Mais que lui dire ? Et pourquoi renoncer ? N'étais-je pas capable d'aller à ce rendez-vous, d'affronter le regard de cet homme sans faillir ? Devrais-je toujours fuir ces situations ? N'était-ce pas là une plus grande faiblesse encore ?

J'arrivai à la librairie avec un peu de retard.

Jonas paraissait excité et heureux et cela me contraria un peu plus.

Quand nous partîmes ensemble à travers les rues de Paris, je m'efforçai de le considérer différemment. Un homme comme les autres. Un peu différent peut-être, plus sincère, mais un homme. Pas un futur amour. Juste un copain. Un ami peut-être.

Cette idée s'imposa à moi.

Oui, un ami. Ne pas le laisser s'imaginer autre chose.

Et je le lui dis. Je lui dis qu'il n'avait rien d'autre à attendre de moi qu'une amitié. Et la colère que je nourrissais à mon égard donna à mes paroles une force qui le heurta.

Il parut désemparé, surpris, soudain perdu. Encore cet air de petit garçon pris en faute. Je m'en voulus. Je l'avais dit sûrement d'une manière malhabile mais cette fermeté était nouvelle pour moi. J'avais été forte, décidée.

Puis ses traits se durcirent et je vis apparaître l'homme de volonté. Sur un ton cassant, il me proposa d'en rester là. Je bredouillai quelques excuses et, dans une étrange atmosphère, nous reprîmes notre marche. Mais, dès lors, notre relation prit une tout autre dimension. Nous étions deux inconnus tentant de faire aimablement connaissance. Bien entendu, je sentais son dépit, dissimulé derrière ses bonnes manières, sa gentillesse, sa politesse. Mais je m'en tins à cette réserve qui me paraissait pouvoir me protéger de lui, de moi.

Nous parlâmes de tout. De nos activités tout d'abord. Puis, lentement, je me confiai plus, racontai ma jeunesse, mon arrivée à Paris, l'hôpital.

Ses yeux caressaient mon visage pendant que je parlais. Je ne pouvais les ignorer, ces deux billes sombres qui roulaient sur ma bouche, sur mes traits, fouillaient ma conscience, tentaient de me deviner derrière mes mots.

— *Jamais un homme ne m'a regardée comme ça. Jamais un homme ne m'a si bien écoutée.*

— *Une manière de te berner.*

— *Il est si...*

— *Différent ?*

— *Désarmé.*

— *La pire espèce. Il te fera plus souffrir encore.*

C'est alors que se produisit quelque chose d'insensé. Pendant que ces pensées agressaient mon esprit, une autre voix se fit entendre.

Celle de Mme Dutour.

« *Écoutez votre cœur. Pas vos désirs, mais votre raison et votre cœur. Et dès que l'homme de votre vie se présentera, si ceux-ci vous trahissent, je serai là. Vous entendrez ma voix. Ma voix, sortie de votre cœur, de votre mémoire, là où vous avez su m'accueillir. Je vous dirai : c'est lui, Lior. Et vous m'entendrez.* »

Ses paroles me revinrent tel un écho longtemps perdu qui, enfin, avait trouvé une issue.

Et je l'entendis me dire : « *C'est lui, Lior.* »

Je m'arrêtai un instant de parler, perturbée par cette étrange sensation, doutant d'avoir vécu ce moment.

Puis je me ressaisis. Je trouvai une explication logique à tout cela : pendant que mes voix intérieures se disputaient ma raison, j'en étais arrivé au moment où j'avais pris la décision de quitter l'hôpital. Ce jour où Mme Dutour était décédée. Association d'idées. Résurgence mnémonique. Oui, c'était cela. Ça ne pouvait qu'être cela.

Pourtant une autre idée m'effleura : c'est Mme Dutour qui m'avait conduit auprès de Serena ; c'est Serena qui m'avait envoyée dans cette libraire ; c'est dans cette librairie que j'avais trouvé un de mes plus beaux romans et dans ce même lieu que j'avais rencontré Jonas. Et c'est face à lui que la voix de Mme Dutour s'était fait entendre.

Tu délires, ma pauvre fille. Tu es prête à tout pour justifier ton intérêt pour ce garçon.

Je voulus fuir mon passé, l'hôpital, mes voix intérieures et demandai alors à Jonas de me parler de Raphaël Scali.

Il me raconta une partie de la vie de l'auteur. Il en parlait avec force et tendresse, comme s'il s'était agi de la sienne. Pendant qu'il s'exprimait, j'étudiai son visage, essayai de deviner qui il était vraiment, quels étaient ses peurs, ses angoisses, ses rêves.

Mais si sa sensibilité, sa douceur, sa gentillesse se révélaient sans réserve, son regard brûlant paraissait cadenasser une partie de son être.

Je me sentis capable de faiblir à nouveau. Il me fallait partir, garder cette maîtrise dont je me sentais fière. Je prétextai une soirée avec Elsa. J'avais menti, Elsa était de sortie ce soir. Mais je ressentais le besoin de me retrouver seule. Je m'en voulus aussitôt et, pour faire taire mes scrupules, mais également parce que j'en ressentais l'envie, je lui proposai un autre rendez-vous et l'invitai à dîner. Je voulais prendre les choses en main, me montrer sûre de moi. J'étais certaine de pouvoir contrôler la situation.

Je me trompais, bien sûr.

Jonas

M. Hillel avait dit aimer les ressorts de l'intrigue amoureuse qui se nouait. Je lui avais répondu qu'il n'était pas question d'amour pour elle. Il avait ri. « Quelle candeur ! Que croyais-tu ? Qu'elle allait te tomber dans les bras le premier soir, te déclamer des vers et t'offrir son âme et son corps ? Elle se méfie, elle prend le temps de t'observer. » Quant au fait que je ne lui avais pas avoué être l'auteur du roman qu'elle avait aimé, il s'était résigné. « Parfois le destin nous prend en main et nous montre la voie. C'est peut-être comme ça que les choses doivent se passer, après tout. C'est une intrigue amoureuse, je te l'ai dit, et des plus passionnantes. J'ai hâte de voir comment les choses évolueront. »

Pour Chloé, pas de doute, les choses évolueraient dans le mauvais sens.

Elle nous avait invités à déjeuner, Josh et moi. « Un petit restaurant napolitain », avait-elle dit. « Une pizzeria, quoi ! » avait plaisanté Josh, toujours prêt à démasquer les velléités conceptuelles de notre professionnelle du marketing préférée.

Nous étions samedi, jour de mon rendez-vous avec Lior.

J'étais fébrile. Chloé l'avait compris et avait proposé cette sortie pour me rassurer. « Un briefing avant l'action », avait-elle dit.

— Tu dois lui dire la vérité, et vite ! affirma-t-elle. Sinon, tu vas t'enfoncer dans une situation digne d'un mauvais vaudeville. Comment peux-tu espérer créer quelque chose de vrai en faussant la situation ?

— Mais c'est justement si je lui dis la vérité que je vais fausser la situation ! Imaginons qu'elle tombe ensuite amoureuse de moi alors que jusqu'à maintenant je ne parais pas l'intéresser au-delà de l'amitié qu'elle me propose... Je ne saurai jamais si c'est l'auteur qu'elle aime ou l'homme que je suis.

— Il faut que tu arrêtes avec ça, Jonas. Tu es l'auteur ! Ça commence à devenir pathologique.

— Je comprends ce qu'il veut dire, intervint Josh. S'il y a une chance qu'elle l'aime, Jonas veut savoir si c'est pour ce qu'il est vraiment ou pour ce qu'il représente à ses yeux.

— Exactement, confirmai-je.

— Arrêtez de me prendre pour une demeurée et de toujours me traduire vos propos respectifs ! s'écria Chloé. Je dis juste que c'est un faux problème et que le vrai ne va pas tarder à se pointer. D'après ce que tu dis, elle se méfie des hommes et ne leur accorde que peu de crédit. Que pensera-t-elle d'un mec qui a passé son temps à lui cacher ce qui, pour elle, est essentiel ?

— Tu as raison. Mais je veux juste en avoir le cœur net. Si elle n'éprouve rien d'autre que de l'amitié pour moi, je lui parlerai de l'autre... Enfin, de moi... en tant qu'auteur, rectifiai-je, alors que Chloé levait les yeux au ciel. Si elle le prend mal, j'aurai juste perdu son amitié. Dans le cas contraire, si je lui révèle tout maintenant et qu'elle me dit ensuite éprouver des sentiments pour moi, j'aurai toujours des doutes sur leur sincérité. Autre possibilité, je lui parle maintenant, elle se fâche et met fin à la relation, je reste comme un con avec les mêmes questions qu'au départ.

— Ça, c'est de l'analyse de risques ! plaisanta Josh.

— Non, répondis-je dans un souffle de lassitude, c'est juste une manière pour moi de me faire croire que je contrôle la situation.

— Si un mec éprouvait quelque chose pour moi, j'aimerais qu'il me le dise cash, qu'il ne tourne pas autour du pot. Merde, si les mecs se mettent à réfléchir comme des gonzesses, on n'avancera jamais !

Je glissai un regard amusé vers Josh. Il baissa la tête et se mit à torturer sa pizza.

— Quoi, qu'est-ce que j'ai dit encore ? questionna Chloé face à notre silence complice.

Lior

Elsa me harcelait de questions, papillonnant autour de moi, ne me laissant pas le temps de répondre.

— Ce qui veut dire que tu es amoureuse ! finit-elle par conclure, heureuse.

— Tu ne m'as donc pas écoutée ? m'exclamai-je, exaspérée.

— Oh si ! Je t'ai écoutée et t'ai observée... Et tu es amoureuse.

Lasse, je lui lançai un coussin à la figure et me laissai tomber sur le lit.

— Je suis juste bien avec ce garçon. Je sens que je peux enfin être moi-même. Il sait m'écouter, sait me regarder.

— Et il te fait chavirer, dit-elle, provocatrice.

— C'est un mec bien, Elsa.

— Justement... ce n'était pas ce que tu cherchais, un mec bien ?

— Bien entendu. Mais nous ne sommes pas dans la séduction. Nous sommes dans le respect mutuel, le plaisir de la découverte de l'autre, l'amitié peut-être.

— Arrête de te mentir ! Accepte l'idée d'être amoureuse. Tout ce que tu dis plaide en ce sens.

Je réfléchis un instant. Elsa avait raison, je le savais. Nous étions au début d'une histoire, au moment où tous les éléments propres à l'amour apparaissent, frémissent de se reconnaître, hésitent à s'unir, sachant que de leur union naîtra une nouvelle force qui possédera son propre élan, sa propre volonté, à laquelle rien ne pourra plus résister. Et j'avais l'impression, grisante et effrayante à la fois, qu'il n'appartenait qu'à moi de nommer ce qui arrivait : amitié, relation tendre, complicité ou... amour.

Toutes les filles rêvent d'un ami homme, d'un complice, d'un frère dans le regard duquel elles ne verraient jamais la flamme du désir mais juste la force d'un lien puissant et unique. Était-ce ce que je désirais ? C'est ce que, d'emblée, j'avais envie de croire. Position plus confortable car conforme à mes choix et aux principes sur lesquels je m'étais reconstruite ces dernières années.

— Merde, Lior, on a toujours rêvé de rencontrer un homme tel que celui que tu me décris !

— C'est trop tôt, Elsa. Je ne le connais pas suffisamment. Il est tellement mystérieux.

— OK, statuons là-dessus : il est trop tôt. Mais ne refuse pas l'idée qu'il puisse s'agir d'amour.

— Je ne la refuse pas. Je veux juste garder le contrôle, ne pas m'embarquer dans une histoire que je ne maîtriserai pas.

— Je comprends. Sois prudente mais ne te raconte pas d'histoire.

— Vous êtes chiantes, lançai-je, irritée.

— Vous ? Qui vous ?

— Serena et toi !

— Parce que tu t'es déjà confiée à Serena ? Avant de m'en parler ? s'offusqua-t-elle.

— Oui, quand je suis rentrée hier, tu n'étais pas là. Et ce matin, tu dormais.

— CFM ! Cas de Force Majeure, Lior ! Tu pouvais me réveiller. Pour une fois qu'il t'arrive quelque chose de bien avec un mec !

— Tu ne me réveilles pas, toi, pour me confier tes histoires de cœur ! me défendis-je.

— Heureusement pour toi ! Si je le faisais, tu serais morte d'épuisement depuis longtemps ! Bon, alors, qu'en a pensé ta meilleure amie ? demanda-t-elle, faussement vexée.

— Elle était heureuse pour moi.

— Bon, et à part avoir ventilé la pièce avec ses cils, elle a dit quelque chose ?

— Elle a écrit : « Ne te mens pas. »

— Ben, au moins, on a toutes les deux la même partie du cerveau qui fonctionne. Celle qui commande la lucidité et qui te fait tant défaut.

Serena avait accueilli mon histoire en souriant. Je l'avais vue heureuse, pendue à mes lèvres, m'observant avec attention pour deviner mes sentiments.

— Elle a également écrit un message étrange. Mais ses mots sont toujours étranges.

— Lequel ?

— « Cet amour va te surprendre. »

— Sans doute une manière de te dire que tu vas laisser tomber les armes et te rendre.

— Peut-être, répondis-je.

Je savais pourtant qu'il y avait autre chose dans les mots de Serena. Comme le bruissement d'une promesse, le murmure d'un aveu.

— Tu le revois quand ?

— Samedi soir. On dîne ensemble.

— Ah la la ! Comment tu as dit ça ! s'écria-t-elle moqueuse et enthousiaste.

— J'ai juste dit que nous dînions ensemble ! me défendis-je.

— Et ta voix était tendre et tes yeux brillants.

Ce dernier assaut me contraria. Je sentais le plaisir dont elle parlait grandir en moi, pousser les parois de mon cœur. Mais je voulais lui résister, vaillamment, être suffisamment solide pour qu'il ne me submerge pas.

Résister, c'est ce qui m'avait permis de tenir jusqu'alors.

Jonas

Lior s'était apprêtée. Elle portait une robe bleu nuit seyante et un maquillage savant mais discret mettait en valeur son regard clair et la finesse de son visage. Elle paraissait plus femme et pourtant moins sûre d'elle. Quels efforts pour une simple sortie entre amis ! me dis-je, troublé par cette nouvelle facette de sa beauté. Elle dut deviner mes pensées.

— C'est Elsa, se justifia-t-elle. Elle a insisté pour s'occuper de moi. Et, avec ses goûts rétrogrades, voilà ce que ça donne.

Dans son regard je perçus l'éclat d'une tristesse.

— Je trouve que c'est plutôt réussi. J'aurais peut-être dû m'habiller mieux moi aussi.

— Non, tu es très bien comme ça, dit-elle.

Je portais un jean, un pull noir et un blouson en cuir, presque un uniforme pour moi.

— J'ai réservé dans un restaurant indien. Ça te va ? me demanda-t-elle.

Nous marchâmes côte à côte, tentant de donner à la conversation une tonalité décontractée. Sa main se balançait près de la mienne et j'imaginai avoir le courage de la saisir afin de transformer cette promenade en balade amoureuse.

Nous arrivâmes devant un restaurant aux couleurs chatoyantes et à la lumière tamisée. Nous nous installâmes et, pendant quelques secondes, restâmes silencieux, nous contentant de nous sourire et d'exprimer par nos mimiques notre enthousiasme à propos du décor, de la gentillesse des serveurs et des noms de plats compliqués que nous annonçait la carte.

J'avais toujours en tête sa remarque sur ce que j'étais en droit d'attendre d'elle. Pourtant, nos attitudes, nos échanges silencieux et le léger embarras que nous ressentions me laissaient penser que nous étions entrés, sans nous en rendre compte, dans un espace indéterminé, entre la séduction et la recherche d'une complicité, dans lequel elle avançait, hésitante. Chacun observait l'autre, à partir de son territoire ; moi, celui de l'amour ; elle, celui de la curiosité et de la méfiance. Pouvait-elle réellement croire qu'il s'agissait des prémices d'une amitié ? J'étais persuadé qu'elle essayait de me deviner, de me cerner, de poser des mots sur ce que mon apparition dans sa vie avait ou pouvait bouleverser.

Elle rompit le silence pour m'inviter à lui confier mes goûts littéraires.

— J'ai eu une approche très empirique de la littérature, lui avouai-je. Mais disons que j'aime les romans qui me permettent d'entrer dans des univers, des lieux, des rapports que je ne connais pas. Petit, je lisais des romans historiques et d'aventures. J'en lis parfois encore. Puis, je suis passé par différentes périodes : littérature japonaise, chinoise, anglaise, new-yorkaise... comme d'autres visitent de nouveaux pays, voulant tout

334

voir quand ils ne font que les traverser et croyant avoir tout compris.

— Et actuellement ?

— Je suis dans les romans noirs. Je voyage encore, mais, cette fois-ci, dans le cœur des hommes. Je découvre des auteurs capables d'identifier des personnages qui, à travers leurs histoires, racontent les enjeux sociaux et politiques d'une époque.

— Comme par exemple ?

— Steinbeck, De Lillo, Elroy, Goodis, Connelly, Lehane ou Daeninckx.

— Ça correspond à quel rayon chez M. Hillel ?

— Quelque chose entre les romans de la vérité et les romans de la douleur.

— Et les romans d'amour ?

— J'en ai lu quelques-uns. À l'adolescence.

Elle eut une petite moue dépitée.

— Tu penses que les romans d'amour sont réservés aux adolescents ?

— Non, m'empressai-je de répondre. Mais... je n'arrive pas à y croire, c'est tout.

— Je ne lis que ça. Ou presque. C'est une passion que je partage avec Serena.

— Qu'y trouves-tu ?

— Ce que je ne trouve pas dans la vraie vie, répondit-elle en fixant son assiette.

— C'est-à-dire ? risquai-je.

Elle soupira.

— Laisse tomber.

— Pourquoi ?

— Tout ce que je pourrais dire pour répondre à ta question paraîtra forcément stupide.

Je renonçai à aller plus loin.

— Parle-moi un peu de Raphaël Scali, me demanda-t-elle.

— Pourquoi t'intéresses-tu tant à lui ?

335

J'avais posé ma question sur un ton un peu vif. Mon double ressurgissait au moment où j'avais l'impression de partager avec elle une intimité prometteuse.

— Je m'intéresse à cet auteur parce qu'il est mystérieux et parce que l'échange que nous avons eu m'a un peu... perturbée, répondit-elle, piquée.

— Que veux-tu savoir de plus que ce que je t'ai déjà dit ?

— Bon, ça t'ennuie de parler encore de lui, apparemment, remarqua-t-elle, surprise.

— C'est juste que je ne me sens pas autorisé à révéler trop de choses sur sa vie, rétorquai-je, plus conciliant.

— Je comprends. Je ne sais pas pourquoi cet homme me fascine. Sans doute un réflexe d'ancienne groupie.

— Groupie ? Je ne te crois pas suffisamment superficielle pour être groupie, plaisantai-je.

— Peut-être, mais, dans ma tendre jeunesse, je tombais amoureuse de tous les acteurs et chanteurs à la mode.

— J'ai du mal à le croire.

— Et pourtant... répliqua-t-elle, songeuse. J'étais une gamine un peu perdue et je m'inventais un tas d'histoires.

— Une fille pleine d'imagination, donc.

— Oui, l'imagination est l'ultime recours de ceux qui se cherchent. Mais les rêves ne savent que les perdre un peu plus.

— Penses-tu t'être trouvée ?

Elle resta silencieuse un instant, réfléchissant à ma question.

— Je ne sais pas, finit-elle par répondre. J'en doute parfois. Mais parlons plutôt de toi !

— De moi ?

— Oui, je veux savoir qui tu es.

— Je ne sais pas vraiment parler de moi, esquivai-je.

— Bon, tu n'as pas envie de parler de ton ami et ne sais pas parler de toi... tu sais, on risque de vite être à court de sujets de conversation si tu te montres aussi peu inspiré.

Je perçus une pointe d'exaspération derrière sa plaisanterie.

— Désolé, murmurai-je, confus. Mais c'est vrai, j'ai du mal à me raconter. Tu pourrais peut-être m'aider ? Que veux-tu savoir ?

— Tout. Je veux connaître ta famille, ta jeunesse, tes amours. Tiens, pour t'aider, tu peux commencer par « quand j'étais petit... », proposa-t-elle, amusée.

Je fus tenté un instant de tout inventer afin de ne pas tomber dans le piège que la vérité pourrait me tendre, mais me savais parfaitement incapable de le faire. Je décidai donc de lui narrer l'autre partie de l'histoire commencée lors de notre premier rendez-vous, soit ma vie jusqu'à l'écriture du roman.

Ce fut comme si mes souvenirs avaient attendu cette occasion pour se libérer : je lui dis mon enfance tourmentée mais heureuse, mon goût pour l'écriture, mes cahiers, mes relations avec les filles.

Elle m'écoutait avec une attention saisissante, paraissait subjuguée par mon histoire. Il fallut que je lui indique que son entrée avait été servie pour qu'elle commence à manger. Je vis ses yeux se gonfler de larmes quand je lui parlai de la mort de mes parents. J'en fus ému tant il me parut surprenant qu'une femme dont le travail consistait à accompagner les malades jusqu'à la mort puisse encore être sensible à celle d'inconnus.

Je lui dis alors mes années d'enfermement en substituant à l'écriture de mon roman la lecture de nombreux ouvrages.

— Et tu disais ne pas savoir parler de toi ? dit-elle quand j'eus terminé.

— Je ne l'ai jamais fait auparavant. Enfin, pas avec autant de détails. Mais on ne m'a jamais aussi bien écouté.

— Tu racontes bien, affirma-t-elle.

— Il faut croire que tu m'inspires.

Elle rougit un peu et ses yeux évitèrent mon regard pour se perdre dans la salle du restaurant. Nous étions peu nombreux et les serveurs indiens nous couvaient de leur prévenance.

— Tu n'as donc jamais connu le grand amour ? questionna-t-elle, presque incrédule.

— Non, à part l'amour de collège dont je t'ai parlé... Et toi, l'as-tu rencontré ? l'interrogeai-je, intéressé.

— Si c'était le cas, je ne l'aurais pas lâché et, à cette heure, je serais en train de le regarder béatement ! plaisanta-t-elle. En fait, j'ai trop aimé. Donc pas du tout. J'étais naïve et à chaque fois sincère. J'attendais tellement des hommes.

— Et tu as toujours été déçue.

Un voile sombre masqua son visage.

— Les hommes... ils n'y sont sans doute pour rien. Je me suis déçue toute seule.

— Et désormais, tu te méfies de chaque homme que tu rencontres.

— En effet. J'ai choisi de ne plus rien attendre d'eux, assura-t-elle.

— C'est une vision naïve des choses, rétorquai-je.

— C'est vrai, mais celle-ci me préserve.

— En t'enfermant. En t'isolant du monde.

— J'aime ma vie telle qu'elle est, répondit-elle, sur ses gardes. Je me sens utile, aimée de ceux que j'aime, et cela me suffit.

— Mais tu te sens seule également, n'est-ce pas ?

Elle me toisa, fière.

— Parfois, finit-elle par reconnaître.

— C'est triste.

— Pas du tout. C'est un choix.

— Une résignation, plutôt.

Son visage se ferma.

— Que cherches-tu à me dire ? demanda-t-elle, suspicieuse et quelque peu agressive.

— Qu'il y a peut-être autour de toi des personnes qui valent le coup que tu leur ouvres ton cœur.

Elle parut un instant désemparée, puis se ressaisit.

— Je ne suis pas prête à tenter quoi que ce soit avec qui que ce soit, asséna-t-elle. Ma vie me convient telle qu'elle est. Je n'ai pas besoin de mec. Ce n'est pas mon cœur que je souhaite ouvrir, mais mon esprit. Je ressens le désir, assez nouveau, de rencontrer du monde, de sortir. Peut-être parce que voir la vie de Serena fuir un peu plus chaque jour me donne envie de vivre la mienne plus intensément.

Elle avait déclamé sa tirade d'un ton assuré, comme pour mettre une nouvelle fois les choses au point.

— Je comprends, répondis-je, le cœur serré, retournant à mon assiette pour me donner une contenance.

— Et j'ai besoin d'un ami, ajouta-t-elle. J'aimerais que tu sois cet ami, Jonas, me dit-elle d'une voix tendre, en saisissant ma main.

Ses yeux étaient pleins de douceur. Je posai mon regard sur nos deux mains, sentis la chaleur de ses doigts.

Je ne lui inspirais que de l'affection. De la pitié également, en cet instant. Quel obstacle avais-je mal franchi ? Quel faux pas avais-je commis pour la ramener à ces considérations purement amicales ? Je sentis ma gorge se nouer et une colère sourde monter en moi.

J'aurais préféré qu'elle ne me prenne pas la main, qu'elle n'ôte pas à ce geste sa dimension intime.

J'aurais préféré que nous ne soyons pas amis, qu'elle ne m'éloigne pas tant de mes espoirs.

J'aurais préféré qu'elle me haïsse, qu'elle ne m'insulte pas de sa tendre compassion.

En cet instant, j'aurais préféré ne jamais lui avoir parlé plutôt que de me sentir mourir, ma main dans la sienne.

Lior

La femme qui me faisait face était belle. Ses cheveux étaient savamment ordonnés, de façon à former un ensemble cohérent tout en affectant la désinvolture. Le fard à joue mettait en évidence la finesse de ses pommettes et la douceur de ses traits. Une ombre à paupières marron donnait à ses yeux une langueur qu'elle ne connaissait pas. Un rouge à lèvres rose pâle faisait de sa bouche une caresse.

— Alors ? s'écria Elsa, au comble de l'excitation.

— C'est magnifique.

— Tu es magnifique, rectifia Elsa.

— Et toi tellement douée.

— Je le sais, tu le sais et, un jour, le monde le saura, soupira-t-elle. Je deviendrai la plus célèbre esthéticienne de Paris, ne m'occuperai que des stars et les journaux parleront de moi comme de celle qui a révolutionné les techniques de maquillage. Tiens, écoute, dit-elle, en saisissant un *Marie Claire* : « Elsa Destret fait ses débuts dans un petit salon d'esthétique miteux d'un quartier plutôt pourri de la banlieue parisienne. Son talent est vite remarqué et un célèbre salon de beauté parisien lui propose un contrat hallucinant. Toutes les stars se disputent ses prestations et elle devient immensément riche. L'une de ses plus belles réalisations reste sans doute la transformation de sa meilleure amie Lior un soir de printemps. Elle vit maintenant retirée dans le sud de la France avec Brad Pitt ».

— Pourquoi Brad Pitt ?

— Pourquoi pas ? S'agissant d'un rêve tu ne voudrais pas que je m'imagine avec Mister Bean, non ?

— C'est trop ! dis-je en cherchant sur l'image que me renvoyait le miroir les traces de l'ancienne Lior.

— Trop quoi ? s'exclama Elsa.

— Trop tout.

— Trop belle ?

— Ce n'est pas moi, dis-je en haussant les épaules, incapable de détacher mes yeux de la surface du miroir. Cette robe, ce maquillage... ce n'est pas moi.

— Oh si, c'est toi ! D'ailleurs, je dois l'avouer, c'est parce que le modèle est parfait que le résultat l'est aussi. Sur moi, j'ai beau me donner du mal, le résultat n'est pas du tout le même, je t'assure !

— En fait, c'est l'ancienne Lior que je vois dans ce miroir, murmurai-je dépitée. Celle qui cherchait à séduire. Pas celle que je suis aujourd'hui. Et pas celle qu'il a rencontrée.

— L'ancienne, la nouvelle... arrête ton délire, s'il te plaît. Nous avons juste mis en valeur une autre facette de ta beauté.

— C'est ouvertement aguicheur ! me défendis-je. C'est simplement un rendez-vous...

— Entre amis ?

— Oui... enfin... je ne sais pas.

Je sentis les larmes me monter aux yeux, regrettant de m'être laissée emporter par le tourbillon festif dans lequel Elsa m'avait entraînée pour me préparer.

Je n'avais pas résisté, heureuse de sentir l'ivresse me gagner. J'étais maintenant prête à tout annuler pour me retrouver seule avec moi-même, avec celle que je connaissais et dont je savais circonscrire la mélancolie.

— Ah non, arrête ça tout de suite, tu vas foutre mon travail en l'air.

Décidée à ne pas laisser mon désarroi gagner du terrain, Elsa m'éloigna du miroir, appela un taxi, m'abreuva de paroles, me fit passer une veste et m'accompagna au pied de l'immeuble pour s'assurer que je monterai dans la voiture qui m'attendait. Elle confia l'adresse au chauffeur, lui intima l'ordre de ne pas m'écouter si je lui disais changer d'avis et déposa un baiser sur ma joue.

— Fais-moi confiance, me dit-elle avec conviction. Je t'en prie.

Je me résignai. J'allai me rendre à ce rendez-vous, affronter la situation, me sentir ridicule peut-être.

Après tout, qu'avais-je à perdre maintenant ? Et pourquoi craindre son regard ?

*

Il m'attendait, visiblement nerveux. Il était habillé comme les autres jours, de manière décontractée, et ceci accentua mon sentiment de malaise. Quand il m'aperçut, je le vis douter une seconde, puis celle d'après ouvrir des yeux étonnés. Il me salua avec tendresse tout en m'observant avec un saisissement qu'il ne parvint pas à dissimuler.

Je lui expliquai maladroitement la ferveur qui s'était emparée d'Elsa, le traitement qu'elle m'avait imposé.

Tu mens, Lior. Tu étais consentante. Tu étais heureuse de te voir transformée en jolie femme, heureuse d'être portée par le vertige de cette rencontre. Et maintenant, tu as l'air d'une conne.

J'avais réservé une table dans un restaurant indien. J'avais tenu à prendre les choses en main sans doute pour me donner l'impression de garder le contrôle de la situation. Le cadre était chaleureux, les lumières douces, les tables assez éloignées pour préserver l'intimité des clients. Le genre de restaurant dont l'ambiance invite aux murmures, aux confidences, aux mots doux.

Le genre de restaurant dans lequel on invite une personne que l'on souhaite séduire. C'est ce qu'il va penser, Lior. Ton maquillage, ta tenue et maintenant ce restaurant. Tu es pitoyable !

Nous nous assîmes et restâmes muets un instant. Certains silences ont la beauté des mots qu'ils suggèrent. Nos yeux s'évitèrent, faisant mine d'apprécier le décor, de découvrir les autres clients. Puis ils se rencontrèrent. Et dans un échange silencieux, ils se firent nos premières confidences. Ses yeux fouillèrent mon esprit et, encore une fois, j'eus l'impression qu'il pouvait lire en moi ce que j'avais de plus secret. C'était comme s'il me connaissait déjà depuis longtemps, comme s'il savait tout de ma vie, de mes luttes, de mes défaites, de mes nuits passées à pleurer et m'accueillait maintenant sur le seuil de la sienne, hôte prévenant et chaleureux. Je sentis un souffle chaud monter en moi, embrumer mon esprit.

344

Que se passe-t-il, Lior ? Que t'arrive-t-il ? Ne te laisse pas avoir par son air angélique et son regard de macho ! Dis quelque chose !

Je l'interrogeai alors sur ses goûts littéraires. Il m'en parla avec passion. Je ne connaissais pas les auteurs qu'il me citait. Je me disais lectrice passionnée, mais ma passion était sectaire, partisane, guidée par mes frustrations. Il connaissait mon intérêt pour les romans d'amour, s'en amusa sans me juger. Il tenta par ce biais de percer mon univers. Je fus surprise de constater que j'étais prête à tout lui raconter.

Pourquoi cet homme m'inspirait-il confiance au point de lui faire des confidences ?

Ne dis rien, Lior. Ne baisse pas ta garde. Change de sujet.

Je le questionnai alors sur Raphaël Scali. Pour l'amener sur un terrain neutre, mais également parce que l'auteur ne cessait de me hanter. Jonas parut contrarié, agacé même par mon intérêt pour l'écrivain. Une sorte de jalousie difficilement dissimulée. Une tension vint brouiller l'harmonie de notre rencontre. Je n'insistai pas et lui demandai alors de me parler de lui. Il tenta de se dérober. Je l'acculai, risquant de le froisser. Il se résolut à me raconter un peu de sa vie.

Et ce qu'il me confia de sa jeunesse, de son adolescence, de ses drames m'ébranla un peu plus. Il parlait d'une voix calme et passionnée à la fois. Je compris qu'il me livrait les fondements sur lesquels il avait construit sa vie, sa sensibilité, son émotivité. Pas de mélo, pas de désir de m'attendrir, juste l'envie de me présenter les clés de sa complexité, comme gage de la confiance qu'il me réclamait. Je saisis l'ambivalence de cette personnalité que j'avais su en partie deviner. La vie l'avait ballotté entre amour et hostilité, passions et convictions, bonheurs et drames. Il était devenu cet homme à la personnalité éclatée en fragments de valeurs, de principes, de désirs et d'envies et tentait l'impossible pari de créer son chemin. Un chemin cohérent, harmonieux, envers et contre tout, sans concession. Son chemin, unique et riche à la fois, ouvert en taillant dans l'hypocrisie, dans les idées toutes faites. Sa force résidait dans la certitude qu'un mieux l'attendait. C'est pourquoi il était à la fois dur et tendre, déterminé et hésitant, enthousiaste et réservé, adulte et enfant. Et c'est cette alchimie qui m'attirait, m'envoûtait doucement.

Il me dit avoir été amoureux une fois seulement, à l'adolescence. Il me parla de cet amour comme d'un moment marquant de son histoire sentimentale. Il le décrivit avec de jolis mots, une tendresse infinie. Quels hommes savent conserver intacte une telle émotion ? Depuis, il était en quête de cette puissance de sentiments et avait évalué chacune de ses aventures à l'étalon de cette révélation, les avait toutes disqualifiées.

Chacune de ses paroles m'ébranlait un peu plus, me faisait perdre l'équilibre et je me sentais glisser vers lui, incapable de résister au courant créé par le flot de ses mots.

Nos vies ne se ressemblaient pas. J'avais emprunté des chemins de traverse, je m'étais perdue, j'avais douté, eu peur. Lui avait avancé, sûr de lui, de son sens de l'orientation, de sa destination finale. Pourtant, j'avais l'impression qu'au moment où nos chemins se croisaient nous étions capables d'entrevoir ce qui nous unissait, au-delà de nos différences : l'espoir d'un amour. Une idée à laquelle il était totalement dévoué et contre laquelle je résistais encore.

Se pouvait-il qu'il soit si pur, si sincère ? Avait-il réellement su préserver sa foi en l'amour ? Était-il possible qu'il l'envisage à travers moi ?

Tout ceci était bien trop fort, trop grand, trop abstrait encore pour moi.

Il dut comprendre mon émotion, me questionna sur mes aventures. Je lui dis mes désillusions, mes résolutions. Trop vite, apparemment, trop abruptement, et il se révolta contre mon renoncement. J'étais stupide. Je n'avais pas pensé ma vie comme il avait pensé la sienne et mes choix n'étaient que des réflexes. Jonas avait réussi à tirer des enseignements de son expérience, une ligne de conduite, des valeurs. Il avait un objectif, une position affirmée, des certitudes. Je n'avais que des doutes, des désenchantements, des blessures laissées béantes et mes résolutions n'étaient que des mesures de sauvegarde.

Je me sentis submergée par sa froide autorité, sa sérénité. Il en profita pour enfoncer un peu plus mes lignes de défense, tenta de me persuader de ne pas renoncer, de continuer à y croire.

Pourquoi s'acharnait-il à me convaincre ? Pensait-il voir en moi celle qu'il attendait ? Impossible ! Comment imaginer qu'un tel homme puisse s'intéresser à moi de cette manière-là ? Non, il voulait juste m'aider, parce que je lui apparaissais pitoyable.

Il me fallait le repousser, le reconduire aux frontières de notre relation. Il voulait m'aider, me soutenir ? L'amitié était préférable à la compassion.

Et je fis la même erreur : je lui renouvelai ma proposition d'amitié.

Pour définir un terrain neutre de rencontre, d'échange.

Pour ralentir son élan.

Pour le tenir à distance de mes émotions.

Pour ne pas laisser la vague qu'il portait me submerger et me noyer.

Je vis son visage se décomposer. À la mesure de sa déception, je compris qu'il attendait, en effet, autre chose de moi, qu'il cherchait à travers chacun de mes gestes, dans chacune de mes paroles, un amour immense, absolu, définitif.

Un enjeu démesuré pour celle que j'étais.

Le reste de notre rendez-vous ne fut qu'attente de sa fin. Le charme était brisé, la tendresse de la confession reléguée à une dimension à laquelle nous n'appartenions plus. Je tentais de mimer l'amitié proposée en parlant de tout et de rien, consciente de la vacuité de mes propos. Jonas se retrancha derrière une réserve polie et patiente. Le restaurant avait perdu sa grâce, la nourriture son goût, notre rencontre son sens.

Il n'était pas très tard quand nous quittâmes le lieu. Il ne me proposa pas de continuer la soirée, ne parla pas d'autres rendez-vous. Il héla un taxi qui me ramena chez moi.

La tristesse m'envahit. J'étais certaine d'avoir laissé échapper mon ultime chance. Les lumières de la ville défilaient derrière les vitres du taxi et j'eus le désir qu'elles effacent à tout jamais cette rencontre de ma mémoire.

Jonas

J'avais peu dormi. Je passai mon dimanche matin à traîner dans mon appartement, ressassant les événements de la veille, revenant sur chacune de nos paroles, chacun de nos regards, tentant de comprendre à quel moment l'histoire m'avait échappé. « J'aimerais que tu sois mon ami », c'est ce qu'elle avait dit. Je ne cessais de me répéter cette phrase, et chaque fois la douleur m'étreignait. Il y avait dans sa voix un doux désespoir, peut-être de la compassion. « Je veux bien être votre amie, mais pas davantage », avait dit Denise, l'héroïne de Zola, au pauvre Deloche pour l'éconduire. Si Lior n'avait pas mieux à m'offrir, il était préférable que je renonce à la revoir et me vautre dans mon désespoir jusqu'à l'étourdissement.

C'est ce que ma raison me conseillait.

Mais mon cœur la contredisait.

Je ne pouvais m'y résoudre. Pas encore. Je cherchais des motifs d'y croire encore, n'en trouvais pas.

Chloé tenta de me joindre mais je ne répondis pas. Elle me laissa un message : elle devait se rendre chez Josh dans l'après-midi. Ils m'y attendraient pour que je leur raconte ma soirée.

En milieu d'après-midi, je me résolus à leur rendre visite. Je ne pouvais me dérober à leur sollicitude. À peine avais-je approché de la porte de Josh que j'entendis des rires et des éclats de voix. Chloé et Josh avaient l'air de s'amuser follement. Je n'eus pas le cœur à leur imposer ma tristesse et fis demi-tour.

Ce n'est que plus tard qu'ils vinrent taper à ma porte. Je leur ouvris et les trouvai encore marqués par leur joie.

— Tu te terres, Lankri ? me demanda Chloé. Tu n'as pas répondu à nos appels ! Allez, raconte-nous !

Je haussai les épaules.

— Bon, apparemment, ça ne s'est pas passé comme tu le voulais, dit-elle.

— Elle a compris mes intentions et m'a clairement dit que je n'avais rien à espérer.

— De manière aussi catégorique ?

— Oui. Elle m'a dit préférer être mon amie.

— Ne perds pas espoir, les femmes sont compliquées, Jonas.

— Je savais que tu me dirais ça. Écoutez, je n'ai pas plus envie d'en parler.

Ils essayèrent tout de même de me présenter des arguments réconfortants, puis, à court de ressources, et sans doute d'optimisme, décidèrent de changer de conversation.

— Et concernant le fou qui t'envoie du fric, tu as du nouveau ? demanda Chloé.

— J'ai écrit un mot que j'ai adressé à la boîte postale indiquée sur le récépissé du mandat. Et depuis, plus rien.

— Que disais-tu dans cette lettre ?

— Que je ne comprenais pas ce qu'il me voulait. Que je n'appréciais pas sa manière de faire et exigeais qu'il cesse toute tentative de ce genre. Je lui ai également dit que je lui restituerais la somme versée à mon propriétaire et l'ai menacé de porter plainte.

— Bon, si plus rien n'est survenu, c'est que tu as été assez persuasif.

— Pour ma part, intervint Josh, les recherches que j'ai effectuées se sont, pour l'instant, révélées infructueuses. Mais je vais persévérer.

Nous laissâmes alors la conversation glisser vers des sujets plus anodins. Et je surpris quelques échanges de regards chargés de sous-entendus qui me permirent de comprendre que l'amour, s'il m'avait évité, n'était pas tombé loin de moi.

Lior

Quand Elsa rentra, vers les deux heures du matin, j'étais encore réveillée. Mais, voulant échapper à son interrogatoire, je feignis d'être endormie.

— Impossible que tu dormes ! lança-t-elle, d'un ton péremptoire. Si ça s'est bien passé, tu es encore dans le souvenir de cette soirée. Si ça s'est mal passé, tu es en train de ruminer. Allez, lève-toi !

Elle prépara une infusion qu'elle m'apporta au lit, s'assit à mes côtés et commença à se démaquiller. Elle posa ses yeux sur mon visage et s'immobilisa.

— Merde ! Ça s'est mal passé.

— Non. Enfin...

— Qu'est-ce qui a foiré ?

— Rien. Tout. J'ai foiré.

Elle laissa tomber ses épaules, cessa son démaquillage et deux cercles noirs de Rimmel me fixèrent.

— Raconte.

Je lui résumai la soirée, notre discussion.

— De l'amitié ? Tu lui as encore fait le coup de l'amitié ? Mais faut-il que tu sois devenue complètement conne, Lior ?

— Je ne savais plus où j'en étais. J'étais trop impressionnée, trop...

— Conne. Ne cherche pas, il n'y a pas d'autres mots. Et comment a-t-il réagi ?

— Je l'ai déçu. Il n'a pas cherché à le cacher.

— Tu m'étonnes ! Vous devez vous revoir ?

— Il ne m'a rien proposé.

— Alors, c'est toi qui vas le rappeler. Et tu vas tout reprendre à zéro.

— Je ne sais pas. J'ai besoin de savoir où j'en suis.

— Où tu en es ? Mais je vais te le dire, moi : tu es au milieu de nulle part ! Tu es seule, tu mènes une vie monacale, et tu es en train de gâcher la chance de ta vie.

— N'exagère pas. Qui a dit que ce mec était la chance de ma vie ?

— Moi. Parce que je te connais. Parce qu'il y a bien longtemps que je ne t'ai vue douter et que ce garçon me semble tout à fait correspondre à ton idéal.

— Mon idéal... Tout de suite les grands mots !

— Comment le trouves-tu ? Sois sincère.

— C'est un gentil garçon. Il est entier, idéaliste, prévenant...

— Intelligent ?

— Très.

— Beau ?

— Aussi.

— Gentil, entier, idéaliste, prévenant, intelligent et beau... Tu connais une autre définition du mec idéal, toi ?

— Il est surtout touchant.

— Oui, il t'a touchée, toi qui t'étais blindée. Je désespérais de te revoir un jour vibrer pour un homme. Et au moment où cette chance se présente, tu lui fais le coup du « Devenons amis » ?

— J'ai juste besoin de temps. Tout va trop vite. J'ai besoin qu'il avance vers moi plus lentement, qu'il ne me brusque pas. Il me faut comprendre les sentiments que j'éprouve. Je ne veux pas me jeter dans une histoire sans réfléchir, comme une malheureuse se jette dans l'océan parce que l'immensité lui fait peur. Je l'ai fait tant de fois et chaque fois les vagues m'ont projetée contre les récifs et je me suis fracassée.

Elle éclata de rire.

— C'est quoi, ce discours ? On dirait une phrase sortie tout droit d'un roman à l'eau de rose ! Tu me désoles. Tu as toujours cherché l'homme qui saurait te comprendre, t'écouter, te regarder. Au moment où tu le trouves, tu te lances dans une réflexion à la con sur le pourquoi du comment de tes sentiments et des siens !

— Mais parce que je ne sais pas s'il est celui que j'attends ! m'emportai-je. Si je m'emballe et que dans quelque temps cette histoire tourne court, je ne m'en remettrai pas.

— D'où ta fantastique idée de lui proposer de devenir ton ami ! Génial. Tu pouvais rester un peu distante, le faire patienter, l'étudier, laisser les choses se faire doucement.

— Je sais... tu as sans doute raison, dis-je sur un ton plaintif. Mais sa détermination m'a fait peur. Son regard... Son regard est si profond. Je l'ai senti décidé. Comme s'il misait tout sur moi. Ça m'a effrayé, Elsa. J'ai sans doute tout foutu en l'air.

Face à mon désarroi, Elsa se radoucit.

— Bon, ne nous excitons pas. Pas de drame. Rien n'est perdu. Nous n'en sommes qu'au début de l'histoire. Tu vas le rappeler, d'accord ?

— Pour lui dire quoi ? Je ne peux pas m'excuser. M'excuser de quoi ? Il n'y a pas eu de véritable incident.

— Tu vas simplement trouver un prétexte pour renouer le contact, parler avec lui et, ensuite, tout dépendra de ton attitude.

J'acquiesçai. Cette perspective me redonna quelques espoirs. Je retournai m'allonger pour repenser à tout ça dans l'obscurité de ma chambre.

Qu'est-ce que tu éprouves pour lui ? De l'amour ? Non, pas possible. Pas si vite. De l'intérêt. Oui, de l'intérêt et de la curiosité. Et l'importance qu'il t'accorde te flatte. Tu aimes ton image dans son regard. Tu aimes ses hésitations qui te laissent penser que tu es suffisamment importante à ses yeux pour l'intimider. Tu aimes le respect qui transparaît dans sa façon de t'écouter.

Mais il ne s'agissait pas seulement de moi à travers lui. Il y avait également ce que je savais de lui : ce qu'il m'avait dit de sa jeunesse, de sa manière de considérer l'amour, de ses conquêtes. Et il y avait tout le reste, ce sur quoi il n'avait pas encore mis de mots, que sa pudeur et la jeunesse de notre relation retenaient encore mais que je devinais dans ses silences, dans sa manière d'être.

Et je n'avais jamais ressenti cela auparavant.

Jonas

M. Hillel voulut me faire croire que rien dans mon histoire ne pouvait altérer son optimisme.

— Il faut simplement lui laisser du temps, me conseilla-t-il.

— Non, c'est foutu.

— Quel défaitisme ! Ne laisse pas une si petite phrase anéantir ton si grand amour ! Regarde la situation dans son ensemble, analyse les faits dans leur globalité ! Il y a quelques jours, tu priais pour la revoir et faire sa connaissance ! Le ciel t'a exaucé. Prie maintenant pour qu'elle dépose les armes, qu'elle se déleste de cette carapace qu'elle croit protectrice et se laisse conduire par ses sentiments. Car, vois-tu, tout le problème est là ! Elle se méfie des hommes, donc tu es une menace. En te contraignant à devenir son ami, elle annihile le danger et se fait croire qu'elle est fidèle à ses foutus principes. Alors, je comprends que, pour toi, cela puisse être décevant, voire décourageant à court terme. Mais il faut envisager les choses différemment. Tel le cheval de Troie, tu es entré au cœur de sa vie. Tu peux à loisir l'observer, l'analyser, mieux la comprendre. Quand le moment sera venu, tu surgiras pour la conquérir.

— Vous avez toujours réponse à tout ! m'exclamai-je. Tout paraît si simple à vous écouter.

— Parce que tout est encore possible ! Tu as le pouvoir de changer les choses, Jonas ! Mais il est vrai qu'il est plus facile de baisser les bras, refuser de combattre et se plaindre.

— Mais enfin, la vérité est là ! Elle m'a parlé, m'a dit son refus d'aimer !

— Elle t'a dit ce qui lui semblait devoir être dit dans cette situation, à ce moment précis. Le reste, c'est toi qui l'as déduit. Mais, quoi qu'il en soit, ceci ne s'appelle pas la vérité. La vérité est un diamant. Toi, tu ne regardes qu'une facette de ce diamant, tu cherches même l'inclusion, le défaut qui amoindrira sa valeur. Moi, j'en fais le tour, je regarde une à une ses facettes et chacune me révèle une lumière particulière. La vérité vient d'une vision d'ensemble.

— Jolie image.

— Oui, j'en suis assez content, admit-il, en fronçant les sourcils.

— Que dois-je faire ? Continuer à la voir en... ami ? Refuser ce qu'elle m'a dit et forcer son amour ?

— Considère simplement que cette situation est une chance pour toi : elle va te permettre de gagner sa confiance. Elle va te découvrir, t'apprécier, puis t'aimer. Tu misais sur le coup de foudre ? Eh bien, tu t'es trompé.

— Le coup de foudre n'existe pas ?

— Il peut exister. Mais il exprime le bonheur de deux âmes pures qui se reconnaissent.

— Nos âmes ne se sont donc pas reconnues.

— Je te l'ai dit, la sienne se protège, se cache derrière des principes qu'elle croit salvateurs. Elle ne peut te reconnaître. Il suffit de faire une brèche dans ce mur pour qu'un éclair de vérité la touche.

— C'est une vision idéaliste des choses.

— Seulement une vision positive. Mais elle ne t'apaise pas.

— En effet. Parce que rien ne dit que nos âmes sont faites l'une pour l'autre.

— C'est vrai. Rien ne vient l'affirmer. C'est juste une perception. Mon pressentiment. Mais le tien également. Et si nous nous trompons, alors nous dirons : « Gam zou lé tova » !

— Gam quoi ?

— Ça veut dire : « Même ça, c'est pour le bien. » C'est une phrase que répétait un vieux sage quand il rencontrait une épreuve. Parce qu'il disait que Dieu était bon, il considérait chaque épreuve comme une chance. Une chance de prendre la bonne décision, de choisir la bonne voie, celle qui le mènerait à parfaire son âme. Si tu n'es pas croyant, tu peux considérer qu'il s'agit d'une forme de déterminisme positif.

— Ça veut dire que si elle ne veut pas de mon amour, je devrai m'en réjouir en pensant que j'ai évité de faire une erreur ?

— En quelque sorte. Oui, je sais, ce n'est pas une philosophie toujours facile à envisager quand on a le cœur encore brûlé par la douleur, quand la passion domine la raison.

— Ce qui est votre cas, n'est-ce pas ? Vous n'arrivez pas à croire en la bonté de Dieu.

Il marmonna.

— Il n'est pas question de moi. De toute façon, nous n'en sommes pas là. Tu n'en es pas là ! Tu n'es qu'au début de l'histoire et tout me laisse penser que l'issue sera heureuse !

Le croyait-il vraiment ? J'en doutais. N'avait-il pas renoncé à l'amour lorsqu'il avait perdu celle qu'il considérait comme son âme jumelle ? S'était-il rangé à la logique de son curieux adage ? S'était-il alors tourné vers d'autres femmes ? Où puisait-il cet optimisme dont j'étais le seul bénéficiaire ? Je ne lui posai aucune de ces questions. Je ne lui dis pas non plus que rien dans l'attitude de Lior, dans ses mots ou ses regards, lors de cette fin de soirée, ne m'avait laissé espérer l'heureuse issue qu'il pressentait.

Lior

J'avais raconté ma sortie à Serena. Je lui avais
décrit chaque moment, lui avais restitué toutes
les paroles que nous avions échangées et les émotions qui m'avaient traversée. Puis, je lui avais
résumé ma discussion avec Elsa et les regrets et
les doutes que j'éprouvais depuis.

— J'ai donc décidé de lui téléphoner, annonçai-
je sur un ton faussement résolu.

Elle valida ma décision.

— Mais pour lui dire quoi ? lançai-je, plaintive.

Elsa bougea la main et tendit son doigt en
direction de sa table de chevet. Elle me désignait
le roman de Raphaël Scali.

— Lui parler de l'auteur ? Mais j'ai senti qu'il
en avait un peu marre que je l'interroge à ce
sujet.

Elle ferma les yeux une seconde, pour me dire
qu'elle maintenait sa suggestion.

— Je ne comprends pas. Où veux-tu en venir ?
Que lui dire ou lui demander sur l'auteur ? Nous
avons épuisé le sujet.

Elle réclama son stylet.

— Mon roman ? dis-je, cherchant à comprendre.

Elle rajouta un mot :

Ton *roman lumière*

Je saisis alors ce qu'elle voulait me dire. Je lui avais confié mon désir fou d'inciter Raphaël Scali à se remettre à l'écriture. Je lui avais expliqué à quel point cette mission, si insensée fût-elle, pouvait redonner du sens à ma vie. Elle m'avait encouragée à le faire. Mais je n'avais jamais expressément formulé l'idée qu'il puisse écrire mon *roman lumière*. Je l'avais mentalement conçue, l'avais envisagée comme une fantastique possibilité, avais même énuméré tous les arguments plaidant pour cette théorie. Mais je ne l'avais pas exprimée.

Serena, une fois de plus, partageait les mêmes idées que moi. Ou peut-être ne faisait-elle que lire en moi ?

Elle me suggérait d'associer Jonas à ce plan. Pour contourner les difficultés que nous rencontrions, pour nous engager ensemble dans une mission noble qui nous rapprocherait, nous permettrait de doucement faire connaissance, nous apprécier.

Bien entendu, l'idée était présomptueuse. Mais elle était belle. Que risquais-je ? D'échouer ? D'être un peu plus ridicule que je ne l'avais été ? De me voir opposer le refus de Jonas ? Je n'aurais alors rien gagné, mais rien perdu non plus.

Jonas

Je rentrais chez moi, à pied, lentement, craignant de me retrouver seul dans mon appartement, de devoir affronter à nouveau mes idées noires quand elle me téléphona. Je fus d'abord tenté de ne pas répondre mais ne m'en sentis pas capable.

— Bonjour, Jonas. Comment vas-tu ?

Elle marchait dans la rue. Son souffle se mêlait aux bruits de la circulation.

— Je vais bien... et toi ? répondis-je, le cœur aux aguets, le souffle court.

— Pas trop mal.

— Bien...

— Je pensais à toi, ce matin, dit-elle.

Je pensais à toi également, hier, cette nuit, ce matin et durant toutes les heures qui se sont écoulées depuis notre rendez-vous, eus-je envie de lui répondre.

— Pour quelle raison ? demandai-je, espérant bêtement que sa réponse me réconforterait. Mais elle me blessa un peu plus.

— Eh bien... Tu vas penser que je fais une fixation mais... C'était au sujet de Raphaël Scali.

Je ne répondis pas.

— Oui, je sais. Tu vas dire que je te parle tout le temps de lui mais... c'est si important pour moi.

J'essayai de neutraliser le ton de ma voix pour que mon dépit ne transparaisse pas.

— Tu es le seul à pouvoir me comprendre, je pense. Enfin, non. Serena aussi. Elle m'a dit qu'elle savait ce que je voulais dire, qu'elle pensait la même chose que moi.

— Je t'écoute, réussis-je à dire d'une voix blanche.

— Tu sais l'histoire que raconte M. Hillel sur le fait que chaque personne, à travers ses lectures, ne fait que rechercher son *roman lumière*...

— Oui, c'est une belle vision de la littérature.

— Une vision qui me plaît et à laquelle j'ai envie de croire. Eh bien, en lisant le premier roman de Raphaël Scali, j'ai eu le sentiment de l'avoir trouvé. Mais, après mûre réflexion, j'ai fini par conclure qu'il n'en était rien. Ce roman n'est pas mon *roman lumière*. Il n'a touché qu'une partie de mon être. La partie douloureuse. Et ce n'est pas ce que j'attends d'un tel roman. Mais j'ai compris une chose. Enfin, ça va sans doute te paraître idiot...

Je la sentis hésiter puis elle se lança :

— Je pense que Raphaël Scali porte en lui mon *roman lumière*. Je sais que ça peut paraître stupide, dit comme ça. Mais c'est quelque chose que je ressens sans trop pouvoir l'expliquer.

Elle avait dit cela comme on confesse un lourd secret et attendait maintenant que je réagisse.

— Toi seul peux m'aider, Jonas, parce que tu le connais. Je voudrais tenter de le convaincre de se remettre à l'écriture. Présente-le-moi.

Elle avouait la nature de son intérêt pour moi. Je n'existais qu'à travers le lien que je lui offrais avec l'auteur qu'elle adulait. Pour elle, j'étais un ami, un complice, un médiateur. Une chape de douleur me tomba sur le cœur et me coupa le souffle. J'eus envie de raccrocher, de mettre fin à cette discussion, à cette relation qui, chaque jour un peu plus, broyait mon âme.

— Impossible pour l'instant. Il est en déplacement.

— Ah, fit-elle, déçue.

— Mais je te l'ai dit, il est catégorique : il ne veut plus écrire.

Ma remarque était portée par le souffle de la lassitude, l'aigreur, l'amertume, mais elle ne parut pas le remarquer et continua.

— Nous pouvons peut-être le convaincre.

— Je ne sais pas. Il est dans une mauvaise passe actuellement. Une histoire de cœur.

— Ah ? s'étonna-t-elle d'une voix dans laquelle je crus déceler autant de surprise que de déception. Il souffre ?

— Comme tant d'autres.

Il y eut un léger silence.

— Enfin, je te laisse voir, reprit-elle. Toi seul sais s'il peut entendre ce genre d'argument. Je me rends compte que c'est très prétentieux comme démarche. Mais je m'en serais voulu de ne pas t'en parler, de ne pas essayer. Sais-tu quand il sera de retour ?

— Non. Mais tu peux toujours lui écrire, dis-je. Tu as son adresse.

Pourquoi lui avais-je proposé cela ? Pour me décharger de sa demande ? Par désespoir ?

— Il va me prendre pour une folle. Si ce n'est déjà fait.

— Non. Tes messages précédents l'ont touché. Il te sait particulière, dans le bon sens du terme. Alors, si tu veux aller au bout de ton idée, écris-lui.

— Bon, si tu penses que ça vaut le coup d'essayer, admit-elle. Ça va, toi ? demanda-t-elle alors, d'une voix douce, réconfortante.

— Oui, ça va, répliquai-je avec le peu d'enthousiasme dont j'étais capable.

— Je pourrais passer te chercher un soir de la semaine, me dit-elle. Nous irions prendre un verre, comme la dernière fois.

De la pitié maintenant, pensai-je.

— Je ne peux pas cette semaine. J'ai un tas de trucs à faire.

J'avais dit cela d'une voix sèche, pour la faire réagir. J'aurais aimé qu'elle le regrette, qu'elle insiste, qu'elle remarque ma désolation et m'interroge. Je lui aurais tout avoué sur l'instant.

Mais elle n'en fit rien.

— Ah... nous aviserons la semaine suivante alors, dit-elle d'un ton détaché.

Je raccrochai. Je l'imaginai faisant de même, au milieu d'une rue. J'imaginai son allure, son pas, le geste qu'elle ferait pour ramasser sa mèche de cheveux. Je l'imaginai s'interrogeant sur moi, sur nous. Ou alors pensait-elle seulement à Raphaël Scali et aux chances que sa demande avait d'aboutir ?

Désormais, il n'y avait plus que dans mon imagination qu'elle pouvait exister.

Lior

J'avais raccroché, le sourire factice qui avait accompagné mon invitation encore aux lèvres, les larmes aux yeux. J'étais certaine de l'avoir définitivement perdu. Il s'était montré réservé, distant, indifférent à mon projet. Et il n'avait pas accepté que nous nous revoyions. J'avais raccroché, le sourire factice qui avait accompagné mon invitation encore aux lèvres, les larmes aux yeux.

Je devais l'oublier. Mes sentiments étaient encore neufs, fragiles. Je pouvais l'oublier.

— *Tu es donc satisfaite de toi ?*

— *J'avais besoin de temps. Il s'est vite découragé. S'il éprouvait de réels sentiments pour moi, il aurait persévéré.*

Voilà ce dont je tentais de me convaincre, vaquant dans mon appartement, essayant d'écarter de mes pensées tous les souvenirs qui auraient pu contrarier mon renoncement.

Ne pas penser à ses yeux, à sa douceur, à sa sollicitude. Ignorer les moments passés en sa compagnie, le fait que je me retrouvais au point de départ, seule, doutant plus encore de ma clairvoyance.

Quand cette histoire avait-elle commencé ? Quand mon armure s'était-elle fendue ? Lors de notre première rencontre ? Pas vraiment. Un peu avant, lorsque j'avais lu le premier roman de Raphaël Scali. C'est ce roman qui avait tout déclenché, ce roman qui avait éveillé en moi le désir d'un amour, m'avait conduite jusqu'à Jonas, m'avait rendue perméable à son charme. Raphaël Scali était au cœur de notre histoire. Cet être inconnu, invisible, avait le rôle principal d'une pièce qui se jouait sans lui.

J'allais oublier mon histoire avortée avec Jonas en me vouant à la réalisation de mon projet : inciter Raphaël à écrire mon *roman lumière*.

— *Crois-tu vraiment pouvoir influer sur la vie d'un auteur, sur son désir d'écrire, quand tu n'es même pas capable de gérer ta propre existence ?*

— *C'est une sorte de fatalité. Je ne suis jamais plus utile aux autres que quand ma vie m'échappe. Leurs problèmes me font oublier les miens.*

— *C'est Jonas que tu cherches à travers Raphaël. C'est ton histoire que tu cherches à travers ce roman.*

— *Peut-être. Je me fie à mon instinct et celui-ci me dit que ma vie est liée à cet auteur, à ce roman à venir.*

Elsa n'était pas à la maison. J'avais envie de l'entendre me sermonner, me donner des conseils, me dire que tout n'était pas fini, que peut-être…

Je fis taire les voix qui en moi se disputaient ma lucidité et m'installai devant l'ordinateur. Écrire, sans réfléchir.

Laisser les mots surgir des profondeurs de mon cœur.

*

De : Lior Vidal
À : Raphaël Scali
Objet : Votre roman

À mon tour de, peut-être, vous surprendre après tant de semaines de silence.

Depuis votre dernier message, j'ai essayé de vous comprendre. Je n'y serais pas arrivée sans l'aide de Jonas. Il m'a expliqué pourquoi vous ne vouliez plus écrire. J'ai cru pouvoir me ranger à vos arguments. Il s'agissait de vous, de votre talent, de votre libre arbitre. Avais-je mon mot à dire, moi, simple lectrice ? Pas vraiment si je m'estime seulement consommatrice de vos créations.

Mais je vois désormais les choses d'une manière différente.

Sachez qu'en acceptant d'être édité vous avez défini les termes d'une relation qui vous lie à vos lecteurs. Vous avez ouvert une voie et nous avez invités à vous suivre. Et en décidant de mettre fin à votre carrière, vous nous avez plantés au milieu de nulle part. Dès lors, nous avons le droit, peut-être le devoir, de vous dire que nous vous attendons là où vous nous avez laissés.

Vous connaissez sans doute ce que dit M. Hillel des hommes et des romans, de cette rencontre difficile mais possible entre chaque être et son *roman lumière*. Oui, vous devez connaître cette jolie théorie, je n'en doute pas.

Eh bien sachez que j'ai cru avoir trouvé mon *roman lumière* en lisant votre première œuvre. Mais, si cette lecture m'a bouleversée, je n'ai pu me l'approprier autant que je l'aurais souhaité. Parce que dans la vraie vie une telle histoire, de tels personnages ne peuvent exister. J'ai donc compris que *Dans les silences d'une femme* n'était pas mon *roman lumière*. Il m'a simplement mise sur le chemin, m'a conduite vers vous. Et j'ai maintenant une certitude. Et c'est cette certitude qui vous paraîtra folle, osée, ridicule,

prétentieuse : vous portez en vous mon *roman lumière*.
Et ce roman est forcément un roman d'amour.

Pourquoi un roman d'amour ? Parce qu'au cœur de
vos deux romans c'est l'amour qui prédomine. Parce
que votre sensibilité vous prédispose à raconter ce
type d'histoires. Parce que vos mots savent caresser
les êtres, faire briller leurs yeux.

Votre écriture prend sa force dans la description des
sentiments.

Je sais ce que vous vous direz : pour qui se prend
cette lectrice pour me dire cela ? Croit-elle que je
vais me remettre à écrire afin de répondre à son
attente ?

Je ne sais pas où vous en êtes de vos doutes. Je
ne sais pas si votre problème est lié à l'écriture ou
à un manque d'inspiration. Je ne sais pas qui vous
êtes, ce que vous pensez de vos romans, de vos
lecteurs. Je ne sais donc pas si j'ai une chance de
vous convaincre d'écrire à nouveau. Je sais seulement que je m'en serais toujours voulu de ne pas
tenter de vous convaincre d'écrire à nouveau. Un
roman d'amour. Mon *roman lumière*.

Amicalement

Lior V.

Jonas

Je ressentis une ironie amère face au paradoxe de la situation. La femme que j'aimais m'échappait dans la vraie vie et ressurgissait dans l'espace virtuel de mon ordinateur pour manifester son intérêt à celui que je n'étais plus. J'étais devenu auteur pour échapper à la réalité et celle-ci refusait maintenant d'accueillir mon retour. Les événements devenaient ubuesques et portaient en eux les germes d'un drame. Je le pressentais.

J'éprouvais une profonde exaspération contre moi, incapable de l'intéresser, contre l'auteur que j'avais été, incapable d'écrire, contre elle, incapable de m'aimer.

Je ne savais pas que penser de ce message.

Quelles étaient ses réelles motivations ? S'agissait-il vraiment de convaincre l'auteur d'écrire à nouveau ou avait-elle trouvé un prétexte pour renouer avec lui ? Était-elle amoureuse de lui ? Voulait-elle le séduire ? Était-elle si légère ? S'imaginait-elle en muse d'un auteur tourmenté ?

Je me calmai et, les yeux posés sur l'écran de mon ordinateur, envisageai sa demande.

Elle estimait que l'auteur avait une dette envers elle et envers ceux qui avaient lu ses romans et les avaient aimés. Une idée déjà développée par M. Hillel. Et la proximité de vues de ces deux personnes qui comptaient tant pour moi me troubla.

L'idée me plaisait, me touchait même. Auparavant, je n'avais jamais envisagé la relation avec les lecteurs sous cet angle. Pour moi, le contrat était précaire. Il commençait avec le titre du roman et se terminait avec son dernier mot.

Étais-je réellement lié à mes lecteurs ? Leur devais-je d'autres romans ? Après *Dans les silences d'une femme*, les messages reçus avaient participé à ma décision de me remettre à l'ouvrage. Et le résultat n'avait pas été à la hauteur. Cette expérience pouvait suffire à contredire la théorie de Lior. Mais, si je voulais être totalement franc, je devais reconnaître qu'en travaillant différemment, c'est-à-dire sans passion, j'avais changé les termes de la relation et rompu de moi-même le contrat.

Mais j'étais persuadé d'une chose : il m'était impossible de retrouver la spontanéité et la profondeur des sentiments qui m'animaient lors de ma première expérience.

Elle souhaitait que je sois l'auteur du roman de sa vie.

Je ne voulais qu'en être l'acteur.

Lior

J'étais auprès de Serena, lui avais parlé de ma dernière conversation avec Jonas et de mon ambition concernant Raphaël Scali.

Elle m'avait écoutée attentivement et un léger sourire était apparu sur son visage.

Tu auras des nouvelles

— De qui ? Jonas ? Raphaël ?
Elle ne répondit pas.
— Des deux ?
Son silence valait confirmation.

Comment pouvait-elle affirmer cela ? Quelle était la nature de sa foi ? J'aurais aimé sonder son âme, savoir où son esprit naviguait quand ses yeux m'abandonnaient pour des espaces inconnus.

— C'est insensé, je ne me reconnais pas. Je me retrouve à courir après deux hommes pour quémander de chacun qu'il m'offre le meilleur de lui-même. Je ne m'en croyais pas capable. J'ai tellement changé en quelques jours. Mais j'ai le sentiment que ces deux hommes peuvent, chacun à leur manière, changer ma vie.

La question me surprit.

— De Jonas, demandai-je, ou de Raphaël ?

Elle me fit comprendre que la question concernait les deux. Que voulait-elle dire ?

— Mes sentiments envers les deux sont très différents ! m'exclamai-je. Si je devais me dire amoureuse, il ne pourrait s'agir que de Jonas. Il m'attire, me bouleverse. Quant à Raphaël, comment pourrais-je être amoureuse de lui alors que je ne le connais pas ? Pourtant, il est vrai que mes sentiments à son égard sont assez étranges. J'ai l'intime conviction qu'il a un rôle important à jouer dans ma vie. Peut-être à travers le roman que nous souhaitons le voir écrire. Mais pas seulement. J'aimerais le connaître, discuter avec lui, lui demander conseil quant à ma relation avec Jonas. Tu connais cette phrase de Salinger, dans *L'Attrape-Cœur* : « Mon rêve, c'est un livre qu'on n'arrive pas à lâcher et quand on l'a fini on voudrait que l'auteur soit un copain, un super-copain et on lui téléphonerait chaque fois qu'on en aurait envie » ? Eh bien c'est ça et autre chose en même temps. Quelque chose de plus profond, que je ne sais pas définir et qui pourtant me paraît être évident.

Je soufflai, dépitée.

— De toute façon, je ne sais plus ce qu'être amoureuse signifie. Regarde comment les choses se sont passées avec Jonas. Dès qu'il a montré trop d'intérêt pour moi, je me suis braquée. En fait, je n'ai jamais su comment réagir face aux hommes, comment décoder leurs messages, comprendre leurs attentes. Bon, de toute façon c'est peut-être mieux ainsi. S'il éprouvait réellement quelque chose pour moi, il n'en serait pas resté là. Il m'aurait rappelée. En définitive, j'ai bien fait de ne pas céder à son charme. Si c'est là tout l'amour qu'il a pour moi ! J'aurais fait une belle connerie !

Je sentis mon cœur se serrer. Jonas. Jonas qui avait su me plaire, avait montré de l'intérêt pour moi, m'avait émue, m'avait effrayée. Jonas qui maintenant m'ignorait.

Un petit sourire apparut aux coins de ses lèvres.

— Oh, tu peux faire ta maline. Tu t'es bien plantée sur ce coup-là.

Elle accentua son sourire.

— Tu y crois encore ? lui demandai-je. Tu te trompes. Je ne l'intéresse plus.

Pourtant, j'espérais à chaque instant voir son numéro s'afficher sur mon téléphone. J'avais envie de le revoir, sans savoir exactement si j'étais prête à m'engager dans une relation amoureuse avec lui. J'avais simplement envie de le sentir près de moi, de me laisser magnétiser par ses yeux, de respirer son parfum d'homme. J'avais envie qu'il me dise son amour, me le crie. J'avais envie de compter encore pour lui.

Jonas

La lettre ne portait aucune adresse mais le cachet de la poste indiquait qu'elle avait été postée dans le septième arrondissement de Paris.

J'ouvris l'enveloppe avec empressement.

Monsieur,

J'ai sans doute été très malhabile dans ma démarche. Je souhaitais vous aider à surmonter vos problèmes financiers mais m'y suis apparemment mal pris. J'ai pensé, assez stupidement, que vous ne vous interrogeriez pas sur la provenance des sommes que je tentais de vous faire parvenir, qu'en insistant vous comprendriez qu'il ne s'agissait pas d'une erreur mais d'une réelle volonté de vous donner cet argent. Le mot que vous m'avez envoyé m'a permis de saisir que l'anonymat de mon geste était mal perçu. Cet anonymat, je dois pourtant le conserver pour des raisons qu'il m'est impossible de vous expliquer ici mais que je vous délivrerai sans doute un jour. Mon aide n'avait qu'un objectif : vous permettre de retrouver la quiétude nécessaire à la création littéraire. En effet, j'ai présumé que votre long silence était dû aux problèmes financiers dans lesquels vous vous trouviez. Je me suis sans doute trompé. Veuillez ne pas me tenir rigueur de mon manque de pertinence ni de mon entêtement.

Cordialement.

Le mystère était donc en partie résolu. Une des ombres qui obscurcissaient ma vie venait de se dissiper. Pourtant, je ne pus me sentir tout à fait libéré. Il y avait quelque part un homme prêt à me payer pour que je me remette à écrire. Quel genre de lecteur pouvait avoir de telles idées ?

Je me rendis chez Josh pour partager la nouvelle avec lui. Chloé s'y trouvait. Ils s'emparèrent du message, se collèrent l'un à l'autre et le lurent avec empressement.

— Tout ça n'était que l'œuvre d'un admirateur, dis-je. Un admirateur déçu par mon silence littéraire. Un admirateur assez inquiétant tout de même.

— Bon, eh bien, voilà l'affaire classée, annonça Josh.

— Pas du tout ! rétorqua Chloé. Vous n'allez pas vous contenter de ces explications vaseuses ?

— Que puis-je faire de plus maintenant ? demandai-je.

— Il nous faut savoir de qui il s'agit ! affirmat-elle. Cette personne a réussi à apprendre pas mal de choses sur toi. Elle sait que Jonas Lankri et Raphaël Scali ne sont qu'une seule et même personne, connaît ta situation financière, ton numéro de compte, ton adresse, le nom de ton propriétaire... Ça fait beaucoup pour un pseudo-fan inconditionnel, tu ne trouves pas ?

— Tu as raison. Tu crois qu'il ment ?

— Je crois que ça cache autre chose. Et le fait de savoir que ce fou habite la même ville que toi ne me rassure pas du tout. Josh, tu vas continuer à enquêter à partir des informations dont nous disposons.

— Écoute, j'y ai pensé et je n'ai pas vraiment envie d'en savoir plus, lâchai-je. À vrai dire, je m'en fous un peu, maintenant.

Cette lettre me rappelait ce que Lior m'avait déjà dit : le lien que j'avais créé avec mes lecteurs était indéfectible. J'avais voulu tuer Raphaël Scali mais son fantôme ne cessait de m'apparaître.

Chapitre 11

L'amour est un jeu

Jonas

Allongé sur mon lit, berçant cette peine que je savais ne plus jamais devoir me quitter, je me lamentais. J'avais mérité ce qui m'arrivait.

Je m'étais enfoncé dans le mensonge, la mystification. J'avais justifié chaque pas sur l'étroit chemin de la duperie en invoquant des raisons que je disais justes. Mais n'est-ce pas ce que font tous ceux qui s'éloignent d'eux-mêmes pour agréer leurs actes ?

J'aurais pu rester allongé là durant des jours, installé dans un monde irréel, où ma douleur serait devenue ma seule compagne. Celle avec qui je converserais, à qui je poserais mes questions, ferais des reproches, adresserais mes coups, jusqu'à finir par m'habituer à sa présence, à l'accepter et à lui faire une place. Après la peine, il y aurait la colère, une colère dirigée contre moi qui m'étais laissé bercer d'illusions, contre elle qui n'avait pas su voir mon amour. Puis il y aurait la résignation et la mélancolie.

Je fus tenté de téléphoner à M. Hillel pour lui annoncer une absence de quelques jours. J'avais déjà pris la décision de ne plus être présent le mardi matin. La revoir, composer, faire semblant d'être un ami était au-dessus de mes forces. Il me fallait m'isoler et laisser le temps affaiblir l'éclat de son image.

Et, au creux de mon désespoir, j'eus une idée. Une dernière carte à jouer. Un stratagème qui heurtait mes valeurs mais constituait la seule approche encore possible.

J'allais utiliser Raphaël Scali. L'auteur qu'elle adulait serait mon porte-parole. Il me permettrait d'avancer mes arguments, de tenter de briser ses principes. Et si elle espérait quelque chose de lui tant d'un point de vue sentimental que littéraire, il lui dirait l'inanité de son attente. Raphaël Scali allait profiter de sa position pour tenter de la raisonner, pour l'amener à s'ouvrir aux autres, à renoncer à ses résolutions. Il lui parlerait d'amour, abattrait ses défenses, lui donnerait envie d'être amoureuse. Il serait, pour reprendre, l'expression de M. Hillel, mon « cheval de Troie » afin d'atteindre son âme et son cœur. Et si je découvrais que ce n'était pas l'amour qu'elle refusait, mais seulement mon amour, alors j'aurais tout perdu et devrais m'y résoudre.

L'objectif était noble, voilà ce que je me répétais pour oublier que le moyen l'était moins. J'osai un pari insensé. Un pari construit sur un raisonnement qui, mon esprit malade me l'assurait, permettrait de faire triompher la vérité. La mienne, la sienne, notre vérité.

Et si seule la beauté des sentiments comptait à ses yeux, alors, quand je lui révélerais tout, elle ne s'offusquerait pas. Elle comprendrait.

Fallait-il être amoureux fou pour envisager un tel plan ? Oui, fou et amoureux. Fou parce que amoureux.

Je réfléchis un instant, puis répondis à son message.

*

De : Raphaël Scali
À : Lior Vidal
Objet : RE : Votre roman

Chère Lior,
Votre message, encore une fois, m'a touché.
Mais vos espoirs sont trop vastes pour que je nuance mes propos. Je ne serai pas l'auteur de votre *roman lumière*. Je n'écrirai plus, Lior. Parce que j'en suis incapable. Parce que l'écriture est chose trop sérieuse pour que je m'y adonne sans passion.
Surtout, parce que j'aimerais vivre ma vie plutôt que la rêver.
Écrire suppose d'oublier tout ce qui nous rattache à la vie, de plonger au plus profond de soi pour n'en ressortir qu'après le dernier mot.
J'ai trop longtemps navigué sur les eaux mouvementées de l'imagination. J'ai maintenant besoin de poser pied à terre, de goûter aux joies simples de l'existence. J'ai besoin de savoir qui je suis.
Écrire, raconter des histoires, ne fait pas de moi un homme, juste un conteur. Un conteur qui n'existe que dans les yeux de ceux qui l'écoutent et disparaît dès que le feu s'éteint et que chacun s'en retourne chez lui.
Je n'ai plus rien à écrire et tout à vivre.

Amitiés.

Raphaël.

Lior

Raphaël Scali ne se moquait pas de mes prétentions. Il tentait seulement de m'expliquer qu'elles étaient vaines. Avec tact et fermeté, il argumentait sur son incapacité de renouer avec l'écriture. Si j'éprouvais de la déception, un autre sentiment prédominait : la tendresse. Ou peut-être était-ce de la compassion. Car dans ses mots je décelais une souffrance, la même souffrance que dans son premier roman. Celle qui nous avait alors liés. Un désir de rompre la solitude dans laquelle il s'éteignait et de réinvestir la réalité. Je me sentis plus proche de lui encore. Mais, pour autant, devais-je respecter sa volonté et renoncer à ma mission ?

J'avais envie de l'aider mais également de le convaincre qu'il ne pourrait pas être heureux dans une réalité où son talent ne s'exprimerait pas. J'étais saisie par le sentiment que ce vers quoi je tendais était là, tout près de moi, à portée de ma volonté, mais prêt également à m'échapper si je n'agissais pas.

*

De : Lior Vidal
À : Raphaël Scali
Objet : RE : Votre roman

Vos paroles desservent votre cause. Elles expriment
ce que vous êtes, ce que votre premier roman disait
déjà de vous. Votre sincérité, votre retenue, votre
pudeur, votre envie d'amour sont autant de raisons
qui me font regretter votre renoncement.
Je sais, j'insiste quand il faudrait juste respecter
votre volonté. Mais je crains que vos scrupules
n'étouffent votre talent. Ne peut-on pas écrire et
vivre en même temps ? Être le matin dans le rêve,
l'après-midi au cœur de sa vie ? Ces questions vous
paraîtront idiotes, mais je ne sais pas ce qu'écrire
représente comme sacrifice.
Je sais juste le plaisir de vous lire.
Et je sais que vos mots sont faits pour écrire un
grand roman d'amour.
Ou alors suis-je en train de confondre mon désir
avec ce que je suppose pouvoir être votre réalité ?
Peut-être.

Amicalement,

Lior

*

De : Raphaël Scali
À : Lior Vidal
Objet : RE : Votre roman

Lior,
Écrire un roman d'amour ? Comment le pourrais-je
quand l'amour se refuse à moi ?
Oui, Lior, je suis amoureux. Amoureux de la fille la
plus fantastique, la plus vraie qu'il m'a été donné
de rencontrer. Et je veux me consacrer à cet amour,

385

totalement. Je veux m'accrocher à la réalité de mes sentiments, ne pas laisser mon imagination m'en détacher et m'emporter loin d'elle.

Cette fille, je le sais, jamais ne pourra être autant aimée. Parce que nos âmes sont issues d'une même flamme, sont appelées à se reconnaître et à se sublimer.

J'en suis convaincu. Pas elle.

Son âme n'a pas encore reconnu la mienne. Pas encore.

Toute ma vie tient dans ces deux derniers mots. Car, si l'espoir m'était un jour confisqué, si j'avais la certitude qu'elle ne m'aimerait jamais, alors la douleur serait telle qu'elle m'enverrait ailleurs, dans un espace où il me serait impossible d'imaginer la minute, l'heure, le jour d'après.

Peut-être pourrais-je alors écrire, pour m'oublier ou la retrouver, pour tordre la réalité à ma convenance et créer l'illusion du vécu.

Oui, à bien y réfléchir, peut-être que seule la douleur pourrait m'amener à écrire, comme ce fut le cas pour mon premier roman.

Mais devez-vous pour autant me souhaiter cette issue ?

Raphaël

*

De : Lior Vidal
À : Raphaël Scali
Objet : RE : Votre roman

Qu'il doit être beau d'être aimée ainsi. Cette fille connaît-elle la force de vos sentiments, leur pureté, leur souveraineté ?

Jonas

Nous y étions, nous allions parler d'elle, de moi à travers les personnages que je lui proposai.

Mon stratagème fonctionnait. S'agissait-il vraiment d'un stratagème ? Non, puisque ce que je lui disais n'était que pure vérité. Oui, puisque mes paroles étaient motivées par les réactions que j'espérais. Mais n'est-ce pas toujours ainsi en amour ?

J'avançais mes pions sur l'échiquier de mes illusions. Je voulais qu'elle aime mon amour, qu'elle comprenne qu'un tel sentiment puisse exister mais également qu'elle s'identifie à cette fille, l'envie peut-être. Je souhaitais également qu'elle se détache de l'auteur, que mes confidences la tiennent à distance de lui, la laissent disponible pour l'homme que j'étais, pour le jour où je pourrais peut-être lui révéler la vérité.

Étais-je un salaud pour élaborer un tel plan ? À considérer la perfidie de mon approche, je pouvais le penser. De toute façon, il m'était impossible de reculer maintenant. Avais-je d'autres solutions ?

Je répondis immédiatement. Le fou que j'étais ne voulait que suivre son idée, fût-elle également folle.

*

De : Raphaël Scali
À : Lior Vidal
Objet : RE : Votre roman

Je n'ai pas osé lui dire les mots que je vous écris. Je n'ai pas voulu les lui avouer car, à peine les avait-elle devinés qu'elle me tenait à distance, comme si elle craignait que mon feu ne la consume.

Lior

Raphaël me dit ne pas oser avouer son amour. La fille qu'il aimait le tenait à distance. Je le sentais prêt à se livrer à moi, à me demander conseil. Il n'attendait peut-être qu'un signe, qu'un encouragement pour me considérer comme l'amie à qui il pouvait tout raconter. Je m'imaginais chez lui, assise sur son canapé, buvant un thé et l'écoutant me parler. Dans ce scénario parfait, je le consolais, lui redonnais espoir et je lui expliquais comment séduire cette fille. Il y parvenait, me remerciait, me la présentait. Et, en gage de reconnaissance, il me promettait ce roman que j'attendais. Un roman qui parlerait de lui, d'elle, de leur amour.

Je sortis de ma rêverie et me sentis honteuse. *Mais pour qui te prends-tu, Lior ? Tu n'es même pas capable d'avoir une vie sentimentale et tu voudrais conseiller les autres ?*

Nos e-mails devenaient plus intimes. Ils ne s'embarrassaient plus de formules de politesse, allaient à l'essentiel. Peut-être était-il temps de lui proposer une rencontre ?

Ne le brusque pas. Il pourrait se braquer, te trouver trop entreprenante et rompre la relation.

Une discussion téléphonique, alors ? Entendre sa voix, le laisser se dissimuler derrière son combiné et l'inciter à me parler. La rencontre viendrait après.

*

De : Lior Vidal
À : Raphaël Scali
Objet : Téléphone

Il est difficile de juger les faits sans les connaître. Et cette conversation par voie d'e-mails, si elle m'enchante, ne me permet pas d'appréhender la situation que vous évoquez. Peut-être que nous pourrions nous parler par téléphone ? Qu'en pensez-vous ?

Amicalement

Lior

Jonas

Je n'avais pas envisagé cette éventualité, somme toute logique. Le téléphone était pour moi un objet froid, dépourvu de sentiment. Il subtilisait aux conversations toute la magie des échanges non verbaux dans lesquels résidait l'essentiel du sens d'une relation. Mais, dans ce cas précis, il lui révélerait surtout ce que je devais encore cacher.

De : Raphaël Scali
À : Lior Vidal
Objet : RE : Téléphone

Lior,
Je ne suis pas à l'aise au téléphone. Je ne sais pas trouver mes mots ou ne suis jamais satisfait du sens que je leur donne. Je préfère que nous en restions à ce mode d'échange. Cela ne vous ennuie pas ?

*

De : Lior Vidal
À : Raphaël Scali
Objet : RE : Téléphone

Je comprends.

J'ai la prétention de penser que je pourrais vous être utile dans la situation que vous avez commencé à me décrire. Mais, si c'est le cas, cela peut en effet se passer par écrit. Alors... parlez-moi d'elle, de vos sentiments, si vous le voulez bien.

*

De : Raphaël Scali
À : Lior Vidal
Objet : RE : Téléphone

Je rêve d'elle depuis longtemps, Lior. Enfin, c'est ce que je crois. Tout le monde rêve d'amour, tout le monde idéalise l'être qui, un jour, surgira dans sa vie et substituera aux errances sentimentales la promesse d'un sens. Mais, bien souvent, ces rêves sont parasités par toutes les mièvreries que la société nous offre en exemple : un romantisme formaté, un sentimentalisme packagé, des conduites et comportements conditionnés. Résultat : la plupart des hommes et des femmes courent après des illusions. Ils tentent de rejouer les scènes de films, essaient de devenir les héros d'une histoire. La passion les porte et ils pensent pouvoir y parvenir. Puis, le quotidien reprend ses droits et la réalité leur oppose sa terrible banalité. Et ils se reprochent mutuellement l'échec qui s'annonce, se déchirent, se meurtrissent, se séparent. Oh, bien sûr, cette définition est trop rapide pour ne pas paraître caricaturale. Mais elle restitue ce que je pense de l'amour tel qu'il nous est vendu.

Pour ma part, j'ai toujours cru que l'amour n'était qu'un mot pour tenter de définir l'indéfinissable : le destin qui, je le crois, dès notre naissance, nous attribue un être, un homme ou une femme avec qui nous grandirons, envisagerons la vie selon une approche moins égoïste, plus sensée. Si nous restons fidèles à nos valeurs essentielles et laissons notre âme s'exprimer, nous rencontrerons cet être unique. Si nous nous fourvoyons, nous le manquerons.

Cet être, je l'ai rencontré. Une fille douce, vraie, animée de beaux sentiments. Dès qu'elle m'est apparue, je l'ai reconnue. J'ai tenté de lui dire mon amour, mais elle n'a pas voulu m'entendre.

Est-ce moi qu'elle refuse ou l'idée de l'amour ? Je ne le sais pas. Peut-être les deux. Alors j'attends. J'attends un signe qui me dirait qu'elle veut enfin m'écouter. J'attends et j'espère.

Voilà, vous savez tout, Lior. Presque tout. Parce qu'il est encore trop tôt pour que je me livre entièrement à vous.

Mais, un jour, je le sais, j'irai au bout de ma confession.

Lior

Elsa entra dans ma chambre et me découvrit figée, le regard perdu sur l'écran, les yeux embués.

— Qu'est-ce qu'il t'arrive ? Ça fait trois fois que je t'appelle.

Je restai muette, encore émue par le message que Raphaël Scali m'avait envoyé.

— C'est quoi, ce regard vaseux ? Tu regardes une comédie romantique ?

— Non, c'est juste un message.

— Juste un message ? s'écria-t-elle. Mais de qui ? Qui peut t'envoyer des messages capables de t'émouvoir à ce point ?

— Raphaël Scali.

— Oh non ! Ne me dis pas que tu as une relation avec ce psychopathe tout juste capable d'écrire des histoires bizarres. J'ai lu les deux premiers chapitres de son premier roman. Ce mec est fou. Et il te dit quoi, là ? demanda-t-elle en se penchant sur mon épaule.

— Je t'interdis de regarder ! C'est personnel !

— C'est personnel ? répéta-t-elle, outrée. Tu vas me faire croire qu'il y a des choses que je ne peux pas savoir ?

Pour l'empêcher de lire le message, je lui résumai nos récents échanges.

— Il m'a l'air bien frappé, ce type. Et pourquoi ça te rend toute chose ?

La question d'Elsa me força à considérer les sentiments qui m'habitaient, à les trier et les nommer.

— D'abord, parce que je me sens assez privilégiée de le voir se confier à moi.

— Connerie.

— Comment ça, connerie ? C'est un auteur que j'admire. On s'écrit et il me prend pour sa confidente ! Tiens, ramené à ta dimension, c'est comme si Johnny se mettait à t'envoyer des e-mails pour te raconter ses déboires avec Lætitia.

— T'as raison, pas connerie, alors. Et fais-moi penser à me créer une adresse d'e-mail.

— Ensuite, je me sens triste. Il souffre et ça me touche.

— Oui, je vois le genre. Tu aimerais être près de lui pour le consoler.

— Même pas ! Juste le conseiller, peut-être.

— Quoi d'autre ?

— Eh bien... Je pense à cette fille qu'il aime.

— Et tu es jalouse.

— Non ! Enfin... un peu. Je me dis qu'elle a de la chance d'être aimée comme ça. Ça doit être une fille épatante. Amener un auteur à tomber amoureux d'elle... Je me demande à quoi elle ressemble.

— Pense que c'est une pétasse. Ça fait toujours du bien de penser que sa rivale est une pétasse.

— Mais ce n'est pas une rivale ! m'offusquai-je.

— OK, OK. Et tu vas lui répondre quoi, à ton auteur préféré ?

— Je ne sais pas. Mais... j'aimerais en savoir plus.

— Tu ferais mieux de ne pas perdre ton temps avec ce mythomane et rappeler ton libraire, dit-elle en sortant de la chambre.

*

De : Lior Vidal
À : Raphaël Scali
Objet : RE : Votre roman

Je l'envie, cette fille. Je m'identifie à elle comme je le ferai d'un personnage d'un de vos romans. Mais je peux également la comprendre.

Peut-être que les hommes l'ont déçue et elle est suspicieuse ? Ou fragile, et un si grand amour lui fait peur ? On a toujours peur de ce que l'on a espéré trop longtemps. Les femmes sont marquées par leurs expériences passées, elles décryptent chaque situation à travers le prisme de leurs réussites, de leurs déceptions. Il y a celles à qui l'amour sourit dès leur entrée sur la scène de la séduction. Et les autres, vouées à continuellement se battre contre leurs rêves dans l'ombre du bonheur. Et, plutôt que de se faire plus conciliantes, plus compréhensives, plutôt que de s'ouvrir plus pour mieux entendre, mieux comprendre, elles s'enferment sur leur douleur. Définitivement. Leur richesse est en elles, mais elles demandent aux hommes de déployer leurs sciences et leurs efforts pour venir la chercher.

Elles se préservent, Raphaël, dissimulent ce qu'elles sont, parce qu'elles sont plus vulnérables que les autres. Beaucoup finiront seules. Certaines en voudront aux hommes de ne pas avoir été à la hauteur de leur amour.

Croyez-moi, il faut lui parler, l'obliger à vous écouter ! Elle sera convaincue, je ne peux en douter. Parlez-lui, Raphaël.

Amicalement

Lior

Jonas

Tout était là, dans nos échanges. Les sentiments, les doutes, les espoirs, les craintes. Pouvait-elle ne pas le voir ? J'étais pris à mon propre piège, ne sachant plus comment comprendre sa réponse. Me révélait-elle les raisons de son étrange attitude à mon encontre ? Me dévoilait-elle la part sombre qui l'obligeait à m'ignorer ? Non, elle s'adressait à l'auteur, pas au libraire. Ou... peut-être avait-elle perçu mon secret et tentait-elle de répondre aux deux ? Non, impossible, ce n'est pas son genre. Pourquoi impossible ? N'avais-je pas moi-même joué un rôle quand je m'en croyais incapable ? Elle voulait ainsi me dire ce qu'elle avait sur le cœur, s'amusait de la situation.

Je me perdais. Je n'arrivais plus à raisonner.

Je décidai de laisser passer une journée afin de réfléchir à la situation.

*

— Entre, Josh, c'est ouvert.

Il me considéra un moment, puis s'assit en face de moi.

— Ça a pas l'air d'aller, constata-t-il.

— La fatigue...

— C'est tout ? questionna-t-il.

— C'est tout quoi ?

Il respecta mon refus de parler. Il voulut se lever mais je le retins.

— Tu étais venu pour quoi ?

— Depuis quand j'ai besoin d'une raison pour passer te voir ? demanda-t-il.

— C'est vrai. Mais je te connais.

La manière dont tu es rentré...

— Non, rien.

— Fais pas chier, Josh !

— T'as assez de soucis comme ça.

— C'est au sujet de Chloé ?

Il acquiesça.

— Que se passe-t-il ?

— Ben... nos rapports ont changé.

— J'ai cru le deviner la dernière fois.

— On s'est rapprochés. Un peu grâce à toi.

— Explique.

— Grâce à toi, parce que ton histoire m'a ouvert les yeux. J'ai compris qu'il fallait que je tente ma chance, que si j'attendais comme un con que le génial concepteur de ce jeu de l'amour m'offre une aide pour compenser mes faiblesses je risquais de toujours rester au même niveau de difficulté.

— Et vous en êtes où, maintenant ?

— Je l'ai invitée à sortir ce soir. Elle a dit oui.

— Elle a compris ?

— Je pense. Faire un resto tous les deux, sans toi... elle sait où je veux en venir. Elle a accepté. Elle avait même l'air assez heureuse.

— Je le suis pour vous.

Il se tut, voulut s'éloigner, puis se retourna.

— Je sais que pour toi ça ne se passe pas comme tu le souhaiterais.

— Pas vraiment. Mais faut pas que ça gâche votre bonheur, Josh.

— Ça le gâche, que tu le veuilles ou non.

— Alors j'en suis désolé. Mais je ne peux rien y faire.

— Si, tu peux. Tu peux tenter un truc. Tu peux aller parler à cette fille ou lui écrire ou je ne sais pas... Mais tu ne peux pas rester à te pourrir le cerveau avec des questions qui, au bout du compte, n'ont pas de sens.

— Tu as raison. Je vais agir, Josh, répondis-je.

Je lui disais ce qu'il avait envie d'entendre, pour qu'il aille à son rendez-vous le cœur allégé de mes problèmes. Mais c'était également ce que j'avais envie de m'entendre dire. Oui, j'allais agir. Bientôt. Nous y étions presque. Plus que quelques messages sans doute et j'irais lui parler.

*

De : Raphaël Scali
À : Lior Vidal
Objet :

Lior,
Les hommes sont des petits garçons devenus adultes. Ils ont les mêmes peurs que les femmes, les mêmes doutes. Peut-être plus encore. On leur demande tellement. Se battre pour leur honneur, leur pays, leur entreprise, gravir des montagnes, traverser des mers, conquérir des déserts, négocier, argumenter, parler plus fort... ils sont parfois capables de tout ça parce que la société et leur éducation les ont préparés, conditionnés. Mais face à une femme, ils ne savent plus. Certains se retranchent derrières des stéréotypes, miment la séduction, l'amour, voire la

tendresse. Mais la plupart restent des enfants enfermés dans des corps d'adultes et face au seul véritable enjeu, celui de l'amour, ils ne savent pas quoi dire ni quoi faire. Parce qu'ils ont compris que l'amour peut les mettre à nu, révéler leurs faiblesses et les laisser seuls, gamins apeurés, au milieu de la foule.

Je vais lui parler, Lior. Je vais tout lui dire, tout lui révéler. J'espère qu'elle m'écoutera, comprendra pourquoi j'ai mis tant de temps à me dévoiler.

Lior

Ce qu'il me confiait sur elle, sur son amour pour elle, me bouleversait. Et je compris qu'au-delà de son histoire, c'était la mienne qu'il racontait. J'avais envie de croire à son amour, parce qu'il était aussi le mien. Un être prédestiné, deux âmes qui se rencontrent, se reconnaissent. Mais, comme il le disait, je m'étais fourvoyée dans la mièvrerie de cette vision romantique empruntée aux clichés du genre. Je m'étais longtemps perdue dans ces songes qui, à chaque réveil, me laissaient un peu plus meurtrie, un peu plus vide. Étais-je passée à côté de ma chance ? Avais-je laissé fuir l'être qui m'était destiné ? Me posant ces questions, le visage de Jonas s'imposa à moi, comme une évidence.

— *Tu ne lui as laissé aucune chance. Tu ne t'es donné aucune chance de savoir s'il est l'homme que tu attendais.*

— *Si c'était de l'amour, je l'aurai su. Nos âmes se seraient reconnues !*

— *La sienne t'a reconnue, tu le sais. Mais la tienne est ensevelie sous des couches d'idées stu-*

pides, de faux principes construits sur tes échecs, tes erreurs de conduite.

J'échappai à ces pensées dérangeantes pour répondre à Raphaël. Et je pris conscience qu'en défendant la cause de cette fille je m'accusais. Ma petite plaidoirie pour elle dénonçait ma lâcheté. J'étais cette fille déçue, suspicieuse, apeurée par l'amour. Ce fut comme une révélation, comme la fin d'un mensonge qui, une fois démasqué, libère une énergie folle, éclaire l'esprit.

Jonas

Je vaquais dans la librairie, l'esprit flottant, mes pensées naviguant au cœur des échanges d'e-mails qui me revenaient en mémoire. M. Hillel m'observait à la dérobée, préoccupé.

Je ne lui avais rien dit de ma correspondance de crainte de le décevoir.

Je n'entendis pas la porte d'entrée s'ouvrir mais j'entendis sa voix saluer M. Hillel. Celui-ci afficha une mine réjouie et se précipita vers elle.

— Bonjour, jolie jeune fille. Vous vous faites rare ! Le chiffre d'affaires de ma librairie est en chute libre !

Elle rit et se tourna vers moi.

— Vous ne gagnerez pas d'argent avec moi aujourd'hui. Je suis venue voir Jonas, dit-elle en m'adressant un large sourire.

Pourquoi réapparaissait-elle ? Réponse optimiste mais terriblement troublante : Raphaël Scali avait visé juste et avait ébranlé ses principes. Vision pessimiste, mais plus vraisemblable : elle avait besoin de moi, de mon avis, au sujet de Raphaël Scali. C'est cette dernière idée qui l'emporta dans mon esprit et, d'avance, m'emplit d'amertume.

M. Hillel virevolta, dissimulant mal sa joie.

— Il est là... Jonas, tu peux y aller, je fermerai, dit-il à mon adresse.

J'approchai d'elle, intimidé comme au premier jour de notre rencontre.

— Salut. Ça fait longtemps.

— Oh, longtemps... dix jours peut-être, répondit-elle.

— Onze, précisai-je.

— Bon, d'accord. Je suis désolé, Jonas. J'avais besoin de me retrouver seule un petit moment.

— Des problèmes ?

— Pas vraiment. Des doutes... Quand je suis comme ça, je préfère m'isoler.

Je pris mon blouson et la devançai. De quels doutes parlait-elle ?

— Tu as besoin de moi ? lui demandai-je, une fois dans la rue.

— Besoin de toi ? répéta-t-elle, en fronçant les sourcils.

— Je veux dire... tu veux que nous parlions de ce qui t'ennuie ?

Elle eut un petit sourire énigmatique.

— Non, je ne suis pas passée pour ça. J'étais dans le coin et... voilà.

— On va boire un verre ? proposai-je.

— Pas cette fois. Mais si tu veux bien me raccompagner chez moi. C'est à dix minutes à pied et il fait plutôt beau.

Nous restâmes silencieux un moment, déambulant nonchalamment.

Puis je la questionnai sur son amie malade.

— Ça va mal. Très mal, me confia-t-elle. Sa vie s'enfuit un peu plus chaque jour.

Elle se tut à nouveau. Qu'attendait-elle de moi ?

— Raphaël Scali t'a-t-il parlé de notre discussion ?

Nous y étions.

— Votre discussion ? demandai-je, cherchant sur son visage à lire ses pensées.

— Enfin... par e-mail.

— Non, il ne m'a rien dit, répondis-je sans trop savoir pourquoi.

Ceci eut l'air de lui faire plaisir.

— J'essaye de le convaincre d'écrire à nouveau.

— Ah...

— Il se défend. Bien et mal à la fois. Ses arguments sont forts mais on peut les utiliser également contre lui.

— Il est amoureux, dis-je. Et ça le perturbe.

— Tu la connais ? Celle qu'il aime, tu la connais ? demanda-t-elle, visiblement très intéressée par la réponse.

— Oui, un peu.

Elle releva la tête, soudain curieuse.

— Qui est-ce ? Comment est-elle ?

Ses yeux étaient grands ouverts sur mes lèvres.

— Pourquoi veux-tu le savoir ?

— Eh bien... c'est un peu con, mais je me dis qu'un homme comme lui doit forcément aimer une femme... exceptionnelle. Elle doit avoir quelque chose de particulier, cette fille !

— Un homme comme lui ? Tu penses qu'un auteur est un être supérieur ?

— Non, pas du tout. Je veux dire un être aussi sensible, aussi exigeant en matière de sentiment.

— C'est une fille assez simple, en fait. Très jolie. Enfin... pas la beauté tapageuse mais une beauté discrète qui se révèle à ceux qui savent la regarder. Elle est douce et aussi sensible que lui.

— Je vois qu'elle te plaît beaucoup, plaisante-t-elle.

— Elle plaît à tout être sensé.

— Tu le vois souvent, Raphaël Scali ?

— Je le vois réapparaître occasionnellement.

— Je peux te demander une faveur ?

— Je t'en prie.

— J'aimerais que tu me le présentes, à l'occasion.

Voilà la raison de sa visite, pensai-je. Raphaël Scali. Toujours lui.

Je demeurai silencieux, pénétré par la signification et les conséquences de cette demande.

— Je ne veux pas l'ennuyer. Mais je dois aller au bout de mon idée, essayer de le convaincre de recommencer à écrire, je te l'ai dit. C'est devenu une sorte d'obsession pour moi. Et, raison plus superficielle, je veux savoir à quoi ressemble l'auteur de *Dans les silences d'une femme*.

— C'est un homme ordinaire.

— Justement, j'ai besoin de réaliser qu'un homme ordinaire puisse me paraître aussi extraordinaire... c'est important pour moi.

Nous étions arrivés devant chez elle.

— D'accord. Je le ferai.

— Quand ? questionna-t-elle.

— Dès que possible.

— Tu veux monter un instant ? Je pourrais te présenter Elsa.

— Non, je préfère rentrer, m'entendis-je répondre.

J'avais envie de me retrouver seul, de fuir la tromperie de cette rencontre.

— Ah, très bien, répondit-elle, dissimulant mal sa déception.

Je déposai deux bises sur ses joues et m'apprêtai à partir quand elle m'interpella.

— Jonas ?

— Oui ?

— Il y a un problème ?

— Non, aucun.

— J'ai dit ou fait quelque chose qui t'a vexé ? demanda-t-elle, désemparée.

— Pas du tout. Pourquoi ?

— Je ne sais pas. Tu m'as l'air si étrange.

— Je suis juste un peu fatigué.

Elle secoua la tête, incrédule, puis me fit un petit geste de la main avant de s'engager dans l'allée.

Lior

Sur le chemin de la librairie, je pouvais sentir mon cœur battre contre mes tempes, mon souffle se faire plus court. Une énorme boule de feu embrasait mon ventre et alimentait mon corps d'une énergie de plus en plus puissante.

Pour la première fois de ma vie, j'avais décidé d'agir, de ne pas être dans l'attente. Je voulais savoir, comprendre. Je voulais revoir Jonas. Je désirais porter un regard différent sur cet homme qui hantait mes pensées. Je souhaitais savoir s'il me fallait m'ouvrir à lui, cesser de jouer et laisser mes sentiments s'exprimer.

Tu entres dans la librairie et tu écoutes ce que ton cœur te dit. Ne joue pas. Ne joue plus. Ne te mens pas. Juste un instant, Lior. Pour ne pas tout gâcher, pour mieux envisager la situation.

Le regard qu'il posa sur moi ! Un regard tendre, surpris et plein d'une joie contenue. Et j'étais la cause de toutes ces émotions.

Ce fut comme si un astre venait d'exploser en moi, de s'atomiser pour irradier l'ensemble de mon être de particules chaudes et bienfaisantes, de petites étoiles et d'infimes galaxies qui me lavaient de toutes les histoires qui m'avaient salie.

Je vis le petit enfant dont m'avait parlé Raphaël, l'homme qui le dissimulait. Les deux me plurent.

— *Tu sais maintenant, Lior, n'est-ce pas ?*

— *Oui, je crois.*

— *Penses-tu encore pouvoir te tromper ?*

— *Non. Mais il me faut un peu de temps pour nommer ce qu'il m'arrive.*

— *Alors, pars. On avait dit juste un instant.*

Je lui proposai de me raccompagner et lui racontai mes échanges avec Raphaël Scali, lui posai des questions sur cette fille dont l'auteur était amoureux. Il me répondit avec détachement, me la décrivit comme une fille exceptionnelle. J'en ressentis de la jalousie. Non à l'encontre de Raphaël mais de Jonas.

Je lui demandai alors de me présenter Raphaël. Il promit de le faire et ceci ajouta à ma joie. Quand, arrivés devant l'allée de mon immeuble, je lui proposai de monter un instant, il déclina mon invitation. Je vis qu'il avait changé à nouveau. Il paraissait plus distant, presque absent. Qu'avais-je fait ou dit pour l'éloigner de moi ? À quoi était due cette détresse qui, parfois, surgissait subitement et paraissait le couper du monde, de moi ?

Jonas

— Monsieur Lankri ?

Je m'étais précipité sur le téléphone, espérant un appel de Lior, mais c'est une voix d'homme qui m'interrogeait.

— Oui.

— Je suis... c'est moi qui vous ai adressé un message il y a quelques jours. Au sujet des sommes que vous avez reçues.

Je restai muet, ne sachant pas quelle attitude adopter.

— Que voulez-vous ? demandai-je sèchement.

— Je souhaitais tout d'abord m'excuser d'avoir été si... maladroit.

— Très bien, c'est fait.

— Vous m'en voulez, apparemment, dit l'homme.

— Mais qui êtes-vous ? Que me voulez-vous ? m'emportai-je.

— Je ne peux répondre qu'à votre seconde question. Je voudrais être... votre mécène.

— Mon mécène ? répétai-je, étonné.

— Oui, j'aimerais vous dégager de toutes les contingences matérielles afin que vous puissiez écrire un roman. Vos conditions seront les miennes.

L'homme paraissait calme, sûr de lui.

— Me payer pour que j'écrive ? Mais c'est du délire ! Je n'écris plus, ne veux plus écrire, est-ce clair ? hurlai-je.

— Je suis sans doute malhabile. Je sais que la création littéraire n'a que peu à voir avec l'argent. Pourtant, j'aimerais vous convaincre.

— Vous ne le pourrez pas. Et sachez que je n'apprécie ni l'anonymat derrière lequel vous vous cachez ni vos méthodes. Et encore moins votre proposition.

Un silence s'installa et je pouvais l'imaginer réfléchissant à de nouveaux arguments.

— C'est important pour moi, finit-il par dire sur un ton vaincu.

— Important pour vous ? Mais je m'en fous ! m'écriai-je.

— Vous n'avez pas le droit de laisser tomber vos lecteurs, monsieur Lankri.

— Mais pour qui vous prenez-vous pour me dire ce que j'ai le droit de faire ? Restons-en là, monsieur. Je vous restituerai l'argent que vous avez remis à mon propriétaire dès que je le pourrai. Et je vous conseille de ne plus m'importuner !

Je raccrochai le téléphone avec une violence que je ne me connaissais pas. Puis je repensai à cette étrange conversation et regrettai de ne pas avoir été plus mesuré, de ne pas avoir su conserver mon calme pour lui soutirer plus d'informations. J'en aurais été capable en d'autres circonstances. Mais cette conversation avait offert un exutoire à ma contrariété. Je me fis aussitôt une raison : l'enjeu de cette histoire ne m'intéressait pas. Et j'avais sans doute été suffisamment ferme pour le dissuader de tenter une nouvelle démarche. L'incident était désormais clos.

C'est, du moins, ce que je croyais.

Lior

Allongée sur mon canapé, je laissai mon attention flotter sur l'écran de télévision. Lasse de ressasser les mêmes questions, je m'étais abandonnée à la langueur qui, je le savais, m'accompagnerait jusqu'au bout de cet interminable week-end.

Je n'avais pas réécrit à Raphaël. Notre échange se heurtait aux limites de l'univers virtuel. J'éprouvais le besoin de le rencontrer, de me retrouver face à lui pour enlever au mythe sa vigueur et comprendre ce qu'il représentait vraiment pour moi. Mais aussi pour déployer la force de mes arguments.

Elsa s'assit près de moi.

— Tu penses à Jonas, n'est-ce pas ? questionna-t-elle.

— Qu'est-ce qui te fait croire ça ? rétorquai-je mollement.

— Ton air égaré, ta bouche béante façon retardée mentale et le doute que j'ai quant à ton intérêt pour cette biographie de l'actuel leader chinois que tu regardes pourtant depuis près de quarante minutes.

— Tiens ! lança-t-elle en me tendant mon téléphone portable.

Je lui offris une mine étonnée.

— Appelle-le ! m'ordonna-t-elle. Tu l'appelles et tu l'invites à venir dîner.

Surprise, je restai silencieuse.

— Tu crois que je vais supporter longtemps ton air de rêveuse lascive qui promène ses doutes dans l'appartement, comme d'autres traînent leur grippe ? Donc, tu lui téléphones et tu l'invites. Ou je le fais.

J'avais besoin de ce coup de semonce. Elsa avait raison, je devais reprendre l'initiative. Ne m'étais-je pas sentie parfaitement bien quand, ces derniers jours, je m'étais montrée actrice de ma vie ?

— Un dîner ? questionnai-je. Mais c'est beaucoup trop formel.

— Peut-être. Mais un petit déjeuner, c'est un peu trop suggestif.

— Un goûter, alors ?

— Pourquoi pas ? Invite-le à jouer à la dînette si tu veux, mais invite-le !

Je pris le téléphone et composai le numéro de Jonas.

Jonas

Elle m'appela le lendemain en début d'après-midi. Quand je vis son nom apparaître sur l'écran, ma première réaction fut de retenir ma main. J'avais passé la nuit et la matinée à penser à ce qu'elle m'avait dit, à tourner dans ma tête les mêmes idées, les mêmes craintes, la même révolte contre mon incapacité à gérer cette relation.

— Je voulais te proposer de passer à la maison en milieu d'après-midi, Jonas. Elsa et moi avons préparé des crêpes et... j'ai pensé à toi.

— C'est que... je suis pris.

J'avais répondu ce que ma colère m'avait soufflé. Pourquoi m'invitait-elle ? Que voulait-elle cette fois ? Pourtant, il subsistait en moi un mince espoir, comme une braise incandescente de ce feu que je n'avais pas réussi à éteindre.

— Ah, c'est dommage... ça m'aurait fait plaisir, murmura-t-elle, déçue.

Sa réponse raviva mon espoir et je tentai de me rattraper.

— Mais je peux me libérer. Vers 17 heures ?

— Génial, répliqua-t-elle d'une voix enjouée, et j'aurais pu entendre que ma présence était réellement désirée.

— Pourquoi ne pas proposer à Raphaël de venir aussi ? rajouta-t-elle.

Mon enthousiasme fondit aussitôt.

— Je ne sais pas s'il est libre, répondis-je, en tentant de dissimuler ma déception.

— Si c'est possible, il est le bienvenu. Quoi qu'il en soit, nous t'attendons.

Raphaël. Putain d'auteur toujours entre elle et moi ! J'enrageai, décidai de ne pas me rendre chez elle, me raisonnai.

Où en était-elle de ses sentiments pour lui, de ses espoirs ? Avais-je réussi à étouffer son désir ou ne l'avais-je que plus attisé ?

Lior

— Mais va te changer ! hurla Elsa.

Elle sortait de la salle de bains, apprêtée, maquillée.

— Tu ne vas pas rester dans cette tenue ! Et je vais m'occuper de ton visage. Tu es toute blanche.

— Pas question. Cette fois-ci, je reste comme je suis.

— Tu plaisantes ? s'exclama-t-elle, horrifiée.

— Non. Je refuse de me déguiser. Et puis c'est un vêtement de sport chic et décontracté.

— C'est un survêtement ! Tu ne l'as pas invité à faire une partie de tennis !

— Je reste comme je suis ! répétai-je, décidée.

— Bon, alors un petit coup de blush, au moins ! supplia-t-elle.

— OK, mais pas plus, finis-je par accepter, pour me débarrasser d'elle.

Elle me fit asseoir, saisit sa trousse et commença à œuvrer sur mon visage.

— Tu étais vraiment obligée de lui demander d'inviter ton auteur ?

— Tu penses que j'ai fait une erreur ?

— Je pense que tu mélanges tout.

— Pas du tout ! J'éprouve juste des sentiments forts pour ces deux hommes. Des sentiments différents, bien entendu. Je me sens femme avec eux, vivante et importante. Je les apprécie différemment. Raphaël pour ses qualités humaines, son talent, ce qu'il dit des femmes et de l'amour. Jonas pour... pour ce qu'il est.

— Moi, je préfère Jonas.

— Mais tu ne connais ni l'un ni l'autre.

— Je sais juste que Jonas existe, qu'il a réussi à percer ton armure, à te faire douter. L'autre n'est qu'un personnage de fiction.

— Les deux me font vibrer. Mais peut-être ne suis-je capable que d'être leur amie.

Elle suspendit son geste et me dévisagea.

— Tu me désespères, Lior.

— Je sais. Je me désespère aussi.

— Bon, voilà, t'es presque belle, s'exclama-t-elle. Hormis cette tenue, évidemment.

— Je peux te demander une faveur, Elsa ? questionnai-je, sentencieuse.

Elle me considéra, surprise.

— Mais bien sûr. Tu peux tout me demander, ma chérie.

— Pas d'allusion, pas de remarque vaseuse, pas de blague foireuse ni de clin d'œil complice. Ne joue pas les entremetteuses. Ne me mets pas dans l'embarras.

— Mais t'es vexante ! s'écria-t-elle. C'est mon style, peut-être ?

Je ne répondis pas.

— Bon, OK, c'est mon style, convint-elle.

— Tu me promets ?

— Je te promets d'essayer, lança-t-elle en regagnant sa chambre.

Jonas

— C'est donc toi, Jonas !

Les yeux d'Elsa se promenèrent sur mon visage avant de descendre le long de mon corps, m'inspectant avec une insistance qui aurait pu m'intimider si l'exagération ne me révélait un jeu.

Ses cheveux étaient attachés au-dessus de son crâne en un savant et néanmoins assez étrange palmier. Ses yeux un peu tombants étaient animés d'une vraie malice et un trait de crayon marron tentait de donner à ses lèvres l'épaisseur qu'elles n'avaient pas.

— Lior ! Jonas est là !

Lior se précipita à ma rencontre.

— Salut ! s'écria-t-elle. Entre, je t'en prie.

— Tu avais raison, il est pas mal, s'exclama Elsa.

— Ne fais pas attention, Jonas, murmura Lior en rougissant. Je t'ai parlé d'Elsa, tu sais donc à quoi t'attendre avec elle.

Lior portait un élégant survêtement. Le genre de tenue que l'on aime avoir sur soi, à la maison quand on est seul ou... entre amis.

Elle m'invita à m'installer sur le sofa.

— Désolée, je dois aller terminer les crêpes, annonça Lior.

— Je vais tenir compagnie à Jonas, proposa Elsa.

— Pas question, tu me suis, j'ai besoin de toi, ordonna Lior.

Elles me laissèrent une minute seul et je pus laisser libre cours à ma curiosité.

C'était un intérieur chaleureux, meublé simplement mais décoré de manière originale. Je m'amusai à distinguer ce qui, selon moi, avait été choisi par Lior.

Les mélodies de standards des années soixante-dix donnaient au lieu une atmosphère gaie et désuète à la fois.

Lior et Elsa réapparurent portant chacune un plateau, les déposèrent sur la table basse.

— Raphaël n'a pas voulu venir ? me demanda Lior en s'asseyant en face de moi.

Je l'avais presque oublié, celui-là.

— Il était invité par son... amoureuse, répondis-je.

— Oh, je comprends, dit-elle, stoppée dans son élan. Tant mieux, les choses avancent pour lui.

Et je crus lire dans son attitude une déception qui me désola.

— Fallait pas non plus exagérer, plaisanta Elsa. Tu n'as pas ramené d'homme ici depuis quelques décennies et tout à coup tu en piégerais deux à la fois ?

Lior lui fit les gros yeux.

— Quoi ? Qu'est-ce que j'ai dit ? fit mine de s'étonner Elsa, en me lançant un clin d'œil.

— Délicieuses, ces crêpes ! m'exclamai-je.

— C'est Lior qui les a préparées, annonça Elsa. Un véritable cordon bleu, cette fille. En fait, c'est bien simple, elle a toutes les qualités ! Moi, je me suis occupée de la musique.

— Ce qui veut dire qu'elle n'a rien fait, souligna rapidement Lior, afin d'interrompre son amie. Elsa est branchée tubes des années soixante-dix, comme tu as sûrement pu le remarquer.

— Tu aimes ? me demanda Elsa.

— Pour être sincère, j'apprécie sans aimer.

— Encore un qui ne comprend rien à la chanson ! s'insurgea-t-elle.

— Pourquoi cette époque particulièrement ? demandai-je.

— Mais parce que dans ces années-là, il y avait du sentiment ! expliqua Elsa. On disait « je t'aime » et les chœurs faisaient « wapdouwa ». L'amour était beau, gai, romantique.

— Ce n'est pas spécifique à cette époque, objectai-je. D'autres chanteurs sont venus par la suite et ont su magnifiquement traduire les sentiments.

— Ah bon ? Lesquels ? fit-elle mine de s'étonner.

— Goldman, Cabrel, Souchon, Voulzy, James Blunt par exemple.

— J'adore tous ceux que tu viens de citer ! s'écria Lior.

— Ce n'est pas vraiment la même chose, rétorqua Elsa. Le romantisme de ces chanteurs-là s'est perdu dans leurs questions existentielles. Ils ont une vision défaitiste de l'amour. Ils se lamentent, regardent la vilaine tache que leur douleur fait sur leur cœur. La crise, le sida sont passés par là et leur ont ôté leurs illusions ! Qu'y a-t-il de plus beau qu'une chanson qui dit « Laisse-moi t'aimer, rien qu'une nuit » ? Ou « Elle court, la maladie d'amour » ? Ou encore « Que je t'aime ! » ?

Elle s'excitait, forte de ses certitudes.

— L'amour reste l'un des principaux thèmes d'inspiration des auteurs, des compositeurs, répondis-je. Mais les temps changent et les choses se disent autrement, je pense.

— Ah bon, tu entends parler d'amour dans le rap ou la techno ?

— Chaque style de musique exprime une part de sensibilité.

— Laisse tomber, s'interposa Lior. Dis-lui qu'elle a raison ou on en sera encore là dans deux heures.

— Oh, toi, ne me la joue pas « Je suis au-dessus de tout ça », s'il te plaît. Tu es d'accord avec moi dans le fond. Seulement, l'amour, tu vas le chercher dans les romans. Moi, lire, ça me donne la migraine. Je préfère écouter des chansons d'amour. D'ailleurs, ne dis-tu pas que les nouveaux romans n'osent pas parler d'amour ? Ils parlent de sexe, de drogue, d'alcool mais rarement d'amour, ou de façon détournée, n'est-ce pas ? L'amour est devenu ringard ! L'époque nie les sentiments car ils sont l'expression d'une faiblesse. Nous sommes toutes les deux des nostalgiques de cet amour romantique qui se chantait, se dansait, s'écrivait.

— C'est vrai, concéda Lior. Mais il y a encore des chansons, des comédies romantiques...

— Si peu ! Tiens, d'ailleurs... s'emballa-t-elle. Les slows ! Eh bien, il n'y a plus de slows ! C'est pas un signe, ça ? Maintenant, pour draguer en boîte, il faut apprendre à parler le langage des signes. Et t'as déjà essayé d'embrasser quelqu'un en dansant sur du rap, de la funky ou du R'n'B ? Ben je te conseille de pas mettre la langue !

Lior et moi éclatâmes de rire.

— C'est ça, oui, marrez-vous. En attendant, on est tous célibataires. À ce sujet, je peux te poser une question, Jonas ? demanda Elsa.

— Bien sûr.

Lior cessa de rire et, craintive, attendit la question de son amie.

— Comment expliques-tu que les hommes ne sachent plus parler aux femmes et encore moins les aimer ? Entre ceux qui nous traitent comme des sujets de conquête et ceux qui n'osent pas nous approcher, n'existe-t-il plus d'hommes capables de nous considérer avec respect, attention, amour ?

Disant cela, elle échangea à un rapide coup d'œil avec Lior pour lui signifier qu'il n'y avait pas lieu qu'elle s'alarme.

— Raphaël Scali, dans un de ses messages, m'a dit qu'il fallait considérer les hommes comme des grands enfants enfermés dans des corps d'adultes, intervint Lior. Selon lui, ils ont les mêmes peurs que nous mais sont obligés de les cacher.

Je me raidis.

— Ouais, pas encourageant, ton autiste, rétorqua Elsa. Qu'en penses-tu, Jonas ?

— Je ne suis pas le mieux placé pour répondre à ces questions, avouai-je. Les relations amoureuses sont une énigme pour moi, et...

J'hésitai, intimidé par l'écoute attentive de Lior. Elsa termina ma phrase.

— Et tu ne sais pas en parler ! Comme tous les hommes.

— En effet, je ne suis pas à l'aise pour en parler. Je suis assez...

— Timide et maladroit. Je sais, Lior me l'a dit, proclama-t-elle avant de mordre dans sa crêpe.

Lior, stupéfaite, ouvrit de grands yeux.

— J'ai encore fait une bourde, on dirait...

Les joues de Lior s'empourprèrent.

— Enfin, elle n'a pas exactement dit ça. Elle a dit touchant. Ce qui signifie la même chose, n'est-ce pas ?

Elle observa le visage de son amie se crisper un peu plus.

— Non, ce n'est pas ça ? demanda-t-elle. Bon, si je me taisais ? Hein, tout le monde est d'accord ? Alors je vais me taire et manger.

— En fait, j'ai juste dit que tu étais réservé, balbutia Lior. Mais pour moi, ce n'est pas un défaut, tu sais !

— Pas de problème, dis-je, en riant. Je ne suis pas à l'aise, c'est une évidence. Je ne sais jamais ce qu'il faut dire ou faire. Les femmes restent pour moi un grand mystère. Un mystère passionnant, attirant mais terriblement inquiétant.

Lior planta son regard dans le mien et j'aurais donné une année de ma vie pour lire ses pensées.

Elsa passa de ses considérations générales sur la gent masculine à ses expériences personnelles. Elle monopolisa la parole pendant près d'une heure, ravie que ses anecdotes, ses caricatures et ses imitations nous fassent rire.

Puis elle se leva et annonça qu'elle devait se préparer pour sortir. Lior parut surprise, presque désemparée. J'eus l'impression que cela signifiait que notre petit goûter était terminé.

— Je vais y aller aussi, indiquai-je.

— Tu peux rester, me proposa Elsa.

— Eh bien... c'est que...

J'hésitai, attendant un signe d'encouragement de Lior. Mais elle se tut, baissa les yeux sur les assiettes qu'elle commença à ranger.

Comment déchiffrer ces silences, ces regards fuyants ? Comment font les autres hommes pour les comprendre ? Les comprennent-ils, d'ailleurs, ou expriment-ils simplement ce qu'ils désirent ? Devais-je accepter la proposition d'Elsa au risque de m'imposer ?

Face au mutisme de Lior, j'abdiquai.

— En fait, j'aurais bien aimé… mais j'ai des choses à faire, finis-je par déclarer.

— J'ai des choses à faire, également, assura Lior, définitive.

Elle devint alors distante, presque froide. Je me levai pour l'aider à débarrasser et, quand nous nous croisâmes entre la cuisine et le salon, elle paraissait absente.

Elsa secoua la tête, comme désappointée, puis disparut dans sa chambre. Je ramassai mon blouson et Lior me raccompagna à la porte.

— C'était très sympa, lui dis-je.

— Oui. Elsa est marrante.

— Et c'était très bon.

Quel crétin étais-je donc pour ne proférer que des banalités ? Qu'aurait fait Raphaël Scali à cet instant ? Qu'aurait-il écrit s'il avait dû imaginer cette scène ?

Je lui fis la bise et avançai vers l'escalier.

Au moment où elle allait refermer la porte, je l'appelai.

— Lior ?

Elle réapparut et je ne sus si sur son visage l'expression était celle de l'espoir ou de la surprise.

— Ai-je dit ou fait quelque chose qui ne t'a pas plu ?

— Non, pourquoi ? demanda-t-elle.

— Je ne sais pas. Tu as l'air…

— Je suis juste un peu fatiguée, répondit-elle en souriant.

— C'est pas une réponse… c'est du plagiat, fis-je remarquer.

Elle ramassa une mèche de cheveux, parut hésiter.

Elsa sortit à ce moment-là, son manteau sur le dos.

— Attends, je descends avec toi.

Lior parut effrayée à l'idée de la laisser seule avec moi. Elle adressa une discrète mimique à son amie.

— Ne t'inquiète pas. Je vais pas te le piquer, ton mec, s'exclama cette dernière en me saisissant le bras. Allez, salut !

Quand nous sortîmes de l'allée, Elsa me proposa de l'accompagner jusqu'à la station de métro.

— Pourquoi n'es-tu pas restée ? demanda-t-elle soudain.

— Elle ne me l'a pas proposé, répondis-je, surpris.

— Je l'ai fait.

— Oui, mais pas elle. Elle n'avait pas l'air d'y tenir.

Elle me considéra avec mansuétude.

— Tu penses que Lior voulait... que je reste ?

— C'est donc vrai, tu ne comprends rien aux femmes, constata-t-elle. Je vais te dire un truc : j'avais prévu cette petite sortie pour vous laisser seuls. Maintenant, me voilà obligée d'aller boire un verre avec une copine dépressive qu'il va me falloir écouter pendant au moins deux heures. Et tout ça pour rien, si ce n'est ne pas avoir à me reprocher sa prochaine tentative de suicide.

— Tu crois qu'elle aurait aimé que je reste ?

Elle s'arrêta et me dévisagea.

— Lior a raison : ta naïveté est touchante.

— Écoute, arrête de t'exprimer par ellipses ! Parle-moi clairement, Elsa, exigeai-je, fébrile. Que t'a-t-elle dit sur moi ?

J'avais changé d'attitude et elle eut un petit sourire, ironique et tendre à la fois.

— Touchant, réservé mais un fort caractère, a-t-elle précisé. Bon, comment t'exprimer ça...

Disons que c'est la première fois depuis bien long-temps que je la vois douter au sujet d'un homme.

— Douter ?

— Oui, tu as dû comprendre qu'elle s'est inventé un idéal de vie qui n'est qu'un leurre. Pour se protéger, elle se fait croire qu'elle n'a pas besoin d'homme, qu'elle peut vivre sans amour. Mais tu as ébranlé ses convictions. Tu l'as émue. Elle dit que tu es différent de ceux qu'elle a rencontrés.

Je sentis une lame de chaleur monter en moi. Ma respiration se fit plus profonde, comme pour éteindre le feu empourprant mes joues.

Elsa s'en rendit compte, sourit.

— Hé, t'emballe pas ! Tu n'es qu'au début de tes problèmes. Car Lior n'est jamais aussi infernale que quand elle doute. Sa première réaction a été de te tenir à distance, de résister. Elle a trop peur d'être déçue.

— Mais... t'a-t-elle dévoilé ses sentiments pour moi ?

— Oui. Enfin, pas vraiment. Disons qu'elle n'a rien avoué. Elle a trop peur de cette vérité qu'elle sent approcher. Et peut-être qu'elle craint aussi que je ne me mêle de cette histoire. Comme si c'était mon genre, ajouta-t-elle en me lançant un clin d'œil.

— Que t'a-t-elle dit au juste ?

— Tu me demandes de trahir les secrets de mon amie ? s'offusqua Elsa. Pourquoi tout le monde croit que j'ai si peu de principes ?

— Elsa, s'il te plaît.

— Bon, OK, se résolut-elle avec un sourire complice. Mais je le fais pour son bien ! Elle m'a d'abord parlé de toi comme d'un bon copain. Elle m'a raconté vos rencontres, m'a dit qu'elle avait compris qu'elle te plaisait, mais m'a aussitôt affirmé qu'elle n'envisageait rien avec toi. Mais je la connais, ma Lior. Je sais lire dans ses silences, dans ses hésitations. Je l'ai donc cuisinée un peu et elle a fini par me confier que tu la troublais. Elle est amoureuse mais ne veut pas encore le reconnaître.

— Elle me donne pourtant l'impression de ne rien ressentir pour moi. Elle me propose son amitié, puis disparaît pour réapparaître. Elle est insaisissable.

— C'est ce que je disais, elle te tient à distance parce qu'elle ne sait plus où elle en est.

— Alors... que dois-je faire ?

— Tu as deux possibilités : tu lui fais une superbe déclaration. Le genre de déclaration qu'elle attend depuis toujours, un acte d'amour fort, quelque chose d'unique qui l'éblouira. Bon, très sincèrement, elle est capable de t'envoyer tout de même gentiment paître. Mais ensuite, elle y repensera et finira par céder.

J'envisageai cette approche, imaginai les scènes. J'étais capable de tout, tellement heureux de découvrir ce que je n'osai plus espérer.

— Deuxième possibilité : tu fais le siège de ses sentiments. Tu passes du temps avec elle, tu te montres tendre, attentionné et patient, tu la rassures. Elle a besoin d'être sûre de toi, de reprendre confiance en elle aussi.

J'eus envie de serrer Elsa dans mes bras, de la remercier.

— Tu es amoureux, n'est-ce pas ? questionna-t-elle, douce.

— Je suis tout simplement fou d'elle.

Un large sourire illumina son visage.

— Elle a de la chance, affirma Elsa, émue. Bon, bien entendu, on ne s'est pas parlé. Si elle sait que je t'ai dit tout ça... elle me tue.

— Merci. Tu ne peux pas savoir... bredouillai-je. Je commençais à désespérer. Je croyais qu'elle était amoureuse d'un autre et...

— Quel autre ? demanda-t-elle.

— Raphaël Scali.

— L'auteur ? Je l'ai cru aussi. Mais, en fait, je crois qu'avec lui c'est différent. Elle attend autre chose.

J'eus envie de tout lui avouer, de lui raconter toute l'histoire, de lui demander conseil sur la manière de gérer la relation complexe que j'avais créée. Je l'aurais sans doute fait si elle avait eu le temps de m'écouter.

— Il faut que j'y aille. Je suis en retard.

Elle m'embrassa.

— Fais attention à elle, murmura-t-elle. Elle est fragile. Les hommes l'ont abîmée.

Lior

— Que lui as-tu dit ? demandai-je, irritée.

Elsa ôta sa veste, la jeta sur le canapé.

— Rien, répondit-elle, évitant mon regard.

— Elsa !

— Rien, je te dis. Nous nous sommes quittés en bas de l'immeuble.

— Et pourquoi as-tu soudain décidé de partir ? m'emportai-je. Pourquoi t'es-tu inventé un rendez-vous ?

— J'avais réellement rendez-vous ! Je suis allée écouter les délires de ma collègue dépressive.

— Mais je n'étais pas au courant !

— Tu aurais crié au complot.

— C'en était un !

— Bon, c'est vrai, j'avais prévu le coup. Je voulais vous laisser seuls.

Je décidai d'abandonner toute polémique. Elsa était plus forte que moi à ce jeu-là.

— Je l'aime bien, ce mec, dit-elle. Il est craquant.

— Tu trouves ?

— Il est tel que tu me l'as décrit. Et il a une qualité essentielle.

— Laquelle ?

— Il est fou de toi, affirma-t-elle.

— Fou de moi ? Mais il a fui dès qu'il a pu le faire ! m'écriai-je.

— Tu plaisantes, je suppose !

— Comment ça ?

— Dès que j'ai annoncé que je sortais faire une course tu t'es raidie, tu es devenue froide. Je lui ai proposé de rester, il a attendu que tu lui confirmes cette invitation et tu n'as rien fait ! Comment pouvait-il avoir envie de rester ?

Elsa était en colère.

— Mais... mais c'est que... j'étais surprise ! L'idée de rester seule avec lui... je ne m'y attendais pas. Alors... J'ai encore déconné, reconnus-je, affligée.

Elsa se calma aussitôt, s'assit à mes côtés et me prit dans ses bras.

— Tu crois vraiment qu'il est fou de moi ? l'interrogeai-je.

— Faut être conne ou aveugle pour ne pas le voir. Et vu que tu as une bonne vue...

— Argumente ! J'ai besoin d'être rassurée...

— Il n'a d'yeux que pour toi, épie chacun de tes gestes. Il a une manière de t'observer discrète, curieuse, attentionnée. Comme s'il te découvrait à chaque instant.

Je me redressai.

— C'est vrai ? Tu as vu tout ça ?

— Et comment. Aucun homme ne m'a jamais regardée de cette manière.

— Et maintenant ? Que dois-je faire ?

— Le revoir. Et laisser les choses suivre leur cours.

Chapitre 12

L'AMOUR EST UNE RÉVÉLATION

Jonas

C'était comme si mon corps ne pouvait contenir les émotions qui le traversaient. Je me sentais heureux, nerveux, exalté, fébrile. J'avais envie de me mettre à courir, de dévaler les rues comme un enfant pour vider le trop-plein d'excitation. Depuis combien d'années ne m'étais-je pas trouvé dans cet état ? Ainsi, je m'étais trompé, je n'avais rien compris, n'avais pas su décoder les attitudes, les regards, n'avais rien vu venir. Chaque fois qu'il m'avait semblé saisir chez elle une intention, un intérêt pour moi, une parole, un comportement étaient venus les démentir.

Objectivement, je n'avais toutefois aucune véritable raison de me réjouir. Lior était fragile, méfiante et pouvait décider de ne pas tenter d'aller plus loin avec moi. De plus, je ne savais pas quelle serait sa réaction quand je lui révélerai qui j'étais. Car il était temps de le lui dire. Ce que je savais des sentiments qu'elle nourrissait à mon égard, fussent-ils embryonnaires et implicites, suffisait à calmer mes craintes : je l'intéressais, au-delà de mon roman. Jonas Lankri existait. Il était plus fort, plus vivant que cet enva-hissant Raphaël Scali. C'était ma personnalité, ma sensibilité, ma prévenance et je ne sais quoi d'autre qui l'avaient touchée.

Il fallait donc, dès que possible, clarifier la situation, dégager l'horizon des derniers obstacles qui hypothéquaient ce possible amour.

Cette dernière scène était la plus compliquée, la plus dangereuse. J'avais écrit mentalement la trame de l'intrigue mais la fin ne m'appartenait plus.

La peur me saisit. J'étais désormais face à mes actes.

*

De : Raphaël Scali
À : Lior Vidal
Objet : Rendez-vous

J'aimerais vous rencontrer, Lior. Il est temps de vous parler, vous expliquer mon amour.
Si vous me comprenez, celle que j'aime me comprendra.
Elle comprendra pourquoi je me suis tu si longtemps, pourquoi j'ai dissimulé mon amour.
Je vous attends demain, Café des Italiens, à 19 h 15, à deux rues de la librairie que vous fréquentez.
Cela vous convient-il ?

*

La nuit se révéla cruelle. Elle étouffa lentement mon optimisme et attisa mes craintes. Mon ima-gination déroulait tous les scénarios capables de tourmenter ma conscience. Je la voyais m'écou-ter, puis se mettre en colère ou devenir soudai-nement triste et me quitter.

Ces cauchemars qui hantaient mon esprit éveillé me mirent dans un état d'excitation extrême et je dormis peu. Au petit jour, je pris une douche, avalai un café et allai m'épuiser dans un jogging de débutant. Quand je revins, Josh m'attendait.

— Depuis quand tu cours ? s'étonna-t-il.

— Depuis ce matin.

— Pourquoi ?

— Pour tenter de rattraper ma vie, ironisai-je, à bout de souffle.

Il eut un petit sourire.

— Mais encore ?

— J'ai rendez-vous avec Lior ce soir.

— Pour faire un marathon ? plaisanta-t-il.

— C'est Raphaël Scali qui a rendez-vous avec elle.

— Ah... je vois, s'exclama-t-il en levant les sourcils.

Je lui racontai les derniers événements.

— Le moment de vérité est arrivé, proclama mon voisin d'un ton faussement sentencieux.

— Je ne me suis jamais senti aussi... excité et anxieux, avouai-je en m'affalant sur le canapé.

— Normal.

— Tu voulais me parler ?

Il haussa les épaules.

— Non, rien d'important.

Je ne l'interrogeai pas sur l'évolution de son histoire avec Chloé, lui vouant trop d'amitié pour ne lui accorder qu'une oreille distraite.

Il dut le comprendre et, après quelques paroles réconfortantes, me laissa.

*

Au-dessus du sourire que M. Hillel m'offrit à mon arrivée, je vis percer son regard intelligent, inquisiteur.

— Il y a du nouveau, j'en suis sûr ! déclama-t-il. Allez, viens donc me raconter.

— Pourriez-vous éviter de lire en moi comme dans un livre ? fis-je mine de m'indigner.

— Un livre ? s'étonna-t-il en riant. Tu ne crois pas si bien dire. Depuis quelques jours, je n'avais en face de moi que la couverture non illustrée d'un roman. Aujourd'hui, je suis face à la première page. Un nom et un titre qui racontent tout.

— Le nom, c'est Jonas Lankri. Le titre c'est « Ce soir, je lui dis tout ». Raphaël Scali lui a donné rendez-vous.

— À la bonne heure ! Et comment te sens-tu ? Je suis... mort d'inquiétude.

Il sourit avec tendresse.

— Mon garçon... N'aie crainte. L'amour triomphe toujours à la fin.

— Je pourrais vous citer quelques dizaines de titres parmi tous ceux qui nous entourent qui vous raconteront le contraire.

— Ce sont des romans et les auteurs aiment les tragédies. Là, nous parlons de la vraie vie.

— Je lui ai menti, vous le savez.

— Ce n'était pas un mensonge mais une dissimulation nécessaire à la révélation d'une belle vérité.

— Vous voilà en train de reprendre mes arguments.

— Parce qu'ils sont bons. Elle le comprendra. Belle âme sait reconnaître belle cause.

— Espérons-le, soupirai-je.

— J'ai le sentiment que tu ne vas pas être d'une efficacité redoutable aujourd'hui. Tu aurais dû rester chez toi.

— Je ne pouvais pas.

— Je vois... Ton esprit n'est pas disponible, tu ne pourras donc pas écrire de fiche de lecture. Alors contente-toi de faire l'inventaire de ces rayons-là, dit-il, en désignant quelques étagères. Ça ne mobilisera qu'une part infime de ton cerveau et le temps passera plus vite pour toi.

Et le temps passa. Trop lentement quand l'impatience me gagnait, trop vite quand la peur m'envahissait.

Lior

Je me sentais ridicule d'être si fébrile, si excitée. Si j'avais d'abord été heureuse d'apprendre
que nous allions enfin faire connaissance, la portée sentencieuse, et quelque peu dramatique, de
ses propos m'avait intriguée. J'avais passé une
nuit agitée, imaginant notre rencontre sous des
éclairages tantôt rassurants, tantôt inquiétants. Je
craignais d'être déçue par l'homme, par son attitude ou par quelques anodins détails qui viendraient altérer l'image que je m'étais faite de lui.
Je craignais surtout d'être décevante à ses yeux.
Ne pas trouver les mots qu'il faudrait prononcer,
ne pas être à la hauteur de ce qu'il attendait de
moi.

Lui parlerais-je du roman dont je rêvais ? Non,
il ne fallait pas. Ce n'était pas l'objet de notre
rendez-vous. Nous ne parlerions que d'elle et lui.
Je devrais m'en tenir à cela, ne pas essayer de
profiter de la situation pour avancer mes arguments.

À nouveau, je me fis l'effet d'être une admiratrice écervelée. J'avais envie de lui plaire. Non pas

de le séduire, l'affaire était entendue, mais de lui montrer que je pouvais être son amie, sa confidente. Si nous devenions amis, je pourrais peut-être plus tard lui confier à mon tour mes sentiments envers Jonas.

Jonas... savait-il que j'avais rendez-vous avec Raphaël ?

Le Café des Italiens était situé à quelques rues de la librairie. J'avais donc décidé de demander à Jonas de m'accompagner afin de nous présenter. Puis de nous laisser afin que Raphaël puisse se confier à moi.

Je n'avais rien dit à Elsa. Elle ne comprenait pas mon engouement pour l'auteur et se serait sans doute moquée de moi, de mon enthousiasme. Mais, une fois auprès de Serena, je lui racontai tout sur un ton enjoué. Je la vis d'abord se réjouir. Puis une ombre passa dans son regard et elle réclama son stylet.

Écoute-le, comprends-le

Elle avait écrit ces mots avec plus de difficulté que d'habitude. Son état déclinait.

— C'est ce que Raphaël Scali m'a demandé, lui répondis-je.

Elle avait alors rajouté ces quelques mots.

Jonas. Écoute-le, comprends-le

— Jonas ? Pourquoi Jonas ?

Je la sentis s'agiter puis se résoudre à ne pas me répondre.

— J'ai projeté de passer le voir avant le rendez-vous. Il pourrait m'y accompagner. Qu'en penses-tu ?

Elle parut réfléchir à cette idée puis fixa le plafond et s'abandonna à la fatigue. Ces derniers temps, elle me donnait l'inquiétante impression de ne plus vouloir se battre contre sa maladie. Elle lâchait chaque jour un peu plus les rives de la réalité pour laisser le poids de ses maux l'entraîner dans des profondeurs inconnues, comme pour les sonder, s'y habituer, avant le grand départ.

Je m'allongeai à ses côtés et lui caressai les cheveux. Mon amie allait bientôt nous quitter, je le savais. Je détaillai son visage, respirai l'odeur de sa peau, de ses cheveux, caressai sa joue. Je voulais m'imprégner de toutes les sensations qui, plus tard, quand elle me manquerait, me la raconteraient de nouveau.

Je me sentis injustement chanceuse d'avoir encore une vie à vivre. Une vie faite de petits tracas, de petites joies et de grands bonheurs, de rires avec Elsa, de larmes sans doute, de projets d'avenir, de rendez-vous. Je me penchai pour l'embrasser sur le front.

— Je dois y aller, ma chérie. Je te raconterai tout demain, lui murmurai-je.

Elle ouvrit alors les yeux, vrilla son regard dans le mien, grave.

— Qu'as-tu, Serena ?

Elle se contenta de me caresser la main du bout des doigts.

— Qu'y a-t-il, Serena ? Que cherches-tu à me dire ?

Ses yeux, alors, me quittèrent et je sentis son corps se détendre. Elle ferma ses paupières pour clore notre échange.

Jonas

Alors que je m'apprêtais à quitter la librairie pour me rendre au rendez-vous, Lior entra. Son apparition me surprit autant qu'elle me perturba. Pourquoi venait-elle me voir maintenant plutôt que d'aller directement au Café des Italiens ? J'avais imaginé pouvoir rester seul un instant avant la rencontre afin de puiser en moi le courage nécessaire à ma révélation.

M. Hillel m'adressa un regard rassurant. « Ne t'inquiète pas », semblait-il me dire.

Lior le salua, échangea quelques propos aimables avec lui et vint vers moi.

— Salut, Jonas. J'ai rendez-vous avec Raphaël près d'ici. Il veut me parler, dit-elle, enthousiaste. Me confier ses déboires amoureux. Il pense que je peux l'aider.

Je me sentis honteux. Elle paraissait si heureuse, si bienveillante. Ce que j'allais lui annoncer, à n'en pas douter, la bouleverserait.

— Veux-tu bien m'accompagner ? Tu pourrais faire les présentations puis ensuite… nous laisser.

À moins qu'il ne soit pas gêné par ta présence. Tu es son ami.

Confus, essayant de me ressaisir pour composer une attitude plus sereine, j'acceptai. Que pouvais-je faire d'autre ?

Nous saluâmes M. Hillel et prîmes la direction du café.

— C'était sympa notre petit goûter, hier, n'est-ce pas ? demanda-t-elle.

— Très, me contentai-je de répondre, trop tendu pour paraître désinvolte.

— Désolé pour Elsa... Elle est parfois un peu trop... entreprenante.

— Je l'aime bien.

— Elle te le rend bien. Je voulais te dire une chose... annonça-t-elle, hésitante.

Elle coula un regard craintif vers moi.

— Oui ?

— Penses-tu que nous pourrions nous voir un de ces soirs ?

— Bien sûr, répliquai-je, trop froidement.

Ma réponse me parut désuète en regard de ce qui allait advenir. Elle attendit que je lui propose une date, mais j'en fus incapable.

Nous arrivâmes devant le café et je m'immobilisai.

— Je suis en avance, dit-elle. C'est nul, mais... je suis un peu intimidée.

— Il ne faut pas.

— C'est quand même un auteur que j'admire.

— Un homme, juste un homme.

— Je ne sais même pas à quoi il ressemble, s'affola-t-elle en jetant un coup d'œil à l'intérieur du café.

Je la suivis et nous nous assîmes à une table.

Soudain, le calme me gagna. J'avais conscience que les secondes qui suivraient seraient parmi les plus importantes de ma vie et pourtant je me sentais serein. Une sérénité froide m'obligeant à faire face à mes responsabilités.

Elle avait pris place face à la porte et laissait ses yeux flotter sur le visage des quelques clients présents.

Elle planta son regard dans le mien.

— Donc, il n'est pas là, n'est-ce pas ? dit-elle.

— Si, répondis-je.

— Ah ? s'exclama-t-elle en se redressant.

Elle tourna la tête vers la porte d'entrée, chercha un nouveau visage, n'en découvrit pas.

Elle eut alors un sourire de petite fille désolée de ne pas comprendre.

— Où ?

Sur son visage, je lus toute sa fragilité. Comment lui parler sans la blesser ? Comme lui faire comprendre qu'il ne s'agissait que d'amour ? J'aurais tellement voulu la préserver.

— En face de toi.

Elle fronça les sourcils et me questionna du regard.

— Je ne comprends pas, dit-elle, dépitée.

— Je suis Raphaël Scali.

*

Elle resta muette un instant, me dévisageant, essayant de comprendre les paroles prononcées, cherchant sur mes traits les indices d'une plaisanterie.

— Raphaël Scali est un pseudonyme, mon nom d'auteur.

Interloquée, elle ne parut pas saisir.

— Je vais tout t'expliquer. Tout ceci doit te paraître insensé mais je t'assure que si tu écoutes ce que j'ai à te dire, tu comprendras.

Alors, elle se figea, réalisant ce que je lui disais et je pus lire de l'effroi dans ses yeux.

— Non, je t'en prie... je vais t'expliquer.

Mais elle était déjà ailleurs. Quelque part entre ici et tous les moments que nous avions partagés, toutes les idées qu'elle s'était faites, toutes les pensées qu'elle avait eues, tous les messages que nous avions échangés.

Alors je me mis à parler, vite, à enchaîner les phrases sachant mon temps compté.

— Je suis tombé amoureux de toi, Lior. Dès que je t'ai vu, j'ai su. J'avais rêvé de toi. Enfin... d'une fille comme toi. Et je t'ai reconnue. Mais tu accordais trop d'importance à l'auteur. J'ai cru qu'il n'y avait que lui qui comptait pour toi. J'étais dans l'ombre de mon propre personnage. Tout ce que j'ai fait ou dit n'avait d'autre but que d'éprouver la sincérité de nos sentiments.

Je parlais mais elle ne m'écoutait pas.

Puis elle se leva, les yeux remplis de larmes, et s'en alla.

*

Je savais qu'il ne servait à rien de lui courir après, de la forcer à m'écouter. Je la vis s'éloigner et me sentis meurtri. Je restai un instant assis là, vide de toute pensée, de force, d'espoir.

Parler. Il me fallait parler à un ami. Lui dire ce qu'il s'était passé, lui demander conseil. Je pensai à Josh et à Chloé quand je me souvins que la librairie n'était qu'à quelques centaines de mètres.

Le rideau de fer était tiré mais je vis une lumière à l'intérieur, me rapprochai de la vitre. M. Hillel était assis à sa table, une calotte sur le sommet de son crâne, un grand livre ouvert devant lui. Il dut sentir ma présence, releva la tête, me vit et se précipita pour m'ouvrir.

Il m'observa un instant.

— Entre mon garçon, dit-il d'une voix désolée.

Je le suivis, m'assis à sa table de travail, face à lui.

— Raconte-moi.

— Elle était… bouleversée, balbutiai-je. Je lui ai fait du mal. Elle n'a pas voulu m'écouter. Elle est partie sans dire un mot. Elle pleurait.

Il hocha la tête, dépité.

— C'est terminé, dis-je.

— Ça, ce n'est pas toi qui le décides.

— Elle ne me pardonnera jamais.

— Elle a besoin de temps. Elle doit d'abord assimiler ce que tu lui as dit, revoir tous les événements à la lumière de la vérité. Ensuite, elle réfléchira, essaiera de comprendre.

— Si vous l'aviez vue… elle pleurait silencieusement. Je l'ai profondément blessée. Elle s'est sentie trahie. Non, elle ne me pardonnera jamais.

— Ne sois pas défaitiste. C'est une belle âme. Elle saura pardonner.

Il me désigna le livre ouvert devant lui. Un livre sur lequel des mots en hébreu étaient organisés en étranges colonnes.

— Regarde ce livre. C'est mon *livre lumière*. Celui dont je t'ai parlé. Celui avec lequel j'étais fâché. Je ne l'avais pas ouvert depuis… des décennies. Je lui en voulais de ce qu'il m'était arrivé. À lui et à son auteur. Grâce à toi, à nos conversations, je suis parvenu à l'ouvrir de nouveau. Et je suis en train de pardonner, de comprendre. Le livre est toujours la solution.

Le vieil homme caressa affectueusement les pages.

— Mais, elle... comment pourrait-elle comprendre ? balbutiai-je. Qui lui expliquera ?

Il réfléchit un instant, laissa ses doigts effleurer les mots, comme s'ils pouvaient lui inspirer une réponse. Puis un sourire illumina son visage.

— Tu vas écrire.

— Écrire ?

— Un roman. Votre histoire. Son roman.

Je restai silencieux, laissant l'idée faire son chemin.

— Il faut qu'elle comprenne qui tu es, ce que tu ressens pour elle, ce qui a motivé chacune de ces décisions qu'elle n'a pas comprises. Il faut qu'elle pénètre dans ton monde, dans ton esprit. Elle réalisera alors que tout ce que tu as fait était guidé par l'amour que tu lui vouais, par ton exigence de sincérité.

Ses yeux s'animaient. Il avait la certitude d'avoir trouvé la seule réponse possible.

— Le livre. Le livre est toujours la solution, murmura-t-il, radieux.

Lior

Dans la pénombre de ma chambre, recroque-
villée sur mon lit, un coussin contre le ventre, je
m'abîmais dans les souvenirs. Les images se bousculaient au rythme d'un stroboscope infernal :
son regard, ses attitudes, certaines de ses phrases,
M. Hillel, la librairie, le jour où j'avais acheté le
premier roman, mes mots pour parler de l'auteur,
mes confidences, mes espoirs, nos échanges d'e-
mails, les conseils d'Elsa, ceux de Serena… chacune me sollicitait avec la même insistance, se
prévalant de sa charge émotionnelle, de sa capacité à me faire souffrir, de son statut de preuve ;
preuve que je m'étais trompée encore une fois,
que j'étais une imbécile, que l'on m'avait prise
pour telle. Chaque éclat de mémoire me giflait,
m'insultait.

Elsa rentra dans la chambre, ne me vit pas,
faillit refermer la porte, puis me devina dans la
pénombre.

— Ma chérie ! Qu'est-ce que tu as ? dit-elle, en
se précipitant vers moi.

J'étais incapable de parler, n'en avais pas envie.

Elle me prit dans ses bras, m'embrassa le front, me caressa le dos.

— Raconte-moi ! Que s'est-il passé ? s'inquiéta-t-elle.

Sa sollicitude me fragilisant un peu plus, j'éclatai en sanglots.

— Merde ! Mais qui t'a mise dans cet état-là ?

Elle chercha les raisons capables de me démolir, crut avoir trouvé, ouvrit des yeux horrifiés.

— Serena ! Elle est… ?

Je fis non de la tête.

— Jonas, réussis-je à articuler.

Les pleurs obstruaient ma gorge, remplissaient mes yeux, me coupaient le souffle.

— Il s'est foutu de moi, réussis-je à haleter.

— Jonas ? S'étonna-t-elle. Calme-toi et raconte-moi.

Elle dut attendre que ma gorge s'ouvre, que ma respiration se calme pour que je lui explique, en quelques phrases inabouties, ce qui était arrivé.

Elle ne dit rien, abasourdie, se contenta de me caresser les cheveux.

Elle resta près de moi et s'endormit à mes côtés.

Jonas

Écrire. J'en ressentais le besoin, l'envie, l'énergie. J'avais maintenant un sujet et un objectif. Ma vie dépendait de ce texte. L'inspiration, le désir d'écrire n'étaient pas en cause. Il s'agissait seulement d'un acte expiatoire, libérateur, réparateur. J'étais dans l'urgence et la nécessité. Le conseil de M. Hillel m'avait d'emblée convaincu. Je savais qu'il avait allumé un feu qui ne s'éteindrait qu'une fois le dernier mot exprimé. Il m'avait dit de prendre mes jours de congé, plus si nécessaire, m'assurant pouvoir se débrouiller seul à la librairie.

Je m'installai le soir même devant mon ordinateur.

J'allais écrire un roman à la première personne, pour répondre à son attente, pour lui offrir, en plus de ma confession, le travail qu'elle attendait de l'auteur.

Elle le lirait, me comprendrait et accepterait peut-être alors de lui offrir une jolie fin.

Lior

Pour la première fois depuis que j'étais entrée au service de M. Luciani, j'eus du mal à me rendre auprès de Serena. La douleur que je ressentais m'avait affectée physiquement. J'étais abattue, fatiguée, mes muscles étaient douloureux, mes yeux me brûlaient. Je fus tentée de rester au lit, de m'abandonner à ma tristesse. Mais je savais que Serena s'inquiéterait.

Quand j'entrai dans sa chambre, en me découvrant, Serena s'affola. Ses yeux fouillaient les miens à la recherche d'une explication.

Je m'allongeai à ses côtés, lui pris la main et lui racontai. Sans pleurer, pour ne pas l'inquiéter plus. Mais ma voix parfois déraillait et je sentais la pression de ses doigts me dire son soutien, sa compassion. Elle accueillit mes propos comme s'il s'agissait d'un roman que je lui lisais, ne s'étonnant de rien, acceptant les faits avec tristesse.

Mon récit dura longtemps. Puis je lui confiai mes sentiments, ma colère, ma déception. Elle resta stoïque. Je me rendis compte que son calme m'irritait. J'aurais voulu qu'elle se révolte, qu'elle s'indigne avec moi, à sa manière. Mais elle se contenta de caresser ma main du bout de ses doigts.

Puis je mis de la musique et nous restâmes silencieuses. Épuisée, je finis par m'endormir près d'elle. Quand je me réveillai, elle me sourit.

— Je fais une piètre infirmière, Serena. Je te confie mes problèmes, te charge du poids de leur tristesse et je m'endors.

Elle me désigna son écran.

J'y crois encore

Quelques heures plus tôt, ces paroles m'auraient contrariée tant j'avais besoin de sentir de la solidarité. Là, reposée, détachée, elles me parurent dérisoires, déconnectées de la réalité.

Chapitre 13

L'amour est une confession

Jonas

Les mots me venaient sans mal. Ils coulaient de mes doigts, se déversaient sur mon écran en un flot continu.

Je me levais parfois pour tenter de la joindre au téléphone, mais elle ne me répondait pas et chacun de ses refus attisait mon désir d'écrire.

Les journées passaient et le texte prenait forme. L'urgence m'imposait son rythme, mon désespoir son énergie.

Il fallut cinq semaines pour achever ma confession. Cinq semaines durant lesquelles je ne fis rien d'autre qu'écrire, me reposant peu, mangeant mal, limitant mes conversations avec Chloé et Josh à des propos visant à les rassurer, à leur expliquer ce que je faisais et pourquoi. Ils comprirent.

Mon appartement se transformait en champ de bataille. Des vêtements, des assiettes et des verres sales jonchaient toutes les pièces. Je n'avais plus rien de propre à mettre et, pour manger, je lavais rapidement une fourchette ou une cuillère que je plongeais ensuite dans des boîtes de conserves.

Je parvenais à m'imposer une douche quoti-
dienne, mais, même sous l'eau, mon esprit continuait à former les phrases que je me précipitais
ensuite de taper sur mon clavier.

Je finis épuisé, amaigri, hagard mais plein
d'espoir. Je tentai de me convaincre que tout ceci
n'était pas vain, que dès qu'elle lirait ces pages,
elle comprendrait, accepterait et, peut-être, me
donnerait une nouvelle chance.

Je ne relus pas le texte.

Ses pages contenaient le meilleur de moi-
même. Jamais un texte n'avait autant exprimé ce
que je ressentais, ce que j'étais. Je rédigeai une
lettre afin de l'inciter à ouvrir mon manuscrit.

Je portai l'enveloppe à son adresse, la glissai
dans sa boîte aux lettres et repartis, les mains
dans les poches, le dos voûté, tentant de me
convaincre qu'elle le lirait et comprendrait.

Et l'aimerait.

Et m'aimerait.

Lior

Cinq semaines s'étaient écoulées depuis mon rendez-vous avec Jonas au Café des Italiens. Cinq semaines pendant lesquelles j'étais passée par différentes phases : la déception, la colère, la résignation. Mais la douleur était toujours présente.

L'état de Serena déclinait de jour en jour. Sa peau devenait plus pâle, ses traits se creusaient, ses absences étaient de plus en plus fréquentes et longues.

Durant ces cinq semaines, délicatement, au fil des jours et au détour de quelques réflexions, de phrases subrepticement lâchées, elle avait tenté de m'amener à considérer les faits sous un autre angle.

Que ressentait-il à ton avis ?
Avait-il d'autres possibilités ?
N'est-ce pas un bel amour ?
Que peut-il devenir sans toi ?

Les premières fois, je ne répondis pas à ces sollicitations. Je refusais de penser à Jonas. J'avais bien trop à faire pour calmer ma souffrance, étais incapable d'envisager la sienne. Le flot d'émotions accompagnant chacune de mes incursions dans son univers me débordait et je préférais fuir pour revenir à moi.

Pourtant, peu à peu, je ne pus m'empêcher d'essayer de le comprendre. Mais, comme chaque hypothèse recelait son lot de questions auxquelles il m'était impossible de répondre, je renonçai.

*

C'est alors qu'un soir, en rentrant chez moi, je trouvai dans ma boîte aux lettres une lourde enveloppe adressée par Jonas.

Je l'ouvris les mains tremblantes.

À l'intérieur, un texte.

Sur la première page, un titre : « Pour toi, j'ai écrit ce roman ».

Une lettre l'accompagnait. Je restai perplexe, ne sachant pas définir la nature des sentiments puissants qui m'agitaient.

Je me précipitai dans ma chambre et lus la lettre.

À mon ultime lectrice,

Penses-tu qu'un homme puisse tomber amoureux d'une fille qui n'existe que dans ses rêves ? Crois-tu possible que cette fille veille sur lui, l'accompagne dans sa vie, le prépare à affronter des épreuves et le guide vers les chemins sur lesquels il saura se trouver ?

Peux-tu imaginer qu'un jour cette fille lui apparaisse dans la vraie vie ?

Voudras-tu encore m'écouter quand je t'aurai dit que je suis cet homme ?

Que tout ceci m'est arrivé.

Que cette fille c'est toi.

Que je t'ai connue avant de te rencontrer et t'ai reconnue quand tu as surgi dans ma réalité.

Que je t'ai aimée au premier regard.

Que ton âme et mon âme sont issues d'une même étincelle.

Que nous n'avons pas d'autre choix que de nous aimer ?

Je n'ai plus que mes mots pour te faire comprendre tout cela, pour te convaincre qu'il ne s'agit pas du délire d'un écrivain en veine de romantisme.

Alors, voici l'histoire de ma vie, qui est, par définition, l'histoire d'une partie de la tienne.

Je l'ai écrite comme s'il s'agissait d'un roman.

Le roman que tu attendais.

Jonas

Ces quelques mots avaient suffi à m'étourdir, à m'emplir d'une émotion si forte que je restai figée face à ce manuscrit qui maintenant m'attendait. Je respirai profondément, tentant de reprendre mes esprits, me sentant trop fragile pour en commencer la lecture.

Le roman que j'attendais, selon Jonas.

Je le saisis. Il commençait par le récit d'un rêve.

*

Durant près de deux heures, je lus sa confession, les joues inondées de larmes. Il m'avait raconté notre histoire, telle qu'il l'avait vécue. Pour m'expliquer ses sentiments, les perceptions, les doutes, les craintes qui avaient motivé ses décisions. J'avais pénétré son monde, suivi ses réflexions.

Et je dus me résoudre à reconnaître que je l'avais compris.

Mais surtout, je m'étais vue à travers ses yeux. Jamais personne ne m'avait dit de telles choses, ne m'avait donné une si belle image de moi, ne m'avait aimée si fort.

Le roman s'achevait sur une invitation.

Elle le lirait, me comprendrait et accepterait peut-être alors de lui offrir une jolie fin.

J'étais bouleversée. Que devais-je faire ? L'appeler ? Lui dire mon amour ?

Je m'endormis alors pour quelques petites heures seulement, sereine, heureuse, l'esprit ouvert sur le monde qui, à nouveau, m'accueillait.

Jonas

Je n'eus pas de nouvelles le lendemain. Peut-être n'avait-elle pas encore ouvert sa boîte aux lettres ? Ou alors avait-elle éprouvé le besoin de le découvrir lentement, d'y réfléchir, d'envisager ma vérité ? Ou encore celui-ci n'avait rien changé à ce qu'elle pensait de moi ?

Je me morfondais, ne cessant d'envisager toutes les hypothèses, passant sans raison d'un optimisme forcené au plus sombre désespoir.

Josh vint me rendre visite. Il plongea ses yeux dans les miens, cherchant à reconnaître son ami derrière l'homme aux traits épuisés qui lui faisait face.

— Tu as fini ? demanda-t-il.

— Oui. Je l'ai déposé dans sa boîte aux lettres, hier.

— Pas de nouvelles ?

— Non.

— Elle n'a dû le trouver qu'aujourd'hui. Et il lui faut le temps de le lire. De réaliser aussi.

Ses paroles me firent du bien. Oui, c'était sans doute cela. Il lui fallait du temps pour accepter la vérité.

— Le dénouement approche également concernant le mystérieux donateur.

Il sortit une feuille de sa poche, la déplia.

— J'ai l'adresse de la personne qui t'a envoyé l'argent, m'annonça-t-il.

— Ah ? dis-je, distrait.

Je n'avais pas raconté à Chloé et Josh ma discussion avec celui qui souhaitait devenir mon mécène. J'avais rapidement oublié cette conversation, trop absorbé par l'évolution de ma relation avec Lior.

Je saisis le papier qu'il me tendait.

— C'est une adresse à Paris.

Sur la feuille étaient inscrits le nom d'une société et une adresse.

— Tu connais ?

— Non. Jamais entendu parler.

— C'est à quelques stations de métro d'ici. Pourquoi ne pas aller leur rendre visite ?

— Pas aujourd'hui. Nous ne sommes plus à quelques jours près, répondis-je avec trop de désinvolture.

— Bien sûr, dit-il, tu as d'autres choses en tête.

— Oui, nous verrons une autre fois. Et comment ça se passe entre Chloé et toi ? Je suis désolé, je ne me suis pas vraiment intéressé à vous ces derniers temps.

— T'inquiète, on comprend.

— Vous êtes… ensemble ?

Il hocha la tête pour dire oui, timidement.

— Super ! Je suis vraiment content pour vous, dis-je, ému, en le prenant dans mes bras. Fais-moi un résumé des épisodes précédents.

— Je n'ai pas le temps, dit-il. On en reparlera. Mais… je suis heureux. Et je te souhaite le même bonheur, Jonas.

Ce soir-là, je m'endormis sur le canapé et fis ce qui devait être le dernier rêve d'elle.

Lior

Le lendemain était le jour anniversaire de Serena. J'arrivai chez elle avec un bouquet de fleurs et un paquet cadeau. Je l'embrassai, posai les fleurs dans un vase et lui tendis le cadeau.

Elle m'avait suivi du regard, visiblement heureuse de me voir si gaie.

— Tu vas être surprise, dis-je en ouvrant le paquet.

Elle regarda à peine le manuscrit que je lui présentais puis observa mon visage comme pour y relever les traces de ce bonheur qu'elle espérait. Puis elle saisit son stylet.

C'est ton roman

Comment pouvait-elle le savoir ?

— C'est notre roman, rectifiai-je. Celui que nous attendions, espérions lire un jour. Les mots de Raphaël Scali et... l'amour de Jonas.

Je lui lus le texte et ce fut un moment plein de vie, de sentiments, de plaisirs partagés. Parce que cette seconde lecture me révéla d'autres vérités que la surprise qui avait accompagné ma découverte du texte m'avait subtilisées. Mais également parce que Serena parut transformée. Elle jubilait, souriait, pleurait. C'était comme si ces mots insufflaient en elle des éclats de vie.

Quand j'eus fini, elle me serra la main et plongea son regard dans le mien. Un regard plein de messages tous plus beaux les uns que les autres. Un regard qui, je le sais maintenant, se préparait à me quitter.

Écris une fin heureuse

— Ai-je le choix ? lui demandai-je en riant.

Je me sentais gagnée par une joie intense, le désir de reprendre l'histoire là où nous l'avions laissée, d'oublier ces cinq semaines.

— Je ne l'ai pas encore appelé. Il me faut un peu de temps pour réaliser tout ça, préparer ce que j'ai à lui dire. Je veux que mes mots soient justes, qu'ils expriment mes sentiments.

Ce soir

— Non, pas ce soir. Demain. Demain, j'aurai les idées plus claires. Et, de plus... j'ai d'autres projets pour ce soir. Des projets auxquels je ne veux pas l'associer.

Elle me questionna du regard.

— *Tonight is Lady's night !* criai-je alors.

Surprise, elle attendait plus d'explications.

— Ce soir, tu es invitée chez moi ! lui annonçai-je. Une fête entre filles, pour ton anniversaire.

Serena avait manifesté plusieurs fois sa curiosité pour mon appartement, sa décoration. J'avais proposé à son père d'organiser l'anniversaire de Serena chez moi. Il s'était montré excité par l'idée. Inquiet mais heureux qu'il se passe enfin quelque chose dans la vie de sa fille.

Nous avions préparé la sortie en secret, fait transférer du matériel sur place, envisagé tous les aspects logistiques de l'expédition. Nous ne lui avions rien dit afin de ne pas la décevoir si son état le jour même nous contraignait à tout annuler. Le plan B prévoyait que nous fêterions son anniversaire chez elle.

Elle parut décontenancée, presque affolée.

— Ne t'inquiète pas, avec ton père, nous avons tout prévu. Claude t'y accompagnera.

Elle fixa un point au plafond, réfléchissant à cette proposition. Il y avait longtemps qu'elle n'était pas sortie. Elle, si curieuse du monde extérieur, refusait toute promenade. Elle craignait le regard des passants, l'image qu'ils lui renverraient.

Inquiète, hésitante, elle n'en était que plus vivante.

— Et tu vas enfin faire la connaissance d'Elsa, cette amie un peu folle dont tu aimes que je te raconte les péripéties. Tu verras, racontées par elle, ça a beaucoup plus de charme. Et, elle rêve de te rencontrer, tu sais ?

Merci

Je vis des larmes remplir ses yeux.

*

Le soir, je la coiffai, l'habillai en la rassurant. Claude l'installa précautionneusement dans la voiture, à mes côtés.

En chemin, je vis les yeux de mon amie se jeter à l'assaut de cette ville qu'elle avait quittée depuis quelques années. Elle observait les passants, les restaurants, les lumières des magasins avec une avidité évidente. Claude le comprit, roula lentement et fit d'incroyables détours pour qu'elle revoie les lieux qu'elle aimait. Devant l'allée de mon immeuble, il l'installa dans son fauteuil et s'en alla.

— Voilà, dis-je à Serena. C'est ici que j'habite. La rue n'a rien d'exceptionnel mais j'aime cet endroit. Je m'y sens bien.

Nous prîmes l'ascenseur et arrivâmes devant la porte de l'appartement. De la musique parvint à nos oreilles.

— Bon, je te l'avais dit, mon amie a des goûts de chiotte en matière de musique.

Je la vis sourire.

Elsa surgit, pointant un doigt sur Serena.

— Ah ! ma rivale ! s'écria-t-elle.

Serena ouvrit de grands yeux pour dire sa joie.

— Ouais, bon, on se disputera plus tard, dit Elsa en se penchant sur Serena pour l'embrasser.

— Je te présente donc Elsa, si toutefois tu avais un doute.

— Séduisante, vive, sensuelle et pleine d'esprit... c'est moi, Elsa ! s'exclama mon amie en prenant la pose.

— Et voici notre appartement.

Je plaçai Serena face au séjour. Je vis son regard plonger dans la pièce, y chercher les détails qu'elle avait mémorisés quand je lui racontais certaines scènes de ma vie, en découvrir d'autres.

Nous nous installâmes dans le salon. Nous allongeâmes Serena sur le canapé, la tête surélevée à l'aide de nombreux coussins. Nous nous assîmes près d'elle. J'engageai rapidement la conversation sur les déboires amoureux d'Elsa, sachant qu'elle se ferait un plaisir de nous livrer son sempiternel numéro. Serena s'agita, heureuse de retrouver le personnage que je lui avais décrit, plus authentique encore qu'elle ne l'avait sans doute espéré.

Michel Delpech commença à chanter *Pour un flirt avec toi* et nous vîmes Serena fermer les yeux et agiter ses doigts.

— Dis, je rêve ou tu aimes la musique que je passe, Serena ?

Serena sourit pour exprimer son plaisir.

— Oh non ! m'écriai-je. Ne me fais pas ça, Serena. Ne me trahis pas ! Ne lui donne pas raison !

— Victoire ! hurla Elsa. Voilà ce qu'on va faire : je vais te montrer mes albums et tu vas me dire ceux que tu souhaites écouter, OK ?

Sitôt dit, elle se leva pour aller chercher une pile de CD qu'elle plaça sur la table du salon.

— Alors si tu n'aimes pas, tu restes stoïque. Si tu aimes, tu lèves la main, bats des paupières, souris, te jettes par terre, bref, tu le manifestes.

Elle n'attendit pas la réponse de Serena et lui plaça le premier disque sous les yeux.

— Joe Dassin ?

Serena battit des paupières.

— Génial.

Elsa se mit alors à chanter *L'Été indien*, se leva et imita la gestuelle et le regard du chanteur.

— Là, c'est Michel Fugain, lança Elsa en entonnant le refrain d'*Un beau roman*. Super, elle aime aussi.

— Et Mike Brant ? Aznavour ? Richard Cocciante ? Elle aime tout ! Trop génial.

Elle continua encore et encore, se levant, mimant les chanteurs, dansant, sautant sur place. Serena était au comble du bonheur.

— En fait, c'est avec toi que j'aurais dû partager un appartement ! Bon, écoute, on est d'accord sur tout, donc je programme ces chansons.

Puis elle décida de la maquiller et la manucurer.

— La beauté naturelle, on va laisser ça à cette pétasse qui te sert d'infirmière et parfois d'amie. Nous, nous avons besoin d'un peu d'artifice. Toi parce que tu es malade, moi parce que je suis… ben pas terrible, faut le reconnaître.

Elsa se laissa manipuler, enchantée. J'observai la scène, émue.

Quand elle eut fini, Elsa saisit un miroir.

— Tu es magnifique. Je te montre le résultat ?

Serena découvrit son visage et eut un sourire triste.

— Tu es très belle, affirmai-je.

— Allez, on ouvre une bouteille, annonça Elsa en se précipitant à la cuisine, résolue à jouer les animatrices.

Elle fit sauter le bouchon et nous entonnâmes le chant rituel.

— À notre amitié, lançai-je heureuse.

— À l'amour ! s'exclama Elsa.

Je fis boire une petite gorgée du liquide pétillant à Serena et elle parut apprécier.

— On se met un film ? enchaîna Elsa.

Nous lui proposâmes d'en choisir un parmi notre petite collection. Son choix s'arrêta sur *Quand Harry rencontre Sally*.

— Encore une histoire d'amour où un homme et une femme destinés à s'aimer prennent le risque de laisser passer leur chance, résuma Elsa en me lançant un regard entendu.

— Mais la fin est heureuse, lui répondis-je.

Nous regardâmes le film allongées les unes contre les autres, attentives. Parfois Elsa lâchait un de ses commentaires décalés ou exagérés, faisant la joie de Serena. Je sentais son corps contre mon corps, la vie qui luttait pour subsister.

Je l'aimais tellement.

*

Il était près d'une heure du matin quand M. Luciani téléphona. Il s'inquiétait. Je le rassurai et lui proposai d'envoyer Claude chercher Serena. Mais, à ma grande surprise, ce fut lui qui se présenta à notre porte. Quand il vit Serena maquillée, enjouée, un grand sourire illumina son visage.

— Tu es magnifique ! dit-il.

— Qui, moi ? lança Elsa.

M. Luciani leva les yeux sur elle, lui offrit un sourire de reconnaissance.

— Elsa, ma colocataire, dis-je.

M. Luciani lui tendit la main.

— L'autre meilleure amie de Lior, compléta Elsa dans un soupir.

— Tout s'est bien passé ? demanda-t-il.

— Génialement bien ! répondit Elsa, comme si la question lui avait été adressée. On a chanté, dansé et on s'est raconté des blagues. Votre fille en connaît des bonnes.

— Je vois, dit-il, ravi.

Serena rayonnait. Il le remarqua, s'en émut.

Nous les accompagnâmes à la voiture, embrassâmes Serena.

— Ton père est vraiment canon ! lui glissa Elsa dans l'oreille.

Sans doute ce dernier avait-il entendu car il posa son regard dans le sien un court instant. J'adressai un petit signe de la main à Serena.

L'idée de la voir retourner à sa solitude me brisa le cœur et je me promis de réitérer l'expérience dès que possible.

Mais, face à la fatalité, certaines promesses sont vaines.

Jonas

Le dernier rêve

Je reconnus immédiatement sa chambre, en fus réjoui. Il y avait si longtemps que ma belle apparition avait déserté mes nuits. J'allais enfin la revoir, retrouver son visage, redonner aux souvenirs de nos précédentes rencontres les traits de sa beauté et vérifier si elle ressemblait à Lior.

Je restai sur le côté de son lit, ne distinguant qu'un profil flou. Elle était allongée sur ses draps, les bras rangés le long du corps. Elle donnait l'impression de fixer le plafond. J'entendis alors des sanglots. Étaient-ce les siens ? L'anxiété me gagna. Je voulus avancer vers elle mais mon rêve ne le permit pas.

C'est alors qu'un homme entra dans la chambre. Je fus surpris et contrarié par cette apparition. Il s'agissait de mon rêve et cet homme paraissait mieux l'occuper que moi.

Il se pencha sur elle, déposa un baiser sur son front. Elle ne réagit pas. Il resta un instant penché sur elle, la contemplant avec douceur. Puis il passa la main sur son front et lui ferma les yeux.

*

Je me réveillai en sursaut, haletant, le front couvert de sueur. Que lui était-il arrivé ? Pourquoi ce geste ? Était-elle… ? Je me levai, allai dans la salle de bains et m'aspergeai le visage d'eau comme pour me laver de cette image.

Pourquoi m'inquiétais-je de la sorte ? Il ne s'agissait que d'un rêve. Mon impatience me jouait des tours, pensai-je. J'attendais une réaction de Lior qui mettrait fin à mon angoisse, viendrait parachever notre histoire et mon anxiété, par je ne sais quelle circonvolution psychologique, s'était exprimée à travers ce triste rêve. Voilà ce que je me dis pour me rassurer. Je ne pus toutefois me rendormir. De sombres idées revenaient me hanter et je restai assis sur mon lit. Lior ne m'avait pas appelé ; était-ce parce qu'il lui était arrivé quelque chose ? J'attendis que la matinée s'engage et saisis le téléphone d'une main tremblante pour l'appeler.

Elle décrocha rapidement mais ne répondit pas. Seul un souffle faible manifestait sa présence.

— Lior ?

— Jonas… Oh, Jonas, dit-elle dans un sanglot.

— Qu'est-ce que tu as ? demandai-je, effrayé.

— Serena… ce matin… réussit-elle à dire.

Mon cauchemar me revint en mémoire et ce fut comme si mon cœur cessait de battre.

— J'arrive, dis-je avant de me précipiter hors de chez moi.

Lior

Il avait fallu un texte pour que je passe de la douleur à la joie, de l'ombre à la lumière, du désespoir à l'incroyable désir d'entreprendre la vie. C'était comme si mon existence décidait enfin de m'offrir une issue vers le bonheur. La matinée s'annonçait belle, la journée prometteuse. Je réfléchissais au meilleur moyen de reprendre contact avec Jonas. Devais-je lui téléphoner ? Aller le voir ? Quels mots lui dire ? Ils étaient importants, ces mots. Ils allaient marquer à jamais le début de notre histoire d'amour. Mais nul besoin de les choisir, de les préparer, je laisserais mon cœur me les souffler.

Mais à peine étais-je arrivée chez les Luciani que ciel s'obscurcit de nouveau.

Claude m'attendait sur le pas de la porte et son visage me renseigna.

— Serena ? demandai-je.

— Durant la nuit, répondit-il, les yeux remplis de larmes.

— Non ! hurlai-je en m'élançant dans l'escalier.

Je me précipitai dans sa chambre.

Elle était allongée, paisible, et je crus un instant avoir mal interprété les propos de Claude, que ses yeux allaient venir à la rencontre des miens et que son sourire me saluerait.

Mais elle resta immobile.

J'avançai lentement et me penchai sur elle.

— Serena... murmurai-je.

— Elle est partie sans douleur.

Je n'avais pas vu M. Luciani, assis de l'autre côté du lit, tenant la main de sa fille.

Ses yeux étaient rouges, sa mine défaite.

— Je l'ai trouvée inanimée et souriante ce matin. Elle savait que ce serait pour cette nuit, bredouilla-t-il d'une voix cassée par le chagrin.

Il me désigna l'écran de l'ordinateur.

Ma route s'arrête là. Je vous aime. Merci.

Je m'assis près d'elle, lui caressai les cheveux.

— Nous n'aurions pas dû fêter cet anniversaire et...

— Ne regrettez rien. Elle est partie légère, sereine, heureuse. Je vous en serai éternellement reconnaissant, Lior.

— Mais peut-être que si elle n'avait pas fait ces efforts...

— Non, elle savait que c'était la fin. Elle a tenu le coup, s'est accrochée pour aller au bout de son idée...

— Quelle idée ? demandai-je.

Il ne répondit pas.

Nous restâmes un moment silencieux, les yeux posés sur son visage.

— Elle n'a pas voulu que je la démaquille, hier, sanglotai-je.

— Sûrement parce qu'elle avait décidé de s'en aller cette nuit. Je suis certain qu'elle a choisi le moment de son départ.

Je savais que ce jour arriverait. Je le redoutais tout en m'y préparant. Ce n'était pas la première malade que je voyais partir. Mais auparavant j'étais une infirmière, certes trop investie, mais quelque peu protégée par la logique de ce métier. Et l'affection que je vouais aux malades était réduite aux rares heures que je parvenais à leur consacrer.

Serena était devenue mon amie.

Parce que je passais près de huit heures par jour auprès d'elle, parce que je lui confiais tout me concernant, parce que nous avions les mêmes goûts, les mêmes plaisirs. Parce que, paradoxalement, j'avais l'impression qu'elle me protégeait, me guidait. Je m'étais tant attachée à elle que j'avais fini par me leurrer, comme le font les familles des malades appelés à partir, espérant que peut-être une découverte ou un miracle...

Je sortis de la chambre, allai m'asseoir sur l'escalier et laissai monter en moi les émotions qui se présentaient à mon cœur.

C'est à ce moment que Jonas m'appela.

*

Nous sortions du cimetière. Jonas me tenait la main. Je pouvais sentir sa force, son équilibre, sa volonté de me soutenir. Nous ne nous étions encore rien dit à propos de notre séparation, de son texte, de nos désirs. Pourtant, nous étions déjà un couple.

J'avais pleuré dans ses bras, je m'étais apaisée dans son regard.

Elsa, Jonas et moi nous étions engouffrés dans la voiture de Claude pour nous rendre à

la Villa Venezia où une collation devait être servie.

Mais arrivés devant la maison, Jonas se braqua,
pâlit.

— Qu'est-ce qu'il t'arrive ? demandai-je.

Jonas

J'avais d'abord été saisi par la beauté de la demeure. La présence d'une construction si majestueuse, en plein cœur de Paris, imposait une forme de respect aux visiteurs et aux passants. Machinalement, je relevai la tête pour lire le nom de la rue. En le découvrant, je ressentis une sorte de malaise. Où l'avais-je déjà vu ? Soudain, le souvenir me revint et je tressaillis. Je cherchai le numéro auquel la maison était située.

Il n'y avait plus aucun doute.

L'adresse était celle de mon mystérieux donateur.

Lior remarqua ma stupeur, me questionna.

Je lui racontai alors les sommes d'argent que j'avais reçues, mes tentatives de comprendre, les recherches entreprises par Josh.

Elle m'offrit une expression d'incrédulité.

— Mais... je ne comprends pas. C'est impossible. Jusqu'à aujourd'hui, M. Luciani ne te connaissait pas.

— Je crois qu'il nous doit quelques explications.

Lior

Je cherchai M. Luciani dans le groupe des personnes présentes, ne le vis pas.

Je pris la main de Jonas et l'entraînai dans l'escalier. La porte du bureau était ouverte et nous entrâmes. Il ne s'y trouvait pas non plus.

Jonas se promena dans le bureau, laissant ses yeux fureter. Puis il s'immobilisa, fit quelques pas en direction de la bibliothèque, saisit un roman.

Le sien.

Il l'ouvrit à la page de garde, resta un moment pensif puis me le tendit.

Je lus la dédicace et restai interdite.

« *À Donatella. J'ai aimé les mots que m'ont murmurés vos silences. Merci pour ce moment passé en votre compagnie.* »

— Qu'est-ce que ça veut dire ? balbutiai-je.

— Que M. Luciani me connaît, dit-il en continuant à scruter le bureau.

— Mais qui est cette Donatella ?

Il avisa une photo, s'en approcha, la saisit.

— C'est elle.

Sur cette photo, Serena apparaissait, souriante, dans les bras de son père.

— Non, c'est Serena.

— J'en suis certain. Quand je l'ai rencontrée, elle m'avait dit s'appeler Donatella.

Je restai perplexe.

— Oui, c'était son premier prénom, dit une voix surgie de l'entrée du bureau.

M. Luciani se trouvait dans l'embrasure de la porte. Il nous observait d'un œil triste, résigné, presque craintif. Il n'était plus l'homme de pouvoir que j'avais l'habitude de croiser.

— Elle s'appelait Donatella avant que la maladie ne vienne la surprendre, murmura-t-il, la voix cassée.

— Je... ne comprends pas, articulai-je.

— Dans notre famille, selon une tradition ancestrale, quand une personne tombe gravement malade, nous lui donnons un autre prénom, pour tromper le sort, le diable, la mort. Ça peut paraître ridicule, mais quand le malheur vous frappe et anéantit les fondements de votre vie, vous êtes prêt à renier la logique, à vous fier à tous les rites, toutes les croyances si tant est qu'elles vous confèrent une once d'espoir.

Nous restâmes silencieux, attendant plus d'explications.

Il avança lentement, vint s'asseoir à son bureau.

— Elle avait découvert votre roman par hasard, l'avait adoré, dit-il à Jonas. Elle vous avait écrit pour vous demander une dédicace. Vous l'avez rencontrée. Elle était ravie. Elle a cru tomber amoureuse de vous mais a ensuite compris que ce n'était que de l'admiration. Et elle est tombée malade. Elle a lu votre deuxième roman, a attendu le troisième, ne l'a pas vu venir.

— Mais cet argent, pourquoi me l'avez-vous envoyé ? demanda Jonas.

— Il y a quelques mois, Serena m'a dit qu'elle s'inquiétait pour vous. Elle ne comprenait pas pourquoi vous aviez cessé d'écrire, pensait qu'il vous était arrivé quelque chose. J'ai demandé à une agence spécialisée d'enquêter à votre sujet. J'ai appris que vous travailliez dans une librairie, le lui ai dit. La nouvelle l'a bouleversée : vous aviez été embauché dans la boutique dans laquelle elle aimait se rendre. Elle m'a dit y voir un signe, sans me dire lequel. J'ai alors poussé les investigations un peu plus loin et j'ai appris que vous aviez des dettes. J'ai alors décidé de vous aider, pensant que vos problèmes d'argent étaient sûrement la cause de votre silence littéraire. Un nouveau roman l'aurait rendue si heureuse... J'étais prêt à tout pour lui offrir ce bonheur. Je l'ai fait de mon propre chef, sans en parler à Serena. Je savais qu'elle n'aurait pas apprécié que je m'immisce ainsi dans votre vie.

— Mais pourquoi me l'avoir envoyé anonymement ? interrogea Jonas.

— Je ne voulais pas que vous établissiez la relation avec elle. Vous l'auriez peut-être contactée et lui auriez fait part de mon initiative. De plus, elle n'aurait pas souhaité que vous la sachiez dans cet état. J'espérais que vous seriez suffisamment cupide ou aux abois pour ne pas trop vous poser de questions. Ou suffisamment naïf pour croire qu'il s'agissait du don d'un admirateur. C'était presque le cas. Elle vous admirait, je vous finançais. Une sorte de mécénat, comme je vous l'ai dit au téléphone. C'est mon défaut, je crois toujours que l'argent est au cœur de toutes les motivations.

— Mais j'ai refusé cet argent, indiqua Jonas, et vous avez pourtant insisté.

— Oui. Je n'ai tout d'abord pas compris qu'il s'agissait d'un refus. J'ai cru que vous pensiez que ce n'était qu'une erreur. Alors je vous ai envoyé le mandat. Et vous me l'avez retourné. Alors, j'ai payé vos loyers. Et vous l'avez très mal pris. Je me suis mis en tête de vous convaincre, mais vous n'avez pas voulu m'écouter.

J'étais stupéfaite. Je découvrais une partie de l'histoire que je ne connaissais pas, essayais de définir le sentiment que je devais apposer aux faits : la compréhension ? La compassion ? Le respect ? La colère ? Sans doute éprouvais-je tout cela à la fois.

— Et mon rôle dans tout ça ? demandai-je. Ai-je également été manipulée pour...

— Pour amener Jonas à tomber amoureux de vous et se remettre à écrire ? Non. Ce serait m'attribuer de bien trop grands pouvoirs. Toute cette partie-là de l'histoire m'échappe totalement. Elle appartient à Serena.

— Serena ?

— Oui.

Il se leva, pensif, hésitant et arpenta la pièce.

— Ce que je vais vous révéler ne répond à aucune logique, confia-t-il, grave. Je vous l'ai dit, avant tout ça, j'étais un homme pragmatique, pas un rêveur, pas un mystique. Pourtant, la maladie de Serena m'a amené à modifier mes perceptions, mes repères. Et tout ce qui s'est passé ensuite m'a conduit à reconnaître que la vie était soumise à des forces auxquelles je n'entendais rien.

Il s'immergea dans sa mémoire un instant à la recherche des souvenirs et des mots qui l'aideraient à s'expliquer.

— Vous le savez, c'est Mme Dutour qui m'avait conseillé de vous recruter, Lior. Et Serena vous a immédiatement aimée. J'ai cru qu'elle voyait en vous celle qu'elle aurait adoré être. Mais c'était plus que ça. Elle m'a dit que vous étiez son âme sœur, qu'elle savait exactement ce que vous ressentiez, ce que vous pensiez, qu'elle savait lire en vous. Vous étiez seule, un peu perdue sentimentalement. Elle voulait vous aider à trouver votre voie, à être heureuse.

— Et elle m'a envoyé à la librairie... pour que je rencontre Jonas.

— Et m'a dit suivre une sorte d'intuition.

— Une intuition ?

— Plus même... une révélation. Une révélation à laquelle elle s'est accrochée car elle donnait du sens à sa fin de vie. Elle était persuadée que vous et Jonas étiez faits pour vous aimer. Alors, elle s'est contentée de provoquer votre rencontre. Et elle a attendu. La suite ne dépendait que de vous. Quand vous lui avez lu le texte que Jonas vous a écrit, elle a compris qu'elle ne s'était pas trompée. Elle était folle de joie. Et elle a eu le sentiment que sa mission était terminée. Vous aviez rencontré votre amour. Jonas avait écrit le roman qu'elle et vous attendiez. Elle pouvait partir, cesser de lutter.

Le silence s'installa. Un silence rempli d'émotions, de questions, d'images, de souvenirs. Nous faisions tous le chemin inverse pour réunir les pièces d'une histoire qui nous avait échappé et dont nous étions pourtant les principaux personnages.

— Tout ceci n'est sans doute que le fruit du hasard, intervint Jonas. Une suite de hasards que nous avons envie maintenant de revisiter pour leur donner du sens. Nous sommes émus, étonnés et nous sommes tentés d'expliquer les choses en ayant recours à un mysticisme de pure forme.

— C'est ce que j'aurais pensé si... il n'y avait pas eu ce message, dit M. Luciani.

— Quel message ?

— Celui qu'elle a laissé pour vous deux. Je l'ai trouvé sur son ordinateur.

Il sortit une feuille de sa poche, nous la tendit. Je la dépliai et découvris avec stupeur une longue lettre. Quelle force lui avait-il fallu pour couvrir cette page de tous ces mots ? Je savais que, parfois, juste avant de mourir, certaines personnes étaient gagnées par un dernier sursaut de vitalité, une ultime et éphémère énergie capable de les porter au-delà de ce dont leur corps et leur esprit étaient jusqu'alors capables. Mais il était impossible que Serena ait pu trouver suffisamment de force pour écrire une si longue lettre. M. Luciani dut comprendre.

— C'est une lettre qu'elle a commencée il y a plusieurs mois, annonça-t-il. Il y a bien longtemps qu'elle préparait son départ. Elle utilisait peu son ordinateur pour s'adresser directement à nous, pour nous habituer à son absence. Elle n'existait déjà plus au présent. Elle était dans le futur et nous écrivait à l'imparfait. Parce qu'elle s'adressait à nous à travers le temps, pour le jour où elle nous quitterait. Ou peut-être parce qu'elle nous avait déjà quittés. Elle réservait ses forces pour nous écrire le soir. Elle a ainsi laissé plusieurs messages destinés à ceux et celles qu'elle aimait. Dans celui-ci, seules les dernières lignes ont été écrites quelques heures avant qu'elle ne nous quitte.

Serena

J'ai aimé la vie.

J'ai aimé être une fille, une jeune femme, une amie.

J'ai aimé les livres, les rêves et les dérives de ma pensée.

J'ai aimé l'amour et l'amitié.

Je vais bientôt devoir quitter ce monde et n'éprouve aucune peine. Juste de la mélancolie, peut-être. Et le désir d'expliquer un peu, tant que ma force me le permet.

Ma solitude, Lior, tu le sais, je ne l'ai pas voulue. Avant que la maladie ne vienne me surprendre, j'étais une jeune fille semblable à celle que tu as dû être. Souriante, insouciante, en quête du grand amour. J'avais des désirs, des rêves, des projets.

Puis il y eut ce diagnostic. Et mon corps a commencé à se refermer sur moi. Comme si, lentement, on obstruait la seule fenêtre d'une pièce dans laquelle j'étais enfermée. J'ai vu la lumière faiblir jusqu'à disparaître.

Je me suis révoltée, je me suis lamentée, je me suis résignée.

J'ai alors connu ce qu'était la solitude. Pas celle à laquelle on se condamne soi-même, du fait de la peur, de la déception, de la rébellion. Pas celle du prisonnier. Lui peut parler, marcher, rire et pleurer et même espérer revoir un jour la liberté.

La vraie solitude, Lior. Celle contre laquelle on ne peut rien. Celle qui est aujourd'hui et sera demain. Celle qui vous ôte tout espoir, vous réduit à n'être qu'une âme dans l'attente d'échapper à son corps.

Une solitude qui redéfinit toutes les perceptions sur lesquelles le monde est construit.

Je n'avais que mes proches. Et leur amour était une souffrance pour moi.

Et tu es entrée dans ma vie. Ce fut comme si la fenêtre s'entrebâillait à nouveau et laissait la lumière caresser mon corps.

Tu as ouvert mon espace en m'accueillant dans le tien. Tu me racontais ta vie, tes journées et je m'y promenais. Tes joies sont devenues les miennes, tes soucis mes soucis, tes désirs ceux vers lesquels je tendais.

Et j'ai compris que nous étions âmes sœurs, Lior, âmes créées en même temps, venues habiter des corps différents, dans des familles que tout opposait, et pourtant destinées à se rencontrer, à s'aider.

Je savais ce que tu ressentais, ce que tu vivais, ce que tu attendais. Tout comme tu anticipais mes attentes, comprenais mes détresses et mes joies. Mais, pour moi, les choses étaient plus faciles. Débarrassée des contraintes du corps, l'âme n'est plus limitée. Elle se découvre de nouvelles aptitudes, des pouvoirs étonnants.

Le mien fut de savoir te montrer ta voie, d'aller te chercher dans la contrée désolée où tu t'étais perdue pour te ramener sur le chemin sur lequel ton destin t'attendait. Pour t'obliger à porter sur ta vie un regard purifié des fantasmes dont tu t'empoisonnais.

Pour cela, il m'a suffi de t'aider à rencontrer Jonas. Jonas dont j'avais tant aimé le roman, trouvé chez mon libraire, M. Hillel. *Dans les silences d'une femme* est mon roman lumière, Lior. Je l'ai su dès les premières pages. La solitude dont il parlait était la mienne, celle que je ne connaissais pas encore mais que mon esprit pressentait. Quand j'ai rencontré Jonas, j'ai tout de suite compris que j'allais vivre quelque chose d'intense avec lui. Désorientée par la force de ce sentiment, j'ai d'abord cru l'aimer. Mais je me suis rapidement rendu compte que le lien qui nous unissait ne devait rien à l'amour. Mais quel rôle jouerait-il dans ma vie, quels mots mettre sur mes sentiments à son égard ? Je n'en savais rien.

C'est quand tu es venue à moi, quand je t'ai reconnue, mon âme sœur, que j'ai compris. Tu m'as parlé de ces êtres issus d'une même âme et censés se chercher, se trouver, s'aimer. Je pense que l'idée ne se réduit pas aux amoureux. Elle concerne également ceux qui ont un parcours à faire ensemble. Toi, Jonas, mon père, Elsa, M. Hillel, Angèle Dutour... tous ces êtres chers qui traversent notre vie ou s'y installent et que nous aimons. Tous unis par un lien qui dépasse nos existences terrestres.

Il m'a alors suffi de t'indiquer le lieu dans lequel tu trouverais Jonas. Parce qu'il était l'homme de ta vie. C'est cela que j'avais ressenti lors de ma rencontre avec lui.

Le reste est venu de toi, de lui, du destin qui cherchait à vous unir.

Et tout a alors pris un sens. La complexe équation de ma vie se résolvait d'elle-même et je trouvais une réponse à chaque question.

Cette histoire peut paraître surprenante. Mais je sais que vous me comprendrez. Parce que vos esprits ressemblent au mien.

Il suffit de revoir mon histoire, la vôtre à la lueur de ce nouvel éclairage pour comprendre la signification de chaque événement.

Ce que nous avons considéré comme des épreuves n'était que les étapes d'un apprentissage devant nous mener là où nous sommes aujourd'hui.

Voilà, c'est fini. Je le sens. J'aurais voulu écrire encore mais ne le peux plus. La suite de ma vie m'attend ailleurs.

J'ai accompli ma mission dans ce monde. À vous d'accomplir la vôtre.

En laissant naître et vivre celle et celui qui, en vous, cherchent à se révéler.

Merci pour l'amour dont vous m'avez comblée. Merci d'avoir donné du sens à mes derniers jours.

Je pars heureuse.

Je vous aime.

Chapitre 14

L'amour est un *roman lumière*

Chers amis

Je vous attends le dimanche 7 à 14 heures afin de vous entretenir de sujets importants mais, néanmoins, heureux.

Je compte sur votre présence.

Votre ami

Hillel Edimberg

*

Un mois s'était écoulé depuis le décès de Serena. Lior et moi ne vivions pas encore ensemble. Nous partagions nos soirées et une partie de nos week-ends, résolus à nous habituer progressivement à la pratique de ce bonheur si nouveau et tellement intense. Nous nous découvrions avec un plaisir qui ne s'embarrassait pas de mots ou de gestes superflus.

Seule l'invitation lancée par M. Hillel avait pu nous faire sortir de cette torpeur proche de la béatitude dans laquelle nous nous enfoncions un peu plus chaque jour.

Lior et moi arrivâmes à la librairie à l'heure indiquée. L'invitation, envoyée par la poste, nous avait surpris. Surprise accrue quand nous avions appris que Chloé, Elsa et Josh étaient également conviés. J'avais interrogé M. Hillel sur les raisons de cette réunion mais il avait refusé de me répondre.

Elsa était déjà à l'intérieur de la boutique en compagnie de M. Hillel.

— Ah, vous voilà, s'exclama celui-ci en nous apercevant. Je racontais à la charmante Elsa l'histoire de ce lieu de rencontre. Et je tentais de la convaincre des bonheurs que procure la lecture.

— Ouais, ben, c'est pas gagné, lui lança Elsa. J'ai autant de chance de devenir cliente de cette boutique que vous de venir vous faire épiler le torse à mon institut.

Chloé et Josh firent alors leur entrée.

— On est en retard ? demanda Chloé à Elsa. Putain, quelle idée de faire ça un dimanche ! À cette heure-ci, on traîne au lit !

Chloé et Josh saluèrent Elsa. Ils avaient fait connaissance quelques semaines auparavant, lors d'un dîner organisé par Lior.

— Ne vous formalisez pas, glissai-je à M. Hillel, suffisamment fort pour que Chloé s'aperçoive de sa présence… Elle est toujours comme ça.

Mon vieux patron affichait une mine réjouie.

— Je sais. J'ai lu ton début de roman.

J'allais l'interroger sur ce que l'expression « début de roman » signifiait mais Chloé ne m'en laissa pas le temps.

— Ah ! Monsieur Hillel, ravie de faire votre connaissance. J'aurais été bien plus enthousiaste en milieu d'après-midi mais mon plaisir est sincère.

Elle lui tendit la main puis se ravisa et l'embrassa.

— Alors, on est là pourquoi ? demanda-t-elle.

— Vous le saurez bientôt, répliqua-t-il. Mon dernier invité ne devrait pas trop tarder. Mais, en l'attendant, vous pouvez aller vous sustenter au petit buffet que voici.

D'un signe, il nous indiqua sa table de travail sur laquelle quelques plateaux de toasts et de gâteaux étaient élégamment disposés.

— Oh, un brunch ! s'écria Chloé.

— Un brunch ? s'étonna M. Hillel. Ma foi, oui, un brunch... qu'un excellent traiteur m'a livré.

— Je retire ce que j'ai dit sur l'heure trop matinale. Vous avez du savoir-vivre, monsieur Hillel.

Nous nous approchâmes du buffet et commençâmes à nous servir quelques boissons chaudes quand une voiture s'arrêta devant la librairie.

— Le voici ! s'exclama M. Hillel.

M. Luciani sortit de sa grosse berline. Il laissa ses yeux traîner sur la devanture de la boutique quelques secondes puis se décida à pousser la porte.

Depuis notre discussion dans son bureau, nous ne nous étions pas revus. Lior lui avait toutefois téléphoné à quelques reprises pour prendre des nouvelles.

Son regard fouilla le lieu avec tendresse, traquant sans doute l'image de sa fille entre les rayons. Puis il vint vers nous et nous salua. Je lui présentai Chloé et Josh. Il serra Lior dans ses bras avec cette noble chaleur propre aux Italiens.

— Et moi, j'ai droit au même traitement ? demanda Elsa. Ou vais-je revivre le drame de ma vie et subir l'éclipse de soleil qui ne manque jamais de m'atteindre quand je suis près de Lior ?

M. Luciani lui ouvrit ses bras en riant.

— Bon, tous les personnages du roman de Jonas sont présents maintenant, déclara Chloé. On va peut-être enfin savoir pourquoi nous sommes réunis ! À moins que nous attendions également les figurants ; auquel cas il manque le concierge, les serveurs du restaurant indien et je ne sais qui d'autre.

M. Hillel fit un petit signe de la main pour calmer l'impatience, puis passa derrière son bureau. Il se racla la gorge plusieurs fois, enleva ses lunettes, les essuya, chercha ses mots puis se lança.

— J'avais préparé quelques mots... mais je les ai oubliés. Les années s'attaquent maintenant à ce que j'avais de plus précieux... ma mémoire.

Il baissa les yeux, comme en prise à une profonde mélancolie.

— Les années... la vie qui s'enfuit... soupira-t-il en dévisageant chacun d'entre nous. C'est de cela que je voulais vous entretenir. Arrivé à mon âge, on sait la valeur du temps. On connaît également celle des sentiments. Et on a compris que le temps peut être le pire ennemi des sentiments.

Il posa ses yeux sur M. Luciani.

— Il y a quelque temps, deux événements nous ont liés. L'un fut heureux, l'autre terriblement douloureux. Le premier fut l'aboutissement de cette jolie histoire dont nous avons tous été témoins. Celle de Lior et Jonas. Le second fut le départ de Serena. M. Luciani a perdu une fille, Lior une sœur, vous autres, celle qui aurait pu devenir une de vos plus chères amies. J'ai perdu une lectrice que j'appréciais, avec laquelle je parlais longuement, il y a quelques années, quand sa santé lui permettait de fréquenter mon établissement.

Nous sentîmes l'émotion nous gagner et je serrai la main de Lior pour lui dire mon soutien. M. Hillel posa une main sur son *livre lumière*, celui avec lequel il m'avait dit s'être réconcilié et sur lequel je le voyais désormais souvent penché, la tête entre les mains, le front plissé. Il me déléguait de plus en plus la gestion de la librairie pour s'adonner à son étude passionnée.

— Voilà près d'un mois que Serena nous a quittés. Selon la tradition héritée de mes pères, à cette date, nous nous réunissons en l'honneur de la personne défunte pour dire quelques paroles à son sujet. Des louanges pour exprimer comment sa mémoire nourrit nos esprits et nos actions des belles valeurs qu'elle portait. Car quand une âme quitte un corps, le premier élan qui la porte vers les sphères célestes est le souffle impulsé par sa grandeur. Ensuite, seuls les beaux sentiments qu'elle a laissés dans le cœur de ses proches lui permettent de continuer à s'élever. Mais, rassurez-vous, il n'est pas dans ma volonté de vous imposer ce rite ou de vous faire un cours de kabbale. Pourtant, c'est bien de Serena que je veux vous parler aujourd'hui. D'elle à travers vous. De vous à travers elle.

La tournure que prenait cette réunion m'étonna. Pourquoi M. Hillel rouvrait-il cette douleur trop récente ? J'observai M. Luciani à la dérobée, craignant de le voir atteint par les propos de notre ami libraire, mais je le découvris serein, attentif.

— Serena a dit des choses essentielles dans la lettre laissée à Lior et à Jonas. Elle a parlé du lien qui unit des amis, des proches. Il y a quelques années, nous avions eu une conversation à ce propos. Elle s'était montrée passionnée par le sujet.

Comme à son habitude, après nous avoir assuré qu'il ne nous emmènerait pas sur les chemins sinueux de la kabbale, M. Hillel nous conviait à le suivre sur l'un d'entre eux.

— Selon certains penseurs, ce n'est pas le hasard qui réunit les êtres. Si nous appartenons à une même famille ou si nous sommes amis, c'est parce que nous avons quelque chose à construire ensemble. Nous devons, à travers notre singularité, nos forces, nous aider les uns les autres à avancer dans la vie, lui donner un sens, atteindre un but. J'aime cette idée. Elle donne du goût à l'existence.

Il se tut un instant, laissa ses yeux parcourir son petit auditoire, sûr d'avoir capté notre attention. Je le découvrais bon orateur, sachant faire varier les tonalités, épouser un rythme, marquer des pauses, utiliser les expressions de son visage et de ses gestes. Il le faisait intuitivement, inspiré par son sujet et par son désir de nous intéresser. Mes camarades étaient sous le charme et attendaient la suite du discours.

— J'ai longtemps été seul. Ma famille et mon amour m'ont été volés quand j'étais enfant. C'était comme si tout le monde était parti en voyage et m'avait oublié. J'étais seul sur le quai, en proie à la peur, aux doutes. J'étais habité par des questions sans réponse, tourmenté par le sens de ma vie, de leurs morts. J'en héritai un caractère particulier qui m'interdit de connaître les délices de l'amitié. Je n'avais personne avec qui partager mes idées, mes joies et mes peines. Puis je compris qu'il s'agissait de mon chemin, qu'il me fallait le suivre jusqu'à destination. Une destination qui me révélerait le sens du parcours. Quand j'eus l'idée de créer cette librairie, je crus être arrivé à cette destination. J'avais un lieu pour vivre et une mission : j'allais marier les hommes et les livres. Je devenais un entremetteur, un marieur capable de conduire chaque individu vers son *livre lumière*. Et vous êtes entrés dans ma vie. Certains en poussant la porte de ma boutique, d'autres en prenant place dans le cœur de ceux qui me sont chers. J'ai compris que vous faisiez partie de ma vie, que j'avais quelque chose à construire avec vous. Vous étiez peut-être la destination de ce voyage entrepris quelques dizaines d'années auparavant. Car tout a un sens. Et ce sens est à chercher dans chaque événement de notre vie.

Il nous adressa son plus beau sourire. Je repensais à l'expression qu'il m'avait confiée un jour : *Gam zou lé tova*, tout conduit au bien. Quelle force fallait-il pour réellement croire en cet adage après les épreuves que la vie lui avait infligées ? Et quel amour nous vouait-il pour nous considérer comme une partie de ce bien ?

— Avec Jonas, les choses me sont apparues clairement, assez rapidement. Je le voyais comme le fils que je n'avais pas eu. Il m'a donné de la chaleur, de l'amour, et m'a réconcilié avec une partie de mon identité. De mon côté, je le conseillais, le guidais vers sa voie. Nous avancions ensemble.

Je sentis ma gorge se serrer. Dieu que j'aimais cet homme !

— Lior et Jonas sont liés par un lien évident. Elsa et Lior également. Tout comme Josh et Chloé.

Mais nous tous, qu'avons-nous à construire ensemble ? Quel projet avons-nous à partager ?

Il resta muet un instant, comme s'il attendait que l'un d'entre nous émette une suggestion. Mais son silence n'était qu'une respiration dans sa démonstration.

— Serena nous propose une réponse, annonça-t-il alors. Elle le fait dans le message qu'elle m'a adressé.

La nouvelle provoqua une réaction de surprise. Nous nous regardâmes les uns les autres, cherchant à savoir qui était au courant, se questionnant sur le sens de ce discours. Seul M. Luciani restait stoïque.

M. Hillel sortit une feuille, la déplia. Nous avions les yeux fixés sur ce papier, attendant impatiemment qu'il nous livre ses explications.

— Dans ce message, Serena me remercie de l'avoir aidée à trouver son *roman lumière*, reprit le vieil homme, visiblement ému. Et elle me confie une mission. Une belle et grande mission.

Suspendus à ses lèvres, nous attendions que notre vieil ami termine sa phrase. Mais il ôta ses lunettes, les essuya. Ses yeux étaient emplis de larmes. Il se reprit rapidement et fixa son attention sur moi.

— Elle me demande de suggérer à Jonas de terminer son roman.

*

— Je ne comprends pas, balbutiai-je. Mon roman ?

— Celui dont le début a été adressé à Lior, répondit-il.

— Mais il ne s'agit pas d'un roman. Enfin… pas vraiment. C'était une confession. Je lui ai donné des airs de roman pour être plus convaincant, pour répondre à l'attente de Lior.

— En effet, ce n'est pas vraiment un roman, acquiesça mon vieil ami. C'est un début de roman. Ou plutôt un morceau de roman.

— Que voulez-vous dire ?

— Selon Serena, un roman doit naître de cette histoire. Voilà ce qu'elle dit...

Il chaussa ses lunettes à nouveau, se racla la gorge et lut.

— « Il faut aider Jonas à croire en son talent. Le texte qu'il a adressé à Lior est la première partie du roman qu'il lui faut écrire. L'autre partie est à trouver auprès de Lior. Car l'amour n'est jamais que la rencontre de deux histoires. »

Puis il leva les yeux sur moi et attendit ma réaction.

— Mais je n'ai pas l'intention de me remettre à l'écriture ! Et que pourrais-je dire d'autre sur le sujet ? J'ai confié tout ce que j'ai vécu, tous mes sentiments, toutes mes émotions dans ce texte.

— En effet. Mais une histoire d'amour est comme l'amour lui-même. Si l'amour est l'union de deux âmes, l'histoire qui le raconte ne peut prendre son sens qu'à travers les deux parcours qui les ont conduites à se chercher, puis à se trouver. Ton histoire d'amour est incomplète. Il manque ce que Lior a vécu, le chemin qui l'a conduite à toi. C'est ce que Serena veut dire.

— Vous voudriez que j'écrive ma version des faits ? s'exclama Lior. Mais j'en suis absolument incapable !

— Non, il ne s'agit pas de ça. L'écriture revient aux écrivains. Ce que Serena suggère, c'est que tu confies à Jonas ton propre vécu afin qu'il puisse écrire un vrai roman d'amour.

Nous laissâmes cette idée faire son chemin en nous. Mais une question me tracassait.

— Pourquoi Serena s'est-elle mis ça en tête ? Quelle importance cela a-t-il aujourd'hui ? Une partie du texte existe et nous lie les uns aux autres. Pourquoi en vouloir plus ?

— Tu oublies quelque chose d'essentiel, mon cher enfant. Tu oublies les lecteurs. Serena était une de tes lectrices. Et elle sait la douleur d'être abandonnée par un auteur que l'on aime. C'est ce qu'elle dit. Serena pensait à ces lecteurs qui, comme elle, désespéraient de pouvoir te lire à nouveau un jour. Elle ne comprenait pas que tu gâches ainsi ton talent.

— J'ai déjà entendu ces arguments, répondis-je. Ils m'ont certes touché, mais pas suffisamment pour me redonner le goût de l'écriture.

— Je le sais. Serena en avance un autre, annonça-t-il, sentencieux. Elle parle du lien qui nous unit. Elle dit que ce lien ne peut prendre plus belle forme que celle d'un roman qui raconterait l'aventure que nous avons partagée.

Il observa l'impact de ses paroles sur moi avant de s'adresser à Chloé, Elsa, Josh et M. Luciani.

— Qu'en pensez-vous ? Ne seriez-vous pas honorés de devenir les personnages d'un roman qui investirait le cœur et l'âme de centaines, de milliers, voire de dizaines de milliers d'êtres humains ?

— Et comment ! s'écria Chloé. J'ai bien aimé la manière dont tu parles de moi dans ce que M. Hillel appelle ton début de roman. Et j'ai toujours milité pour que tu te remettes à écrire.

— Moi, les bouquins, c'est pas mon truc, expliqua Elsa. Vous m'auriez parlé de cinéma et m'auriez dit que j'allais jouer mon propre rôle... j'aurais été plus sensible au truc. Mais bon, ça flatte quand même pas mal mon ego, cette idée de penser à ces milliers d'hommes découvrant mon charme et mon humour à travers les pages d'un livre. Qui sait, peut-être que l'un d'entre eux, à travers mon personnage, tombera amoureux de moi ? Et puis ça me donnera une bonne raison de me mettre à la lecture. Je soutiens donc cette idée.

— Je vote pour ! se contenta de dire Josh en levant la main.

— Mais enfin, m'insurgeai-je. Je ne peux pas écrire pour répondre à votre demande !

— Tu as toujours dit ne pas vouloir écrire car tu n'avais rien à dire, rétorqua M. Hillel. Peux-tu m'affirmer que le sujet ne t'inspire pas ? N'as-tu pas envie d'écrire l'autre partie de cette histoire ?

— L'idée me plaît, dus-je reconnaître, mais… je ne sais pas si j'en aurai la force.

— Tu l'auras. Elle te viendra de ton amour pour Lior, de l'amitié qui nous lie, du bonheur que tu auras de nous rendre heureux. Et, s'il te faut un argument de plus, en voici un. Je ne le tiens pas de Serena. Elle n'aurait jamais osé l'exprimer. Pourtant, je suis certain qu'elle y a pensé.

Il s'emplit les poumons d'air, expira et eut une expression tendre.

— J'aurais pu te dire de le faire à la mémoire de Serena, pour répondre à sa dernière volonté. Mais je ne souhaite pas exercer de pression affective sur toi.

Je souris pour accueillir sa malice. Il ne souhaitait pas utiliser cet argument mais l'exprimait afin qu'il m'atteigne tout de même.

— Je préfère faire appel à ton intégrité, ton sens de la justice, déclara-t-il en allumant ses pupilles d'un feu pénétrant. Serena est absente des pages que tu as écrites. Son histoire, le rôle qu'elle a joué ne peuvent être racontés qu'à travers ce que Lior a vécu. Peux-tu concevoir que celle qui a œuvré pour vous unir, Lior et toi, soit absente de l'histoire qui conte cet amour ?

Épilogue

Jonas avait accepté d'écrire ce roman. Je savais qu'il le ferait. Parce que cette histoire était celle de sa vie, qu'il souhaitait tout savoir de Lior et tout partager avec elle. Mais également, sans doute, voulait-il ainsi nous exprimer l'amour qu'il nous vouait.

Mais, était-ce pour se venger de l'avoir poussé dans ses ultimes retranchements ou, au contraire, pour me faire plaisir, il avait ensuite suggéré que j'introduise et conclue son roman. J'avais minaudé, fait mine de refuser, usé d'arguments fallacieux, je m'étais fait prier avant d'accepter, comblé, heureux et en même temps apeuré. Lior et Elsa choisirent le titre : *Longtemps, j'ai rêvé d'elle*. Ce roman serait donc constitué de la confession que Jonas avait déjà rédigée et de ce que Lior allait ensuite lui confier sur son vécu de l'aventure sentimentale qui les liait.

Nous nous étions ensuite tous retrouvés autour de mon petit buffet et restâmes un long moment à discuter, rire et parler de ce livre à venir.

Puis M. Luciani m'avait discrètement entraîné à l'écart.

— Je vous remercie, avait-il dit.

— Me remercier ? Pourquoi donc ?

— Pour avoir parlé de ma fille avec de si jolis mots. Pour avoir convaincu Jonas d'écrire ce roman et ainsi avoir répondu à la dernière volonté de Serena. Et... pour avoir si bien su mentir également.

— Avoir su mentir ? avais-je répété en feignant l'étonnement.

— J'ai lu la lettre que Serena avait laissée pour vous. Désolé, j'ai été indiscret, mais j'étais avide de connaître les derniers éclats de vie de ma fille. Je sais donc qu'elle n'a pas écrit tout ce que vous avez dit.

— C'est vrai, elle me remerciait seulement de lui avoir fait découvrir son *roman lumière*. Je sais pourtant qu'elle n'aurait pas désavoué ma manœuvre pour amener Jonas à renouer avec l'écriture.

— J'en suis persuadé.

— Bon, j'avais prévu de vous faire croire qu'elle m'avait demandé de vous convaincre de refaire votre vie, mais je crois que c'est peine perdue maintenant, plaisantai-je.

— Je n'ai pas le cœur à me lancer dans une histoire d'amour, m'avait-il confié à voix basse.

— L'amour est comme le rire. C'est un réflexe contre lequel on ne peut rien. Ne vous renfermez pas sur votre douleur. Je sais ce que cela entraîne de solitude et d'idées noires. Et je suis certain que Serena aimerait que vous soyez maintenant heureux.

— Il y a bien longtemps que je ne plais plus aux femmes, avait-il rétorqué.

— Il y a trop longtemps que vous ne cherchez plus à leur plaire.

— Je ne sais même plus comment on aborde une femme, comment on la séduit.

— Laissez vos origines s'exprimer.

— J'aurais trop peur d'être ridicule !

— Savez-vous que lorsqu'un homme s'empresse d'avancer plusieurs raisons à un refus, c'est souvent dans la dernière qu'il cache la vérité ? Donc, le véritable obstacle est votre peur du ridicule.

Il avait ri à nouveau, m'avait pris dans ses bras.

— Dieu que vous êtes malin ! Si je vous avais connu plus tôt, j'aurais fait de vous mon bras doit. Vous auriez pu devenir un redoutable homme d'affaires !

— Peut-être. Mais rien de tout ce qui arrive aujourd'hui n'aurait alors été possible.

Il m'avait ensuite entraîné vers mon groupe d'invités et nous nous étions mêlés à la conversation, avions bu et ri ensemble.

J'étais heureux comme je n'avais pas su l'être depuis tant d'années.

Je m'étais réconcilié avec le livre de mes pères et chaque jour sa lumière éclairait mon esprit.

J'avais de vrais amis.

J'allais écrire quelques mots dans un roman qu'un célèbre éditeur publierait.

J'allais organiser une séance de dédicace dans ma librairie, une séance exclusive qui ferait pâlir d'envie mon concurrent. Peut-être même pourrais-je m'asseoir à ses côtés pour apposer ma signature sur les pages que j'aurais écrites.

J'étais heureux.

J'avais quatre-vingt-trois ans, des amis et le plus noble des projets.

Table

9963

Composition
NORD COMPO

Achevé d'imprimer en Slovaquie
par NOVOPRINT SLK
le 2 avril 2012.
Dépôt légal avril 2012.
EAN 9782290041260

ÉDITIONS J'AI LU
87, quai Panhard-et-Levassor, 75013 Paris

Diffusion France et étranger : Flammarion